KB213906

Autumn

Autumn

1판 1쇄 찍음 2019년 8월 21일
1판 1쇄 펴냄 2019년 8월 29일

지은이 | 강부연
펴낸이 | 고운숙
펴낸곳 | 봄 미디어

기획 · 편집 | 김민지, 김지우
표지 디자인 | 우물

출판등록 | 2014년 08월 25일 (제387-2014-000040호)
주소 | 경기도 부천시 길주로 64, 1303(굿모닝 오피스텔)
영업부 | 070-5015-0818 편집부 | 070-5015-0817 팩스 | 032-712-2815
E-mail | bommedia@naver.com
소식창 | http://blog.naver.com/bommedia

값 9,000원

ISBN 979-11-5810-761-1 03810

어텀

강 부 연 장 편 소 설

그림에도 불구하고 좋아지는 사람은 결국 좋아지고 말죠.
억지로 밀어낸다고 해서 밀어내지는 건 아닌 것 같아요. 사랑이라는 게.

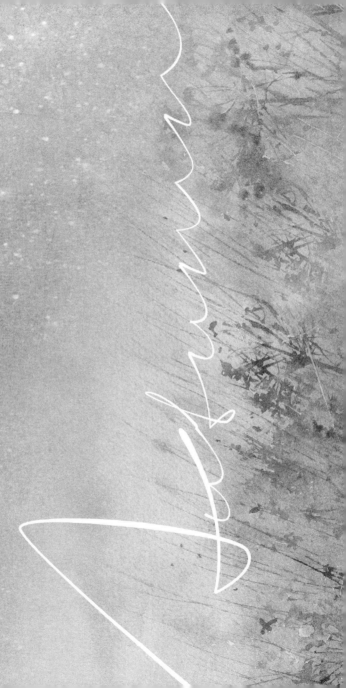

Contents

Prologue. 귀소 본능

"손볼 데가 한두 군데가 아니네."

양손을 허리에 얹고서 한 바퀴 빙 둘러본 선우의 입에서 가장 먼저 한숨이 덜컥 새어 나왔다. 오랜 시간 방치한 집을 심란한 눈으로 살핀 그녀는 과연 수중의 돈만 가지고 이 집을 말끔히 수리할 수 있을까 걱정했다.

할머니가 돌아가신 이후, 선우는 지난가을 처음으로 할머니의 집을 다시 찾았다. 사람이 떠나고 오랜 시간 비워졌던 집은 따스하고 정다웠던 옛 기억이 무색할 정도로 망가진 채 이곳에 유기되어 있었다.

할머니가 정성 들여 키우던 텃밭에는 잡초가 허리춤까지 무성하게 자랐다.

온기를 잃은 실내는 기분 탓인지 부쩍 조도가 낮았다. 얼핏 들여다보기에는 폐가나 다름이 없어, 문외한인 선우로서는 수리 견적을 예상하기가 어려웠다.

"그래도 돌아올 곳이 있었네. 나한테도."

사람에게도 귀소성이라는 본능이 남아 있다면, 선우가 가장 먼저 떠올릴 곳은 바로 이 집이다.

선우의 유년 시절은 바로 이 집에서 시작되었고, 또 이 집에서 끝맺었으니까.

가장 최초의 기억은 엄마라는 사람과 함께 덜컹거리는 버스를 타고 이 마을을 향해 오던 때. 몇 번이나 갈아타고도 한참을 왔기 때문에 중간중간 땅에 내려섰을 때는 참지 못하고 속을 게워 내며 울었다.

"평소에는 차만 잘 타던 애가 오늘따라 왜 이렇게 엄마를 힘들게 해!"

검은 비닐봉지를 입가에 대주면서도 연신 선우를 구박하던 엄마의 목소리. 그렇게 짐짝 끌고 가듯 억센 손에 잡혀 마침내 다다랐던 이곳. 지쳐 눈도 제대로 뜨지 못하는 선우를 엄마 대신 안고 얼러 주었던 할머니의 품, 그런 것들.

지체 없이 그날로 선우를 버리고 가 버린 엄마의 뒷모습을 어린 손으로 붙잡았던가? 혹은 눈물 흘렸던가? 그도 아니면 할머니의 가슴에 얼굴을 묻고 조용히 슬픔을 삼켰던가?

그런 것에 관해서는 '전혀'라고 해도 좋을 만큼 기억나는 것이 없다.

하지만 이후 할머니 손에서 자란 선우의 시간들은 머리가 아닌 몸이 할머니의 포근한 냄새로, 거칠한 손으로 얼굴을 쓸어 주던 감촉으로, 자상한 목소리로 기억하고 있었다.

"아이구, 불쌍한 내 새끼. 할미 여기 있으니께 울지 말어. 뚝햐, 뚝."

키우던 개를 버리는 일보다 무정하게 어린 딸을 버리고 간 엄마나 이름조차 모르는 아버지와는 달리, 할머니는 떠나는 선우를 붙잡고 또 붙잡았던 세상 하나뿐인 가족이었다. 울고 있는 선우를 언제나 큰 품으로 보듬어 안아 준 진짜 부모였다.

"선우 엄마는 안직까지 연락이 없는겨? 웜매, 참말루 독허네. 친정에 애를 맡겨 놓구 목구멍에 맴 편히 밥이 넘어가면 그게 어디 애미여?"

"말해 뭐 햐. 그렇게 모지니게 딸두 버리구 홀랑 남자 만나러 가 버렸겄지. 쯧쯧."

엄마가 처자식 있는 남자와의 불륜으로 선우를 낳았다는 사실을, 새 출발을 위해 짐밖에 되지 않는 어린 딸을 외할머니에게 맡기고 도망가 버린 비정함을 모두가 알고 있는 이 동네를 선우는 끝끝내 견디지 못하였다.

선우를 볼 때마다 쯧쯧 혀를 차며 동정하듯 과자를 쥐여 주는, 볕에 그을린 까만 얼굴을 하고 있는 사람들.

작고 촘촘하여 짜여 절로 목이 졸리는 기분이 들게 하는 끈끈한 공동체의 그물.

그런 것들로부터 도피하여 이 지독하게 좁고 갑갑했던 시골 동네를 벗어났다.

고등학교에 입학한 열일곱에 할머니의 집을 떠나 서울로 향했다. 그리고 이제는, 할머니조차 기다리지 않는 이 집에서 누구도 기다리지 않는 채 혼자 살아가기로 결심했다.

수리가 끝난 뒤 많지 않은 수의 가구를 들여놓고, 짐을 정리했다. 할머니의 손때가 묻어 있던 낡은 집이 새집처럼 깨끗해졌다.

겨우 정리를 마치고 크게 숨을 들이쉬는 선우의 폐부로 옛것과 새것의 냄새가 한데 뒤섞여 들어왔다.

종일 정신없이 몸을 움직이다가 할 일을 모두 마치고 불현듯 찾아든 정적은 선우로 하여금 미루고 또 미뤄 왔던 여러 가지 걱정들을 떠올리게 했다.

할머니의 손을 매정하게 뿌리치며 도망치듯 떠났던 이곳은 유감스럽게도 13년 전과 하나 변한 게 없었다.

어느 날 갑자기 서울에서 내려와 송 씨 할머니 집에 들어앉은 손녀.

시집온 후 임종까지 할머니가 평생을 살았던 이 마을에는 선우의 어린 시절을 기억하는 노인들이 더러 남아 있었다.

"지 할머니 살아생전에는 코빼기도 안 비추더니. 갑자기 여기루 왜 내려왔댜?"

"모르지. 낸들 알간디. 송 씨 아주매한테 듣기로, 서울서 직장생활 한다드만. 뭐시여, 변호사는 아니고 그 옆에 뭐시기를 한다 그러든디."

그래서인지 쓸데없고도 집요한 관심을 보이며 울타리 안쪽을 기웃거리는 이들이 많았다.

끊겨도 이미 13년 전에 끊겼을 사소한 인연을 들먹이면서, 무엇이든 새로운 소식 하나를 물어가고 싶어 애달파했다. 유흥거리라고는 남 얘기밖에 할 게 없는 동네인데, 왜 아니겠는가.

그러나 겨우내 꽁꽁 닫아걸었던 그녀의 집 대문처럼, 선우의 입은 굳게 다물려 결코 벌어지지 않았다. 그녀에 대한 흥미가 차츰 식어 가기를 묵묵히 기다렸다.

그렇게 흘려보낸 한 계절은 적어도 저들에게 선우가 무엇을 불편해하는지 알게 하는 데 충분한 시간이었다.

저들끼리 쑥덕거리더라도 더는 선우에게 먼저 말 붙이지 않을 정도의 서먹함이 마침내 그녀의 집 대문간에 자리를 잡았다.

✤　　　✤　　　✤

—솔직히 말해. 너 그 집 뒷마당에 금붙이 숨겨 놓은 거지? 아니면 당첨된 로또라도 묻어 놓은 거야? 그렇지 않고서야 그 촌구석에 꽁꽁 처박혀서 안 나올 리가 없잖아.

"너도 참, 내 사정 다 알면서 그런다."

—보고 싶은데 못 보니까 그렇지. 대체 언제 서울 올라올 건데? 새싹이 가지고 나서 먹고 싶은 것도 많고, 가고 싶은 맛집도 많단 말이야. 너랑 같이 가려고, 오빠한테는 가자고도 안 했어.

"그러게. 내가 너 한창 힘들 때 옆에 못 있어 주는 게 제일 미안하네. 요새 몸은 좀 어때. 입덧은 가라앉았어?"

임신한 뒤로 부쩍 감정의 기복이 생겨 금세 울먹거리고 마는 명진을 애써 달래 놓고 전화를 끊었다.

20분 남짓한 통화 시간을 표시하다 전환된 액정 위로 최근 연락한 목록이 떴다.

명진, 070으로 시작하는 스팸 번호, 스팸 번호, 명진, 한전, 인터넷 설치 기사, 배송 기사, 모르는 번호, 다시 명진⋯⋯.

매향에 내려온 이후 굳게 닫아 놓았던 것이 비단 이 집 대문만은 아니었던 게 분명하다.

서울에 있을 때, 단체 대화방을 열어 놓고 수시로 메시지를 올리던 동창생들과는 이미 단절된 지 오래다. 소문은 이미 동창생들 사이에서도 파다하게 퍼져 나간 모양이었다.

언제부터인가 선우가 포함된 단톡방에 새 메시지가 뜨지 않았다. 쌓여 가는 침묵과 여백에 선우의 존재감은 착실하게 압살되어 갔다.

한참 시간이 지난 뒤에야 명진이 넌지시 알려 주었다.

"너 3반이었던 민영이 알지? 하필 제일 주둥이 가벼운 걔가 너희 회사 바로 옆 건물에서 일하잖아. 쯧."

선우가 초대받지 못한 또 다른 단톡방에서 그녀에 대한 소수의 진실과 무수한 억측들이 한데 풀어진 물감처럼 뒤범벅된 구정물을 만들고 있었다고 했다.

"너 속상할까 봐 말 못 했지. 내가 그런 거 아니라고 아무리 말해 봐야 걔들이 믿지도 않고……. 아무튼 간에 나쁜 년들."

그다지 길지 않은 서른 살 인생의 절반을 보낸 서울에서의 인간관계는 대개 그런 식이었다.

어쩌면 그 덕에 선우도 좀 더 마음 가볍게 그곳을 떠나올 수 있었던 건지도 모른다.

선우는 김이 솔솔 오르는 머그잔을 두 손으로 감싸 쥐고서 유리창 밖으로 내리는 올해의 마지막 싸라기눈을 구경했다.

눈이 그쳐 갈 즈음에는 유리문을 한 뼘 열어 찬바람을 안으로 들였다. 실내에 오랫동안 고여 있던 무거운 공기가 일시에 씻겨 나갔다.

잠시 뒤, 나른한 고양이처럼 허리를 세우며 기지개를 켠 선우가 자리에서 일어났다.

어느새 날이 개고, 한 줄기 햇살이 젖은 땅 위로 희게 부서지고 있었다. 가지만 남은 뒷마당 과실수에도 머지않아 초록의 움이 트기 시작할 것이다.

유리문을 닫고, 싱크대에 빈 머그잔을 넣어 두러 가는 선우의 등 뒤로 따스한 볕이 따라붙었다.

소리도 없이, 매향에 봄이 오고 있었다.

Spring

01. 봄비

"어젯밤 개구리 우는 소리가 부쩍 요란하더라니."

우산 챙겨 오길 잘했지. 선우는 이마에 톡, 하니 떨어져 내린 빗방울을 손등으로 훔쳐 내면서 어깨에 멘 에코백 안에서 삼단 우산을 꺼내 들었다.

서울에서 내려와 이곳에 자리를 잡은 것도 어느덧 7개월 차. 이제는 제법 귀촌한 티가 나지 않느냐며, 속으로 조금 우쭐대던 선우가 우산대를 왼쪽 어깨에 비스듬 기대 놓는다.

자그마치 두 달 만에 큰맘 먹고 감행한 서울 나들이였다. 고등학교 때부터 알고 지낸 명진의 출산이 아니었더라면 나서지 않았을 걸음이기도 했다.

명진은 선우의 제일 친한 친구일 뿐만 아니라, 학창 시절에는 명진의 부모님께도 적잖이 신세를 져왔다. 때문에 선우는 진통이 시작되었다는 명진의 문자를 받자마자 주저 없이 집을 나설 채비를 했다.

병원에 도착했을 때는 이미 분만이 시작된 다음이었다. 자신이 왔다고 명진에게 알릴 틈도 없었다.

선우는 줄지어 놓인 딱딱한 대기석에 앉아 명진 어머니의 손을 꼭 붙들고서 아기가 나오기를 기다렸다. 머지않아 복도로 전해진 출산 소식에 명진의 남편이 눈시울을 붉히며 가장 먼저 병실 안으로 뛰어 들어갔다.

"명진아. 고마워. 우리 아기 낳아 줘서. 내가 잘할게. 진짜 평생 모시고 살게."

가족들의 오붓한 기쁨에 방해가 되지 않도록 조용히 차례를 기다려 아주 잠깐이나마 명진과 갓난아기의 얼굴을 볼 수 있었다. 양수에 발갛게 젖은 통통하고 작은 아기의 몸은 경이로 웠다.

열 달간 그녀의 일부였다가 이제는 품에 안긴 자식을 자애롭게 바라보는 명진은 봐 온 중 가장 아름다운 모습이었다. 이내 아기는 간호사 품에 안겨 신생아실로 옮겨졌고, 명진은 긴 시간 해산한 후유증으로 금세 지쳐 잠이 들었다.

"수고했어. 푹 쉬어. 몸조심하고."

제대로 눈도 뜨지 못하는 친구의 손을 꼭 움켜쥐었다가 놓았다. 그러고는 누가 붙잡기라도 할 새라 도망치듯 병원을 나왔다.

산부인과 전문 병원에서 아는 얼굴을 마주칠 리 없다는 건 선우도 잘 알고 있었다. 명진이 선우를 병원까지 불렀을 때는 애초에 다른 친구들과 마주치지 않도록 주의했을 테니까.

그럼에도 터미널에 도착해 고속버스 좌석에 고단한 몸을 구겨 넣고서야 비로소 긴장을 풀고 안도의 한숨을 내쉴 수 있었다.

문득, 부주의하게 뻗은 발이 고여 있던 진창에 잠기었다. 오늘따라 두 다리가 납덩이처럼 무거운 건 비단 신발 밑창에 들러붙은 진흙 탓만은 아닐 것이다.

매향에서 서울로, 다시 서울에서 매향으로 200km가 조금 못 되는 거리를 다녀온 까닭이다.

젖은 아스팔트 지면에 신발 바닥을 문대 진흙을 떼어 내면서, 선우가 두렁의 가장자리에 바짝 붙어 섰다. 경운기 한 대가 느릿한 속도로 다가오고 있었다.

챙이 빳빳한 모자 밑으로 따라붙는 시선이 집요했다. 끝내 눈이 마주쳤지만 둘 중 누구 하나 먼저 인사를 건네지 않는다.

쯧, 하고 혀를 차는 소리가 선우의 귓바퀴를 따끔하게 할퀴었다.

"썬, 문 좀 열어 줘요. 나야, 치푸."

엊그제 밤, 치푸는 늦은 시각에 선우의 집을 찾아왔다. 어김 없이 광대에 푸르스름한 멍 자국을 달고서였다.

볼 때마다 상처가 늘어나는 이유를 아무리 캐물어도, 돌아 오는 대답은 늘 한결같았다.

넘어졌다거나 또 넘어졌다거나, 다시 넘어졌다거나. 그 집 에서 날이면 날마다 들려오는 비명 소리의 주인이 누구인지 묻지 않아도 빤하다.

남편 짓이거나 아니면 시어머니 짓일 것이다. 혹은 그 둘 다일지도 모르지만.

아무리 숨기려 애를 써도 도무지 숨겨지지 않는 일들이 있 다. 닫아건 대문 밖으로 연기처럼 새어 나오는 비극의 매캐한 냄새가 바로 그렇다.

눈 위로 진하게 드리운 쌍꺼풀 때문인지 또래보다 어린 얼 굴을 하고 있는 치푸와 나란히 서 있으면 부녀지간이라고 오 해받아도 할 말이 없을 노안에, 실제로도 치푸와는 스무 살이 나 나이 차이가 나는 중늙은이.

고작 저런 남자를 남편으로, 저런 남자를 낳은 여자를 시어 머니로 떠받들기 위해 모국을 떠나온 치푸의 창창한 앞날을 생각하면, 어쩔 수 없이 선우의 입에선 푹 한숨부터 흘러나오고 만다.

자기 팔자 자기가 꼬는 법이라고들 하지만, 선우는 치푸의 처지를 그런 식으로 비웃고 싶은 마음이 없었다.

모국에 계신 아픈 어머니에 아직 어리기만 한 자식들.

치푸에게는 한국에서의 녹록지 않은 결혼 생활로부터 도망칠 수 없는 이유가 수두룩했다. 보기만 해도 숨이 턱턱 막히는 낭떠러지 위에 간신히 매달려 있는 그녀를 욕할 자격이 과연 누구에게 있을까.

탈탈탈탈. 선우의 옆을 데면데면하게 스쳐 지나간 이장의 경운기가 어느새 저만치나 멀어졌다.

치푸는 집에 잘 들어갔을까. 엄한 해코지를 당하지는 않았을까 하는 염려에, 선우의 음울한 시선이 이장의 뒤통수를 끝까지 따라붙었다.

흙바닥에 난 경운기의 바퀴 자국 위로 점점이 빗물이 번지기 시작했다. 우산 밖으로 슬쩍 내밀어 본 손바닥 위로 서늘한 비가 오목하게 고였다가 이내 주름을 타고 미끄러진다.

마치 제 속이 그렇듯, 툭툭 둔탁하게 두드리기만 하고 정작 안에 고이는 것이 없다. 낙수가 바위를 깬다는 말처럼, 정말 속에 구멍이 난 건 아닌지 선우는 몇 번이고 허전한 가슴을 쓸어 보아야 했다.

투둑, 툭. 툭.

떨어지던 소리가 갑자기 와다다다 요란해졌다. 빗줄기가 금세 촘촘하게 엉겼다.

"……얼른 들어가야겠다."

전원의 풍경이 빗물에 씻기어 보다 선명해졌다. 덜 깎인 중머리처럼 빼꼼하니 모가 올라온 논 안으로도 차곡차곡 빗방울이 담겼다.

바둑판 모양의 논과 밭이 시야의 끝까지 망막하게 이어졌다. 그 배꼽점 즈음에는 마을 사람들이 곧잘 모이는 정자 하나가 놓여 있었다.

먹구름이 켜켜이 쌓인 하늘이 벌써부터 어두컴컴했으나, 저녁때가 다 되어서야 무거운 엉덩이를 일으키는 마을 여자들은 아직 정자에 우르르 모여 있을 것이다.

빗발이 점차 거세어지는 와중에 질척이는 두렁길이 자꾸만 발을 잡아 곤혹스러운 선우는 하는 수 없이 정자가 있는 방향으로 걸음을 틀었다.

이 마을에서 나고 자란 이가 대다수인 데다 집에 수저를 몇 벌이나 놓고 쓰는지까지 서로 짜하게 아는 사이에 매일 만나서 무슨 할 얘기가 그리 많은지 모를 일이다.

아니, 적어도 지난 몇 달간 그네들의 입에 부단히도 오르내렸던 것은 바로 선우, 자신이었을 테다.

"어디 먼 데 다녀오는가 벼."

할머니 생전에 도탑게 어울리며 노인 혼자 사는 집을 하루

한 번씩은 꼭꼭 들여다보았다던 언덕 아랫집 동우 할머니다.

"네. 서울에 잠깐 볼일이 있어서요."

그녀에게만은 선우도 차마 데면데면하게 굴 수가 없었다. 할머니 홀로 계시던 저 집을 매일 두어 시간씩 잊지 않고 찾아준 분이었으니까.

"그려. 들어가."

매번 선우를 붙잡고서 안부를 묻는 사람도 이제는 마을에 동우 할머니가 유일했다. 구태여 끼어들어 말을 보태지 않는 여자들의 시선이 선우를 가볍게 스쳐 지나갔다.

시간이 지날수록 조밀해지는 비의 장막을 뚫고 왁자하게 터지는 여인들의 수다가 애써 그들과 거리를 둔 선우의 귀에까지 선하게 박혀 들었다.

"나는 아까 관사에 짐 들여놓는 것 봤지. 허우대는 멀쩡하드만."

"벌써 5월도 반이나 지났는디, 이제 부임하는 것부터가 수상쩍은 일이잖유."

"워매, 이 촌구석에 어쩐 젊은 총각 선생 하나 왔다 혔네. 그나마도 하자 있는 물건이었어?"

미미 슈퍼 할머니가 쑥색 담요 위에 붉은 화투장을 찰싹 내리꽂았다.

혀를 차는 소리는 그보다 더 감칠맛 있게 뱉어졌다. 얼마나 귀에 쩍쩍 달라붙던지, 길 가던 선우가 깜짝 놀라서 돌아볼 정도다.

"서울에서 학부모들한테 돈을 그렇게 받아먹었다고 하대요. 그게 뉴스까지 날 정도라 원래는 선생질도 못 하는 건데 어떻게 손을 써서 이리로 오게 된 거래요. 대대로 유서가 있는 교육자 집안이라나, 있는 집 자식이라나."

보험 설계사 장 씨 아주머니가 반쪽짜리 소문을 거리낌 없이 전파하고 있었다.

시내 아파트에 사는 교육청 직원 와이프에게서 직접 전해 들은 이야기란다. 곁들여 그 집 며느리가 시부모님의 치아 보험을 두 개나 들어 주더라며 은근슬쩍 노인네들 옆구리를 찌르는 것도 잊지 않는다.

요새는 보험이 하도 잘 나와서 노인네들 잇몸으로 양갱이 빨던 시절은 다 지나갔어요. 100세까지 고기 뜯는 시대라니까? 이 보험 하나면 1년에 하나씩 임플란트가 공짜야. 치과 가서 돈 주고 하려면 못 줘도 2백씩은 달라 하잖아요. 이건 한 달에 2만 원꼴밖에 안 해. 미선이 할머니는 어떠세요? 손녀딸 이번에 농협에 들어갔다면서. 이참에 할머니 보험 하나 들어 주면 좋지. 효도가 별건가…….

평소처럼 은근슬쩍 보험 가입을 권유하는 장 씨 아주머니의 말을 그냥 그러려니 듣고 넘기는 사람도 있고, 혹하는 얼굴로 귀를 기울이는 노인도 있다.

개중 여태 보험 하나 안 들어 준 야속한 아들딸 며느리를 둔 노인네들은 짐짓 서운한 표정을 드리우고 있기도 했다.

"이 마을에 핵교 다닐 어린애라 봐야 대한이, 서린이 밖에 더 있간디? 서린이 고것은 이제 여섯인가 일곱인가 그럴 틴디."

"한국말도 지대로 못 허는 지 엄마가 가르치는 것보다야 낫긴 하겠네."

그러고는 동시에 와락 터뜨리는 잠깐의 비웃음. 비정한 소음이 얼굴로 들이치는 빗물보다도 서늘하게 선우의 등줄기를 훑고 지났다.

저들이 만만하게 주워 삼키는 화제가 치푸의 이야기만 아니었더라면 선우는 그저 그것을 귓등으로 들어 넘겼을 것이다.

매일 가자미눈을 하고서 일거수일투족을 감시하는 시모 등쌀에 허리 펼 새도 없이 밭일을 하는 치푸.

밤이면 고단한 얼굴을 하고서도 선우를 찾아와 한국어를 배우는 치푸.

농촌 총각과의 결혼으로 정착한 한국에서 번듯한 직장을 잡아 아픈 어머니를 모셔 오겠다는 꿈을 가진 치푸의 이야기가 아니었더라면.

지금에 와서 돌이켜 보면, 치푸와는 첫 만남부터 예사롭지 않았다.

수리를 맡겨 놓고, 진척 상황을 확인하기 위해 들린 빈집에서 난데없는 여자 울음소리가 들렸다. 구석에 을씨년스럽게

25

웅크리고 앉아 있던 것은 남편의 손찌검을 견디다 못해 도망을 나온 치푸였다.

"누, 누구세요?"
"쌀려 주세요, 나 나쁜 사람 아네요. 씬고 하면 안 돼!"

얼룩덜룩하게 부어오른 치푸 얼굴을 보고 순간적으로 질겁한 선우와 그때까지만 해도 한국말이 서툴렀던 치푸.

이후 자잘한 오해와 언어의 장벽이 있었어도 두 사람이 우정을 나누기에는 실상 서로를 이해하려는 마음 하나면 충분했다.

우산의 동그란 손잡이를 쥐고 있던 선우의 손이 흔들렸다. 천박한 말과 웃음소리가 공기 중에 유독한 바이러스처럼 확산되고 있었다.

선우는 우산을 젖혀 내리는 빗물에 귀를 씻고 싶었다. 연무처럼 퍼져 오는 험언을 피해 도망치고 싶었다.

지겹다. 지겹고 또 지겹다고 생각하면서, 선우는 조금 더 빠르게 걸음을 걷기 시작했다. 고르지 못한 웅덩이 위에 찰박거리며 발을 디뎠다.

평생을 식구들 끼니 챙겨 주는데 진력이 난 여자들은 이참에 비를 핑계 삼아 정자에 눌러앉아 있을 작정을 한 모양이었다. 화투장을 모으면서, 화제는 다시 새로 부임해 온다는 선생에게로 되돌아갔다.

제법 정보의 출처가 확실한 장 씨 아줌마의 제보가 화수분처럼 쏟아졌다.

스승의 날이면 노골적으로 값비싼 선물을 요구하고, 학부모를 만나 수시로 촌지를 받으며 그 액수에 따라 어린애들을 차별하는 저급한 인간.

선우는 일생 한 번 마주쳐 본 적도 없는 생면부지 남자의 인생을 이 자리에서 어렴풋이 그려 낼 수도 있을 것 같았다.

정자를 비켜 앞으로 나아가면서 누구와도 눈 마주칠 일 없도록 낮추어 잡고 있던 우산 손잡이를 털어 내듯 추어올렸을 때다.

방수천 위로 맺혀 있던 물방울들이 허공에 산개했다. 눈썹까지 들린 형광 주황색 우산 밖으로 말뚝처럼 박힌 검은 그림자가 불현듯 시야에 들어왔다.

진흙탕이 되어 버린 논두렁 위에 우두커니 선 남자.

턱이 가슴에 닿을 정도로 고개를 숙이고 있는 그의 옆얼굴이 낯설다. 딱히 특산품이랄 것도, 관광 명소도 없는 이 동네에 외지인이 들어오는 일은 무척 드문데.

가늘게 뜬 눈으로 남자를 주시하는 선우의 표정에 경계 섞인 호기심이 막 드리운 찰나였다.

선우와 거의 동시에 남자를 발견한 정자 위의 여자들이 어머, 하고 수선을 떨며 황급히 손으로 입을 가렸다.

"아……."

선우의 이해력이 단번에 상황을 관통했다.

어쩔 수 없이 2초쯤 남자에게 시선이 머물렀다. 발등에 못을 박아 그 자리에 고정시켜 놓은 것처럼 남자는 도통 움직일 줄을 몰랐다.

수채화 속 인물처럼 당장이라도 비에 녹아 지면으로 흘러내릴 것 같은 남자의 아슬아슬한 분위기가 그녀의 시선을 몇 초쯤 더 붙잡아 두었다.

적어도 남자에게는 잊지 못할 봉변으로 남을 이 순간에 한통속이 되고 싶지 않아, 선우가 애써 고개를 비꼈을 때였다.

"저기요."

뜻밖에도 남자가 선우에게 먼저 말을 걸어왔다.

열세 살. 할 줄 아는 거라고는 세상 끝까지 달음질치는 것밖에는 없던 꾀죄죄한 사내아이.

희준의 유년 시절은 야생마처럼 날렵하게 뻗은 그의 두 다리를 빼놓고서는 이야기할 수 없다.

어린 아들 하나만 남겨 두고서 사고로 덜컥 죽어 버린 동생 부부 대신 조카를 떠맡아 방임하듯이 키운 큰아버지 내외. 희준은 그들의 매서운 눈초리를 피해 산이며 밭이며 모래사장이며 종일 달리다 가슴이 터질 것같이 부풀 즈음에야 무릎을 짚고서 벅찬 숨을 쏟아 내고는 했다.

무엇이 그렇게나 답답했는지. 답을 알지 못하는 머리 대신 어린 두 다리가 답을 찾기 위해 부단히 뛰어다녔다.

달리고, 달리고 또 달리고. 목적도 의미도 없이 반복되던 낙도의 삶에서 희준을 구원해 주었던 남 선생님.

개인 사정으로 낙도에서의 교직 생활이 힘들어진 제자를 대신하여 단기 부임해 온 그분은 당시 이미 정년을 코앞에 둔 상황이었다.

속옷과 내의 몇 벌, 외투 한 벌을 보스턴백에 넣어 단출하게 입도하여, 육지로 되돌아갈 때에는 희준의 손을 꼭 잡은 채였다.

"이 좁은 섬을 종일 뛰어다녀 봐야, 네 가슴에 답답함만 더하지 않니? 그래도 이것밖에 표현할 줄을 모르는 게야. 어떠냐. 나와 같이 육지로 갈래?"

말하지 않아도, 곪아 가던 어린 희준의 속을 다 알아주었던 선생님의 다정한 제안에 희준은 울먹이며 고개를 끄덕였다. 섬을 벗어남으로써 가슴에 묵직하게 매달고 있던 추를 마침내 덜어 낸 사람처럼 가뿐해진 무게만큼 발은 더 날쌨다.

서울시 중학생 육상 경기 대회 100m, 200m 금메달, 한국

전력배 전국 중고생 육상 경기 대회 200m 은메달, 전국 육상 경기 대회 200m 1위…….

서울로 전학한 첫해, 희준은 참가한 대회들에서 연이어 수상의 영광을 안았다.

그러나 그 빛은 유성처럼 오직 찰나의 순간만을 반짝인 채 곧장 어둠으로 지고 말았다.

달리는 방법을 모르는 채 무작정 산과 들을 쏘다녔던 소년을 규칙 안에 가두는데 적지 않은 시간이 걸렸다. 몸에 도통 맞지 않는 옷을 억지로 껴입은 부작용처럼, 부상이 연달아 찾아들었다.

이전과 다르게 삐걱거리는 무릎을, 욱신대는 발목을, 밤마다 빠지는 발톱을 보면서도 그것이 자신에게서 달리기를 앗아갈 것이라는 생각은 하지 못했다.

무릎은 성장기라서, 발목은 남들보다 혹사당했으니까, 발톱은 일주일이면 자랄 테니까 괜찮다며 무시했다. 끝내는 돌이킬 수 없을 정도로 다리가 망가질 때까지, 희준은 이를 악물고 버티며 고통을 속으로만 삭여 냈다.

당시 희준이 겁을 냈던 건 오직 남 선생님에게 누를 끼치게 되는 일뿐이었다. 말년에 얻은 자식처럼 희준을 거두어 준 남 선생님 댁에는 아들 식구인 남 교장 내외와 현민, 현경까지 삼대가 모여 살고 있었다.

현경을 제외한 모든 식구들이 업둥이처럼 들어앉은 희준의 존재를 마뜩잖게 여겼다.

희준과 마주칠 때마다 멈칫대는 눈빛들을 희준은 아둔한 장님 흉내를 내며 모른 체 했다. 내쫓길 빌미가 될까 봐 아프다는 소리조차 혀 밑에 넣어 꾹꾹 씹어 삼켰다.

떠오르던 육상 유망주에서 단번에 나락으로 떨어진 희준에게 어른들은 똑같이 물었다.

"너 이제 어쩔래. 앞으로 뭐 하고 살 거야?"

믿을 건 두 다리밖에 없는 놈이 그것도 제대로 간수하지 못해 아작을 내놓았느냐는 비난이 덤으로 딸려 왔다.

길지는 않았어도 장래를 걸고 매달렸던 목표가 꺾이고, 희준으로 하여금 유일하게 살아 있다는 기분을 느끼게 했던 달리기를 잃은 직후였다.

그 황망함과 공허함을 미처 추스르기도 전에, 그들은 현실을 직시할 것을 강요했다.

"희준아. 넌 커서 뭐가 되고 싶으냐?"

오직 남 선생님만이 그런 희준을 다그치지 않고 두 손을 붙잡아 주었다. 이제부터 함께 고민해 보자며, 지그시 눈을 맞춰오는 남 선생님에게 희준은 엉겁결에 답했다.

"……저요. 선생님 같은 선생님이 되고 싶어요."

대통령이 되고 싶어요. 우주 비행사가 되고 싶어요. 미스 코리아가 되고 싶어요.

어린애에게 물으면 별 고민 없이 흘러나올 법한 허황되고 요원한 꿈. 고작 그런 종류의 대답이었을 것이다. 하지만 희준은 그렇게 교사가 되었다.

대단한 직업 정신 내지는 소명 의식, 그런 건 없었다. 단순히 갑갑하고 좁은 낙도로 돌아가고 싶지 않다는 일념으로 버티고 또 버텼을 뿐.

"내려가서 조용히 지내고 있으면, 돌아가는 상황 봐서 다시 불러들일 거다. 길어야 몇 년이야."

남 교장의 음성에 희준은 길게 이어지던 상념을 갈무리했다. 일방적인 통보였다.

차 한 잔 내주는 일 없이, 본론은 신속하고도 단호했다. 혹시나 희준이 마음을 바꾸기라도 할까 봐, 그전에 어떻게 해서든 등 떠밀어 보내려는 속내인 것이다.

"예. 알겠습니다."

다시 서울로 부르겠다는 말이 거짓이라는 건, 그것을 약속한 남 교장도 희준도 익히 아는 사실이다.

그럼에도 좀처럼 마음에 없는 말은 입에 담지 않는 남 교장이라, 평소를 가장한 낯 아래 느끼고 있을 당혹을 어느 정도 짐작게 했다. 물론 그 당혹은 희준에 대한 미안함 때문이 아니라, 수치에서 비롯된 감정일 것이다.

"현경이랑은 다 정리가 된 거냐?"

이전까지는 남 교장이 먼저 현경과의 관계에 대해 묻는 일이 결코 없었는데. 그와 현경이 한데 묶이는 것만으로도 불쾌해하던 사람이니까.

우습게도 끝을 바라볼 때에야 비로소 남 교장은 현경과 희준의 관계를 인정하고 있었다.

"이다음에 커서 꼭 희준 오빠랑 결혼할 거야."

처음 희준을 만났던 열한 살 꼬맹이 시절부터 현경은 그 말을 한시도 입에서 떼놓은 적이 없었다.

희준에게 달라붙는 현경과 그런 현경을 못 이기는 척 받아주는 희준을 향해 대놓고 싫은 내색을 하는 남 교장 내외의 눈치를 보면서, 죄스러워하고, 반발하고, 사이사이 행복해하기도 하며.

현경을 향한 설익은 감정은 배덕감을 땔감 삼아 더 큰 불씨로 타올랐다.

그렇게 지나온 10년이었다. 서로가 서로에게 첫사랑이었다.

"애들이 그러는데, 원래 먼저 좋아한 사람이 지는 거래. 억울해. 나는 왜 오빠가 좋았을까? 그 어린 게 뭘 안다고. 아니다. 뭘 몰라서 좋아했나?"

그건 현경이 투정처럼 자주 즐기던 농담이었다.

희준이 하는 행동 중에 뭔가가 마음에 들지 않거나, 바라는 게 있는데 콕 집어 말하기는 싫을 때 현경은 늘 그렇게 투덜거리며 속상한 것을 티를 냈다.

둘 중 어떤 경우가 되었든 희준이 돌려주는 대답은 한결같았다.

"뭐가 억울해? 먼저 좋아한 사람이 아니라 더 많이 사랑하는 사람이 지는 거야, 바보야. 그래서 내가 이 쪼끄마한 꼬맹이한테 맨날 지는 거고."

이마를 통 부딪치며 타이르면, 현경은 세상에서 가장 커다란 걸 가진 여자처럼 활짝 웃었다.

무엇 하나 번듯하게 해 준 것 없는 희준에게 현경은 아낌없이 그런 미소를 지어 주었다.

"예. 걱정 안 하셔도 됩니다."

희준의 대답에 남 교장이 보기 드물게 흡족한 낯으로 고개를 끄덕였다.

✳   ✳   ✳

새벽부터 부지런히 짐을 챙겨 나온 희준이 마침내 초등학교에 도착한 것은 오후 3시 무렵이었다.

터미널에서부터 타고 온 택시가 한 층짜리 몽땅한 건물 앞에 멈춰 섰다. 희준은 이만 원쯤 나온 택시비를 지불하고서 트렁크에서 짐을 내렸다.

단출한 학교 건물에 과분할 정도로 널따란 운동장이 으스대듯 펼쳐져 있었다.

듬성듬성 놓인 철봉에 아이 서넛이 매달려 흔들거렸다. 건물과 운동장 사이의 토막만 한 교정에서 여인네들이 다람쥐처럼 쪼그려 앉아 무언가를 캐거나 뽑고 있었는데, 얼굴을 감싼 선캡 아래로 까만 눈만 내보이는 여자들의 시선이 교문을 들어서는 희준을 집요하게 좇았다.

교사 앞에서 전화를 걸자 기다리고 있었다는 듯 두 사람이 마중을 나왔다.

"정희준 선생님? 먼 길 오느라 수고 많았어요. 앞으로 정 선생이라고 부를게요. 내가 이곳 매향 초등학교 교장 방한수입니다."

웃는 모양 그대로 눈주름이 난 노령의 신사가 먼저 손을 내밀어 왔다.

희준이 잡아 깍듯하게 고개 숙였다.

"여기는 우리 매향 초등학교를 살뜰히 돌봐 주시는 관리인 최 선생님입니다."

"아이고, 선생은 무슨. 그냥 최 씨라고 불러 주심 족하다니께유."

관리인 최 씨가 얼른 두 손을 내저으며 과분한 직함을 사양했다. 몸짓이나 표정에서 방한수 교장을 몹시 존경하는 티가 엿보였다.

"정희준입니다. 잘 부탁드립니다."

"예, 뭐……."

심드렁한 태도로 최 씨가 희준을 향해 고개를 한 번 까딱였다. 그 모습이 방한수 교장을 대할 때와는 다르게 사뭇 건성이었다.

"노독으로 피곤하겠지만 당장 월요일부터 아이들 맡아서 수업을 해야 하니까 건물을 익혀 두는 게 좋겠지요. 일단 한 바퀴 빙 둘러봅시다."

인사를 나눈 뒤에 방 교장이 직접 학교를 안내해 주었다. 선뜻 앞장을 선 방 교장의 뒤로 짝다리를 짚고 서 있던 최 씨가 빤히 쳐다보기에 혹시 짐을 들어 주려나 싶었는데.

최 씨는 민망할 정도로 쌩하니 등을 돌려 가 버렸다. 희준이 적이 황당해하며 들고 있던 짐 가방을 우선 현관에 기대 세워 두었다.

매향 초등학교의 교직원은 희준을 포함해 총 네 명이었다. 교장과 희준, 행정을 책임지는 김 선생과 관리인 최 씨까지. 전교생 수는 딱 떨어지는 스물이었다.

방 교장이 고학년 세 개 반 학생 열한 명을 맡아 가르치고, 희준의 전임자였던 김 선생이 저학년 아홉의 담임으로 근무했었다.

후임인 희준이 이제부터는 그 아홉 명의 새로운 담임 교사가 될 예정이었다. 전임자는 뺑소니 사고로 갈비뼈가 부러져 병원에서 입원 치료를 받는 중이라고 들었다.

"김정남 선생님이 갑작스레 교통사고를 당해서 안 그래도 저희 쪽 사정이 급했는데, 얼마나 다행인지."

덕분에 한시름 놓았다며 웃는 방 교장을 희준은 떠름한 시선으로 보았다.

희준이 이곳에 내려온 이유를 모르지 않을 텐데. 희준을 반기는 방 교장의 얼굴에서는 그런 기색은 전연 찾아볼 수가 없다. 불편한 마음을 덜어 주고 싶은 건지 아니면 뭔가 다른 속내가 있는 건지 알 수 없는 노릇이다.

대다수 과목이 진행되는 교실 두 개가 중앙 현관의 양편으로 나뉘어 있었다. 좌측으로는 음악실, 미술실, 다용도실, 우측으로는 교무실(교장실), 행정실, 관리실 팻말이 문마다 단정하게 걸려 있었다.

낮은 창틀 너머로 아기자기한 책걸상과 삐뚤빼뚤한 글씨,

그림들을 구경하면서 걷다 보니 복도의 끝에서 끝까지는 생각보다 금방이었다.

학교를 대강 둘러보고 나서, 희준은 낡은 관사의 열쇠를 넘겨받았다. 교사 옆에 삐죽 솟은 젓니를 닮은 건물이었다.

"전구는 갈아 놨고, 전기는 들어오는디 가스는 니열 아침이나 돼야 연결된다네유. 청소는 뭐, 난중에 그짝이 알아서 하시구."

"오래 비워 둔 집이라 손볼 데가 한두 군데 있을 겁니다. 뭐든 필요한 게 있으면 여기 최 선생님한테 부탁하도록 해요. 우리 학교 맥가이버시니까."

자잘하게 금이 간 외벽에 빗물이 타고 흐른 흔적이 지저분하게 남았다. 당장은 누수가 없어도 장마가 계속되면 어떨지 장담할 수 없다. 희준의 심란한 눈길이 크지 않은 관사를 쭉 훑고 지났다.

"……그르니께 촌지 줄 사람도 없는 깡촌에 뭐 얻어먹을 게 있다고 와 가지고서는. 쯧."

방 교장에게는 들리지 않을 작은 소리로 비꼬았을 때에야, 희준은 비로소 최 씨가 내내 자신을 마뜩잖게 대하던 이유를 알아챘다. 방 교장을 따라 이미 저만치 가 버린 최 씨에게 희준은 무언가를 변명하거나 부정해 볼 기회가 주어지지 않았다.

결국 관사 앞에 우두커니 남겨진 희준이 낡은 열쇠를 내려다보며 후우, 한숨을 내쉬었다.

서울에서부터 끌고 온 커다란 캐리어 위에는 어른 몸통만 한 더플 백까지 얹혀 있었다. 언뜻 보면 짐이 많은 것 같아도, 서울 집을 아예 정리해 버린 희준의 전부였다.

고르지 않은 흙바닥 위로 캐리어를 질질 끌어 문 앞에 다다랐다. 알전구처럼 동그란 손잡이에 점점이 녹이 번져 있었다.

최 씨가 넘겨준 열쇠를 자물쇠에 찔러 넣었다. 빡빡하게 들어간 열쇠가 안에서 도통 움직일 생각을 하지 않아, 문고리를 붙잡고서 이리저리 틀어 보았다. 한참을 씨름한 끝에야 희준은 겨우 출입을 허락받았다.

현관의 얕은 턱에 캐리어가 덜컹 걸렸다. 짜증스러운 얼굴로 힘껏 끌어당기자 맥없이 손잡이가 쑥 빠져 버린다.

"윽!"

그 바람에 희준은 벌렁 뒤로 자빠져 엉덩방아를 찧고 말았다. 몸이 기울면서 반사적으로 뻗은 손이 신발장 모서리를 움켜쥐었다가 미끄러졌다.

손바닥이 날카로운 단면에 긁혔다. 순간적으로 아찔하여 희준이 눈살을 찌푸렸다. 노란 마루 장판에 붉게 핏방울이 번지는 것을 멀뚱히 쳐다보다 이내 헛웃음을 흘리고 말았다.

"……환영 인사 한번 거창하네."

간신히 버티고 있던 힘까지 쭉 빠져서는 에라 모르겠다, 마루 장판 위로 한껏 널브러졌다.

두 손등을 이마에 올려 눈을 가렸다. 적당히 어두컴컴하고 적막한 실내에 희준의 가슴이 부풀었다가 가라앉는 소리만 들렸다.

호흡은 말로 꺼내지 않는 희준의 심정을 대변하기라도 하듯, 거칠어졌다가 다시 침잠하기를 반복한다. 가늘게 떨리는 눈꺼풀 아래로 희준은 자신이 이 촌구석까지 쫓겨나야 했던 모든 이유들을 곰곰이 되짚어 보고 있었다.

대학에 입학하면서부터 희준은 자연스럽게 남 선생님 일가에서 나와 보증금 없이 월 20만 원짜리 고시텔로 들어갔다. 창문도 없이, 책상과 침상 사이 한 사람 설 자리도 빠듯했던 한 칸짜리 방. 몸은 갇혔어도 마음은 풀어 놓을 수 있었던 희준의 방.

그에 비한다면 혼자 쓰는 독채 관사는 호강이라 해도 과하지 않았다.

창문 없는 방에서 손바닥만 한 쪽창이 난 방으로, 곰팡이가 벽지의 반을 가린 반지하 방으로, 여름이면 펄펄 끓고 겨울이면 꽁꽁 어는 옥탑을 거쳐 마침내 작년에야 방 두 개짜리 2층 전세를 얻었다. 교사가 된 지 3년 차 된 해였다.

사람들이 왜 내 집 마련을 꿈으로 손꼽는지, 희준은 그 이유를 절실하게 체득했다.

밀린 학자금 대출을 완납하고 조금씩 적금 통장에 돈을 모으기 시작한 것도 그즈음이었다.

목표는 분명했다. 현경과의 결혼 자금 마련을 위해.

일이 터지고 약 한 달간을 정직 상태로 흘려보냈다. 남 교장에게 미리 발령에 대한 언질을 듣고 나서는 서울에서의 생활을 조금씩 정리해 나갔다.

"이렇게 오빠 떠나면 또 언제 서울 돌아와서 돈 모으고 결혼 준비해?"

나중에서야 소식을 들은 현경이 젖은 얼굴로 따져 물었다. 하얀 볼에 흘러내리는 눈물을 지그시 쓸어내는 희준의 손을 도리질 쳐 피하면서 아랫입술을 사리물었다. 마르고 갈라진 현경의 입술에서 피가 배어났다.

"길어 봐야 3년이야. 딱 그만큼만 기다려 주면, 우리 아무 문제 없이 결혼할 수 있어. 그러니까 나 한 번만 믿어 주라. 응?"

이번 일만 현민을 대신하여 뒤집어쓴다면, 더는 현경과의 결혼을 반대하지 않겠다는 약속이 남 교장과 희준 사이에 이미 오고 간 다음이었다.

10년을 아무 불평 없이 곁을 지켜 준 현경의 가장 큰 바람을 이루기 위해서는 피할 수 없는 유예였다.

"일찍 결혼하고 싶어. 우리 집처럼 대가족이 한집에서 오순도순. 그렇게 살았으면 좋겠어."

희준의 맨 가슴 위에 검지로 그녀만 알아볼 수 있는 그림을 그리며 속삭이곤 했던 현경이었으니까.

사회적으로 두루 존경받는 조부에 그 명성을 그대로 이어받은 아버지, 현숙한 어머니와 가업처럼 대물림된 교육자의 길을 걷기 시작한 오빠. 그림 같은 가정에서 자란 현경이라 꿀 수 있는 꿈이었다.

정작 현경이 생각하는 이상적인 가족상 안에서 희준은 늘 보이지 않는 곳에 웅크려 있던 군손님에 불과했음에도, 현경이 꿈꾸는 미래 안에는 그 또한 함께하고 있다 믿어 의심치 않았다.

"네가 힘들다는 것 알아. 근데 이번 발령이 내가 네 옆에 설 수 있는 유일한 기회야. 우리를 위해서야. 결혼하고 싶다는 네 꿈, 이제 내가……."

"미안해, 오빠. 더는 못 기다리겠어. 난…… 너무 지쳐."

변하지 않는 상황이, 상황을 변화시키지 못한 희준이, 그리고 그런 희준을 사랑하는 그녀 자신이 이제는 지친다고.

원망과 자책이 반복적으로 흘러나왔다. 그러다 종내에는 고개를 떨구며 이별을 전하는 현경을 마주해야 했다.

희준은 서 있던 자리가 푹 꺼지는 것만 같은 절망감을 맞닥
뜨렸다.

달리기에서 가장 중요한 과정은 바로 숨 고르기다. 올바른
호흡법을 익혀 온몸을 휘도는 혈액에 적정량의 산소를 공급하
지 않으면 두 다리는 지면을 힘껏 박찰 수 있는 전력을 얻을
수 없다.

때문에 달리기를 시작하는 사람은 가장 먼저 호흡하는 방법
을 배운다. 장거리일수록 숨 고르기는 필수적이다. 현역 때의
희준은 스프린터로 활약했으나 그 사실을 모르지는 않는다.

딱 한 걸음. 희준과 현경 사이에 10년간이나 좁혀지지 않았
던 그 한 걸음을 위한 숨 고르기일 뿐이었는데…….

현경은 끝내 그 시간을 받아들이지 못했다. 희준은 그런 현
경을 원망할 수조차 없었다. 아마 벌써 가슴이 다 헤져 너덜너
덜해지고 말았을 것이다.

그럼에도 단 한 번 티를 내는 일 없이 희준을 믿어 온 사람
이었다.

때문에 현경이 이번 희준의 결정을 그녀의 기다림에 대한
지극한 배신으로 받아들였다고 해도 어쩔 수 없는 일이었다.

돌이켜 생각해 봐도 뼈아프기만 한 착각.

'사랑해'라는 말이 함께한 시간에 비례하여 무게를 갖는다
고 여긴 것.

'헤어지자'는 말 한마디에 10년의 세월쯤은 아무 의미도 없이 숭덩 잘려 나갔다.

지금 당장은 그녀 말대로 지쳐서 그러는 거라고, 그만두자고 말해도 시간이 지나면 자연스레 돌아올 것이라고 믿고 또 믿었다.

그렇게 믿는 수밖에 없었다. 때문에 희준은 현경과의 관계를 두 손으로 움켜쥐고서 고집스럽게 놓지 못했다.

예고 없이 맞닥뜨린 이별은 마치 교통사고 같았다. 대비하고 있었음에도 희준은 꼼짝없이 이별을 당했다. 억울해도 소용없었다.

두 사람이 함께여야 가능했던 사랑과는 달리, 이별에는 두 사람 모두의 동의는 필요 없었으니까.

남 교장 일가에 의탁해 살아오는 동안 내내 허전했던 가슴에 온기를 불어넣어 준 것이 바로 현경이었다. 그런 현경을 위해서라면 무엇이든 불사할 희준이었고. 희준은 현경을 위한 마지막 일이 그녀와의 이별을 인정하는 일이 될 것이라고 미처 예상하지 못했다.

현경은 먼저 사랑한 자신이 약자라고 말했지만, 실상 먼저 관계를 끝맺음으로써 희준을 평생 무력한 약자로 남겨 두었다.

마지막으로 서울 집을 정리하며 나오던 날, 내심 아주 조금은 기대하고 있었는지도 모른다. 종종 다투거나 마음 상하는 일이 생기면 늘 먼저 집 앞으로 찾아와 희준을 기다리던 현경이었으니까.

빈자리 위로 겨울날 시린 코끝을 빨갛게 물들이고서 쪼그려 앉아 있던 현경의 모습이 환상처럼 떠올랐다 흩어져 버렸다. 희준은 가슴에 남은 지난 시간의 흔적들까지 그렇게 모조리 흩어져 버렸으면 좋겠다고 중얼거렸다.

그렇게 헤진 가슴을 미처 추스르지도 못하고 내려온 길이었다.

관사의 금 간 외벽이나 녹슨 문고리, 모서리가 날카로운 신발장 따위에 짜증은 나도 두 번 눈길 줄 여력은 없을 만큼, 희준에게는 앞으로의 적응보다도 지나온 날들의 정리가 더욱 시급해 보였다.

그리고 보면, 처음 남 선생님을 만난 것도 이곳과 분위기가 비슷했던 낙도의 분교에서였다.

꼬리에 불이 붙은 망아지처럼 종일 뛰어다니기만 하는, 오로지 달릴 줄밖에 모르던 열세 살 철부지의 무엇을 보았기에 그분은 희준을 조그맣고 갑갑한 섬에서 손수 끄집어내 주었나.

은퇴 이후 빠른 속도로 기억이 부식되어 이제는 희준을 알아보지도 못하는 은사에게 그 이유를 영영 물을 수 없게 되었다.

남 선생님 같은 훌륭한 교육자가 될 수 있었다면 좋았을 것이다. 그러나 지금에 와서는 촌지를 받고 지방으로 쫓겨난 애송이라는 주홍글씨를 어디를 가든 달고 다녀야 할 처지가 되어있었다.

　지난 일생을 빚졌던 만큼, 남은 일생을 내내.

02. 가까이 보면 비극, 멀리 보면 희극

희준이 차가운 마룻바닥에서 몸을 일으킨 것은 한참의 시간
이 흐른 다음이었다.

이미 지칠 대로 지쳐 손가락 하나 까딱하고 싶지 않았다.
싸늘한 고요가 고독으로 승화되는 그곳에서, 깜깜한 어둠이
사위를 가둘 때까지.

끝내 살아 있는 의무를 저버리지 못하고 감각이 먼저 현실
로 되짚어 나왔다. 저음으로 진동하는 냉장고와 피부에 달라
붙는 습기, 속을 긁어내는 허기. 도무지 무시할 수 없는 그런
것들로 인하여.

관사에 들어올 때만 해도 밝았던 창밖이 그새 흐려져 어둑
어둑했다. 캐리어를 대충 방 안쪽으로 치워 놓고서 부엌 찬장

을 뒤적거렸다.

"먹을 게 아무것도 없나."

작은 냄비 하나, 프라이팬 하나, 전기 포트와 전자레인지, 작은 냉장고와 낡은 세탁기, 바닥에 방치된 두루마리 휴지와 욕실 세제.

관사 안에는 최소한의 가구와 최소한의 기기와 최소한의 물품만 갖춰 놓았다. 그러나 사람이 살아가기 위해서는 최소한의 것만으로는 부족하다.

듣기로는 반 두 개짜리 단출한 이 학교가 근방의 마을 네 군데가 포함된 유일한 초등학교라고 했다.

고작 스무 명뿐인 어린아이와 그보다 조금 더 많은 숫자의 부모들과 아마도 그 둘을 합친 것보다 훨씬 많은 노인들 수의 합이 2만 명도 채 되지 않는 그런 촌 동네.

그래서 차라리 다행이다 싶었다. 부딪칠 사람의 밀도가 낮은 땅에서는 보다 빨리 달려 나갈 수 있을 테니까.

기억도, 고통도, 시간도 그렇게 제쳐 버리고 싶었다. 작디작은 공동체인 만큼 되레 희준의 소문도 금세 퍼져 버릴 줄 모르고.

"그짝이 서울서 잘 사는 집 자식이건, 대단한 빽이 있건 간에 나하고는 상관 없으니께. 촌구석까지 쫓겨 왔음, 괜한 분란 만들지 말고 조용히 지내다 가유."

교사를 안내하는 줄곧 친근하고 정중하게 희준을 대했던 방한수 교장과는 달리 관리인 최 씨는 탐탁하지 않은 기색을 숨기지 않았다.

아마 당분간은 이곳에서 누굴 만나든 쭉 그런 대접을 받아야 할 듯싶었다. 혹은 평생 그 오해를 풀 수 없을지도 모르고.

학교 건물에 비해 과분하리만치 넓은 운동장을 가로질렀다. 교문을 나서자마자 학교 앞으로 뻗은 왕복 4차선 도로가 시야의 절반을 채웠다.

좌우로 차선을 살피던 희준의 미간이 찌푸려졌다. 승용차보다는 화물 차량의 통행이 빈번한 지방 도로였다.

"애들 등하교 때 주의를 기울이지 않으면 자칫 큰 사고 나겠는데."

쯧, 혀를 차며 주위를 두리번거렸다. 학교 교문에서 100m 인근으로 2층짜리 건물 하나가 멀뚱히 서 있었다.

애들이 군것질할 분식집과 문구점은 이곳뿐인 듯하니, 나중에 주인과 따로 안면을 익혀 두는 편이 나을 것이다.

차도 건너편으로는 사람이 지나는 좁은 인도와 검게 망을 씌운 비닐하우스 몇 동, 자동차 타이어를 파는 가게가 하나, 그리고 목재 공장과 주유소가 보였다.

"어느 쪽으로 가야 하나……."

가시적인 거리 내에서 마트나 약국을 찾을 수 없었다.

잠시 고민하다 이윽고 오른쪽으로 걸음을 틀었다. 택시를 타고 온 방향이었다.

오는 길에 편의점 간판을 본 기억이 났다. 대강이나마 거리를 가늠하며 차도 갓길을 따라 걷기 시작했다.

톡, 토독. 한두 방울씩 떨어져 자국을 남기던 비의 점들이 이윽고 긴 궤적을 그리는 선이 되었다. 손등으로 젖은 이마를 훔치며 눈살을 찌푸리던 희준이 갈등했다.

돌아가기에는 이미 어깨에 옷이 축축하게 들러붙었다. 결국 도중부터 내리기 시작한 비에 쫄딱 젖고 난 다음에야 가게를 찾을 수 있었다.

'매향 하이퍼 마트' 라는 이름을 생경하게 올려다보던 희준이 옷을 털며 안으로 들어갔다.

"여기요. 아무도 안 계십니까?"

컵라면 두 개를 들고 카운터로 되돌아왔을 땐 그 자리에 주인이 없었다.

근처 약국 위치라도 물어보려고 했더니.

계산대 뒤쪽으로 난 작은 나무문이 한 뼘쯤 열려 있었다. 그 너머로 건물 뒤편의 주택과 이어진 마당이 보였다.

처음 들어올 때부터 주인이 자리에 없었는지를 가만히 떠올려 보던 희준이 별수 없이 들고 있던 물건을 카운터에 그대로 내려놓고 가게를 나왔다.

'매향 마을' 이라는 표지판이 가리키는 방향으로 난 석조다리를 건넜다.

비가 오면서 불어나기 시작한 개천의 수위가 제법 높았다. 다리 밑에서 물살이 성난 소리를 내며 우르르 휩쓸려 갔다. 다리 위로 자동차가 지나갈 때마다 희준이 디딘 발밑이 진동했다.

시골 마을의 구획은 단순하기가 짝이 없어서, 곧게 뻗은 소로를 따라 주택이며 맨션이며 주거지가 소분되었고, 푸릇한 논밭은 야트막한 뒷산의 정원처럼 펼쳐졌다.

희준은 태어나 처음으로 비가 선사하는 오감에 예민하게 집중하였다. 높지 않은 건물과 흙바닥 위로 비 떨어지는 소리는 낙차의 크기만큼이나 또렷하고, 짙은 색감을 가진 투명은 표면 위로 볼록하게 두드러진다.

"하아, 후우!"

수분을 둘러업은 공기를 한 움큼 가슴으로 흡입했다가 도로 뱉어 내는 시간이 평소보다 길었다.

도시처럼 먼지 녹은 빗물이 아님을 알아서인지 피부 위로 흘러내리는 느낌이 그다지 나쁘지 않았다. 시야가 좁혀든 건 불만이었지만, 그래도 이런 날씨에 이런 흙바닥이라면 오랜만에 한바탕 뛰어도 좋을 것 같다.

"오빠 딱 운동 체질인데 어떻게 선생님이 됐는지 몰라."

투덜거리는 현경의 목소리가 빗물과 함께 스며든다. 현경의 말마따나 공부 머리라고는 없어서, 종일 책상에 붙어 앉아 무식하게 책을 파는 방법밖에는 몰랐다. 임용고시를 준비하며 쏟은 코피가 남들의 두 배는 넘을 거라고 장담할 수 있었다.

한 번 마음을 먹으면 쉽게 고집을 꺾지 않고 끝까지 달려들었다. 오래 생각하고 고민하는 일은 딱 질색이었다. 차라리 몇 시간이고 몸을 달리며 복잡한 상념을 훌훌 털어 버리는 편이 나았다.

현역 때는 단거리 주자였지만, 부상으로 선수 생활을 포기한 뒤로는 주로 장거리를 조깅하듯이 뛰었다. 순간 추진력이 뛰어나 중학교 육상 코치에게 '로켓'이라는 별명이 붙었던 것이 무색하게, 이제는 고장 난 다리를 아무리 재게 놀려도 예전만큼의 속도가 나지 않는 것을 의식했기 때문이다.

누가 보면 혹사한다 싶을 만큼 오래 달리고 나면, 털어 낸 땀방울 무게만큼 마음의 짐을 던 느낌이 들어 좋았다. 숨이 턱턱 막힐 때, 죽을 만큼 노력했다는 실감이 났다. 그래서 고민이 있을 때는 곧잘 밖으로 나가 달리기를 했다.

"오랜만에 한 번 뛰어 볼까."

희준이 몸을 구부려 운동화 끈을 다시 단단하게 동여맸다.

과욕은 금물. 무릎도 근육도 어릴 때만큼 괜찮은 상태가 아니었다.

현경과 헤어지고 난 뒤엔 답지 않게 방에 틀어박혀 질릴 때까지 술을 마셨다.

촌지 사건이 이웃에까지 짜하게 소문이 나는 바람에 집 밖 출입이 꺼려진 탓이다. 고등학생 때부터 임용 전까지 피워 댄 담배 때문에 폐활량도 형편없을 것이다.

그 모든 조건이 달리기에 부적합했다. 심지어는 낯선 트랙에 부상 위협까지 있었다. 그럼에도 희준은 모처럼 달려 볼 결심을 했다.

발끝을 세워 발목을 돌리고, 기지개를 켜듯 두 팔을 하늘 높이 뻗어 밀어냈다.

목과 허리, 무릎 역시 원을 그리며 풀어 준다. 준비 운동 없이 무작정 달리는 짓은 무모하고 어리석다. 준비 운동은 어디에서나 필수다. 달리기에도, 낯선 생활에도.

무게가 있는 운동화가 마음에 걸려 다시 무릎을 구부려 앉았다. 신발 끈의 매듭을 보다 바짝 조이며 운동화를 발에 맞추고 있을 때였다.

"……서울에서 학부모들한테 돈을 그렇게 받아먹었다고 하잖아요. 그게 뉴스까지 날 정도라 원래는 선생질도 못 하는 건데 어떻게 이리로 오게 된 거래요. 유서 깊은 교육자 집안이라나, 있는 집 자식이라나."

어디선가 익숙한 사연이 라디오처럼 낯선 타인의 입을 통해 흘러나오고 있었다.

귀를 기울일 수밖에 없게끔 자극적이고도 중독적인 맛을 내는, 진실을 소량 덧뿌려 그럴듯한 냄새까지 풍기는, 입맛대로 버무린 와전과 사감.

운동화 끈을 움켜쥐고 있던 희준의 손끝이 차게 식었다.

대강이나마 몸을 풀고 난 다음이라 후끈거리는 느낌이 들었었는데. 서늘한 말들이 그의 전신을 훑고 지난 듯, 급격한 변화였다. 희준이 시꺼멓게 가라앉은 눈을 들어 목소리가 들려오는 방향을 좇았다.

굽히고 있던 몸을 일으키면 남보다 우뚝 솟은 희준의 체격은 저들 눈에 띌 수밖에 없다. 손으로 눌러 볼륨을 죽이듯, 왁자하던 소리가 수군대는 소리로, 그리고 다시 속닥이는 소리로 잦아들었다.

그러다 문득, 빗속에 홀로 우산을 들고 서 있는 여자에게 눈길이 닿았다.

"저기요."

그의 부름에 잠시 멈칫하던 여자가 동그란 손잡이를 움켜쥔 추키며 희준을 향해 돌아섰다.

쳐다보고 있으면 눈이 밝아지는 것 같은 형광색 우산 아래로 유난히 하얀 얼굴이 드러났다. 귀밑으로 각이 진 턱이 언뜻 보기에 고집이 있어 보이는 인상이었다.

"혹시 근처에 약국이 있습니까?"

싸늘하게 젖어 있는 희준을 아래위로 한 번 살피더니, 이내 우산대를 반대편으로 기울였다.

"학교 쪽에서 오셨나요?"

되묻는 목소리가 여상했다. 희준이 작게 고개를 끄덕였다.

"마을 들어오는 다리에서 왼쪽으로 조금 더 가면 나와요. 미령 약국."

"……고맙습니다."

그대로 지나쳐 가는가 했는데, 여자가 문득 멈추어 섰다. 좀 전보다 가까워진 거리에 있는 희준의 얼굴을 보기 위해 여자는 우산을 조금 더 뒤로 기울여야 했다.

톡, 하고 여자의 둥근 이마에 빗방울이 떨어졌다. 그것이 콧등을 타고 입술까지 흐르는 궤적을 희준은 홀린 듯이 쳐다보았다.

여자가 뱉어 낸 작은 한숨이 우산 안쪽에서 하얀 입김이 되어 흩어졌다.

철벅, 철벅. 빗물이 내뻗는 발마다 채여 질척이는 소리를 냈다.

"이것 쓰고 가세요."

"아니요. 괜찮습니다. 이미 젖었고."

오랜 시간 비처럼 차갑게 퍼붓고 있었다. 말도 시선도.

여자가 들고 있던 우산이 희준을 향해 다정한 각도로 기울어졌다. 여자의 가느다란 목덜미를 타고 흐르는 빗물을 좇다 눈이 시린 희준이 저도 모르게 한 걸음 그녀를 향해 바투 다가섰다.

"아파 보여서요. 괜히 제가."

그러자 베인지도 몰랐던 손바닥 상처가 화끈거리기 시작했다. 고통을 알아준 사람이 있어 기쁘다는 듯이.

희준은 눈앞에서 흔들리는 한 줌짜리 손목을 보며, 사뭇 아찔한 기분에 사로잡혔다. 그것을 어렵사리 이겨 내듯이, 꼴깍하고 마른침을 삼켜 냈다.

다음 순간, 우산의 동그란 손잡이는 그녀에게서 희준에게로 건네어졌다.

도로 우산을 내밀어 보지만, 선우의 시선은 오직 희준의 크고 묵직한 손에 머물러 있을 뿐.

스치듯 교차된 희준의 새끼손가락이 선우의 새끼손가락에 붉은 흔적을 남겼다. 그러고는 상반된 온기를 가진 두 손이 애초에 맞닿은 적 없다는 듯 멀어졌다.

찰나의 접촉이 남긴 생경한 감각에 희준이 움칠하는 사이, 선우는 미처 우산을 돌려줄 새 없이 콘크리트 포장길을 찰박이며 뛰어가 버렸다.

이른 아침부터 치푸가 서린의 손을 잡고 선우의 집으로 찾아왔다.

"썬!"

며칠간 비구름에 가려 좀체 얼굴 보기 힘들던 태양이 오늘은 아낌없이 볕을 뿌리고 있었다.

선우는 뒷마당으로 난 유리문을 열어 그들 모녀와 5월의 따뜻한 햇살을 함께 안으로 들였다. 혼자서 썰렁하던 실내에 금세 따사로운 온기가 들어찼다.

"우리 예쁜 서린이 왔네?"

제 엄마를 닮아 눈이 동그랗고 큰 서린이가 손바닥보다 작은 분홍색 운동화를 벗어 놓고 툇마루로 기어올랐다.

여섯 살치고 말이 서툰 서린이는 원체 낯을 많이 가렸다. 엄마나 오빠 대한이 앞이 아니면 목소리 한 번 듣기가 힘들 정도인데, 고맙게도 요즘에는 선우를 향해서도 떠듬떠듬 입술을 떼곤 했다.

"썬 이모오……."

겨우내 두텁게 쌓인 눈 밑에 꽁꽁 숨어 있다가 겨우 첫 숨을 틔운 풀꽃처럼 수줍은 입 모양으로.

"린이 와써."

여리고 가는 서린의 목소리는 점과 선으로 이루어진 모스부호를 닮아 있었다. 안간힘으로 전한 구조 신호를 받은 것처럼 아이가 마냥 가엾고 측은하게 여겨질 때가 있었다.

허리 필 새 없이 농사일을 하는 엄마 옆에서 단풍잎 같은 손으로 잡초를 쥐어뜯는 고운 심성을 어째서 알지 못하는 걸까.

친손녀를 향한 노인의 눈초리는 언제나 서릿발과도 같았다. 한국 사람의 그것과는 다른 묘한 생김새를 서린의 오밀조밀한 얼굴에서 뜯어보고는, 뱉어 내는 숨에서조차 못마땅함이 그득했다.

아이들은 본래 자신을 향한 애정을 감지하는 데 있어, 야생동물보다 더 예민한 촉수를 가지는 법이다.

대다수의 아이가 사랑받기 위해 어른들의 말에 복종하거나 반대로 반항하며 관심을 구걸하는 것과는 달리 서린은, 스스로 원하는 것을 말할 수 없는 이 작은 아이는 애정을 바라는 대신 조용히 숨죽이는 법을 배웠다.

아이의 존재 자체를 거북해하는 친할머니의 눈치를 보며 고슴도치처럼 마음을 옹송그렸다. 서린의 목소리는 뾰족한 가시가 미처 가리지 못한 아이의 연약한 욕망이었다.

치푸를 처음 만났던 그날 역시 서린을 구박하는 시어머니에게 대들었다가 손찌검을 당했다고 했던가. 시대착오적이고 가부장적인 시댁에 모친 말이라면 껌뻑 죽는 남편. 그 사이에서 여자아이란 이유로 차별받는 서린은 언제나 치푸의 아픈 손가락이다.

"썬, 나 숙제 다 했어. 이리와 좀 봐줘요."

치푸가 거실에 비스듬히 세워 두었던 앉은뱅이책상을 마루로 들고나왔다.

상 위에 교재를 펼치며 서린을 무릎에 앉혀 두었다. 입술을 삐죽하게 내민 채로 글자 연습을 하는 엄마를 따라 서린이도 분홍색 색연필을 들고서 색칠 공부를 했다.

"오빠가…… 아까 나비를 이렇게, 린이 줬어."

밑그림을 삐뚤빼뚤 벗어난 조그마한 손을 홀린 듯이 바라보고 있으니 구경꾼이 생긴 것이 신이 났는지, 서린이가 무언가 자기만의 언어를 재잘거렸다.

서린이에게는 한 시간 전도 아까, 하루 전도 아까, 1년 전 일도 아까였다. 선우로서는 까맣게 잊고 있던 어느 한순간의 일을 어눌한 말투로 되새길 때도 있었다.

어쩌면 어린아이들이 감각하는 세상은 어른들이 감히 헤아릴 수 없을 만큼 심오한지도 모른다. 시간의 길이나 한정된 단어, 표현만으로는 도저히 가둘 수 없을 정도로.

잠시 주방으로 들어간 선우가 어제 밤에 야식으로 먹은 김치 부침개 한 장을 팬에 데웠다.

고소한 들기름 냄새에 금세 침이 고였다. 작은 소반에 접시와 오렌지 주스 두 잔을 받쳐 내오자 치푸가 맛있겠다며 입맛을 다신다.

"오늘은 어떻게 이렇게 일찍 왔어요?"

"어머니랑 남편, 전주 갔어요. 친척 결혼식 있대."

치푸의 말과 말 사이에는 아직 미처 지우지 못한 어색한 빈틈이 있다. 짚고 넘어가야 할 받침을 미끄러지듯 지나가 버렸다.

선우를 만나기 전까지 한국말이 서툴렀던 까닭은 다름 아니었다. 집에서 그녀를 상대로 말을 걸어 주는 이가 없는 것이다.

"쫄킷쫄킷해요."

젓가락으로 김치전의 귀퉁이를 찢어 입에 넣은 치푸가 간만에 환하게 웃어 보였다.

"치푸 말대로 감자 전분을 조금 넣었거든요. 반죽에 양파랑 얼음도 들어가서 바삭할 거예요. 아, 오징어도 넣어 봤는데, 김치랑 잘 어울리죠?"

한국에서의 고된 시집살이 10년. 깐깐한 시댁 입맛 맞추느라 선우보다도 한국 음식을 잘하는 치푸가 귀띔해 주는 대로 요리를 하면 맛이 두어 배는 더 나아졌다.

매향에 내려온 이후로 선우는 하루 한 끼 정도는 정성이 들어간 식사를 추구해 왔다. 요리를 하고, 청소를 하고, 빨래를 하고, 집을 꾸몄다.

생활의 편의를 위해서만이 아니라, 여기에 이식한 삶의 뿌리를 땅속에 단단히 다지는 과정이었다. 비바람이 불고 가물어도 다시는 쉽사리 뽑혀 나가지 않도록. 툭툭 어르고 달래는 일이었다.

아기 새처럼 엄마가 찢어 주는 김치전을 입으로 받아먹던 서린이 이내 안쪽으로 뛰어 들어간다. 망설임 없이 돌적이 돌탑처럼 쌓인 선우의 서재를 향했다. 그 안에서 좋아하는 그림

동화책들을 찾아 읽기 위해서다.

서린이 가고 나면 서재는 아이가 발굴해 놓은 책들의 흔적으로 잔뜩 어질러질 테다.

펼쳐져 있는 그림과 책과 책 사이의 간격, 옮겨진 탑과 책장에서 책이 뽑힌 빈자리들로 나중에 방 안에서 혼자만의 소꿉장난을 즐겼을 서린의 모습을 복원할 수 있을 것이다.

"일가친척 붙들고 두루두루 아들 자랑하시려면 해 떨어져야 돌아오시겠네."

서른도 안 되어 타지에서 일하던 남편을 잃고 아들과 단둘이 남겨져서는, 사흘 밤낮을 이야기해도 모자랄 고생으로 굴곡진 인생을 살아온 이야기가 삼분의 일.

남편과 살붙이고 산 세월보다 과부로 산 세월이 더 길었어도 지금 당장 죽어도 남편에게 떳떳하지 못할 일은 한 적이 없다는 본인 일생에 대한 자부심이 삼분의 일.

그리고 없는 형편에 속 한 번 썩이는 일 없이 장성하여 이장 일까지 하는 대단하신 아들 자랑이 나머지 삼분의 일이다.

동네 사람이라면 귀에 인이 박이게 들었을 그 곡절을 피 섞인 친지들은 기껍게 받아 줄는지 궁금하다. 오죽하면 치푸는 시집오고 나서 한동안 이장이 한국에서 참 대단한 직업이구나, 착각했다고.

평생을 남한테 아쉬운 소리 할 것 없이, 죽은 남편에게 부끄러울 짓 할 필요 없이 이 땅에 농사를 짓고 살아온 노인에게

61

는 아들이 그저 귀했다.

예로부터 땅을 일구는 건 남자의 힘으로 해 온 일. 그녀가 땅을 갈아 키운 아들은 이제 그 땅을 갈아 어머니를 모신다. 때문에 아들은 그 자체로 노인에게 있어 살아온 일생의 증명이자 긍지였다.

"저녁에 온다고 밥해 놓으랬어. 어머니가."

"하여간에, 하루라도 며느리 푹 쉬는 꼴을 못 보지."

시모의 심술이 이제는 인이 박인 모양인지, 어떤 모진 소리를 들어도 지친 눈으로 엷게 웃어넘기는 치푸 대신 선우라도 입을 내밀며 툴툴거려 본다.

선우는 동갑내기인 치푸의 눈가에 삶의 고단함이 어릴 때마다 자꾸만 위태로운 기분이 들고 만다.

봄이 되고부터 앞마당에 하나둘 채워 넣은 식물의 잎사귀가 노랗게 말라 있는 것을 발견했을 때, 혹은 축축하게 줄기가 물러 이파리까지 지면에 곤두박질친 걸 봤을 때 느끼는 철렁함과 비슷한 느낌이다.

친구가 시들어 가는 모습을 눈으로 목격하는 순간순간들.

선우가 애써 말길을 돌리며 앉은뱅이책상 맞은편에 바짝 다가앉았다. 치푸가 어려워하는 문법을 알기 쉽게 설명해 주고, 헷갈린 받침 몇 개를 고쳐 주었다.

한국에 온 지 10년. 낯선 남자의 아내로, 낯선 여자의 며느리로, 그리고 두 아이의 엄마로. 누가 뭐래도 치푸의 시간은 그녀의 충실한 노력들로 채워져 있다.

치푸의 결혼 생활은 현대판 선녀와 나무꾼이라고 말해도 무방하다.

아이를 낳으면 국적을 취득할 수 있게 도와주겠다던 남편의 약속은 아직까지도 지켜지지 않았다. 국적 심사를 위해 필요한 한국어 능력과 남편의 재정 능력을 증명할 복잡한 서류들이 치푸의 날개옷인 셈이다.

이장과의 사이에 이미 아이가 둘인데도, 그는 행여 치푸가 도망갈 마음을 품을까 늘 의심하고 경계했다. 날개옷을 숨기는 대신 아내를 꽁꽁 가둬 집 밖으로 나가지 못하게 했다.

올해 들어 치푸는 남편과 시어머니의 반대에도 굴하지 않고 선우에게 한국말을 배우기 시작했다. 대한이가 두 번이나 집으로 빵점짜리 받아쓰기 시험지를 들고 왔기 때문이었다.

한 시간 남짓 한글 공부를 한 치푸가 교재를 덮어 서린의 노란 가방 안에 숨겼다. 제 몫으로는 무엇 하나 가진 게 없는 치푸에게는 서린의 가방이 가장 안전한 금고다.

"저번에 심은 호박하고 토마토가 많이 컸어요. 다음 주에는 고추하고 열무하고 배추도 조금씩 사다 심을까 봐요."

마당 밖으로 둘러친 하얀 울타리 아래로 덩굴을 뻗어 나가는 호박 줄기를 보며 선우가 뿌듯해했다.

검게 덮어 둔 비닐 위로 푸르게 솟구치는 토마토의 생육도 눈이 부시다. 멋모르고 씨를 뿌리던 선우에게 보다 성기게 골을 파야 잘 자랄 거라고 조언해 준 이가 바로 치푸였다.

"그렇게 하면 다 죽어요. 이만치 떨어뜨려서 심어야 돼."

멋모르고 흙을 만지는 선우를 장난하는 어린애 보듯 하며 능숙하게 시범을 보였다. 서울에서 온 선우보다 베트남에서 온 치푸가 이곳의 토질과 기후를 더 잘 알았다.

생전에 할머니는 앞마당에 초록이 가득하도록 채소를 키우고, 뒷마당에 과실수를 심어 일궜다.

할머니가 직접 재배한 옥수수, 감자, 고구마, 호박, 쌈 채소, 마늘, 고춧가루 같은 것들이 흙냄새 가득 머금은 채 서울로 올려 보내졌었다.

그때마다 할머니와 전화로 철없이 실랑이를 했던 것이 가슴 시린 후회로 남았다. 설령 그것들이 냉장고 안에서 혹은 상자째 고스란히 썩어 갈 것을 알았더라도, 투정 대신 고맙다는 말 한마디 전해 볼 것을.

평생을 흙을 만지며 산 할머니와는 달리, 선우는 밭에서 작물을 키우는 일에 생무지였다. 할머니가 돌아가신 뒤 내내 방치되어 있던 땅에 첫 씨앗을 뿌리게 된 건 의욕보다는 의무감이 앞섰기 때문이었다.

서울에서는 선물 받은 과육 화분조차 곧잘 죽이곤 하던 선우지만, 할머니의 손길이 두루 미친 이 땅 위에서는 무엇이든 키울 수 있을 거란 막연한 확신이 들었다.

"토마토는 이번 주에 지주를 좀 세우려고요. 주말에 시간 괜찮아요?"

"좋아요. 시간 많아요. 대한이 아빠 토요일에 친구들 만나러 가. 나올 수 있어요."

치푸의 입술을 타고 흘러나오는 '좋아요'의 첫소리는 보다 거센소리로 발음된다. '초아요'에 가까운 그 문장은 비록 발음은 조금 불명확할지라도 듣기에는 더욱 경쾌하게 들린다.

치푸는 선우의 일을 도와주고, 선우는 그에 합당한 대가를 지불한다. 치푸가 하는 일은 주로 선우가 잘 알지 못하는 밭일에 대한 것이다.

할머니의 집은 총 158평으로, 그중 마당이 120평쯤 된다. 뒷마당은 산과 연결된 비탈진 지면이고, 앞마당은 판판하지만 방치되어 있었던 동안 잡초가 무성하게 자라났다.

할머니는 혼자서 158평의 땅을 거뜬히 건사했지만, 선우로서는 역부족이다. 때문에 선우는 치푸의 노동력이 기꺼웠고, 치푸는 보수가 기꺼웠다.

때로 치푸는 선우에게 받는 보수 이상의 일을 하기도 했는데, 그러면 선우는 치푸에게 건네는 흰 봉투 안의 금액 끝자리를 네 자릿수가 되도록 반올림했다.

선우가 더 주는 일은 있어도 결코 치푸가 덜 받는 일은 없도록.

"내일 반찬 만들어 올게요. 먹고 싶은 거 다 말해도 돼."

"음, 갑자기 그거 먹고 싶네. 달걀 조림. 내가 하면 꼭 짜게 되더라고."

치푸가 선우에게 소일거리를 받아 시댁 모르게 모으는 비상금은 나중에 국적을 취득하는 대로 모셔 올 모친의 병원비로 쓰일 것이다.

"집에 시어머니랑 남편 없다면서 좀 더 있다가 가지, 왜."

치푸가 바지런히 엉덩이를 털며 일어나자, 선우가 못내 아쉬운 투로 붙잡았다. 치푸는 서린의 자그마한 발에 신발을 신겨 주면서, 시어머니가 시킨 일이 있어 일찍 가 봐야 한다고 미안한 듯이 웃는다.

병아리처럼 엄마 뒤를 졸졸 따르면서 살랑살랑 손을 흔드는 서린에게 선우도 웃으며 마주 손을 흔들어 주었다.

언젠가 아이의 입이 트여 온 집 안이 떠들썩했으면 좋겠다. 이리저리 어지르고 말썽을 부려도 좋으니, 그날이 하루빨리 왔으면.

선우가 현관문 앞에서 모녀를 배웅했다. 낮이 뜨끈하게 데워둔 툇마루에 걸터앉자, 머지않아 꾸벅꾸벅 졸음이 몰려들었다.

장마가 물러간 뒤 비에 씻긴 산바람이 잔머리를 훑으며 지났다. 볼을 간질이는 머리칼을 손으로 그러모아서 틀어 올렸다. 내내 갑갑하던 목덜미가 한결 시원해졌다.

"비는 오지 않으려나."

하얀 구름이 엷게 퍼진 하늘을 올려다보며 중얼거렸다.

"혹시 근처에 약국이 있습니까?"

물어 오는 소리에 곧장 대답하지 못했다. 비의 장막을 뚫고 명징하게 울리던 남자의 낮은 음성이라든지, 검은 머리칼을 타고 떨어져 내리던 빗방울의 찬란함 같은 것에 순간적으로 정신을 빼앗겨서.

힐끔거림과 수군댐이 남자의 세상을 더욱 차게 얼리고 있었다. 차라리 뼛속까지 한기가 배던 겨울날이, 눈앞이 희미할 정도로 날리던 눈발과 살갗을 베던 칼바람이 그날보다는 더 안온했을 것이다.

손금 사이로 핏물이 번진 남자에게 끝내 부득불 우산을 쥐여 주고서도, 이렇듯 한 번씩 남자에게 마음이 쓰였다.

무력하게 빗속에 서 있던 모습이 언젠가 그와 같은 모습으로 떨고 있던 선우 자신을 떠올리게 했기 때문에.

산의 능선을 타고 미끄러진 찬 기운이 다시 한번 선우의 귀밑머리를 흩트렸다.

저도 모르게 부르르 어깨를 떨었다. 바람이 들었는지, 가슴까지 선득해지는 바람에 선우는 등을 둥글게 구부려 두 팔로 무릎을 꼭 끌어안았다.

탁, 탁, 탁, 탁.

두 다리가 지면을 박차는 규칙적인 소리가 경쾌했다. 얼핏 들으면 메트로놈의 흔들이 막대가 보내는 신호와도 닮아 있었다.

페이스를 그대로 유지한 채, 희준은 코너를 돌아 다시금 초등학교로 이어진 곁길을 따라 달렸다. 약 4km의 거리. 슬슬 호흡과 체온이 오르는 구간이었다.

등줄기를 타고 땀방울이 길게 미끄러진다. 희준은 온 신경을 그 자신과 눈앞에 깔린 지면에 집중한다. 서서히 속도를 올리는 두 다리에서 화끈한 감각이 번지기 시작했다.

"훅, 훅, 후!"

매향에 내려온 이후, 희준은 매일 새벽 습관처럼 관사를 나와 달렸다. 목적도 없고, 결승점도 없는 막막한 달리기였다.

마치 사방이 바다로 둘러싸인 조그마한 섬에 갇혀 어쩔 줄을 모르던 그때 그 소년으로 되돌아간 것처럼. 적어도 이제는 속이 천근만근 묵직한 까닭을 모르지는 않아 다행이라고 해야 할까.

고립된 상황, 격하된 위치, 유기된 사랑.

발바닥으로 땅을 힘껏 밀어내면서, 몸 앞에 두 갈래로 베이는 바람 속에 털어 내야 할 것들이 한가득이었다.

그중에서도 현경과의 10년 연애사는 단시간 정리하기에 지나치게 많은 추억과 사연을 담고 있긴 했다.

현경에 대한 그리움이 나사를 조이듯 심장을 옥죌 때마다 희준은 가벼운 운동화를 신고 밖으로 나와 무작정 달렸다.

지난밤 현민으로부터 먼저 전화가 걸려 왔을 때, 희준은 그것이 곧 닥쳐올 불운의 징조임을 예감했다.

—그래도 너랑 함께한 세월이 얼만데, 그렇게 빨리 남자를 갈아치울 줄이야. 얌전한 고양이가 부뚜막 올라간다더니. 내 동생이긴 해도 걘 난 계집애야. 안 그러냐?

희준을 향한 남 교장 내외의 감정이 적나라한 멸시에 가깝다고 한다면, 현민이 희준을 바라보는 시선은 적대라고 볼 수 있었다.

희준에게도 가시덩굴에 휘감긴 듯 따가운 냉시에 적잖이 반발했던 시절이 있다. 그래 봐야 쫓겨날 것이 두려워 제대로 된 반항은 시늉도 못 해 보고 사그라진 사춘기였다.

미성숙한 치기와 자기연민, 슬픔과 분노를 한데 뭉뚱그려 속으로 삼켜 내야 했다. 혼자 끙끙대며 그 시기를 앓으면서도, 그것을 겉으로 티 낼 수조차 없었다.

한 지붕 아래 저보다 더 큰 반발력을 품고 요란한 반항기를 보내고 있는 현민이 있었다. 남 교장 내외와 현민이 지금껏 자신의 불행에 일조해 왔듯이, 자신 역시 그들의 불행에 일조하고 있음을 자각하고는, 그 신세를 서글퍼한 시기이기도 했다.

말하자면 희준은, 현민의 앞에 펼쳐진 탄탄대로에 난데없이 굴러와 박힌 돌부리 같은 존재였다.

현민은 사사건건 희준을 걸고넘어졌다. 현민이 응당 누렸어야 할 제 몫을 희준이 앗아가고 있다고 주장하면서. 그 시절, 현민이 부리는 모든 반항의 이유는 오로지 희준으로 귀결되었다.

—조만간 청첩장 찍으면 너한테도 한 장 보내라고 해야겠다. 그래도 네가 우리 집 식구긴 하잖아. 눈칫밥 얻어먹고 산 군식구.

빈정거리는 기색을 숨길 생각도 없이, 현민은 희준에게 현경의 소식을 전했다.

현경의 곁에는 이미 희준 아닌 다른 사람이 있으며, 조만간 가족들의 축복 속에서 그렇게나 바라던 가을의 신부가 될 예정이라고.

현민의 말마따나 한집에서 한솥밥을 먹고 산 세월이 길었다. 수화기 너머 들리는 목소리에 희준이 나락의 어느 언저리까지 곤두박질쳤는지 확인하고 싶어 하는 속내가 훤히 들여다보였다.

에두르는 일 없이 언제나 정면으로. 현민의 악의는 여타 불투명한 선의보다도 투명할 때가 있다.

—직업이 자그마치 한의사란다. 남현경 말로는 고등학교 선배라는데, 내가 그 속셈을 모르겠냐? 어렸을 때부터 결혼, 결혼 노래를 부르던 계집앤데. 딱 봐서 부모님 눈에 찰 만한 놈으로 골랐겠지.

　남 선생님의 위명에 누를 끼치지 않을 정도의 인사는 되는 남 교장과는 달리, 현민은 타고난 본성이 저열했다.

　행실 역시 저급하기가 이를 데 없어서, 조부의 명성으로 지어 올려 부친이 교장직을 맡고 있는 학교에서 촌지 스캔들을 일으킬 정도다.

　심지어 남 교장 내외는 현민의 이러한 그릇된 행동거지를 일정 부분 희준의 탓으로 돌리고 있었다. 따져 본다면야 희준과 함께 자란 영향도 있기는 할 것이다.

　그 지분이 부모로서 혹은 교육자로서의 책임보다 크다고는 결코 말할 수 없겠지만.

　—아버지 어머니도 상견례부터 하자고 성화다. 10년 질질 끌면서 너랑 남현경 반대하던 게 엊그젠데. 사람 욕심이란 게 참 우스워. 안 그러냐?

　명문 사립 초교에서 담임 교사 하나가 고액의 촌지를 수수

한 사실이 한 학부모를 통해 고발된 사건이었다.

현실적으로 생각하면 사실 새삼스러울 것도 없는 일이 유독 여파가 컸던 까닭은, 이 사건이 다름 아닌 남은형 재단의 사립학교에서 일어난 일이었기 때문이었다.

은사의 은혜로 어려운 환경을 극복하고 훌륭하게 장성하여 사회 여러 부분에서 요직을 차지하게 된 제자들이 감사를 표하는 마음으로 조금씩 갹출하여 장학금을 전달하던 것이 보다 규모가 커져 형식을 갖추게 된 게 지금의 남은형 장학 재단이다.

보다 많은 아이들이 폭넓은 교육을 받아야 한다던 은사의 뜻을 받들어 사립 초등학교를 설립하자는 결정이 났을 때, 남 선생님은 이미 교단을 떠난 뒤였다.

복잡한 인허가 절차를 거쳐 마침내 초등학교가 완공되었을 즈음에는 안타깝게도 치매 진단을 받았다. 재단은 은사의 독자에게 초등학교의 교장직을 맡기는 일에 만장일치 찬성했다.

남 교장으로 말할 것 같으면, 부친과는 달리 명예욕뿐 아니라 권력욕 역시 대단한 인물이었다.

꽤 오랜 시간 동안 정치판을 넘보고 있다는 사실을 알 만한 사람은 다 알았다. 애초에 그런 이유가 아니었으면 아무리 부친의 뜻이 있었더라도 희준을 거두어들이지 않았을 것이다.

"후, 전화한 용건이나 말해."

—뭐, 그쪽으로 청첩장이나 부쳐 줄까 물어보려고 건 거지. 남현경, 정희준 두 사람 아주 쿨하게 헤어졌잖아. 안 그래?

"너는 그냥 이 상황이 재밌나 본데. 어떻게 생각하냐? 전 여친 결혼 소식까지 들은 마당에, 내가 너한테 지킬 의리가 더 남아 있을까, 없을까."

—뭐? 너 이 새끼, 그거 무슨 뜻이야?

"네 아버지가 남현경이랑 결혼 허락 빌미로 부탁한 일인데, 그게 파투 난 상황에서 네가 이렇게 깝죽거리는 꼴이 영 거슬려서."

현경과 헤어졌음에도 희준이 군말 없이 촌지 사건을 뒤집어쓴 건, 남 교장 일가에게 품고 있던 부채감을 덜기 위해서였을 뿐.

딱 거기까지라고 생각했다. 희준이 갚아야 할 마음의 빚은. 더도 덜도 말고 딱 거기까지.

남 교장 일가에게 완전하게 받아들여지기 위해 선택한 일이 결국 남 교장 일가로부터 완전하게 벗어날 수 있는 결과가 된 것은 우습지도 않은 당착이었다.

"알아들었으면 그만 까불어라. 수틀리면 나도 내가 뭔 짓을 할지 모르겠으니까."

어차피 더는 잃을 것도 없는 거지새끼라고, 지겹게 말하던 게 바로 너잖아. 남현민.

협박 아닌 협박으로 현민의 입을 다물게 만들었다. 허겁지겁 통화가 끊긴 전화를 내려다보며, 희준은 현민이 그의 뜻을 제대로 알아들은 모양이라고 확신했다.

밤새 잠 못 이루고 뒤척이다가 새벽녘에는 결국 몸을 일으켜 밖으로 나왔다. 세상은 아직 이슥한 어둠에 잠긴 채였다.

습, 허억, 습, 허억.

신체의 집중력을 오로지 달리는 것에 쏟아부으면, 감당해야 하는 현실은 뱀이 허물을 벗듯 그에게서 탈피했다. 모든 게 잊히는 이 순간이 황홀했다.

지상에 희준의 두 발을 붙들어 두는 것이 무겁고 버거운 중력 탓이라면, 달리기는 예나 지금이나 희준을 저 깊은 무저갱으로 끌어 내리는 무자비한 강압으로부터 벗어날 유일한 방법이었다.

부상으로 육상을 관둔 이후 한동안 무의식적인 의식, 혹은 의식적인 무의식이 희준에게서 달리기를 분리시켰다. 무의미한 시간 낭비인 것처럼 스스로를 속이며, 누구보다 가벼웠던 두 발에 현실의 무게만큼 추를 달아놓았다.

막상 그를 구속하고 있던 모든 부담을 벗어 던졌을 땐, 희준은 마치 지면이 아니라 허공을 딛는 기분이었다.

아무리 노력해도 결코 이전에는 미칠 수 없는 속도였지만 여전히 달릴 수 있다는 사실이 기꺼웠다.

며칠 전 희준은 방 교장으로부터 아이들에게 육상을 가르쳐 보지 않겠느냐는 제안을 받았다.

"늦게까지 일하시는 학부모님들 위해서 방과 후 교실이 필요합니다. 전에는 내가 종이접기와 서예 교실을 맡고, 김 선생님이 줄넘기 반을 맡아 주셨죠."

구기 종목들은 인원수와 경비 면에서 여러 가지 제약이 따르기 마련이지만, 육상은 두 다리와 운동화 한 켤레, 평평하게 깔린 트랙만 있으면 할 수 있는 운동이니 여러모로 제격이었을 것이다.

결국 방 교장의 부탁인 듯 부탁 아닌 부탁을 어정쩡하게 떠맡았다.

희준이 두 다리를 바짝 끌어당겨 더욱 속력을 높였다. 숨이 턱까지 차올랐다. 전신에 부유감이 휘도는 순간, 희준은 날아갈 듯 두 팔을 벌리며 질끈 두 눈을 감았다.

웃옷이 땀에 흠뻑 젖은 상태로 관사로 돌아왔다. 여전히 열쇠가 잘 돌아가지 않는 문고리를 이제는 제법 요령 있게 돌려 열 수 있게 되었다.

때마다 손바닥에 묻어나는 녹에도 슬슬 정이 들어가는 참이다.

모든 게 눈에 익고, 손에 익고, 마음에 익기 시작하는 요즘, 유독 도드라지는 한 가지.

　　신발장 위에 덩그러니 올려 둔 채 그것을 안 보이는 곳에 치우지도, 버리지도 못하는 주황색 우산이었다.

03. 그 여자의 사정

자정 즈음이었다.

침대에 비스듬하게 누워 최근 흥행한 로맨틱 코미디 영화를 노트북으로 감상하던 선우는 불현듯 집 밖에서 들려오는 인기척에 놀라 벌떡 몸을 일으켰다. 스페이스 바를 눌러 잠시 화면을 멈추었다.

쿵쿵쿵. 문을 두드리는 소리가 났다.

오전 12시 21분. 휴대폰을 들어 시간을 확인했다.

"이 시간에 대체 누가……."

안방을 나서면서는 문간에 세워 둔 죽도를 집어 들었다.

검도는 중학교 클럽 활동으로 두어 달 배운 게 전부였지만, 이사를 다닐 때마다 버리지 않고 챙겼다. 손때가 묻은 죽도의 병혁이 꾀죄죄했다.

죽살 끝 선혁이 천장에 닿지 않도록 예리한 각도로 기울였다. 죽도 하나에 의지하여 어두운 현관까지 나아간 선우가 잠시간 집 밖을 주시했다.

쿵쿵쿵. 또다시 누군가 주먹으로 문을 두드렸다.

검은 그림자가 현관문 상단부의 불투명 유리 밖으로 기웃거리고 있었다. 선우가 죽도의 끄트머리로 현관문을 툭 쳤다.

"누구세요."

또다시 쿵쿵쿵. 오밤중에 찾아와서는 누구냐고 물어도 대답도 없이 문만 두드려 댄다.

선우는 무례한 불청객에 두려움과 불쾌감을 동시에 느끼며 소리쳤다.

"누구냐고요!"

"……썬."

이윽고 작게 들려오는 힘없는 음성. 놀란 선우가 파드득 눈꺼풀을 떨었다.

주저한 시간은 길지 않았다. 들고 있던 죽도를 신발장에 대충 기대어 세웠다.

얼른 잠금장치를 풀고 문을 열어젖혔다. 현관 앞에 짐승처럼 몸을 웅크리고 있던 치푸와 눈이 마주쳤다.

"이게 대체 무슨……!"

오랜 시간 밖에 있었는지, 손에 닿는 피부가 밤공기에 식어

서늘했다. 두 팔로 몸을 끌어안고서 쪼그려 앉아 있는 치푸를 일으켜 세웠다. 일단은 치푸를 안으로 들이며 현관문을 닫아 걸었다.

"세상에!"

다급히 켜진 거실 조명 아래 훤히 드러난 치푸의 꼴을 보고서 선우는 경악을 금치 못했다. 치푸를 마루의 러그 위에 앉혀 놓고, 허리를 굽힌 선우가 치푸의 얼굴을 이쪽저쪽으로 살피며 안색을 굳혔다.

"말도 안 돼. 어떻게 사람을 이 지경으로 만들 수가 있어."

가정 폭력의 피해자들이 피해 사실을 외부에 알리기 주저하는 것은 실제로 그리 드문 경우가 아니다.

그렇기에 더욱 말하기 전에 먼저 알아챘어야 했는데. 말하고 싶어 하지 않아도 물었어야 했고, 도왔어야 했다.

이렇게 되기 전에. 적어도 그녀를 정말 친구로 생각한다면.

뼈아픈 후회와 자책이 선우의 눈시울을 붉히게 했다.

"경찰을 부르든 구급차를 부르든 하게, 일어나요."

엉망진창으로 얻어맞은 치푸의 얼굴을 안쓰러운 마음으로 보다 그녀의 팔을 붙들었다.

전에 없이 단호한 어조로 이번만큼은 절대로 그냥 넘어가지 않겠노라 이를 악물었다.

"썬……, 나 너무 아파. 아파요."

선우의 채근에도 치푸는 엉덩이를 뒤로 뺀 채 가지 않겠다며 버텼다. 터진 입술 사이로 나지막하게 새어 나온 신음에 선우는 붙들고 있던 치푸의 팔을 힘없이 놓았다.

미모사처럼, 치푸가 전신을 웅크리며 주저앉았다.

"밥은 먹었어요?"

흘러나오는 한숨을 숨기지 못하고, 선우가 나직이 물었다. 손바닥에 울음을 묻고 있던 치푸가 작게 고개를 흔들었다. 떨리는 치푸의 어깨를 다정하게 한 번 쓸어 준 선우가 무릎을 세우며 일어났다.

대체 무슨 일이 있었느냐고, 아니, 무슨 일을 당했느냐고 추궁해 보고 싶어도 주린 사람을 붙들고 그럴 수는 없는 노릇이었다. 선우가 어두운 주방의 불을 켜고 들어가 달그락거리며 냄비를 가스레인지에 올렸다.

괜히 부산떨고 싶지는 않았다. 진수성찬을 차린들 입맛이나 제대로 돌까.

"일단 배부터 채워요. 말을 할래도 힘이 있어야 하지."

선우가 물을 끓이며 부엌 선반에서 라면을 꺼내 포장지를 뜯었다.

적막이 집 밖의 어둠과 같은 무게로 내려앉은 가운데, 라면 수프가 뜨거운 물에 녹으며 퍼지는 매콤한 냄새가 눈치 없이 입맛을 돋우었다.

혀 밑에 군침이 도는 건 치푸 역시 마찬가지였는지, 한참이나 울어 젖히던 그녀가 손등으로 젖은 눈가를 문지르며 고개를 들었다.

주로 선우 혼자 식사를 할 때나 쓰이는 좁은 식탁에 치푸를 데려다 앉혔다. 짓무른 눈가가 그새 벌겋게 부어올랐다.

"먹어 봐요. 생각 없어도 조금이라도 들어요."

우두커니 앉아만 있는 그녀의 손에 젓가락을 쥐여 주니 마지못해 한술 뜨기 시작했다.

"고마워요, 썬……."

"괜찮으니까 천천히 먹어요. 급하게 먹다가 체하지 말고."

치푸가 뒤늦은 식사로 허기를 채우는 동안 선우는 거실과 방을 오가며 문단속을 했다. 커튼 밖으로 불빛이 새어 나가지 않게 실내의 불필요한 전등을 모조리 껐다.

치푸가 여기 있다는 사실을 이장과 그의 모친이 모를 리 없지만, 적어도 당장 쳐들어와 소란을 피우는 것은 결코 바라지 않는 일이었다.

한참 동안 달그락거리던 수저 소리가 멈추었다. 이 와중에 목구멍으로 음식이 넘어간다는 것에 자괴감을 느끼던 치푸도 깨작거리던 초반과는 달리 라면 한 그릇을 싹 비웠다.

인간의 가장 기본적인 욕구가 결핍되었을 땐 본래 이성적인 판단을 내리기가 어려운 법이다. 눈물을 그치고 빈속을 채우는 사이, 치푸는 아까보다 한결 안정되고 단단해졌다.

냄비와 그릇, 수저는 대충 싱크대에 넣어 두었다. 설거지를 하겠다며 일어나는 치푸를 다시 눌러 앉혔다.

얼굴 군데군데 검푸른 멍이 올라서는 기력 없이 가라앉는 치푸의 눈이 종전보다 뚜렷했다.

무자비한 폭력으로 겁에 질렸던 여자 위로 다시금 마음을 다잡고 엄마의 갑옷을 뒤집어썼다.

살면서 좋은 딸도, 엄마도, 심지어는 좋은 손녀도 될 수 없었던 선우의 눈에는 그러한 치푸의 변모가 한편으로 부럽기까지 했다.

"어디 상처 좀 봐요."

일단은 치료를 좀 해 주고 싶은데, 집에 있는 것이라곤 후시딘에 반창고가 전부였다. 그나마도 안 바르는 것보단 낫겠지 싶어 치푸의 얼굴에 번들하게 연고를 펴 발랐다.

"쉬어요. 얘기는 내일 하고."

선우는 할머니가 생전 쓰시던 은행나무 장롱에서 여분의 이불을 꺼내와 거실에 두툼하게 깔았다. 치푸가 반대편 귀퉁이를 잡고서 그것을 도왔다.

어느덧 흘러간 시간이 이미 새벽 3시. 종일 맞고, 울고, 굶주리다 이제 겨우 안도하여 꾸벅꾸벅 졸기 시작한 치푸더러 편히 누워 자라고 하고는 불을 끄고 자신의 방으로 들어왔다.

마우스를 슬쩍 건드리자 검게 가라앉아 있던 노트북 화면에 불이 들어왔다. 침대 옆 가습기 전면에 점멸하는 시각은 3시 20분. 오늘따라 하루가 버거울 정도로 길었다.

아까까지 보던 영화의 한 장면이 멈춘 화면 속에 그대로 박제되어 있었다. 중반을 지난 이야기에서 연인은 갈등이 오기 직전, 절정의 사랑을 앓고 있었다.

상대를 보는 눈동자에 애정이 절절 끓고, 별것 아닌 농담에 즐거이 웃음을 터뜨린다. 서로를 껴안고, 입을 맞추면서 당면한 순간의 감정에 충실하게 반응했다.

그러나 선우는 10분 뒤 화면 안에서 벌어질 일을 예상할 수 있었다.

뻔하디 뻔한 로맨스 영화의 공식. 가장 좋은 순간 뒤에는 언제나 위기가 도사리고 있다.

연인은 사소한 오해 또는 환경의 변화, 제삼자의 등장을 계기로 사이가 멀어질 것이다.

상대를 애무하던 입술로는 상처가 될 날카로운 말을 골라 던질 것이다. 그리고 당연한 순서처럼, 끝내 헤어짐을 이야기할 것이다.

바로 이 대목에서 영화는 현실과 경계를 나눈다. 현실에서의 이별은 연애의 장렬한 클라이맥스이며, 훗날 돌이켜볼 기억의 예고편으로 남기 마련이다.

반면 영화는 반드시 연인의 운명적 재회를 약속하고 있다. 헤어짐을 겪어 본 이가 가장 간절하게 소망하는 것이 무엇인지 정확히 꿰뚫어 보고, 영화가 현실의 환각제로 작용하도록 기획했기 때문이다.

기승전결이 천편일률적인 로맨스 장르는 주로 킬링 타임용 영화로써 각광받는다.

결말은 언제나 명약관화하다. 스크린 속 사랑은 시들지 않는 조화처럼 영원불멸하여 아름답다.

그러나 사랑을 한 번이라도 해 본 이라면, 그것이 마냥 아름다운 꽃이 아니라는 사실을 알 것이다. 벚꽃의 만개는 채 일주일을 가지 못한다는 유한함이 있어 찬란하지 않던가.

모니터 위에 그림처럼 떠 있는 연인의 얼굴에 무심한 시선을 던지던 선우가 이내 손바닥으로 눌러 화면을 접었다.

치푸의 상처투성이 얼굴을 마주하고 들어온 지금, 영화 속 사랑 놀음은 어린애 소꿉장난보다도 감흥 없는 촌극으로 비칠 따름이다.

방의 전등을 끄고 돌아서니, 막막한 어둠이 선우의 착잡한 마음을 닮았다.

손으로 더듬더듬 이불을 들치며 기듯이 침대 안으로 들어갔다. 몸을 뒤척이며 가장 편안한 자세를 취하자, 금세 까무룩 수마가 찾아들었다.

그리 오래 잠이 들었던 것 같지는 않다. 꿈도 꾸지 않고 밤을 싹둑 잘라 낸 깊숙한 수면이었다. 누운 자세 그대로 뻐근하게 굳어 있는 몸을 일으키며 선우가 뻑뻑한 눈을 손가락으로 비볐다.

잠결에 덜그럭거리는 소리를 들었다고 생각했는데, 실제로

방 밖이 부산스러웠다. 게슴츠레한 얼굴로 나가 보니, 역시나 치푸였다.

"더 자지, 왜 이렇게 일찍 일어났어요?"

눈을 반만 뜨고서 비틀거리며 걸어오는 선우를 보고 치푸가 작게 웃었다.

"썬, 이리 와. 아침 먹어요."

아직 6시가 채 안 된 이른 시간. 누가 농부의 아내 아니랄까 봐 참 바지런도 하다.

정작 치푸는 몇 시간 전에 라면을 먹은 배가 꺼지지 않았는 지, 식탁에 놓인 수저는 한 벌 뿐이다.

자다 깬 탓에 입안이 깔깔했으나, 선우는 별말 않고 의자를 더듬어 앉았다.

식탁 위에 차려진 정갈한 식사가 밤사이 정리된 치푸의 심 경과 닮아 있었다.

개운한 뭇국에 김치, 호박전을 반찬 삼아 반 공기가 조금 넘게 담긴 밥그릇을 말끔히 비웠다. 선우가 홀로 식사를 마치 는 동안 치푸는 자신이 덮고 잔 이불을 개어 제자리에 넣어 놓 고 거실을 청소했다.

선우가 설거지를 끝내고 싱크대와 식탁을 행주로 한 번 훔 쳐 마무리 지을 즈음에, 치푸도 욕조를 수세미로 벅벅 문질러 물로 헹궈 내며 화장실 청소를 마쳤다. 쉴 새 없이 움직여 땀 을 쭉 뺀 치푸가 한결 개운해진 표정으로 선우를 마주하고 앉았다.

선우가 찻주전자 안에 얼그레이를 한 스푼 넣고 뜨거운 물을 부어 우렸다.

3분이 되기 10초 전에 거름망에 부푼 찻잎들을 걸러 받침이 있는 잔에 나눠 따랐다. 피어오르는 김이 콧속에 향긋하게 스몄다.

동그란 잔을 두 손으로 감싸 온기를 음미하던 치푸가 마침내 찻물을 한 모금 입에 머금었다 꿀꺽 삼켰다.

"나 더 이상 안 참아요. 이혼할 거야."

치푸에게서 단호한 선포가 흘러나왔다. 밤새 혀 위에서 얼마나 다지고 굴렸는지, 귀로 스미는 질감이 딴딴했다.

선우는 치푸의 결단을 부추기지도, 말리지도 못한 채로 그저 찻잔을 들어 얼굴에 피어나는 당혹을 감추었다. 호로록 들이켜는 찻물의 목 넘김에 씁쓸함이 따라붙었다.

"남편, 그동안 나한테 거짓말만 했어. 한국 올 때 나 공부시켜 준다고 했어요. 엄마 병원비 내준다고 했어요. 근데 나 공부도 안 시켜 주고, 엄마 병원비도 안 줬어요. 맨날 때리기만 하고, 돈 안 주고, 일만 시켜요."

참았던 감정을 서툰 한국말로 쏟아 내는 치푸는 왈칵 몰아친 서러움을 이기지 못하고 부들부들 손을 떨었다.

"어머니 자꾸 욕해. 린이한테 나쁜 말 해. 하지 말라고 해도 자꾸 그래. 내가 번 돈인데 거짓말한다고 했어요. 내가 돈 훔쳤다고, 도둑년이라고 했어!"

사연 많은 눈물이 눈가를 적시다 이내 퍼렇게 멍이 든 광대를 타고 뚝뚝 흘러내렸다.

옆에서 지켜보기에 끓는점이 한없이 높을 것만 같던 치푸의 인내가 절단 난 계기는 결국 그녀의 불행한 결혼 생활로 인해 서린과 모친이 감당해야 하는 고통이었다.

10년간 속에 꾹꾹 눌러 삼키던 설움이 처음으로 입 밖에서 구현되었다.

비록 말은 공기 중에 녹아 스러졌어도 치푸의 비애는 여전히 비릿한 눈물 냄새로 남았다.

선우가 부른 콜택시를 타고 치푸가 떠난 건 늦은 오전 무렵이었다. 마을 안쪽에 자리 잡은 선우의 집에서 이장을 포함한 동네 사람들의 눈을 피할 방법이었다.

목적지는 여기서 한 시간 남짓 차를 타고 가야 하는 결혼 이주 여성 쉼터.

선우가 택시비를 선불로 지급했다. 병원에서 치료 받는 것도 잊지 말라고 당부하며 지갑에 들어 있는 현금을 죄 꺼내 치푸의 손에 쥐여 주었다.

"꼭 전화해요. 내 번호 알죠?"

"알아요. 고마워요, 썬."

치푸가 잡고 있던 선우의 손을 한 번 꼭 쥐었다가 놓았다. 치푸의 커다란 눈망울이 다시금 축축하게 젖어 드는 것을 본 선우가 애써 미소 지으며 치푸를 등 떠밀었다.

　젖은 머리를 수건으로 감싼 상태에서 옷을 갈아입은 선우가
환기를 위해 뒷마당으로 난 유리문을 열었다.
　하루의 대부분을 집에서 보내는 선우는 할머니가 남겨 주신
뒷마당을 바라다보는 것을 좋아한다.
　비탈에 심어져 기우뚱 집을 향해 기울어진 과실수들은 세월
에 따라 마모되고 대치된 할머니의 흔적들 중 가장 생생하게
살아있다.
　여름이면 혼자서는 감당하지 못할 자두와 앵두가 바닥에 숱
하게 떨어져 물렀다. 작년에는 미처 거두지 못한 열매들이 속
에 벌레를 품은 채 썩어 퇴비가 되었지만, 올해는 설탕을 듬뿍
넣어 과실주를 만들어 볼 계획이다.
　로펌을 그만두면서 받은 퇴직금과 오랜 직장 생활을 하며
모아 둔 적금의 대부분이 이 낡은 집을 수리하는 데 쓰였다.
　애초에 공사 견적을 받을 때 이 집은 차라리 싹 부수고 다
시 지어 올리는 게 더 싸게 먹힐 텐데요, 하는 소리를 들었어
도 망설이지 않았다.
　할머니의 전 생애가 고스란히 주름이 되어 남은 집이었다.
하다못해 누렇게 들뜬 장판과 곰팡이가 좀먹은 벽지 한 장까

지도 추억의 유적처럼 소중했다.

이제는 선우의 전 생애가 손때를 묻혀 갈 집이었다.

구들과 거실의 대들보와 같은 기본 골자만을 남기고, 가능한 한 뼈대를 유지할 수 있는 한도 내에서 실용과 편의를 위해 많은 부분을 뜯어고쳤다.

불편했던 외부 화장실을 안으로 들였고, 분리되어 있던 주방과 거실을 전보다 크게 터서 합쳤다. 커다란 안방을 침실로 꾸미고, 작은 방은 서재로 만들었다.

가장 신경을 쓴 것은, 집 후면에 크게 유리문을 내어 언제든 거실과 부엌에서 뒷마당을 감상할 수 있도록 한 일이었다.

택배가 와도 좀처럼 열리지 않는 현관과는 다르게 올봄은 내도록 유리문을 열어 놓고 지냈다. 오죽하면 치푸는 대문을 지나 뒷마당 쪽으로 들어오는 게 여상할 정도다.

발코니처럼 짤막한 툇마루와 이어지는 유리문을 모기장까지 한쪽으로 활짝 밀어 두었다. 신선한 공기가 안쪽으로 쏟아져 들어오면서, 자연스레 실내에 고여 있던 텁텁한 공기는 현관으로 밀려 나간다.

문틀에 어깨를 기댄 채 볼을 쓸어가는 바람의 결을 음미하던 선우가 그 자리에 엉덩이를 붙이며 주저앉았다.

휴대폰을 들고 전화번호부를 훑다 마침내 조수향 사무장의 이름을 발견한다. 퇴직 후 처음으로 전 직장과 관련된 누군가에게 거는 전화였다.

좋은 일로 회사를 그만둔 것도 아니었고, 딱히 정을 붙여 연락을 지속해 온 동료도 없었다. 이런 일이 아니었더라면 평생 선우가 먼저 로펌의 누군가에게 전화를 거는 일은 없었을 것이다.

순간의 껄끄러움이 통화 버튼 위에 놓인 손가락을 주춤하게 만들었다. 그러나 선우는 가엾은 치푸를 위해 이번 한 번만 눈 딱 감고 뻔뻔해지기로 했다.

크게 심호흡을 한 선우가 검지로 찍어 내듯 통화 버튼을 눌렀다.

─여보세요.

"……조 사무장님? 오랜만이네요. 저 안선우예요."

통화가 달칵, 하고 상대방에게 연결되기까지 선우는 긴장을 숨기지 못한 채로 주먹을 꽉 옥여쥐었다.

끈적끈적하게 땀이 고인 손바닥에 근질거리는 감각이 번졌다. 주체할 수 없이 뛰는 심장의 고동이 목구멍까지 벌렁거리게 만드는 기분이었다.

이름 세 글자를 밝히는 선우의 목소리가 끝내 연약하게 떨렸다.

대체 이게 뭐 힘든 거라고. 언제부터 사람을 이처럼 겁내게 되었는지 모를 일이다.

선우는 몇 초간 돌아오지 않는 응답에 어쩔 수 없이 초조해지고 만다.

아랫입술을 지그시 깨물었을 때에야 상대가 조금 목이 멘 것 같은 목소리로 말했다.

—아, 선우 씨……. 오랜만이야.

로펌에 근무할 당시 선우는 조수향 사무장의 업무를 보조하는 평사무원으로 일했었다.

조수향 사무장은 선우를 포함하여 총 여덟에 달하는 부하직원을 관리 감독했다.

"네. 잘 지내셨죠?"

—나야 뭐 똑같지. 선우 씨도 잘 지냈고?

직장에 있을 때 곧잘 어울려 다니며 함께 점심을 먹던 이들은 일을 그만둔 뒤 남보다도 못하게 소원해졌다. 조수향 사무장과는 애초에 더 멀어지거나 가까워질 거리감이란 게 없었으니 오히려 부담이 덜했다.

"네. 저도 잘 지내고 있어요."

조수향 사무장으로 말할 것 같으면, 로펌에서도 사무장 경력이 가장 긴 데다 탁월한 업무 성과로 변호사급 연봉을 받는 것으로 유명한 여자였다.

고객 상담과 영업, 그리고 변호사들의 소송과 재판 관련 업무 보좌에 이르기까지 그녀의 손을 거치지 않는 일이 없었다.

언제 어느 때고 로펌 대표와 면담할 수 있는 특권까지 지닌 실세 중의 실세였으니, 소속 변호사들도 여느 사무원 대할 때와는 달리 그녀에게만은 깍듯했다.

나이는 아마도 40대 초중반. 그러나 누구도 정확한 연령을 알지 못했다.

깔끔하게 가르마를 타서 빗어 넘긴 머리를 돌돌 말아 망 안에 집어넣고, 붉은색 뿔테 안경을 검지의 둘째 마디로 추어올리는 모습이 조수향하면 딱 떠오르는 이미지였다.

본인이 일을 똑 부러지게 하는 만큼 부하 직원에게도 그만큼의 업무 능력을 기대하는, 당연한 것 같지만 어디서도 쉽게 찾아볼 수 없는 유형의 상사였다.

다르게 말하면 다소 까다롭고 철저한 타입.

대신 공과 사의 구분이 확실해서 일 외적인 것에 참견하거나 간섭하는 일이 일절 없었다. 때문에 책상을 비우며 회사를 나가던 선우를 향해 눈길 두지 않은 유일한 사람이기도 했다.

"갑자기 이렇게 전화 드려서 죄송해요. 실은 부탁드릴 게 있어서 연락하게 됐어요."

피차 궁금하지도 않은 안부를 물어가며 수다를 떠는 건 선우에게도 조수향 사무장에게도 어울리지 않는 일이다. 따라서 선우는 더 재거나 머뭇거리지 않고 단도직입적으로 용건을 꺼냈다.

─나한테 부탁이라니. 무슨 일 있어?

다행히 되물어 오는 수향의 목소리에는 불쾌함이 아닌 옅은 걱정이 묻어 있었다.

그 사실에 조금 용기를 얻은 선우가 크게 심호흡을 한 번

했다. 이어 기다란 한숨과 함께, 치푸의 사정을 간략하게나마 풀어놓았다.

　——……그러니까, 베트남 친구인 결혼 이주 여성이 가정 폭력과 폭언에 시달리다 못해 이혼을 원한다는 거야? 열 살, 여섯 살 자녀가 있고? 양육권과 친권을 가져올 수 있느냐가 관건이겠네.

　"애들 때문에 10년이나 그 지독한 시집살이를 참고 살았어요. 만약 애들을 빼앗긴다면, 분명 이혼할 결심도 꺾일 거예요."

　그러고는 한동안 건너편에서 말소리가 나지 않았다.

　톡, 톡. 들고 있는 볼펜의 끄트머리로 책상을 두드리고 있을 조수향 사무장의 모습이 보지 않아도 눈에 선했다.

　언젠가 주워들은 얘기로는, 여고 시절부터 알아주는 수재였으나 고시는커녕 대학도 가지 못할 형편이었다고 했다. 수향의 밑으로 줄줄이 딸린 어린 동생들이 있었고, 부모 역시 장녀에게 빚만 떠넘기는 무능력한 인사들이었다고.

　조 사무장이 고등학교를 졸업하기가 무섭게 취업한 곳이 바로 지금의 로펌 대표가 낡은 빌딩에 책상 하나를 놓고 시작한 변호사 사무실이었다.

　그 후 20년 동안 약 50명의 직원을 거느린 건실한 법무법인이 되기까지, 회사의 성장 과정을 함께해 온 개국 공신이랄 수 있었다.

때문에 회사 내 모든 이들이 조수향이라는 여자에 대해 은근한 호기심을 품고 있었다. 시시탐탐 그녀의 사생활을 캐고 싶어 안달했다.

바늘 하나 쉬이 들어가지 않는 수향의 단단한 벽을 감히 허물 수 있는 자가 없어서, 대신 대리만족이라도 하듯이 근거 없는 가십과 소문만 무성할 뿐이었다.

누군가는 조수향 사무장이 로펌 대표의 애첩이라, 사모의 눈에 띄지 않게 사석에서도 몸을 사리는 거라고 수군거렸다. 심지어는 그녀가 여당 국회의원의 숨겨진 애인이라는 말까지 떠돈 적이 있다.

온갖 허위 사실들이 물색없이 법률사무실을 휩쓸었을 때에도 정작 직격탄을 맞은 조수향 사무장의 책상은 마치 태풍의 눈처럼 고요하기만 했다. 오래지 않아 20년간 흔들림 없이 지켜온 그녀의 평정심이 근거 없는 소문들을 하나둘 종식시켜 나갔다.

선우에게는 늘 엄격하기만 했던 상사였지만, 그녀가 가진 강인함에 깊게 매혹되어 선우는 줄곧 그녀를 동경했었다.

—남편 쪽이 협의 이혼할 의사가 없다고 한다면 결국 소송 진행해야지. 남편 쪽 귀책 사유만 확실하게 입증되면, 자녀들 나이가 어린 만큼 양육권 및 친권은 엄마 쪽으로 인정될 거야. 대신 아이 엄마가 경제적인 기반이 없으니까 남편 쪽에 양육비하고 위자료를 청구해야겠지. 그럼 쟁점은 이 부분이 되는

건데…….

상담을 할 때에는 분명한 어휘와 자신감 있는 어조로. 의뢰인으로 하여금 사건을 믿고 맡겨도 되겠다는 신뢰감을 줄 수 있게.

그녀 자신이 언젠가 선우에게 가르친 대로, 수향은 똑 부러지는 말투로 차근차근 이송 소송의 진행 절차에 대해 설명했다.

선우는 중간중간 추임새를 넣으며 조수향 사무장의 말을 귀담아들었다. 작은 수첩에 중요한 내용을 받아 적는 것도 잊지 않았다.

―이혼 소송, 그 친구 혼자 감당하려면 벅찰 거야. 결코 쉬운 일이 아니거든. 외국인에 아직 한국말도 서툴다면서. 그쪽에 내가 잘 아는 이혼 전문 변호사가 있어. 연락해 둘 테니까 한번 찾아가 보라고 해.

"정말 고맙습니다. 또 죄송하고요. 이런 일 부탁할 사람이 사무장님밖에는 떠오르지가 않아서……."

솔직히 조수향 사무장이 이렇게 선뜻 도움을 줄 거라고는 생각하지 않았었다. 필요하면 아쉬운 소리 해 가며 머리 숙일 작정까지 했다.

매일같이 얼굴을 봤을 땐 한 번도 좁혀지지 않았던 거리감이 휴대폰이 닿은 귀 옆으로 성큼 줄어든 것이 그저 얼떨떨하고 낯설 따름이었다.

—선우 씨.

　　그런 선우의 마음을 모두 짐작한다는 듯이 조수향 사무장이 나직한 음성으로 선우의 이름을 불렀다.

　　선우는 그녀가 바로 코앞에 있기라도 한 것처럼 퍼뜩 고개를 들었다. 거의 반사적인 행동이었다.

　　"언제나 상대의 눈을 봐야 한다는 걸 잊지 마. 그게 가장 기본적인 예의야. 사람이 사람을 마주하는 가장 기본적인 예의."

　　맨 처음 로펌에 수습으로 들어가 조수향 사무장으로부터 직접 교육을 받았을 적에 들은 충고 때문인지, 이후 조수향 사무장이 이름을 부르면 저도 모르게 목 뒤가 **빳빳**하게 섰다.

　　은연중 치켜 들린 턱과 정면의 어딘가를, 정확히는 정면에 마주 보는 상대방의 미간 그 언저리를 향해 시선을 두고 있다는 사실을 자각한 선우가 곧 쓰게 웃어 버렸다.

　　—그때 일은…… 내가 미안했어.

　　"네?"

　　그러다 뜻밖의 사과에 몹시 당황하고 말았다. '그때'라는 게 정확히 언제를 지칭하는지 알 수 없었다. 당혹한 선우의 눈빛이 얕게 흔들렸다.

　　—선우 씨 그런 사람 아니라는 것 알면서도 편들어 주지 못했어. 나 역시 선우 씨 매도하는 사람들 사이에 섞여서 입 꾹

다물고 앉아 있었어, 비겁하게.

"……."

—어쩌면 속으로는 선우 씨 잘못도 있다고 생각했던 것 같아. 선우 씨도 알겠지만, 나는 내 일에 자부심이 있는 사람이야. 선우 씨가 남자 문제로 회사에 물의를 일으켰다는 사실에 조금 화가 났어. 그래서…….

"사무장님."

길게 이어지려는 해명을 선우가 중간에 잘랐다. 변명이라고 생각해서가 아니라, 딱히 그녀에게 사과를 들을 이유가 없다고 여겼기 때문이었다.

서울을 떠나올 때 조수향 사무장뿐 아니라 동료 중 대부분이 선우로부터 등을 돌렸다.

직장 생활을 하는 동안 이 사람 저 사람에게 물색없이 마음을 퍼주고, 혼자가 되기 싫어 아등바등 노력하며 쌓아 온 인간관계가 실은 얼마나 얄팍한 것인지를 깨닫고는 허탈해지기도 했다.

"저요. 솔직히 회사 그만두고서 그다지 잘 지내진 못했어요. 한동안 많이 힘들었어요. 그래도 몇 년을 다닌 회사인데, 날 믿어 주는 동료 하나 없다는 게."

—……선우 씨.

"그런데 지금은 정말 괜찮아요. 정말, 괜찮습니다."

위기에 직면한 인간은 대개 두 가지 형태로 반응한다.

좌절하거나 극복하거나.

그러나 선우는 좌절과 극복, 그 사이에 하나가 더 있다고 믿었다. 위기를 양분으로 삼아 성장하는 것.

자신을 객관화하는 방법을 익히면 위기는 여름날 장마철처럼 지나간다.

어느 날은 홀딱 젖기도 하고, 어느 날은 유리창을 두드리는 우울한 빗소리를 듣기도 하고, 어느 날은 이불을 뒤집어쓴 채 컴컴한 방에 고립되지만 결국에는, 지나간다.

"사무장님 말씀이 맞아요. 제가 경솔하게 행동해 회사에 폐를 끼쳤습니다."

선우는 깔끔하게 인정했다. 당시에는 사생활을 이유로 사직을 강요하는 것은 부당하다고 여겼는데, 지금 생각해 보면 로펌도 선우로 인해 회사의 이미지나 신뢰도에 큰 피해를 입었을 것이다.

시간의 거리, 공간의 거리, 내면의 거리에서 한 걸음 물러난 지금에서야 비로소 당시 일들을 객관적인 시선으로 돌아볼 수 있게 되었다.

"그 사람, 최일현 실장이요. 적어도 제게는 그냥 남들 다 하는 사랑이었어요. 저는 정말…… 그런 줄 알았어요."

최일현. 아직까지는 그 이름을 입술 위에 올려놓는 것만으로도 가슴이 술렁거렸다.

지난 사랑을 여태 떨치지 못한 까닭이 아니다. 그 이름 뒤에 줄줄이 따라오는 악몽들이 사랑했던 기억마저 흐리게 만들 정도로 너저분한 탓이었다.

선우가 조수향 사무장 밑에서 중소 회사의 법률 자문 업무를 맡고 있을 때였다. 의료 기기를 제조하는 작은 업체로부터 특허 관련 상담 요청이 들어오면서, 담당자였던 최일현과 처음 만났다.

서류를 검토하는 동안 엄지의 지문으로 쓰고 있던 무테안경을 들추어 올리며 연신 미간을 찌푸리던 남자.

"안선우 씨. 업무상 제가 연락드릴 일이 자주 있을 것 같은데. 혹시 업무 외 시간이라도 전화 괜찮아요?"

"아……. 네, 하세요. 괜찮습니다."

"정말 괜찮겠어요? 때와 장소 가리지 않고, 내가 계속 전화할 텐데."

노골적으로 이성적인 호감을 표하며 다가오는 최 실장에게 가슴 떨렸던 순간을 선우는 선명하게 기억하고 있다.

두 번째 미팅 이후 자연스럽게 주고받은 연락처로 먼저 몇 번이나 메시지가 날아왔다.

'뭐 하고 있어요?' 하는 평상적인 물음에서 '같이 밥 먹읍시다'라는 제안으로 이어지는 데 하루, 그 제안이 현실이 되는 데 또 하루가 걸렸다.

그가 너무나 당당했기 때문에 의심해 볼 여지가 없었다. 첫 데이트에 당연한 듯이 '혹시 유부남이세요?' 하고 물을 수도 없는 일이었으니까.

파도처럼 끊임없이 부딪쳐 오는 그를 때론 밀어내고, 또 때론 받아들이고. 그렇게 남들이랑 똑같이 연애란 것을 시작하게 되었다.

적어도 선우는 그게 남들과 다르지 않은 평범한 연애라고 믿었고, 의심하지 않았다.

사랑에 속았던 걸까, 아니면 사람에 속았던 걸까. 어떻게 그렇게 작정하고 사람을 속일 수 있었을까.

어째서 결혼했다는 사실을 진즉 말하지 않았느냐고 따져 묻는 선우에게 그는 그 결혼에 사랑이 없었노라고 변명했다. 비겁하게 사랑을 빌미로 선우를 놓아주지 않았다.

"나한테 너밖에 없는 것 너도 알잖아. 이혼할 거야. 조금만 기다려 줘. 내가 당당히 너한테 갈 수 있게, 내게 조금만 시간을 줘."

마지막까지 달콤하게 속삭이는 말에 어리석게도 또 한 번 넘어갈 뻔했다.

로펌까지 찾아와 선우의 머리채를 쥐고 흔들던 최 실장의 모친이, 또 그와는 상반되게 변호사를 대동한 채 커피숍에 마주 앉아 조곤조곤 몰아세우던 그의 아내가, 뒤죽박죽이었던 선우의 머릿속에 얼음물을 부어 주었다. 흐리멍덩하던 정신이 번쩍 들었다.

서울에서의 모든 것을 정리하고 이곳에 내려와서도 한동안은 최일현의 연락을 기다렸음을 부인할 수 없다. 이따금 술 취한 밤에 보내오는 '보고 싶다'는 메시지가 미처 갈무리되지 못한 감정에 폭탄처럼 투하되기도 했다.

한바탕 마음이 들쑤셔지고 나서 그것을 가다듬는 일은 오로지 선우의 몫이었다.

끝내 실망만이 거듭된 기대는 선우에게 허탈함만을 안길 뿐이었다.

이별은 영어의 현재 완료형과 같았다.

과거의 상태가 현재까지 계속되는 것.

과거에 일어난 사실이 현재에도 그치지 않고 영향을 미치는 것.

그러다 시간이 지난 뒤에는 비로소 과거의 경험으로 이야기할 수 있게 되는 것.

지난했던 이별의 길을 외롭게 걸어 지금에 이른 선우가 처음으로 수향에게 그녀의 사랑을 해명했다. 비록 남들 눈에는 떳떳하지 못한 부정으로 비추어졌을지언정, 선우에겐 그저 사랑이었을 뿐이었노라고.

그래, 하고 수향은 나직이 답해 주었다.

이런. 엿들을 생각은 아니었는데.

늦었지만 지금이라도 기척을 내서 그가 여기에 있음을 알려야 할지 고민하던 희준이 오른손을 가볍게 그러쥐며 입가에 가져다 댔을 때였다.

희준의 옆으로 가무잡잡한 얼굴의 사내 둘이 쏜살같이 지나갔다.

"야, 치푸! 너 당장 안 나와!"

통화를 마무리하며, 이만 안으로 들어가려던 선우가 살기등등한 기세로 다가오는 두 사내를 발견하고는 멈칫했다.

"여편네가 집 나가서 외박을 해! 네년이 거지꼴 돼서 쫓겨나 봐야 정신을 차리지!"

무지막지한 침입에 당황할 새도 없이, 사내 둘이 그녀의 어깨를 세게 밀치며 쪽마루에 올라섰다. 투명한 유리문으로 단절되어 있던 여자의 세계를 흙발로 짓이기며 들어섰다.

"뭐 하는 거예요!"

선우가 얼른 뒤돌아 사내들을 끌어내 보려 하지만, 도리어 휘두른 팔에 떠밀려 맨발로 바닥에 떨어져 버린다.

"치푸, 이년이 어디 숨었어. 잡히기만 해 봐, 아주. 다리를 분질러 놓을 테니까!"

거실에서 무언가 떨어져 뒹구는 소리가 났다. 문고리를 잡

102

고 안방이며 서재를 들쑤시며 온 집 안을 헤집었다. 끝내 찾던 사람을 찾지 못하고 씩씩거리며 도로 튀어나온 이장의 얼굴에 붉게 열이 올랐다. 보기 좋게 허탕을 치고서는, 씩씩거리며 발을 굴렀다.

"내 마누라 어디다 숨겼어. 네가 내 마누라한테 쓸데없이 바람 넣었지?"

누가 들으면 영락없이 바람난 아내와 그 상대를 추궁하는 소리라고 생각할 것이다. 사정을 모르는 희준조차도 헛웃음을 뱉을 지경의 헛소리.

엉뚱한 사람에게 패악을 떨며 이장은 계속 여자를 닦아세웠다. 그럴수록 제 꼴만 점점 더 우스워지는 것을 모르고.

"그쪽 와이프를 왜 내 집에서 찾아요?"

대체 어디까지 꼴불견으로 구나 한 번 지켜보겠다는 듯이, 선우가 방어적인 태도로 팔짱을 끼고 섰다. 여태 맨발로 땅을 밟고 있는 그녀의 무게중심이 오른쪽으로 삐뚜름하게 기울었다.

"치푸가 집을 나갔나요? 지난번처럼 무식하게 주먹이라도 휘둘렀나 보죠?"

"이게 어디 남의 집안일에 끼어들어서 멋대로 지껄여! 죽고 싶어?"

이장이 사납게 손을 뻗치자, 선우는 그 앞에서 주춤하는 기색을 보이지 않으려고 턱에 힘을 주었다. 부러 더 꼿꼿하게 서서 이장의 형형한 눈빛에 맞섰다.

다리 길이만큼 큰 보폭으로 성큼 다가선 희준이 이장의 투박한 손이 여자의 얼굴에 닿기 전에 허공에서 그의 팔목을 잡아챘다.

"대한이 아버님. 조금 진정하시죠."

"뭐야! 이거 안 놔?"

갑작스러운 훼방에 이장의 가무잡잡한 얼굴이 사납게 뒤틀렸다. 희준이 아들의 담임 교사라는 사실조차 까맣게 잊을 만큼 한 번 눈이 뒤집히면 보이는 게 없는 인사인 모양이었다. 그렇다고는 해도 이장보다 머리 하나는 훌쩍 큰 희준이 겁을 먹을 정도는 아니었다.

이장을 붙든 희준의 손이 단호했다. 이장은 파르르 떨면서도 희준에게 붙들린 팔을 쉽게 떨쳐 내지 못했다.

주체하지 못할 다혈질에 눈 밑을 경련하던 이장이 희준을 노려보았다.

대치하는 두 사람 사이에 살벌한 시선이 말없이 오고갔다. 뻘겋게 달아오른 안색이 어느 정도 가라앉을 때까지 이장의 앞을 벽처럼 가로막고 서 있던 희준이 비로소 옥여쥐고 있던 팔을 놓아주었다.

"남의 집 분탕질 치는 건 첩질 하던 네 어미한테 배웠냐?"

끝내 분을 삭이지 못하고 할 말 못 할 말 구분 없이 마구 쏟아내기 시작하는 추태에 제삼자인 희준까지 와락 인상을 찌푸렸다.

힐끔 돌아보자, 선우가 창백해진 안색으로 움켜쥔 두 주먹을 파르르 떨고 있었다.

"말 안 해? 치푸 어디다 숨겨 놨냐고!"

희준이 중간에 끼어들지 않았다면 손찌검도 서슴지 않았을 것이다.

그런 생각이 들자, 이장이 자기 아내를 이 집에서 찾는 사연도 얼추 짐작이 갔다.

다시금 섣불리 손을 치켜들었다가 그와 선우의 사이에 버티고 선 희준을 힐끗 올려다본 이장이 퉤, 바닥에 가래침을 뱉으며 돌아섰다.

졸개처럼 이장을 따르던 사내 역시 못마땅한 얼굴로 희준을 노려보더니 곧 이장을 따라가 버렸다.

그리 멀지 않은 곳에서 개들이 요란하게 짖어 대다 이내 잦아들었다.

"천하의 상종 못 할 개자식 같으니."

등 뒤에서 쏘아지는 독설이 제법 매서웠다. 무심코 뒤를 돌아보았다가 여자와 딱 눈이 마주쳤다.

불현듯 곁을 스치고 간 바람이 자두나무 가지를 흔들었다. 초록이 부대끼며 스스스, 웃음소리를 흘렸다. 귀밑머리가 흩날리자 간지럽다는 듯 슬며시 미간을 찡그린 선우가 머리카락을 쓸어 넘겼다.

찰나였음에도 유독 깊게 새겨지는 장면이 있다.

　만약 이 순간을 나중에 돌이켜 본다면 공기의 질감이며 냄새까지도 섬세하게 기억할 수 있을 것이라고, 희준은 예감했다.

04. 미니멀 라이프

시선을 밑으로 둔 속눈썹이 하얀 볼에 기다란 음영을 만들고 있었다.

순간적으로 강하게 불어온 바람이 선우의 웃옷을 잡아끌며 가녀린 몸의 윤곽을 비추었을 때, 한 팔로 제 몸을 감싼 선우가 비스듬히 기울었다.

"아야."

희준의 눈길이 절로 선우의 주춤하는 맨발을 향해 떨어졌다.

나직하게 신음한 선우가 무릎을 접고 고개를 숙이며 발바닥을 살펴보았다. 아까 이장에게 밀쳐져 바닥으로 떨어지면서 날카로운 돌부리를 밟은 모양이다.

"괜찮아요?"

바닥에도 점점이 붉은 자국이 남았다. 발가락을 한 번 움직거리더니, 오른발을 제대로 땅에 대지 못하고 휘청거렸다.

눈썹을 찡그린 채로 선우가 고개를 주억였다.

"괜찮아요."

발바닥 전체에 지끈거리는 통증이 일기는 있기는 했어도 점차 옅어지고 있었다.

돌멩이의 모서리가 뾰족한 탓에 깊게 찔렸을 뿐, 찢어지거나 한 것 같지는 않았다.

"발 좀 봅시다."

희준이 그녀의 팔을 붙들며 바짝 다가섰다.

순간적으로 머리 위에 내려앉는 희준의 기다란 그림자에 주춤할 새도 없이, 그가 선우의 오른팔을 들어 제 목에 걸쳤다.

그리고 왼팔을 등 뒤로 뻗어 선우의 왼쪽 어깨를 꽉 지탱했다. 키 차이 때문에 몸의 우측이 반쯤 들린 선우를 부축해 쪽마루에 조심스럽게 앉혀 놓았다.

갑작스럽게 닿은 희준의 손이 당혹스럽기는 했어도 목적이 분명한 접촉이었다.

선우는 얌전히 그가 이끄는 대로 툇마루에 엉덩이를 걸쳤다. 그러자 선우의 오른쪽 발목을 희준이 덥석 붙잡았다.

"저기, 괜찮……."

"집에 약이랑 밴드 있어요?"

"……있어요."

"어디에?"

"거실 선반 안쪽에요."

"잠깐 들어가도 됩니까?"

선우가 얕게 고개를 끄덕이자, 선우의 발목을 내려놓은 희준이 신발을 벗어 두고 올라섰다.

"잠시 실례."

작게 읊조리며 안으로 성큼 들어갔다. 하얀 플라스틱 바구니 안에 상비약과 연고, 밴드가 들어 있었다.

바구니째로 꺼내든 희준이 주방에 들어가 머그컵에 물을 받아 나왔다.

희준이 운동화 뒤축을 구겨 신으며 선우의 앞에 한쪽 무릎을 꿇고 앉았다.

다시금 선우의 발목을 감싸 자신의 허벅지 위에 올렸다. 커다란 손안에 꼼짝없이 붙들린 묘한 감촉에 선우가 어깨를 작게 웅크렸다.

"제가 할게요."

"안에 작은 돌멩이 박혔어요. 가만있어요."

손잡이를 쥐고 컵 안에 든 물을 발바닥 위로 부어내렸다. 선우가 저도 모르게 아, 하고 신음을 흘렸다. 씻겨 나가는 상처의 고통보다 차가운 물이 피부에 닿는 느낌이 생경한 탓이었다.

선우를 힐끗 올려다본 희준이 양 엄지로 가능한 한 조심스럽게 상처를 벌렸다. 손톱으로 살살 긁어 박힌 돌멩이를 **빼내**고 나서 다시 한번 물을 부었다.

돌멩이가 박혀 있던 자리만큼 팬 속살이 따끔했다. 선우가 반사적으로 다리를 끌어당겼으나 지그시 잡고 있는 희준의 구속을 벗어나지는 못했다.

"아파요?"

재차 물으며 올려다보는 희준에게 선우는 고개를 저어 보였다. 그러면서도 손톱자국처럼 난 미간의 주름을 본인은 알지 못하는 듯했다.

슬쩍 웃어 버린 희준이 그 얼굴을 선우가 볼 수 없도록 턱을 가슴으로 바짝 끌어당겼다.

희준이 입고 있던 티셔츠의 아랫부분을 끌어올렸다. 선우는 희준이 그것으로 발바닥의 물기를 닦아 내는 모습을 보며 화들짝 놀랐다.

됐다고, 괜찮다며 얼른 두 손으로 밀어내려 했지만 희준은 한쪽 눈썹을 추킬 뿐 개의치 않고 옷을 더럽혔다.

차가웠다가 뜨거웠다가. 낯선 남자에게 붙잡힌 발목 아래쪽의 상반되는 자극에 선우는 속절없이 움찔움찔 몸을 떨었다.

이것으로 이번이 두 번째.

번번이 예상할 수 없는 방식으로 조우하게 되는 희준과의 인연이 선우는 그저 얼떨떨하기만 했다.

"여기는 왜 온 거예요?"

선우의 발을 닦아 낸 흰 티셔츠가 축축하게 젖었다. 희준의 배에 단단하게 자리하고 있을 근육 모양대로 달라붙었다.

"오늘 대한이가 결석을 했는데, 집으로 연락을 해도 전화를 안 받아서요. 어떻게 하다 보니까 여기까지 오게 됐습니다."

"일을…… 참 열심히 하시네요."

빈정거리는 것치고는 말하는 선우의 태도가 여상했다.

슬쩍 고개를 든 희준이 가늘게 좁힌 눈매로 선우를 올려다보았다. 역시나 아무것도 모르는 눈치다.

"학생 수 겨우 아홉인 반에서 한 명이라도 결석하면 빈자리가 눈에 띄어서. 못 본 척하고 싶어도 못 본 척할 수가 없죠."

희준이 옅은 한숨을 흘리며 잡고 있던 그녀의 발을 이쪽저쪽으로 돌렸다. 다행히 발목에는 이상이 없는 것 같다.

"대한이가 학교에 안 갔군요."

선우의 표정이 걱정으로 조금 흐려졌다.

"저 역시 첫 무단결석의 주인공이 대한이가 될 줄은 몰랐습니다만."

희준도 난감한 기색으로 눈썹 옆을 긁적거렸다. 평소에는 열 살 아이다운 짓궂은 말과 행동을 하다가도, 반에서는 제일 높은 학년이다 보니 자연스레 동생들을 먼저 챙기는 모습이 기특한 아이였다.

다른 애들보다 피부색이 까맣고 쌍꺼풀이 진해서 부모 중한 사람이 외국인일 거라는 걸 짐작하는 것은 어렵지 않았다. 살집이 없는 가는 몸이 워낙 날랜 데다 다리가 빨라서, 운동장에 전교생이 나와 있으면 가장 먼저 눈에 들어오곤 했다.

밖에서 뛰어노는 걸 좋아하는 만큼 수업 진도에서는 약간 부진한 편이었다.

열 살 아이치고 틀리는 글자가 많아 종종 동화의 한 페이지를 프린트해서 베껴 쓰는 숙제를 내주었다.

삐뚤빼뚤한 글씨지만 매일 성실하게 숙제를 해 온 덕분에, 얼마 전 받아쓰기 시험에서는 헷갈려 하던 글자가 많이 줄었다.

가끔 수업 시간에 엉뚱한 장난을 칠 때도 있었지만 뭐, 그건 전국의 모든 열 살 사내아이들의 공통점이었으니 유별날 일도 아니었다.

오히려 대한이 덕분에 딱딱한 수업 시간에 뜬금포 같은 웃음보가 찾아들기도 했다. 대한이를 제외한 여덟 명 학생 중 여섯이 여자아이인 교실에서 대한이는 개중 존재감이 뚜렷한 활력소인 셈이다.

그런 대한이가 오늘 어쩐 일인지 학교에 나오지 않았다. 쉬는 시간 틈틈이 보호자 연락처로 전화를 걸어 보았지만 끝내 연락이 닿지 않았다.

결국 직접 찾아가 볼 요량으로, 병아리 같은 목청으로 인사하는 아이들을 집으로 돌려보내고 희준도 평소보다 일찍 학교를 나선 참이었다.

매향 마을 21번지. 적혀 있는 주소를 찾아가는 일은 어렵지 않았다. 학부모란 비고에 '이장'이라고 쓰여 있었을 땐, 그게 뭐 대단한 감투라고 이렇게 자랑스레 적어 두었나 싶었는데.

지나는 사람 누구를 붙잡고 물어도 대한이? 아, 이장 아들 내미 찾는 거 아녀? 하며 알은체를 했다.

아이가 학교에 오지 않았는데 혹시 어디가 아픈 것이냐, 어머님을 좀 뵐 수 있겠느냐는 희준의 질문에 대답 대신 벼락같은 성을 내며 내달려 가는 사내를 따라와 보니 바로 여기였다.

반 뼘쯤 열려 있는 대문을 열고 당당하게 들어서기에 당연히 잘 아는 사람 집인 줄 알았다.

그것이 무단 침입과 여자를 향한 행패의 전조임을 알았더라면 진즉 저지했거나 적어도 이렇듯 속없이 따라 들어오지는 않았을 텐데.

"혹시 대한이 어머님 어디 계시는지 압니까?"

손가락 끝에 묻힌 반투명 연고를 상처에 슬슬 펴 바르면서 희준이 물었다.

"중요한 일이 있어서 조금 멀리 나갔어요. 언제 들어올지는 <u>모르고요.</u>"

대일밴드의 포장을 벗겨 상처 위에 붙인 뒤, 떨어지지 않게 손바닥으로 감싸 꾹 누른 남자가 턱을 들어 선우를 마주 보았다.

새벽부터 정신없던 와중에 대한이까지 사라졌을 줄이야.

미처 아이들을 생각지 못했던 것을 자책하며, 선우가 제 머리를 꿍 쥐어박았다.

"대한이 찾으러 가는 거면 저도 같이 가요."

쪽마루 위에 성큼 올라서서는, 왼발바닥을 대충 손으로 툭툭 털어 냈다.

"제 생각에 아마 서린이도 같이 있을 것 같은데. 아, 대한이 동생이요. 여섯 살짜리 여자애예요."

어른들에게 말하지 않고 집을 나간 거면, 틀림없이 서린이도 함께 데려갔을 것이다. 엄마도 오빠도 없는 집에서 서린이가 어떤 취급을 받는지 누구보다 대한이가 가장 잘 알았으니까.

들어가서 신발을 신고 나올 테니 현관 쪽으로 돌아오시라 말하고는 유리문을 잠근 선우가 곧장 거실을 가로질렀다.

치푸를 찾는답시고 이장이 안까지 들어와 멋대로 휘젓고 다닌 탓에 깨끗하던 마루가 온통 흙투성이가 되어 있었다. 눈 돌리는 대로 심란해지는 광경이었으나, 당장은 사라진 아이들을 찾는 것이 우선이었다.

선우는 지체하지 않고 신발장에서 편편한 운동화를 꺼내 신었다.

꺾여 있는 뒤축 안으로 발을 집어넣으며 깽깽이를 하는 선우의 팔을 뒷마당에서 돌아 나온 희준이 붙들어 주었다.

"정희준입니다. 짐작하시겠지만, 대한이 담임이고요."

뒤늦은 소개였으나 하지 않는 것보다는 나을 것이다.

무게 중심이 아래로 쏠린 상태에서 검지로 구겨진 뒤축을 펴 발꿈치를 쏙 집어넣은 선우가 바지에 손을 털어 내며 상체를 일으켰다. 그새 피가 쏠려 벌게진 얼굴로 대답했다.

"안선우예요."

간결하게 눈인사를 주고받았다. 두어 번 절뚝여 보던 선우는 이내 참을 만했는지 희준의 보폭에 맞춰 걸어가기 시작했다.

대한이와 서린이 남매가 학교에 있을 거란 걸 예측한 사람은 뜻밖에도 희준이었다.

"어른들 피해서 도망간 거면 뻔하죠. 어른들 안 오는 곳에 숨어 있을 겁니다."

"설마하니 학교에 갔을까요? 오늘 수업에 안 들어와서 찾으러 온 거라면서요."

끝까지 미심쩍어하면서도, 일단은 희준의 말대로 학교에 가보기로 했다.

도중에 미미 슈퍼에서 나와 막 집으로 돌아가던 동우 할머니와 마주쳤다.

"혹시 대한이랑 서린이 못 보셨어요?"

"봤지. 어린 것 둘이서 손잡고 아까 저짝으루, 다리 건너서 갔어."

"그게 언제였습니까, 어르신?"

"내가 여 올 때쯤이었으니께, 점심 먹고 금방이었지."

어쩌면 길이 엇갈렸을 수도 있겠다며 희준이 짧게 탄식했다. 어쨌거나 애들이 학교가 있는 방향으로 갔다는 사실이 확실해진 셈이다.

애들끼리 어디 멀리 가지 않아 다행이라고 안도하면서도 그새 또 다른 곳으로 숨어 버릴까 걸음이 조급해졌다.

"아까 대한이 아버님과 같이 있던 그 남자는 대한이 삼촌입니까?"

다리를 건너 큰 길로 나왔다. 차도 위를 지나는 화물차가 보행자 보호 난간 안쪽까지 희뿌연 먼지를 일으키며 빠른 속도로 지나갔다.

남자의 말소리가 소음에 짓이겨져 토막토막 잘려 나갔다. 더 잘 듣기 위해서 선우가 남자의 옆으로 바짝 붙어 섰다. 결국 두 번을 더 물어보고서야 선우는 남자가 무슨 질문을 했는지 알아들었다.

"가족은 아닌데 가족이나 마찬가지죠. 여기선 대부분 그래요. 이웃끼리 다 연결되어 있고, 내가 누군지 나보다 더 잘 알고. 죽을 때까지 한동네에서 살아야 하니까 가깝게 지낼 수밖에 없어요."

피는 섞이지 않았어도 먼 친척보다 밀접한, 하나의 집성촌이라고 봐도 무리는 아닐 것이다.

"엄밀히 말하면 이장은 매향 토박이는 아닌데, 쉽게 녹아든 편이죠. 대한이 할머니랑 남구식 씨, 그러니까 아까 같이 온 그 남자 어머니가 형님 동생 하는 사이예요. 대한이 아버지랑 그 남자도 형님 동생 하는 사이고."

"보기보다 개족보네요."

무덤덤한 어조로 뱉어 내는 희준의 농담에 선우가 풋 웃음을 터뜨렸다.

"대한이 어머님은……."

가로변의 소파 공장과 주유소를 지나 학교 교문 건너편 횡단보도에서 신호를 기다리고 있을 때였다.

"아예 집을 나간 겁니까?"

도로롱, 알림음과 함께 신호가 초록색으로 바뀌자 선우가 먼저 도로 위에 발을 내디뎠다.

제아무리 대한이 담임이라고 해도 치푸가 집을 나온 사정에 관하여 미주알고주알 털어놓을 생각은 없었다. 아까 이장과 남구식이 집을 온통 휘젓고 가는 바람에 대강은 눈치를 챘겠지만.

왕복 4차선의 도로를 반쯤 지날 때에야 선우가 입을 열었다.

"베트남어로 '한'은 행운이란 뜻이래요. '린'은 영혼을 의미하고요."

띠리릭, 띠리릭.

녹색 신호의 여지가 얼마 남지 않았음을 알리는 경고음이

117

띄엄띄엄 주고받던 대화에 빗금을 그어 내렸다.

"치푸한테는, 대한이 엄마한테는 애들밖에 없어요. 그러니 집으로는 안 돌아와도 애들한테는 돌아와요, 반드시."

보폭의 차이 때문에 반걸음쯤 앞서가는 희준의 표정을 알 수 없었다.

다만 선우로서는 이것이 그의 기우 섞인 염려에 대해 돌려 줄 수 있는 최선의 답변이었다.

빈 운동장 철봉 아래, 곱게 다져진 모래 위에 옹기종기 앉아 흙장난을 하는 아이들의 자그마한 등을 발견한 선우가 허탈하게 웃어 버렸다.

안도하는 어른들과는 달리, 담임 선생님을 맞닥뜨린 대한은 금세 겁을 집어먹는다. 혼쭐이 날 거라 생각했는지 냅다 도망을 치려던 대한을 희준이 어렵지 않게 달려가 붙들었다.

엄한 얼굴을 하다가도 덫에 걸린 토끼 같은 눈으로 올려다보는 대한에게는 화를 내는 것조차 쉽지 않았다.

결국 희준은 작은 한숨과 함께 아이의 뒷머리를 슥 쓰다듬어 주었다.

"요놈. 걱정했잖아."

아프지 않게 꿀밤을 먹이고는 다시 그 자리를 쓰다듬어 주는 희준의 투박한 손길 아래에서 대한이는 어룽어룽 눈물이 어리고 말았다.

그때, 선우의 허벅지에 서린이 작은 무게감으로 찰싹 달라붙었다. 좀 전까지만 해도 젖은 모래를 들쑤시던 작은 손이 선우의 웃옷을 움켜쥐고 있었다.

"……이모오."

상체를 숙인 선우가 서린의 겨드랑이에 손을 넣어 안아 들었다.

여섯 살이어도 평균보다 체중이 밑도는 서린이의 엉덩이를 한쪽 팔로 받치고서 다른 손으로 등을 감쌌다. 낯을 가리는 서린이 먼저 이렇게 안겨 온 것이 처음이라 선우는 내심 놀랐다.

"선생님, 흑. 엄마가……."

끝내 울음을 터뜨린 대한이의 목소리를 따라 고개를 돌렸다. 희준이 곤란한 얼굴로 아이를 달래고 있다.

오빠를 따라 덩달아 훌쩍거리기 시작한 서린의 등을 도닥이면서, 선우는 어린 남매가 엄마가 집을 나간 지난밤부터 줄곧 두려움에 떨었으리라는 걸 알아챌 수 있었다.

아이들에게 있어 가정의 불화란 길지 않은 생애에 일어날 수 있는 가장 큰 불행이다. 아빠의 고함과 엄마의 울음소리가 뒤섞인 무서운 악몽 속에서 대한이는 어린 동생부터 챙겨 나왔던 게 틀림없다.

어린아이는 주변에서 일어나는 모든 비극을 자기 잘못으로 받아들인다. 밤새도록 계속된 부부싸움이 대한이 눈에 어떤 식으로 비쳤을지 헤아려 보는 건 어렵지 않았다.

그 밤, 울긋불긋 멍이 든 것은 비단 치푸의 얼굴뿐만은 아니었을 것이다. 대한이의 여린 마음도 그만큼 욱신거렸을 테니까.

대한의 두 볼에 눈물방울이 줄줄 흘러내렸다. 희준이 아이의 뒤통수를 손으로 감싸 제 배에 꾀죄죄한 얼굴을 묻게 했다. 아까부터 수건 대용으로 쓰이고 있는 그의 흰 티셔츠가 금세 얼룩덜룩해졌다.

아이들을 타일러 집으로 데리고 돌아가는 길은 적막했다. 어느새 잠이 들어 버린 서린이 품에서 미끄러질 때마다 선우는 걸음을 멈춰 서서 아이를 추어올렸다.

아무리 작아도 여섯 살짜리를 오랫동안 안고 있으려니 슬슬 두 팔이 부들거리는 것은 어쩔 수가 없다. 저도 모르게 끙, 하는 소리를 내며 다시 한번 아이의 몸을 추키던 그때, 앞서 걷던 희준이 멈추어 섰다.

"제가 안고 가는 게 낫겠습니다."

선우의 어깨 위에 말랑한 볼을 달붙은 채로 잠든 서린이를 향해 희준이 두 팔을 뻗쳐 왔다.

"낯선 사람 무서워해요. 그냥 제가……."

괜히 곤하게 잠든 아이를 깨울까 봐 됐다고 사양하는데, 희준의 두 손이 아이를 번쩍 들어 데려가는 것이 먼저였다.

다행히 서린은 고양이 울음소리 같은 깜찍한 잠투정을 남기더니, 세상모르고 까무룩 곯아떨어졌다.

"원래 애들은 한 번 잠들면 쉽게 안 깹니다."

희준의 말마따나, 가까이서 들으면 고롱고롱 코 고는 소리까지 나고 있었다. 선우는 나란히 걷던 대한이와 눈을 맞추며 웃어 버렸다.

어깨에 묻은 서린의 침 자국 말고도 옆구리와 어깨에 축축하게 땀이 맺힐 만큼 후덥지근했다.

때마침 옆으로 먼지바람을 일으키며 레미콘 차량이 줄지어 지나갔다. 덜덜 진동하는 바닥을 디디며, 선우는 웃옷의 끝자락을 붙잡고 살살 들춰 미지근한 바람을 집어넣었다.

앞서 걷는 남자의 널따란 등을 따라 하얀 티셔츠가 달라붙었다. 도드라진 견갑골이 왼쪽으로 휘었다가 다시 균형을 맞추었다.

굵은 손가락, 팔목에 곤두선 힘줄, 그녀와는 전혀 다른 형태의 단단한 어깨. 그런 것들에 마음이 설레는 것은 선우 자신이 갖지 못한 것을 향한 선망일까.

미끄러져 내린 서린이를 추키면서, 날개처럼 뻗친 등 근육이 중앙을 향해 옹송그렸다 다시 방사형으로 펼쳐졌다.

곧게 솟은 등줄기 모양대로 옴폭 팬 실루엣을 시선으로 좇던 선우의 입에서 하아, 뜨거운 한숨이 새어 나왔다.

서글서글한 5월의 하늘이 무색하게, 무더운 오후였다.

꽃 무늬 장식

선우의 집에 모처럼 손님이 들기로 한 주말.

초행길인 조수향 사무장을 마중하기 위해 선우는 약속 시간
보다 이르게 매향교 앞으로 나갔다.

—이사한 지가 언젠데 집들이 한 번을 안 해? 새집에 사람이 좀
들어야 복도 같이 드는 거야.

집에 초대해 달라는 말을 참 수향답게도 했다. 볼 것은 없
는 동네니 기대는 말고 오시라는 서두를 깔면서 선우가 흔쾌
히 수향의 부탁에 응했다.

추진력이 남다른 수향이 그 자리에서 돌아오는 주말로 약속
을 잡았고, 선우는 자가용이 없는 수향에게 미리 차편을 알려
주었다.

터미널에서 매향 마을 앞까지 들어오는 버스가 저 멀리 커
브 길을 돌아 빼꼼 고개를 내밀었다.

얼추 도착했다는 메시지를 받았으니 아마도 저기에 타고 있
을 것이라 짐작하면서, 선우는 대기하던 그늘에서 걸어 나왔
다.

정류장 표지판이 서 있는 곳까지 걸어가는 짧은 시간에도

작열하는 태양이 정수리에 내리꽂혔다.

버스 하차 문이 열리고, 양손 가득 묵직한 상태로 뒤뚱거리며 내린 수향을 반갑게 맞았다.

"뭘 이렇게 잔뜩 사 들고 오셨어요."

선우가 바투 다가가 짐을 나눠 받았다. 분홍색 노끈으로 얽어맨 어린애 머리통만 한 수박이 제법 무게가 나갔다.

부츠 컷 청바지에 레터링 된 흰 티를 입고 있는 수향이 가벼운 걸음으로 지면에 내려섰다.

매번 깔끔한 바지 정장, 치마 정장 차림의 그녀만 보아 오다가, 오늘의 수향은 선우에게는 사뭇 낯선 쾌활함이 묻어 있었다.

"머리 잘 어울리네. 가벼워 보여."

얼마 전 조리원을 나온 명진을 만나기 위해 서울로 올라갔을 때 기분 전환 삼아 어깨까지 기장을 쳤다. 선우가 쑥스러운 얼굴로 아직 낯설게 느껴지는 짧은 머리카락을 쓸어 귀 뒤로 넘겼다.

퇴사를 하고 1년 만에 만나는 것임에도 조수향 사무장과 마주 보며 대화를 나누는 게 그다지 어색하지 않았다.

그건 아마 최근 들어서 선우의 휴대폰 통화 목록에 가장 자주 이름 올리는 이가 바로 수향이기 때문일 것이다. 그다음으로 연락을 자주 하는 건 치푸였다.

수향과 치푸, 두 사람이 번갈아 전화를 울리는 날이 이어질

수록 인맥의 총량에서 지분을 내어 주듯이 명진과의 연락은 뜸해져 갔다.

산후 조리원 안에 있을 때는 끝도 없이 넣어 주는 음식을 챙겨 먹느라 바빠서. 아기를 집으로 데려간 지금은 초보 엄마의 역할을 배우는 데 한눈팔 새 없으므로.

이따금 선우가 먼저 안부를 물으면, 그에 대한 대답으로 아기 사진을 찍어 보내고는 했다. 열없이 스몰토크를 주고받다가도, 어느 순간에 찬물을 부은 듯이 대화가 가라앉았다.

별것 아닌 일에도 깔깔거리며 웃던 전과는 다르게, 아기가 태어난 지금은 둘 사이에 나눈 유대감이 희미해져 버린 기분이 들었다.

명진의 집에 놀러 갔을 때에도 상황은 마찬가지였다. 오랜만에 만나면 풀어 놓을 수다가 산타클로스의 선물 보따리보다 컸던 건 다 옛날 얘기였다.

배달 음식을 시켜 먹고, 음료수를 한 잔 따라 마시는 동안에도 눈 하나쯤은 침대에서 곤히 잠든 아기에게 떼어 놓고 온 사람처럼 안절부절못해서, 결국 선우는 세 시간도 채 되지 않아 친구의 집을 나왔다.

아이를 잠시 신랑에게 맡겨 두고 버스 정류장까지 배웅해 주는 명진에게 물었다.

"엄마가 되니까 어때? 좋아?"

"잠도 못 자고 밥도 제대로 못 먹고, 힘들기는 하지. 그런데도 행복해. 아기가 너무 예쁘고 사랑스러워서, 힘든 걸 다 감수할 수 있을 만큼."

푹 꺼진 눈가와 임신과 출산의 영향으로 검게 기미가 낀 얼굴에 숨길 수 없는 피로감과 함께 만족감 역시 엿보였다.

"넌 여전히 결혼이나 아이 생각은 없는 거야?"

약 5분 후에 도착한다는 버스를 기다리면서, 조심스레 물어오는 말에는 친구의 어렴풋한 걱정이 묻어 있었다.
선우 본인은 진즉에 접어 버린 여자로서의 희망을 명진만은 여전히 놓지 못하고 있는 듯했다.

"첫사랑인 오빠하고 8년 연애해서 결혼한 내가 너한테 연애하는 것 겁내지 말라고 말할 주제가 못 되는 것 아는데. 그래도 난 선우, 네가 다시 사람을 만났으면 좋겠어. 내가 아는 안선우는 충분히 사랑받으면서 살 자격 있는 여자니까."

이제 막 도착한 버스에 오르는 선우의 등 뒤에서 명진은 마지막까지 손을 흔들고 있었다.
"기왕이면 치푸 씨까지 셋이 다 같이 모였으면 좋았을 텐데. 아주 랜선 친구가 따로 없다니까."

소송 관련 문제로 선우와 수향, 치푸 셋이서 자주 통화를 주고받았다. 고맙게도, 얼굴도 모르는 치푸에게 수향은 따뜻한 법률 조언을 아끼지 않았다.

어느새 대화방에서 치푸는 수향을 언니라고 부르기 시작했고, 어쩌다 보니 선우도 그것에 자의 반 타의 반으로 슬쩍 편승하게 되었다.

"아무래도 식당 일이 주말에 빼기가 쉽지 않은가 봐요."

본격적으로 이혼 소송을 준비하면서, 치푸는 이주 여성 쉼터에서 제공하는 숙소에 머물고 있었다.

그사이 이장과 남구식은 두어 차례 더 예고 없이 선우의 집에 쳐들어왔다.

때마다 선우는 그들을 직접 상대하는 대신 112에 신고해 매번 기록을 남겼다. 소송에서 유리하게 작용할 수 있다는 수향의 조언을 따른 것이었다.

항간에는 치푸의 이혼이 물정 모르는 순진한 외국인 며느리를 부추긴 선우의 탓이라는 말도 떠돌았으나, 가정 파탄의 책임을 선우에게 모조리 전가하기에는 그 집의 악독했던 시집살이의 내력을 온 동네 사람이 죄다 알고 있었다.

남의 집안일에 깊숙이 관여한 선우도 썩 잘했다고 볼 수는 없지만, 그래도 시절이 어떤 시절인데 여자가 남편한테 맞고만 살겠느냐는 게 매향 마을의 전반적인 여론이었다.

어쨌거나 아직까지는 잘 버텨 내는 중이었다. 선우도, 치푸도.

"혹시 저 남자 아는 사람이야? 방금 선우 씨 쳐다본 것 같은데."

수향이 턱짓하는 곳으로 무심코 고개를 돌린 선우는 도로의 맞은편에 서 있는 희준을 발견했다.

차들이 쌩쌩 지나는 도로를 사이에 두고 어색하게 멈춰 선 것도 잠시, 묵례하는 희준을 따라 작게 머리를 까딱여 인사했다.

"근처 초등학교 선생님이에요. 대한이, 그러니까 치푸 아들 담임 선생님."

며칠 전, 치푸는 희준의 협조를 받아 학교에서 잠시나마 아이들을 만날 수 있었다.

이장이나 그 모친이 알면 소란스러워질 게 뻔해서, 약속을 잡고 실행으로 옮기기까지는 은밀하기가 국정원의 비밀 작전을 방불케 했다.

그에 더해 희준은 아들만 귀한 줄 아는 집구석에서 당분간 엄마 없이 지내야 하는 서린이가 돌부리처럼 마음에 박혀 있던 치푸의 걱정까지 해결해 주었다.

"한 명이 덜 나오는 것보다는 한 명이 더 나오는 편이 나으니까요. 교장 선생님께 말씀드려서, 당분간 대한이가 동생과 함께 수업에 들어올 수 있도록 조치하겠습니다."

어차피 그가 맡아 가르치는 학생 수는 겨우 아홉.

서울에서는 담임은 아니었어도 한 반에 스무 명 가까운 아이들을 데리고 수업을 진행해 왔다고 하니, 아홉에서 한 명이 더 늘어난다고 해도 감당하지 못할 정도는 아닐 것이다.

지난번에 학교에 나오지 않은 대한이를 찾아 집까지 왔던 일도 그렇고, 여러모로 그가 달고 다니는 너저분한 소문과는 영 다른 사람 같았다.

대체 무슨 영문으로 그런 꼬리표를 달고서 이 시골구석까지 좌천되었는지 좌우간 모를 일이었다.

"젊다. 몸 좋고, 얼굴 훈훈하고. 이 동네 남자들 평균이 저 정도라고 하면, 난 당장이라도 전세 빼서 이사 올 용의가 있어."

로펌 안에서의 조수향 사무장이라면 절대 하지 않았을 이런 식의 농담에도 이제는 제법 적응이 되어 가는 참이다.

"안타깝게도 이 동네에 총각은 딱 둘뿐이에요. 저 사람하고, 이름부터 구식인 마흔 살 청년회장."

"어머. 그럼 쌍쌍이 짝이 맞겠네. 난 구식 씨로 픽하지, 뭐. 레트로, 올드 스쿨, 그런 게 또 내 취향이잖아."

차도녀 골드미스 수향과 매향 마을의 마지막 남은 노총각이라.

그야말로 로맨틱 코미디 영화에나 나올 법한 조합이라고 생각하면서 선우는 설레설레 머리를 내저었다.

　그래도 5월로 들어서부터 푸릇하게 돋아나기 시작한 벼들이 물결치는 모양새가 제법 그럴듯했다. 저녁 무렵 논두렁을 따라 한 바퀴 느긋하게 산책을 돌아오는 일이 어느새 하루의 일과로 자리 잡았다.

　종종 장을 보러 오산 시내의 농협 로컬 푸드 직매장을 가면, 매향 마을을 포함한 이 지역에서 나는 쌀이 청해미(靑海米)란 이름으로 판매되는 것을 볼 수 있었다.

　여름의 전원은 그 이름을 납득하기에 충분한 광경이었다.

　오후의 부드러운 바람이 손을 뻗어 정강이까지 자라난 푸릇한 벼를 쓸어 주면, 논은 스스스 간지러운 소리를 내며 술렁거린다.

　그 소리에 가만히 귀를 기울이고 있으면 마치 바다 한가운데 서 있는 것처럼 가슴속이 씻은 듯 시원해졌다.

　초여름 장마도 모두 지나고, 두터운 먹구름이 걷히고 난 뒤에는 때 이른 6월의 더위가 기승을 부리며 찾아들었다. 뙤약볕에 자글자글하게 익은 흙바닥이 희끄무레한 아지랑이를 피어 올렸다.

　푸릇해진 벼들 사이로 이따금 허리를 편 농부들이 번지레하게 땀이 흐른 얼굴을 수건으로 닦아 내며 다시 고개를 숙였다.

　"참 평화롭다. 조용하고."

"심심하기도 하죠. 그냥 아무것도 없는 시골이에요. 배달 음식 시켜 먹기도 까다롭고."

선우가 들고 있던 수박을 마루 위에 조심스레 내려놓았다. 축축하게 땀 맺힌 이마와 인중을 옷소매로 닦아 내며 수향을 현관문 안으로 들였다.

"집 너무 좋은데? 딱 선우 씨다운 느낌이네. 단정하고 차분해서."

가구가 적은 거실의 풍경이 간결한 이미지로 한눈에 들어왔다.

어느 집에나 있을 법한 TV장이나 장식장 대신 곳곳에 달아 놓은 벽걸이 선반이 가재 소품이나 잡지 등을 받치고 있어 시선이 확 트였다.

등을 받치는 형태의 좌식 의자와 한쪽 구석에 놓인 목제 앉은뱅이책상이 고즈넉했다. 벽을 타고 기대어 앉을 수 있는 커다란 쿠션과 바닥에 깔린 러그가 소파 대신 안락하게 자리했다.

서울살이 하는 동안 전월세 집을 전전하면서, 벽에 구멍 하나 마음대로 뚫을 수 없다는 게 제일 서러웠다.

빌려 쓰는 공간이라는 강박 때문에 편해야 할 내 집조차 그다지 내 집처럼 생각되지가 않았다. 2년마다 다시 짐을 챙겨 새로운 곳으로 이사 다녀야 하는 방랑의 삶이 늘 고단하고 불안했다.

리모델링이 끝나고, 할머니가 쓰던 오래된 가구를 안방에 몰아넣고 나서, 가장 먼저 벽에 원 없이 못질을 해 댔다. 사각의 형식이 없어진 것만으로 공간을 훨씬 넓게 활용할 수 있다는 걸 깨달았다.

늘 여유 없이 마음이 번다한 까닭 역시 어쩌면 지나치게 형식에 사로잡힌 탓인지도 몰랐다. 벽에 뾰족한 못을 대고 망치로 두들겨 박으면서, 선우는 마음속에 자리만 차지하는 형식들을 조금씩 깨부수었다.

"좀 썰렁하죠? 벽 가리는 가구를 놓는 걸 별로 안 좋아해서요."

"깔끔해서 좋은데, 뭘. 요새 유행이잖아. 미니멀 라이프."

"서울에서 내려올 때 꼭 필요한 것만 챙겨서 오다 보니 짐이 확 줄었어요."

침실과 서재를 구경한 뒤에 다시 거실로 나와 자리 잡은 수향에게 선우가 얼음을 섞어 만든 수박 화채를 내왔다. 캔 사이다 하나를 따서 콜콜 부었다. 탄산 부서지는 소리가 시원하게 났다.

"버리기 아까워서 간직하고 있었던 것, 언젠가 한 번은 쓰겠지 하고 모아 뒀던 것, 추억이 남아서 도저히 버릴 수 없었던 것들을 눈 딱 감고 처분하고 나니까 몸도 마음도 가벼워지더라고요."

되도록 많은 걸 끌어안고 있어야 편할 줄 알았는데. 오히려 덜어 내고 나니 그렇게 가벼울 수 없었다.

인간관계 역시 마찬가지였다.

버리기 아까워서 친분을 유지하고 있던 이들, 언젠가 한 번은 연락할 일이 있겠지 하고 쥐고 있던 인연들, 추억이 남아 도저히 끊어 버리지 못한 과거의 사람까지 모두 내려놓고 나니 비로소 가뿐하고 오롯한 자신이 남았다.

언젠가 이익이 되겠거니 하고 불필요한 물건이나 관계를 쌓아 두는 일이 결국엔 공간 낭비, 마음 낭비인 것을 몰랐던 탓이다.

"내가 끝내주게 맛있는 고기로 사 왔어. 우리 집 근처에 있는 정육점인데, 사장님이 직접 직판장에 가서 떼 오는 고기라 엄청 신선해. 거실에서 신문지 깔고 구울까?"

"덕분에 오랜만에 포식하겠네요. 전에 유리창 닦으려고 무가지 가져온 게 있었는데 어디 뒀더라."

평소에는 잘 꺼내지 않는 불판을 내왔다. 주방에서 키친타월과 종이컵을 꺼내 온 수향이 기름 구멍 밑에다 컵을 받쳐 놓았다.

선우가 주방에서 버섯과 양파, 김치와 함께 파채를 만들자, 수향이 소녀처럼 비명을 지르며 행복해했다.

붉은 살코기 위에 눈이 내린 것마냥 환상적인 마블링을 자랑하는 한우를 불판 위에 올렸다. 예열된 불판에서 지지직, 소리를 내며 살점 밑으로 기름이 고였다.

고기 굽는 게 사무장 업무보다 자신 있다던 수향의 호언대로, 그녀가 집어 앞 접시에 놓아주는 고기는 입안에 들어가는 순간부터 살살 녹았다. 자연스럽게 술이 곁들여졌다.

혼자서 이따금 와인 한 잔이나 캔 맥주, 과일 탄산주 정도를 홀짝이다가 오랜만에 누군가와 함께 들이켜는 소주 맛이 기가 막혔다.

씁쓸한 첫맛과 달콤하지만 알싸한 알코올의 끝 맛이 혀에 감돌다 목구멍을 화끈하게 데우며 넘어갔다.

육질이 부드러운 한우와 구운 양파, 김치, 버섯으로 속을 채운 다음에는 술김에 꺼내 놓을 수 있는 가벼운 수다가 안주 노릇을 톡톡히 했다.

"내가 동생이라면 정말 자다가도 벌떡 일어나 앉을 만큼 치를 떨잖아. 근데 결정했어. 선우 씨랑 치푸, 두 사람은 내 동생 삼기로. 땅땅."

주먹 쥔 손을 바닥에 두 번 내리치며 선고했다. 말술로 유명한 수향의 평소 주량을 알고 있었음에도 벌써 취해 버린 것은 아닌지 잠깐 의심스러웠다.

사실 수향은 술보다는 분위기에 먼저 취한 것 같았다. 평소 같았으면 스스로 풀어낼 리 없는 개인사가 그녀의 입에서 술술 흘러나오는 것을 보면.

"내 밑으로 줄줄이 호박 같은 동생들이 넷이야. 손아래 동생이 네 살, 막냇동생은 자그마치 열 살이나 차이가 나는데,

그것들을 다 내 손으로 업고 키웠다고 해도 공치사는 아닌 거지."

가늘지만 마디가 투박한 수향의 손이 소주잔을 감아쥐어 입가로 가져갔다.

뒤로 목을 꺾으며 단숨에 들이켠 소주의 쓴맛 때문인지 아니면 이야기의 쓴맛 때문인지, 그녀의 미간에 작은 주름이 졌다.

"뼈 빠지게 번 돈으로 부모님 대신 내가 걔네 용돈 주고 학비 대줬어. 동생 중 하나는 머리가 나빠서 대학 못 들어갔지만, 나머지 셋은 졸업할 때까지 아르바이트 한번 해 본 적이 없을 만큼 뒷바라지해 줬다고. 시집 장가보낼 때에도 한밑천씩 다 떼 줬는데."

원래 부모 봉양하는 공은 있어도 자식 키우는 공은 없는 거라던 옛말이 자기 얘기가 될 줄은 꿈에도 몰랐다며 말끝을 흐렸다.

"남을 데려다가 이만큼 해 줬으면 최소한 고맙다는 인사는 받았을 거야. 근데 이것들은 생전 돈 필요하다는 연락 아니면 전화 한 번을 안 해. 이래서 머리 검은 짐승은 거두지도 말라는 건가 봐."

수향이 탁, 하고 빈 잔을 상 위에 내려놓았다. 목소리에 밴 쓴맛이 선우의 귀에까지 스몄다.

"그러니까 동생 삼겠다는 말이 나한테 무슨 의미인지 알겠지? 의지가지없는 여자들끼리 청승 떨자는 소리로 들려도 하는 수 없는데, 난 정말 그러고 싶어."

그러니 이제부터는 언니 동생 사이로 편하게 지내자는데 어떻게 거절할 수 있을까.

아주 작은 소리로 '수향 언니' 하고 한 번 연습이나 해 보며 어색한 입매를 맞부딪친 소주잔으로 가려 볼 수밖에.

"솔직히 서울에 있을 때보다 지금 선우 씨가 난 더 마음에 들어."

비워지는 술병에 비례하여 자리가 무르익고, 수향에게서 문득 그런 말을 들었을 때에는 조금 놀랐다.

"회사 있었을 때 선우 씨가 별로였다는 뜻은 아니야. 좋은 직원이었지. 잘 웃고, 친절하고, 무슨 부탁이든 잘 들어주고. 근데 그만큼 잘 휘둘리기도 했으니까. 보고 있으면 어쩐지 자꾸 한숨이 나서……."

"……제가 그랬나요."

사람한테 미움받는 게 무서워 예스밖에 할 줄 모르던 얄팍한 여자의 속을 수향은 전부 꿰뚫어 보고 있었나 보다. 선우는 그저 소리 없이 웃어 버렸다.

"이제 겨우 제대로 중심 잡고 사는 것 같네. 다행이야."

"혼자 덜컥 죽기라도 할까 봐 걱정했어요?"

농담처럼 응수해 보지만, 실은 농담이 아니라는 걸 수향도 선우도 알고 있다. 한 번 웃음 짓는 시늉도 없이 수향은 우묵

한 시선으로 선우를 응시했다.

"솔직히, 응."

그리고 둘러댈 생각도 없이 긍정했다.

"나한테도 비슷한 시기가 있었으니까."

수향이 픽 실소하며 어깨를 으쓱이는 것으로 지나치게 무거워진 공기를 흐트러뜨렸다.

"몸 주고 마음 주고 사랑도 줬던 남자한테 크게 배신당해 봤지. 사무실에 앉아 일하다가도, 열려 있는 창문만 보면 뛰어내리고 싶은 충동이 벌컥벌컥 들고 그랬어."

자살하는 사람들 보면 죽을 용기로 살지, 하며 쯧쯧 혀를 찼었는데 실은 죽음보다 삶이 더 큰 용기를 필요로 한다는 것을 그때서야 사무치게 깨달았다며 고개를 내저었다.

선우가 보기에도 수향은 어깨에 너무나 많은 것들을 이고 살아온 사람이었다.

무능력한 부모에, 아직까지 그녀에게 손 벌리는 동생들, 심신이 지치도록 부담을 주는 회사와 기대에 미치지 못하는 부하 직원들 그리고 수향 자신까지.

극단의 상황이 닥쳤을 때, 인간의 두뇌는 인생을 짓누르는 짐들을 덜어 낼 생각보다는 인생 그 자체를 포기하는 게 편할지도 모른다는 성급한 유혹에 넘어가기 쉽다.

"선우 씨가 그때의 나랑 많이 닮아 보였어. 그래서 내심 조마조마했었는데, 이렇게 보니 안심이 되네. 단단해졌어. 대견

할 정도로."

아무도 모르게 혼자서만 앓아 왔던 밤들은 선우의 영혼에 문신처럼 한 땀 한 땀 그림자를 새겨 넣는 시간이었다.

회화에서 음영은 현실감과 입체감을 선사하고, 깊이와 정취를 더하는 요소로, 그림자가 없는 그림은 평면적이며 생동감이 없어 보는 이에게 감동을 주지 못한다.

그러니 아마도 수향의 단단해졌다는 말은 결국 깊어졌다는 말과 동의어가 아닐까.

잘 이겨 냈다고 갈채해 주는 것 같아서, 인정해 주는 것 같아서 왠지 모르게 수향의 말이 가슴 벅찼다.

"큰일 겪고 나서 겨우 철들었나 봐요, 저."

괜스레 울컥하여 홧홧해진 눈가를 두 손바닥으로 비비며, 선우가 축축해진 목소리로 웅얼거렸다.

"회사도 여전하네요. 언니 없으면 안 돌아가는 걸 보니까."

애당초 선우의 집에서 하루를 묵고 가려던 수향의 계획이 틀어졌다. 로펌에서 다급히 그녀를 찾는 연락을 받은 탓이다.

수향과 함께 일했던 로펌에서의 몇 년보다 소주와 속 깊은 이야기로 가까워진 지난 몇 시간이 조수향이라는 사람을 더 많이 알게 했다.

이대로 헤어지기 아쉬운 마음을 애써 감춘 선우가 배웅을 위해 수향과 함께 집을 나섰다.

"정말 뼛골까지 빼먹는 직장이라니까. 주말도 없이 사람을 부르고 말이야."

수향이 짜증스러운 얼굴로 회사에 대한 애증을 가감 없이 드러냈다.

조금 전까지만 해도 술기운이 올라 불그스름하던 낯이 거뭇한 피로에 잠식되는 건 금방이었다.

언덕길을 내려와 마을 입구까지 한길로 난 3m 폭의 포장길을 걷고 있었다. 콘크리트가 굳기 전에 동네 개가 배회하며 동그란 발자국을 점점이 새겨 두었다. 마치 자기 뒤를 따라오라는 듯이.

선우는 그 순진무구한 짓궂음이 귀여워 작게 미소 지었고, 수향은 가방에서 휴대폰을 빼 들어 찰칵찰칵 사진을 찍었다.

"아예 나도 여기서 살까? 이것저것 조금씩 농사도 지어 먹고, 개천에서 물장구도 치면서."

농담이라는 걸 뻔히 아는데도 수향의 목소리에 절절한 부러움이 묻어나서, 선우도 맞장구를 쳤다.

"그러면 좋죠. 주말마다 같이 고기도 구워 먹을 수 있고."

"내 꿈이 겨우 그거거든. 로또로 대박을 맞겠다는 것도 아니고, 벤틀리 탄 재벌 2세를 만나겠다는 것도 아닌데 왜 아직까지 요원하기만 한 건지 모르겠어."

포옥 한숨을 내쉬는 수향의 어깨가 움츠러들었다.

"청춘 다 바쳐 번 돈은 죄다 부모 형제한테 쏟아붓고. 그동안 휴가 한 번 마음 편하게 쓴 적 없이 나는 내가 뭘 하고 싶은지, 뭘 갖고 싶은지도 모르고 살았어."

푸념 뒤에 따라붙는 미소는 씁쓸하기만 했다. 어느새 머리 위까지 밀려온 노을이 붉게 부서져 내린 수향의 얼굴을 부신 눈으로 돌아보면서, 선우는 그녀의 말에 깊게 공감했다.

돌이켜 보면, 그간 사랑했던 남자들의 취향은 언제나 빠삭하게 꿰고 있었으면서, 정작 스스로의 호와 불호는 명확히 구분 짓지 않았던 것 같다.

타인의 보는 눈들을 의식하며 적당히 타협하고, 그때그때 유행을 따라 물건을 골랐다.

자신에게 무엇이 어울리는지도 모르는 안목이라니.

나름 유행에 민감하게 반응하며 살았다고 자부했던 것이 무색했다. 심지어는 자신의 취향에 대해 알아가려는 노력조차 제대로 해 본 적이 없었다.

지금껏 지난 연인들을 사랑했던 것만큼 나 자신을 사랑해 본 적은 없었다는 새삼스러운 깨달음이 선우의 가슴을 알알하게 할퀴고 지났다.

"조심해서 올라가세요."

조만간 또 보러 오겠다며 버스에 오르는 수향을 배웅하면서 선우도 손을 흔들었다.

앞쪽 좌석에 자리를 잡는 것을 확인하고 돌아서는데, 마침 버스 뒤편 하차 문으로 낯익은 얼굴의 남성이 내려섰다. 남구식이었다.

눈이 마주치려는 찰나, 선우가 얼른 뒤돌아섰다.

본인의 체구보다 어깨와 품을 낙낙하게 지어 입은 양복 탓에 오늘따라 그가 더 왜소해 보였다. 머리에 뭔가를 잔뜩 발랐다가 헝클었는지, 까만 고수머리가 지저분한 까치집을 지은 채 굳어 있었다.

비둘기색 양복과는 좀체 어울리지 않는 자주색 솔리드 실크 넥타이가 느슨하게 풀어져 셔츠의 목깃 위로 말려 올라가 있었다.

"난 이제 지쳤어요, 땡벌! 기다리다 지쳤어요, 땡벌!"

귀에 익은 트로트 가사를 악쓰듯 내지르며 비척비척 흙바닥을 스치는 발자국 소리가 불규칙했다. 선우를 전혀 알아보지 못한 사람처럼 지나쳐 횡단보도로 향하는 남구식의 목덜미가 시뻘겋게 물이 들었다.

잔향처럼 알코올 냄새가 났지만 그 출처가 남구식인지 아니면 선우 자신인지는 알 수 없었다. 분명한 것은, 만취라고 해도 좋을 정도로 인사불성인 쪽은 단연 앞서가는 남구식이라는 사실이었다.

"니미럴! 땡벌 주제에 지치긴 뭘 지친다구 지랄이여! 밤이 길어서 죽겠는 건 난디! 집구석에서 살림이나 할 여자들이 쓸데없이 콧대만 높아가지구……! 제기랄!"

궁상맞다고 해야 할지, 안쓰럽다고 해야 할지.

남구식은 엉뚱한 화풀이로 신호등을 냅다 걷어차더니, 그 발을 붙잡고 펄쩍펄쩍 뛰다가 중심을 잃고서는 벌러덩 넘어지기까지 했다.

보아하니 오늘도 맞선 보러 나갔다가 퇴짜 맞고 돌아왔구나.

뒤에서 선우가 그의 원맨쇼를 황당한 눈으로 보고 있다는 것도 모르고. 바닥에 철퍼덕 주저앉아서 고개를 떨구고 있는 남구식의 뒷모습이 애잔했다.

이쯤 되면 그가 이장과 한 세트처럼 붙어 다니며 선우를 못 살게 구는 것도 아주 이해하지 못할 바는 아니라는 생각이 든다.

치푸와 이장이 결혼하던 10년 전에야 원정 결혼을 나라에서 지원해 주기까지 했다는데, 이제는 매매혼을 권장한다며 지탄을 받는다.

요즘 세상에 국제결혼이 그리 드문 일도 아니건만, 이 부근에서 베트남 신부를 데려온 건 이장이 유일했다.

그래서 전부터 치푸를 붙들고서 베트남 친구와 다리를 놓아 달라고 부탁해 온 모양이었다. 치푸가 집을 나가면서 그마저 요원해져 버리고 말았지만.

따지고 보면 선우에게는 엄한 화풀이를 쏟아 내는 꼴이었으나, 사람이 한번 불쌍하다는 생각이 들기 시작하면 그를 미워하기가 쉽지 않은 법이다.

선우는 작게 고개를 내저으며 걸음을 옮겼다.

Summer

01. Start over

송추로 가는 택시 안에서 희준은 여름이 익어 가는 것을 실감했다.

길가에 피어난 초록이 짙었고, 하얗게 내리쬐는 볕은 검은 아스팔트 위로 하늘하늘한 아지랑이를 피어 올렸다. 계절감을 느낄 수 있는 계기가 도처에 가득해서, 눈 돌리는 대로 하얀 햇살을 반사하는 식물의 푸름이 눈부셨다.

겨우 한 계절 만에 낯설게 변해 버린 풍경을 스쳐 지나며, 희준은 꽤 오랫동안 남 선생님을 찾아뵙지 못했다는 사실을 깨달았다.

바빴다는 핑계라면 얼마든지 댈 수 있을 것이다. 그러나 진실은 회피에 가까웠다.

시간이 지날수록 선생님의 기억 속에서 희준의 존재가 희미해져 가는 것을 지켜보는 게 괴로웠던 까닭이다.

사람의 기억이란 얼마나 연약하고 무력한가.

희준에게는 구원의 세월이었던 남 선생님과의 인연은 퇴색한 현실만큼이나 빛바래 버렸다.

여든 가까운 인생 동안 본인이 경험했던 모든 순간이 잔가지처럼 깎여 나가고, 평생에 걸쳐 거듭해 온 만남과 소중한 사람들과의 순간, 그리고 이제는 남은형이라는 인간의 오롯했던 자아마저 백지처럼 새하얗게 지워져 가고 있었다.

희준이 기억하는 것보다 작고 앙상한 등을 가진 노인을 물끄러미 보고 있노라면, 더는 그 안에 어떠한 의미도 남지 않은 것 같아 두려워졌다.

이제 남은형이라는 남자의 인생은 그의 제자들이 너 나 할 것 없이 입원비를 보태는 호화로운 1인실과 시들 새 없이 교체되는 화병의 꽃, 그리고 누군가 다녀간 뒤에 적어 두는 면회 기록으로만 정의될 따름이었다.

서울과는 조금 떨어져 있어도 시설이 깔끔한 벽돌색 요양원의 모습이 저 멀리 보이기 시작했다.

희준은 정문 안까지 들어가 택시에서 내렸다. 선생님이 좋아하시던 콩떡과 달지 않은 푸딩이 든 봉투를 들고 병원의 로비로 들어섰다.

"방문객이세요?"

예전 같았으면 희준의 얼굴을 기억했을 간호사가 오늘은 사무적으로 물어 왔다. 어쩌면 직원이 바뀌었는지도 모른다.

다시 한번 속에서 울렁거리는 죄책감을 애써 삼키며 희준이 접수처에서 이름과 연락처를 적어 넣었다.

요양원 로고가 박힌 검은 슬리퍼로 갈아 신은 뒤, 2층 끄트머리에 위치한 남 선생님의 병실로 안내받았다.

요양원에서는 환자가 배정받는 층수나 위치를 보고 환자의 상태나 위중을 구분할 수 있다. 2층까지는 스스로 운신이 가능하고 보호자들이 쉽게 드나들 수 있는 경환자들이, 따로 잠금장치가 되어 있는 3층부터는 중증 치매 환자들이 입원해 있었다.

작년부터 혼자 힘으로는 침대를 벗어나기 힘들 정도로 약해진 남 선생님이 아직 2층 병실을 사용하고 있는 건, 그의 제자 중 하나가 이곳 요양원 원장과 친분이 있는 덕이다.

병실 문이 열리고, 침대에 기대어 앉아 창밖으로 시선을 두고 있는 남 선생님의 야윈 옆선이 시야에 박혀 들어온다.

어린 희준의 손을 꼭 붙잡고 섬을 나올 때만 해도 그는 희준이 아는 누구보다 강하고 단단한 얼굴을 하고 있었는데. 그러던 것이 반대의 입장이 되어 버린 건 언제부터였을까.

"……선생님. 저 왔습니다."

문득 희준은 침대 앞에 무릎을 꿇고 앉아 주름진 손에 얼굴을 묻고서 울고 싶은 충동에 사로잡히고 만다. 그렇게 허물어진 표정을 가다듬는 데 시간이 들었다.

잠시 뒤, 흠흠 헛기침을 하며 희준이 침대로 다가갔다.

"잘 지내셨어요, 선생님."

그리고 지그시 잡은 손을 남 선생님은 어린아이처럼 맑은 얼굴로 내려다보며 웃었다.

남 선생님을 휠체어에 앉혀 병원의 산책로로 나갔다. 봄이면 하얀 목련이, 가을이 되면 진분홍 코스모스가 좁은 보행로를 따라 줄지어 피어났다.

주말이라 환자를 만나러 온 가족들이 벤치에 자리를 잡고 앉아 있는 모습이 보인다. 아마 현경도 근래에 남 선생님을 면회하러 다녀갔을 것이다.

하얀 백조가 양각된 사각의 청첩장에는 식상하지만 간결한 문구가 새겨져 있었다.

소중한 만남이 결실을 맺어 하나의 연이 되었습니다.

부부란 이름으로 가족이 되는 자리, 오셔서 축복해 주시면 감사하겠습니다.

누구누구의 장남, 그리고 남승원과 한혜원의 장녀 남현경. 강남의 R 호텔에서 12시. 날짜는 두 달 뒤.

두 달.

희준은 자신이 서울을 떠나온 날짜를 곱씹어 보다 이내 실소했다.

이렇게 쉬운 거였다. 희준이 아니라면 누구와도 이리 쉽게 이루어질 바람이었다.

어쩌면 그 사실을 뒤늦게라도 깨달았기 때문에 현경도 미련 없이 희준을 떠났는지 모른다. 그러니 원망할 자격도 없다고 생각하면서도 속이 쓰릴 정도로 미워하게 되는 스스로가 희준은 그저 우습고 딱했다.

며칠째 현경에게서 부재중 전화가 걸려 온 것도 이 때문이었나.

매일 밤, 소리 없이 진동하는 전화를 희준은 고요하게 응시할 뿐이었다. 발광하던 액정이 잠잠하게 가라앉을 때까지 턱이 아플 정도로 이를 악물고 버텼는데.

"이것 좀 먹어 봐요. 맛있어요."

무릎에 팔꿈치를 기댄 체 고개를 숙이고 있던 희준의 등을 쇠약한 손이 툭툭 쓸어내렸다.

"맛있어요. 먹어요."

어린아이처럼 엄지와 집게손가락으로 떡을 집어 희준의 입술을 두드렸다. 희준이 찡그리듯 웃으며 콩떡을 받아먹었다.

"어때요. 맛있지요?"

남 선생님은 입안 가득 문 떡을 꾹꾹 씹어 넘기는 희준을 물끄러미 보다가 희준이 대답 대신 고개를 끄덕이자 환한 얼굴로 미소 지었다. 그 모습이 괜스레 희준의 눈시울을 붉히게 했다.

희준은 입안이 텁텁하여 좀체 넘어가지 않는 떡을 삼키려 주먹으로 가슴을 두드렸다.

퍽, 퍽. 아무리 두드려도 가슴이 꽉 막힌 느낌은 가시지를 않았다.

"괜찮아요. 이제 안 아파요, 선생님."

가만히 등을 쓸어 주는 남 선생님의 손길이 희준의 갑갑함을 그나마 아주 조금씩 덜어내 주었다. 그대로 휠체어에 앉은 남 선생님의 무릎에 이마를 대고서, 어린 시절처럼 답을 구하고 싶었다.

선생님. 이제 저는 어떻게 해야 좋겠습니까. 알려 주세요.

제발 제게 답을 주세요, 선생님.

모처럼 일기예보가 딱 들어맞았다. 나올 때 신발장에 무심히 놓여 있던 접이식 우산을 집어 들고 온 희준이 그새 우중충해진 하늘을 올려다보았다.

빌린 물건은 묘한 마력을 가지고 있다 했던가. 눈길이 스치는 것으로, 잠깐 사용하는 것으로 그 물건의 주인을 떠올리게 했다.

덩치 큰 서른의 남자에게는 어울리지 않는 형광 주황색 우산 덮개 위로 선우의 얼굴이 점멸하듯 나타났다 사라져 갔다.

흙탕물이 되어 질척해진 길을 걸어서, 차가 다니는 대로까지 나와 택시를 잡았다.

갑작스럽게 쏟아지기 시작한 비는 송추를 벗어나 은평구에 접어들 때까지 질기게 계속되었다. 서울을 가로질러 다시 교외로 빠져나갈 즈음엔 차츰 빗발이 약해지더니, 매향 마을에 도착했을 땐 추적추적한 밤비가 세상을 축축하게 적셔 놓았다.

버스에서 내려서면서 푹 절은 배추처럼 접혀 있던 우산을 폈다. 지면을 딛고 서자마자 콧속에 들이차는 텁텁한 비 냄새가 쓸쓸해서 좋았다.

먹구름에 갇힌 사위가 평소보다 일찍 어두워졌다. 버스의 붉은 미등이 나선형 궤적을 그리며 모퉁이를 돌아 사라져 갔다.

횡단보도 앞에서 신호를 기다리던 희준의 시간이 돌연, 우뚝하고 멈춰 섰다.

"저 여자……."

멀지 않은 건물 아래에서 비에 갇혀 오도 가도 못하는 선우를 발견한 까닭이었다.

꼭 우연이 부리는 짓궂은 장난 같다고 생각했다. 선우와 마주칠 때마다 반드시라고 해도 좋을 만큼 곤란한 상황이 동반되었음에도, 기억 속에서 선우의 존재는 불쾌함의 티끌 따위

묻지 않은 채 배경에서 분리된 인물 사진처럼 또렷하게 각인 되었다.

마치 희준이 손에 들고 있는 우산의 형광 주황색처럼.

희준은 선우와의 사이에 놓인 수평의 간격을 좁히며 홀린 듯이 걸음을 옮기기 시작했다.

눈길을 꽉 붙들리기라도 한 사람처럼 선우에게서 시선을 떼지 못하는 채로. 두 층짜리 낮은 상가 건물 가까이 다가섰을 때에는 이미 비 맞을 각오를 마친 선우가 손으로 눈썹 위를 가리며 냅다 달려 나가기 직전이었다.

"⋯⋯어?"

엉겁결에 그녀의 어깨를 감싸 끌어당기는 희준을 돌아보며 선우가 눈을 휘둥그레 떴다. 희준은 방금 전 신호가 바뀐 횡단보도를 빠른 걸음으로 가로질렀다. 깜빡깜빡 점멸하던 신호가 두 사람이 맞은편 인도에 닿자마자 붉게 색을 바꾸었다.

"정희준 씨가 여기는 어떻게⋯⋯."

매향교에 다다르고서야 그녀의 어깨에 얹고 있던 손을 머쓱하게 물린 희준이 우산을 쥔 손을 바꾸었다. 하얀 빗금처럼 내리기 시작한 빗줄기가 툭툭 가벼운 소리로 우산에 부딪쳤다.

"곤란해 보여서요. 마침 돌려줄 것도 있고."

희준이 손에 든 우산을 들썩여 보였다.

위를 올려다보는 선우의 얼굴에 우산을 투과한 형광 주황빛 가로등 조명이 어렸다.

"발은 좀 어때요. 괜찮아요?"

희준의 시선이 문득 선우의 두 발에 미쳤다.

"다 나았어요. 크게 다치지도 않았는데요."

선우 역시 자신의 오른발을 내려다보았다.

"비 오는데 왜 우산도 없이. 집에 우산 없어요?"

"방심했어요. 안 올 줄 알았는데. 열 번 챙기다 한 번 까먹으면 꼭 이 꼴이네요."

잠깐 새 맞은 빗방울이 선우의 이마를 타고 주르륵 미끄러졌다. 슬쩍 훔쳐본 선우의 얼굴이 희준이 눈에 담겼다가 이윽고 흩어져 버렸다.

"이제 혼자 가도 돼요. 뛰어가면 금방이니까."

어느새 매향교를 반이나 지나왔다. 빗발은 그리 거세지 않았다. 선우 말마따나 열심히 뛰어간다면 금세 집에 도착할 것이다.

선우가 우산을 쥔 희준의 손을 밀어내려 하자, 희준은 그런 선우의 손목을 붙잡아 다시금 안쪽으로 끌어당겼다.

아프게 쥔 것도 아닌데 단단한 손아귀에 꽉 붙들린 기분이다. 선우가 희준의 젖은 어깨를 한 번 흘깃거렸다.

"기왕 가는 거 그냥 집까지 가죠. 어차피 이것도 돌려줘야 하고."

희준이 들고 있던 우산을 가볍게 털어 냈다. 선우는 그제야 그 우산이 제 것임을 알아챈 눈치였다.

"어? 안 돌려주셔도 되는데. 집에 우산 많아서요. 괜히 번거롭게 만들었네요."

머쓱하게 중얼거리는 선우를 돌아보지도 않고 희준은 그저 묵묵히 걸음을 나아갔다. 어쩔 수 없이 선우도 그와 보폭을 맞춰 걸었다.

양쪽으로 푸른 논이 펼쳐진 좁은 길을 걸어갈 때엔 잦아든 대화 대신 구슬프게 우는 개구리 소리가 발밑에 고였다. 그 잔잔한 소음에 잠시 귀를 기울이고 있던 탓에 선우는 나직한 희준의 말소리를 되물어야 했다.

"뭐라고 했어요? 잘 못 들었어요."

"고마웠다고요."

그렇게 대답한 희준이 불현듯 멈추어 서는 바람에 덩달아 선우도 걸음을 멈출 수밖에 없었다.

우산 밖으로 삐죽이 튀어 나갔던 그녀의 샌들 앞코에 투둑 굵은 빗방울이 떨어졌다.

"우산, 빌려줘서 고마웠어요. 그때."

그러더니 이번에는 또 갑작스럽게 먼저 나아가는 바람에 미처 가리지 못한 선우의 뒷덜미로 빗물이 떨어졌다.

옷 속을 파고들어 척추를 따라 흘러내리는 선연한 감각에 한 번 몸서리를 친 선우가 다급히 발을 놀려 희준을 쫓았다. 그러고는 우산의 동그란 지름 안으로 성큼 뛰어들었다.

우산이 슬며시 선우에게로 기울어졌다. 우산 아래 자리한

한 뼘의 거리감이 희준의 오른쪽 어깨를 흠뻑 적셔 놓았다. 그것을 알아채고 얼른 틈을 좁힌 선우가 남자의 왼쪽 어깨에 머리를 부딪쳤다.

"아, 맞다. 치푸가 인사 전해 달랬는데. 서린이까지 잘 돌봐 주셔서 감사하다고요."

"서린이가 워낙 얌전해서 수월하다고 전해 주십시오."

갑작스레 찾아든 어색함을 이기지 못하고 건넨 말에 대수롭지 않게 대꾸하며, 그가 슬쩍 선우를 왼쪽으로 밀었다. 무심코 밀려난 선우가 자신이 막 디디려 했던 발밑에 고여 있는 물웅덩이를 발견한 건 이미 그것을 지나친 다음이었다.

투둑, 툭, 툭. 빗방울이 끝없이 우산을 두드렸다. 잠시 대화가 끊긴 우산 위로 변칙적이고도 즉흥적인 소음이 만들어졌다.

기다랗게 뻗은 고샅길을 지나 마침내 선우의 집 앞에 도착했을 땐 빗줄기가 어둠에 빽빽이 빗금을 내리긋고 있었다.

현관 지붕 밑에 서서, 들고 있던 우산을 허공에 탈탈 털어 현관문 옆에 기대 놓는 희준을 선우가 만류했다.

"우산 그냥 쓰고 가세요."

"괜찮습니다. 뛰어가면 되니까."

아까 자신이 했던 거절을 고스란히 되돌리는 희준을 보며 선우가 헛웃음 지었다.

"괜히 비 맞지 말고요."

"번호가 어떻게 돼요?"

무심코 내뱉고서, 동시에 후회했다. 현관의 센서등이 켜지며 드러난 선우의 얼굴에 그녀가 지금 무슨 생각을 하고 있는지 고스란히 읽혔다.

"돌려줄 때 연락할게요."

태연하게 덧붙인 말이 변명처럼 들리지 않기를 바랐다.

"그래요."

선우가 설핏 미소 지으며 희준을 올려다보았다. 그 지긋한 시선에 희준은 귓바퀴가 화끈거리는 것을 느꼈다.

빨간 물이 얼굴까지 번지는 것 같았다. 희준의 손이 어색한 속도로 올라와 그의 콧등을 건드리고 떨어졌다.

주머니에서 꺼내 내미는 희준의 휴대폰에 제 번호를 새긴 선우가 통화 버튼을 눌렀다.

So I'm gonna love you like I'm gonna loose you
and I'm gonna hold you like I'm saying goodbye

벨 소리는 선우가 평소 즐겨듣는 메간 트레이너의 노래였다. 어색한 미소를 지으며 선우가 희준에게 휴대폰을 돌려주었다.

그사이 빗발이 제법 촘촘해졌다. 희준이 우산을 활짝 펼치자, 우산의 표면에서 튕겨 나간 빗방울과 떨어지는 빗방울이 허공에서 충돌했다. 새하얗게 부유한 수분 입자들이 빗물에 섞여 다시 지면으로 곤두박질쳤다.

선우는 멀어져 가는 희준의 등 뒤에서 한참 손을 흔들었다. 이윽고 돌아선 선우의 그림자가 현관에서 새어 나온 빛 속에 검뿌옇게 명멸했다.

그다음 주말이었다. 희준은 미뤄 둔 일들을 처리해야겠다고 마침내 마음먹었다.

매향에 쫓기듯 내려온 후 줄곧 그때그때 필요한 것들만 사다 결핍된 생활을 땜질하듯이 지내 왔다. 더는 버틸 재간이 없다는 생각이 들었을 때, 희준은 몸에 덕지덕지 붙은 게으름을 털어 내고 관사를 나섰다.

오산 시내 마트에서 필요한 물건을 구매한 뒤에 관사의 주소로 배송을 접수했다.

서울에서 대부분의 생활용품을 처분한 바람에 새로 구입한 물건들이 많았다.

마트를 나와 모처럼 나온 시내를 쭉 둘러보며 걸었다. 철물점에서 곰팡이가 슨 화장실 타일 사이사이를 새로 메꿀 방수 실리콘과 겨울철 결로를 방지할 벽지를 주문했다.

시간이 많으면 모서리의 까만 점이 점차 번져 가고 있는 부억도 새로 도배를 하면 좋겠지만, 당분간은 그럴 짬이 나지 않을 듯싶었다.

빈속으로 나온 까닭에 잔뜩 허기진 배를 달래려 가까운 백반집을 찾아 들어갔다. 식사를 마치고 나왔을 땐 마침 도로 한쪽을 보행자 전용으로 막아 놓고 특판장이 들어섰다.

지역 특산품들을 좌판에 가지런히 진열해 홍보하고 판매하는 행사였다. 시음해 보라며 쥐여 준 생강차가 시원하고 달달해 좋았다.

느긋한 걸음으로 구경하다 커다란 농협 건물 뒤편으로 작은 서점을 발견하고는 망설임 없이 들어갔다.

책방 유리문을 열자마자 가장 먼저 달려 나와 그를 맞이한 것은 종이 냄새였다. 이유 없이 마음이 편안해지는 기분.

교사란 직업을 갖고 있긴 했어도 희준은 딱히 책을 가까이하는 편은 아니었다. 흔한 자기계발서는 너도 나도 다 아는 뻔한 소리만 번드르르 늘어놓는 것 같아 싫었고, 소설은 지나치게 의미심장하거나 지나치게 낯간지러워 읽지 않았다.

베스트셀러를 모아 보기 좋게 늘어놓은 진열대를 지나 검색용 PC를 찾아 두리번거렸다.

계산대 뒤편에 조용히 앉아 있던 주인이 먼저 무엇을 찾느냐고 물어 왔다.

"애들 읽는 동화책은 어느 쪽에 있습니까? 작가 이름은 안선우인데요."

"안선호?"

"안선우. 우요. 우산 할 때 우."

연배가 있어 보이는 책방 주인이 양손의 검지로 모이를 쪼듯 타자를 치더니, 이내 희준을 구석의 서가 앞으로 이끌었다.

"저기 위에서 두 번째 줄."

"감사합니다."

사다리를 가져오는 대신 키가 멀끔하게 큰 희준에게 위치를 가리키는 것으로 소임을 다한 주인이 다시 카운터의 낡은 의자로 돌아갔다.

안선우라는 이름으로 비치된 책을 죄 뽑아 한쪽에 쌓았다. 두 권의 마녀 시리즈는 눈에 익은 것이었다. 요 며칠, 서린이가 보물처럼 가지고 다니는 '마녀와 할머니의 벌레 친구들'을 떠올린 희준이 작게 웃었다.

수업 시간 내내 콩벌레처럼 둥글게 말린 자그마한 등이 귀여워서 다가갔다가 동화의 표지에서 낯익은 이름을 발견한 것은 순전한 우연이었다.

안선우. 어디서 들었더라.

곰곰이 생각해 보다 문득 서린이의 까맣고 큰 눈망울과 시선이 마주쳤다.

그 까만 눈이 답안지라도 되는 것처럼 희준이 아, 하고 입을 벌렸다.

쉬는 시간을 알리는 종이 울리자마자 아이들이 교실 밖으로 와다다 달려 나갔다.

빈 교실에 덩그러니 남겨진 책상은 아이들의 개성을 그대로 닮아 있었다.

누군가 바닥에 떨어뜨리고 간 필통을 주워 책상 위에 올려 주다가, 서린의 자리에 펼쳐진 동화책을 슬쩍 손으로 넘겨 보았다.

마녀와 할머니의 야채

이웃에 사는 심술궂은 마녀가 놀이에 끼워 주지 않는 옆집 꼬마에게 심술을 담아 요술을 부리고, 때문에 병에 걸린 아이를 번번이 할머니가 밭에서 손수 기른 야채를 먹여 낫게 한다는 아기자기한 이야기였다.

"어? 그거 썬 이모 책인데."

제일 먼저 복도로 달려 나갔던 대한이 뭔가를 두고 갔는지 되돌아와 알은체를 했다.

"썬 이모?"

"우리 엄마 친구요. 원래는 선우 이모인데, 우리 엄마는 썬이라고 불러요."

썬. Sun.

대한이는 행운, 서린이는 영혼, 그리고 그 여자는 태양인가.

썬이라는 호칭 자체가 치푸에게 있어 선우가 어떤 존재인가를 말해 주는 듯했다.

처음 선우의 직업이 동화 작가라는 것을 알았을 때, 그 의외성에 적잖이 놀랐었는데.

서점에서 그녀가 쓴 책을 맞닥뜨리니 그제야 비로소 실감이 나는 것 같다.

동그란 얼굴 위로 밀짚모자를 쓴 노인이 커다란 나무에 등을 기대고 있는 그림을 가만히 쓸어 보던 희준이 딱딱한 책장을 넘겼다.

'할아버지의 특별한 나무' 라는 이름의 동화책이었다.

작고 낡았지만 행복의 냄새가 솔솔 풍기는 집이에요.

누가 살고 있을까요?

삐거덕, 쿵. 나무문이 열립니다. 머리카락이 흰 구름같이 멋진 할아버지가 나오네요.

마음에 차가운 바람이 휭 하고 불어요. 어쩐지 기침이 날 것도, 눈물이 날 것도 같았어요.

그래, 이게 바로 쓸쓸함이구나.

할아버지는 텅 빈 마당을 쓸쓸한 눈으로 둘러봅니다.

시장에서 어린 묘목 한 그루를 사서 돌아온 할아버지는 마당에 심어 좋은 비료를 주고, 물을 주고, 햇빛을 잘 받을 수 있도록 부지런하게 가지를 정리해 준다.

묘목은 그렇게 할아버지의 사랑을 먹으며 푸릇한 나무로 성장한다.

쑥쑥 자라라. 무럭무럭 자라라. 건강하게 자라라. 아름답게 자라라.

매일매일 주문을 외워요.

아이는 바람을 먹고 자라니까요.

할아버지는 이 주문을 하루도 까먹지 않습니다. 어른은 아이를 위해 노력하는 사람이기 때문입니다.

어린 묘목에게 매일 상냥하게 말을 걸어 준 할아버지 덕분에 나무에게는 말을 할 줄 아는 특별한 재주를 갖게 된다.

그렇지만 할아버지의 사랑만 받고 자란 나무는 그 재주로 매일같이 불평만 쏟아 놓는다.

좁은 마당은 거름 냄새가 나서 싫고, 낡은 집은 못생겨서 싫고, 심지어 할아버지는 늙어서 싫단다.

결국 나무는 할아버지의 마당을 벗어나 제멋대로 여행을 떠나 버리기까지 한다.

낮이 물러가고 깜깜한 밤이 어둠을 거느리며 나타났습니다.

나무의 발걸음이 마침내 높다란 산 중턱에서 멈추었어요. 뿌리가 엉켜 더는 나아갈 수 없었거든요. 하늘은 무성한 나무 이파리에 가려 보이지 않았습니다.

야옹, 찍찍, 깍깍, 부엉부엉.

산짐승들의 소리가 들려요. 어디선가 노란 눈이 반짝, 빛납니다. 겁을 먹은 나무가 잔가지를 부르르 떨고 있어요.

사각사각, 사각사각.

산고양이가 날카로운 손톱으로 나무 밑동을 긁어 댑니다.

아파, 그만해!

나무가 내지르는 비명에 산고양이가 놀라 달아났어요. 가지에 앉아 있던 새들도 멀리 날아가 버렸지요.

나무는 여전히 괴로웠어요. 나무를 닮은 나무들이 주변에 아주 많았지만, 특별한 나무를 빼놓고 그 어떤 나무도 말을 하지는 못했거든요.

산짐승들의 소리도 들리지 않으니 산속은 너무 조용하고 심심했어요.

돌아와. 돌아와.

아무리 외쳐도 대답이 돌아오지 않았습니다. 나무는 무척 외로웠답니다. 결국 나무는 울며불며 산을 내려올 수밖에 없었습니다.

그다음으로 도착한 곳은 사막이었다.
햇빛은 눈부셨고, 나무를 괴롭히는 고양이도 없는 곳.
신이 나서 부드럽고 푹신한 모래 위를 걷던 나무는 메마른 사막에서는 물도 비료도 구할 수 없다는 사실을 뒤늦게 깨닫는다. 나무는 마르고 또 말라 버석거리는 뿌리로 허겁지겁 사막을 벗어났다.
나무가 마지막으로 다다른 곳은 바로 할아버지가 어린 묘목을 사 왔던 그 시장.
물건을 팔던 상인이 나무를 보며 말한다.

못생긴 나무야.
너는 과일도 열리지 않고, 꽃도 피지 않으니. 그나마 물기 없이 바싹 말라서 잘 타겠다. 장작으로 만들면 쓸모가 있겠구나.

상인이 도끼를 번쩍 치켜들었습니다. 날이 번쩍하는 도끼가 나무를 두 동강 내려고 해요.

할아버지의 마당에서는 세상에서 가장 특별한 나무였는데 산속에서, 사막에서 그리고 시장에서는 누구도 말을 걸어 주지 않았어요.

그제야 나무는 깨달았습니다.

나는 세상에서 가장 특별한 나무가 아니라 할아버지에게 가장 특별한 나무였던 거야.

다행히 도끼가 떨어지기 직전에 기적적으로 할아버지에게 발견된 나무.

할아버지와 눈물로 해후하며 큰 교훈을 얻어 집으로 되돌아온다. 거름 가득한 마당이, 정다운 집이, 아낌없이 사랑해 주는 할아버지가 얼마나 소중한지를 알게 된 것이다.

오늘도 나무는 할아버지를 기다리며 서 있네요. 아침이 오면 할아버지가 저 문을 열고 나올 거예요.

안녕, 나무야. 어젯밤에도 잘 잤니?

할아버지의 특별하고 소중한 나무에게 물과 비료와 사랑을 듬뿍 주기 위해서랍니다.

나지막하게 동화의 마지막 문장을 읽어 내렸다. 덮인 뒤표지에는 할아버지가 없는 낡은 집을 덩그러니 지키고 있는 커다란 나무의 그림이 그려져 있었다.

그 나무를 손끝으로 한 번 쓸어 보았다. 묘한 여운이 남아 가슴에서 휘돌았다.

동화는 선우의 이야기였다. 또한 동화는 희준의 이야기이기도 했다.

희준은 쌓아 놓은 책들을 겹쳐 들고서 카운터로 향했다.

02. 폭서

　7월부터 때 이른 불볕더위가 기승이었다. 오전에는 휴대폰으로 폭염 주의 안내 문자를 받았다.

　반소매 티를 입고 나왔어도 등과 겨드랑이에 금세 축축하게 땀이 찼다. 내리쬐는 햇발은 뜨겁지만, 때때로 기분 좋은 바람이 머리칼 사이사이를 훑어 지나기도 했다.

　뒷마당이 환하게 내다보이는 마루에 앉아서 시원한 아이스티 한 잔 마시며 책이나 읽었으면.

　아쉬움에 입맛을 다시던 선우가 이내 고개를 저었다.

　어젯밤은 내도록 귓가에 윙윙 날아다니는 모기와 한바탕 전쟁을 벌였다. 울긋불긋 부어오른 피부에 옷이 스칠 때마다 가려웠다.

지난밤 물린 허벅다리와 손가락 사이를 자꾸만 긁고 있었다.

산에서 내려온 모기들은 활동이 왕성한 데다 몸집까지 컸다. 또 잽싸기가 이루 말할 수 없어서, 도저히 파리채만으로는 박멸할 수 없겠다는 사실을 인정해야 했다.

날 밝는 대로 찢어진 창문에 덧붙일 방충망 테이프를 사 와서 모기장을 수리하겠다 마음먹은 참이다. 그렇지 않으면 여름 내내 곰보처럼 모기 물린 자국을 달고 살아야 할 처지였다.

"아무래도 날을 잘못 잡았어."

되도록 그늘을 찾아 걸으며 몇 번이나 중얼거렸다. 정수리를 노려보는 태양의 시선이 강렬했다.

잠깐 눈이 마주친 것만으로 얼룩덜룩한 탄 자국이 시야 속에서 점멸했다.

선우가 후, 하고 한숨을 쉬며 소매로 콧잔등의 땀을 훔쳤다. 조금만 더 걸으면 등에 불이 붙을 것 같았다.

제일 무더운 시간을 피해서 나왔는데도 그랬다. 그다지 더위를 타지 않는 체질인데도 입과 코로 들어오는 열기에는 턱턱 숨이 막혔다.

잠깐 사이 익어 버린 머리가 띵해서, 선우는 결국 커다란 나무 아래에서 잠시 쉬어 가기로 했다. 고층 건물이라고는 없는 시골 마을이라, 매향교까지 가는 길은 쭉 피할 곳 없는 양지였다.

푸릇한 논과 밭이 날개처럼 뻗친 흙길 위로 뿌연 아지랑이
가 피어나는 것을 질린 눈으로 쳐다보고 있을 때였다.

"……뭐지?"

선우의 시야가 미칠 수 있는 가장 끄트머리에서 하늘하늘하
게 서 있던 인영이 풀썩 꺾이는 것을 보았다. 무릎 높이로 자
란 녹색 작물들 위로 고꾸라지는가 싶더니, 이내 그 안에 잠겨
보이지 않게 되었다.

"착각인가?"

선우가 서 있는 곳과 꽤 거리가 있어 확신할 수 없었다. 하
지만 분명 허수아비처럼 마른 몸이 바닥으로 기울어지는 모습
을 본 것 같았다.

커다란 컨테이너로 된 버섯 공장 근처였다. 작년까지는 그
곳에서 일하던 외국인 노동자들이 종종 마을을 돌아다녔었다.
지금은 가동하지 않고 버려진 공장 앞에 제법 너른 공터가 생
겼다.

시골 사람이라면 절대 땅을 공으로 놀리지 않는 법이라, 주
인은 있어도 임자는 없는 땅을 마을 사람들 몇몇이 조금씩 얻
어 쓰고 있었다. 따로 표시를 해 두지 않아도 고랑의 주인을
모두가 다 알았다.

선우로서는 좀체 발길 닿을 일이 없는 곳이었다. 망설이던
그녀의 걸음이 결국 나무 그림자를 벗어나 두둑을 가로질렀
다.

고춧대를 단단히 묶어 둔 덕에 장마를 이겨 낸 고추밭 한가운데 사람이 모로 쓰러져 있는 것을 발견한 선우가 다급히 뛰어들었다.

턱까지 가리고 있던 모자를 들쳐 보니, 졸도한 노인은 다름 아닌 구식의 모친이다.

안색은 창백했어도 아직 의식은 남아 있는지 얼굴을 잔뜩 찌푸리고 있었다.

"괜찮으세요? 정신 차려 보세요. 네?"

"머리, 머리……."

"머리 아프세요? 잠시만요. 일단 누워 계세요."

노인이 고개를 들려 하는 것부터 만류했다. 혹시 넘어지다가 잘못 부딪혔을 수도 있다.

이 무더운 날씨에 땀 한 방울 흐르지 않는 메마른 노인의 얼굴을 심상찮은 눈으로 보던 선우가 지체 없이 119에 신고 전화를 걸었다.

"매향 마을이요. 네. 매향교 지나서……. 조금 더 들어와서 미미 슈퍼 앞에서 왼쪽으로 꺾으면 샛길 있거든요. 네."

—환자 상태는 어떻습니까?

"밭일하다 쓰러지신 것 같은데, 머리가 아프다고 하시고요."

대강의 설명 끝에 상황 요원은 제일 먼저 열사병을 의심했다.

―지금 저희 현장 구급 대원들이 출동했고요. 저희가 도착하기 전까지 신고자분께서 조금 도와주셔야 해요. 노인이 장시간 열사병에 노출되면 위험해질 수 있거든요.

"네. 제가 뭘 하면 되죠?"

―환자분을 일단 시원한 곳으로 옮기셔야 해요. 혹시 옷을 두껍게 입고 있으면 벗겨 주시고요. 수건을 적셔서 몸에 문질러 체온을 낮춰 주셔야 합니다. 일단 그렇게 기다리시면 저희 구급 대원이 최대한 빨리 가서 병원으로 옮길 겁니다.

"알겠어요. 그렇게 할게요."

통화를 끝낸 선우가 주위를 두리번거렸다.

"아무도 없어요? 여기 좀 도와주세요!"

하필이면 오늘따라 길에 지나는 사람 하나가 없다. 초조해져선, 노인의 겨드랑이에 팔을 끼워 넣어 어떻게든 일으켜 보려고 하지만 역시나 혼자 힘으로는 역부족이다.

빨리 그늘이 있는 곳으로 옮겨야 하는데…….

결국 몇 걸음 가지 못하고 진이 다 빠져 버렸다.

헥헥 숨을 몰아쉬던 선우가 별수 없이 휴대폰을 꺼내 들었다. 유감스럽게도 근방에 연락할 사람이 희준밖에 달리 없었다.

―여보세요.

"정희준 씨? 저 안선우인데요. 갑자기 전화 드려서 정말 죄송한데, 혹시 지금 여기로 와 줄 수 있어요? 최대한 빨리요!"

―무슨 일 있어요?

짧은 통화로도 동요하고 있는 선우를 용케 알아차린 모양이었다.

구급차가 오기 전에 희준이 먼저 도착할 수 있을까 싶었는데, 다행히 채 5분도 지나지 않아 거짓말처럼 희준이 달려 와 주었다.

"마침 하이퍼 마트에 있었어요."

놀란 얼굴로 쳐다보는 선우에게 부스럭거리는 흰 봉투를 들어 올리며 간략하게 해명하더니, 지체 없이 노인을 등에 둘러업었다.

옅게 신음을 흘리는 노인의 두 손목을 모아 잡고, 한쪽 팔로 허벅다리를 받쳤다.

선우가 옆에서 노인의 등을 누르며 따라붙었다.

"구급차는요?"

"오는 중이래요. 저쪽 그늘로 모셔야 될 것 같아요."

노인을 나무 그늘에 내려놓았다. 여전히 창백한 안색을 하고 있는 노인에게 들고 있던 모자로 연신 바람을 부치는 선우를 향하여 희준이 손부채질을 했다.

"우선 선우 씨부터 마음 좀 가라앉혀요. 지금 얼굴에 핏기가 하나도 없어요."

희준의 손끝이 닿을 듯 말 듯 선우의 아랫입술을 스치고 지나갔다. 그제야 선우는 저도 모르게 힘껏 입술을 깨물고 있었다는 걸 깨닫는다.

"저는 괜찮아요. 그보다 아까 119 요원이 물에 적신 천으로
몸을 닦아 주라고 했어요. 제가 가서 물을 좀……."

가만히 앉아서 보고만 있을 게 아니라 당장 뭐라도 해야겠
다는 생각에 자리에서 일어나는데, 그런 선우의 손목을 희준
이 붙잡았다.

"나한테 있어요. 진정 좀 하라니까. 손도 떨고 있잖아요."

희준이 근처에 아무렇게나 던져두었던 흰 봉투에서 1L 짜리
생수통을 꺼냈다. 적실 만한 것을 찾아보다가, 하는 수 없다는
듯 웃옷을 훌렁 벗었다.

남자의 등 위로 쏟아진 햇발이 가는 입자가 되어 부수어졌
다. 그 모습을 부신 듯 보던 선우가 이내 멋쩍어하며 눈길을
돌렸다.

다행히 오래지 않아 구급차가 도착했다. 들것에 노인을 옮
기고 곧장 앰뷸런스 안으로 실어 나르는 일련의 동작이 군더
더기 없어서, 어쩐지 조금 마음이 놓였다.

"신고자세요? 같이 타실 거예요?"

"아, 네!"

엉겁결에 대답하고는 들것을 따라 앰뷸런스에 올랐다. 선우
가 턱을 디딜 수 있도록 팔을 잡아 준 희준도 남는 자리를 차
지하고 앉았다. 선우는 선뜻 동행해 주는 희준이 고마웠다.

구급차로 약 20분 정도를 달려 병원에 도착했다. 아파트 단

지와 대형 할인 마트 그리고 종합 병원이 갖추어진 인근 소도시였다.

앰뷸런스에서 내린 이동 침대가 곧장 응급실 안으로 밀려들어 갔다.

"환자랑 어떻게 되는 사이세요? 환자 이름은요? 보호자 연락은 했어요?"

이동 침대를 따라 환자의 상태를 체크하던 간호사가 선우와 희준에게 줄줄이 물어 왔다.

멀뚱히 서로의 얼굴을 돌아보지만, 무엇 하나 제대로 대답할 수 있는 게 없다. 환자 본인 역시 신분증이 없는 데다 의식이 온전하지 못한 상태였다.

일단 진료부터 부탁하고는 대신 입원 수속을 하기 위해 창구로 향했다. 환자와의 관계에는 '이웃'이라고 적고, 이름, 연락처, 주민등록번호를 기재한 후 연대 보증 서명을 했다.

선우가 수속을 마치고 돌아오는 동안 희준이 노인의 곁을 지켰다. 한 번 쭉 짜내긴 했어도 여전히 젖어 있는 셔츠가 남자의 등줄기를 따라 달라붙어 있었다.

"방금 남구식 씨한테 연락했습니다."

지난번 대한이가 학교에 나오지 않았던 일로 이장과 통화를 한 적이 있음을 뒤늦게 떠올린 희준은 이장에게 물어 남구식의 연락처를 알아낼 수 있었다.

―워쩐디야! 내가 시방 일이 있어서 수월찮이 멀리 나와 있는
디……. 어, 어머니는 괜찮은 거쥬?

"치료 중입니다. 그래도 빨리 발견한 게 천만다행이었다고 하더
라고요. 일단 저희가 병원에 있을 테니까 볼일 마치는 대로 오시
죠."

―고, 고마워유. 내가 당장 갈 테니께 우리 어머니……. 어머니
좀 부탁해유.

"걱정 말고 조심해서 오세요."

적잖이 놀라 울먹이는 남구식을 안심시키며 통화를 마쳤다.
때마침 수속을 끝내고 돌아온 선우를 위해 옆자리를 내주었
다.

응급실 한쪽에서는 어린아이 하나가 끊임없이 울어 젖히고,
다른 한쪽에서는 관광버스를 타고 가다가 접촉 사고가 나는
바람에 실려 왔다는 회사원들이 앓는 소리를 내며 누워 있었
다.

지역 거점 병원이라 쉴 새 없이 환자가 몰리는 탓에 응급실
은 시장통처럼 정신이 하나도 없었다.

처치를 마치고, 노인의 상태가 한결 안정되어 이제 걱정하
지 않아도 된다는 의사의 말을 들었다. 두 사람은 잠시 밖에
나가 있기로 했다.

희준이 자판기에서 캔 음료 두 개를 뽑아왔다. 마침 목이

타던 차라, 뚜껑을 따 건네는 탄산음료를 선우가 반가운 얼굴로 받아 몇 모금이나 마셨다.

"바쁜 일 있으면 가 보셔도 돼요. 제가 지키고 있을게요."

사실상 희준은 선우가 도움을 청하는 바람에 엉겁결에 휘말려 여기까지 온 것이나 다름없다. 선우가 미안한 눈으로 보자, 단숨에 음료를 들이켠 그가 어깨를 으쓱였다.

"주말이라 한가합니다. 선우 씨는 괜찮아요?"

"저도 뭐…… 모기장 때문에 나온 거라."

"모기장은 왜요. 구멍 났어요?"

매앰, 매앰. 단조로운 소음에 잠시 대화를 방해받았다.

머리 위에서 한참을 울고 나서야, 매미가 소리를 뚝 그치며 시치미를 뗐다. 뒤이어 쏴아, 하고 미지근한 바람이 불어와 나무 이파리를 뒤흔들었다.

볼을 간질이는 한 가닥 머리카락을 손톱으로 마저 긁어 내고서, 선우는 고개를 들어 희준을 보며 대답했다.

"네. 올해는 참 극성이네요. 모기도, 폭염도."

매앰, 맴. 다시 지근거리에서 울기 시작한다. 공연히 목을 빼 주위를 둘러보지만, 방향조차 명쾌히 가늠할 수 없게끔 둘러싸였다.

선우가 이내 체념하며 두 다리를 앞으로 쭉 뻗었다. 한 줄기 땀방울이 관자놀이를 타고 주르륵 미끄러졌다.

뺨에 달라붙는 머리칼을 쓸어 넘기며, 선우는 이미 두 발목을 여름 안에 담그고 있음을 깨달았다.

매앰, 매앰. 예년보다 부쩍 이르게 찾아든 더위가 버거웠어도, 두 귀는 잠시나마 매미 울음소리에 청청하게 잠겼다.

두어 시간이 지나서야 숨을 헐떡이며 남구식이 병원에 도착했다. 얼마나 급하게 달려온 건지 가뜩이나 새까맣게 탄 얼굴이 땀범벅이었다. 선우와 희준을 발견하자마자 모친의 상태부터 물었다.

"내가 오늘은 밭에 나가지 말라구 혔슈, 안 혔슈! 그깟 고춧대가 뭐라고 이 사달을 내유! 혹시라두 어머니 잘못됐을까 봐 내가 얼마나 가심을 졸였는지……. 어휴!"

힘없이 늘어진 노인의 손을 꼭 붙들고서 다그치는 말들은 매섭게 들렸어도 실은 전혀 그렇지가 않았다.

품어 왔던 걱정과 직접 두 눈으로 무탈함을 확인하고서야 비로소 찾아든 안도감에 남구식은 그만 눈시울을 붉히고 말았다. 괜스레 지켜보던 선우까지 코끝이 찡해졌다.

조금 기다리고 있으니 흰 가운을 입은 의사가 와 검사 결과를 일러 주었다.

"할머니. 이런 날에는 야외 활동 너무 길게 하시면 큰일 나요. 보호자분도 더 주의해 주시고요. 노인들은 몸 밖으로 땀 배출이 잘 안 돼서 체온 조절 기능이 떨어지거든요. 오늘도 일찍 병원 안 오셨으면 정말 잘못되셨을 수도 있어요."

"……예."

"여름철에 온열 질환으로 사망에 이르는 노인 수가 적지 않아요. 이순여 할머니도 오늘 하루 입원하시면서 경과 지켜볼게요."

앳된 얼굴의 의사가 엄한 표정과 말투로 주의 사항을 길게 늘어놓았다.

남구식에게는 여름철 온열 질환에 관련한 인쇄물을 따로 건네었다. 남구식이 의사의 당부를 귀담아들으며 고분고분 허리를 숙여 감사 인사를 했다.

"이제 보호자도 왔으니까 우리는 이만 돌아갈게요."

뭔가 하고 싶은 말이 있는 듯 한참을 주저하던 남구식이 덥석 두 사람의 손을 붙잡았다.

"참말로 고맙고 또 고마워서……. 두 사람이 우리 어머니 일찌감치 발견혀서 병원으루 데리고 와 주지 않았음……."

남구식의 옅게 주름진 눈가에 금세 물기가 번졌다.

"당연히 해야 할 일을 한 건데요."

선우가 슬쩍 시선을 비끼며 웅얼거렸다. 치푸와 이장의 이혼에 얽혀 견원지간처럼 다퉈 온 터라, 이 상황이 못내 당혹스러웠다.

"아이고, 내가 고맙다구 허기두 면목이 없어서……. 그간 못나게 굴었던 것두 있구. 형님 말만 듣구서 무식하게 행동했어, 참말루 미안혀."

꼭 붙든 손이 땀으로 축축해질 때까지 재차 고개를 조아렸다.

그런 구식에게 차마 모질게 대할 수가 없어, 옅게 한숨을 흘린 선우가 그만 되었다며 애써 구식을 달래었다.

병원을 나왔을 땐 이미 오후 나절이 다 지나가 버린 다음이었다. 붉었던 하늘이 푸르스름한 어둠에 서서히 자리를 내어 주고 있었다.

"저기 잠깐 들려도 될까요? 기왕 나온 김에 방충 테이프 사게."

건너편의 대형 할인 마트를 가리키며 하는 말에 희준이 선뜻 고개를 끄덕였다.

"가죠. 사는 김에 모기 물린 데 바르는 약도 사요. 계속 긁지 말고."

병원에서 남구식을 기다리는 동안 빨갛게 돌출된 검지의 옆면에 손톱을 세워 십자 모양을 찍어 누르는 걸 보았나 보다.

희준이 그것을 지적한 순간 잊고 있던 가려움도 함께 찾아들었다. 선우가 다시 한번 엄지손톱으로 그 부위를 꾹 찍어 눌렀다. 초승달처럼 기운 모양으로 자국이 남았다.

분명 방충 테이프랑 벌레 물린 데 바르는 연고를 사러 들어

가서는, 나올 때에는 두 사람 다 양손에 묵직한 봉투를 들고 서 있었다.

두 사람이 끌고 다니던 쇼핑 카트는 지금 당장 필요한 물건에서 평소에 필요했던 물건으로, 그리고 앞으로 필요해질 물건으로 차곡차곡 채워졌다.

대한민국 1인 가구 수가 어느덧 500만을 훌쩍 넘겼다는데, 아직까지 독신자들을 위한 세심한 배려는 터무니없이 부족해 보인다. 원래의 양을 반으로 나눠 가격을 낮추는 프로모션은 없으면서, 1+1으로 묶어 할인 행사를 하는 점이 그렇다.

괜히 욕심을 부려 장바구니에 담아 봐야 유통기한 내에 다 먹지 못할 게 빤해서, 희준과 선우는 이참에 함께 장을 봐서 돌아가기로 마음을 모았다.

매향 마을에서는 '매향 하이퍼 마트'가 가장 규모가 큰 슈퍼였고, 오산의 농협 마트도 창고형 쇼핑센터를 표방한 이곳만큼 크지는 않았다.

지하 식품 매장에서부터 생활용품을 파는 2층까지 휩쓸며 카트를 채우다 보니 계산을 마칠 즈음엔 다리가 저릴 지경이었다.

푸드 코트에서 간단히 배를 채웠으나 곧장 버스 정류장으로 가기에는 두 사람 다 퍽 지쳐 있었다.

"캔 맥주 마실래요?"

"완전 콜!"

반색하는 선우를 가까운 벤치에 앉혀 두고서 희준이 편의점에 들어가 맥주를 사 들고 나왔다.

안주는 짭짤한 봉지 과자. 달칵하고 뚜껑을 따서 누가 먼저랄 것도 없이 벌컥 들이켰다.

"와, 살 것 같다."

해가 진 뒤에는 종일 지구를 들끓게 하던 더위도 주춤했다. 목 넘김이 깔끔한 캔 맥주가 시원하게 식도를 타고 내려가니, 부르르 소름이 일 만큼 기분이 좋았다.

희준이 손을 뻗어 선우의 맥주와 통 부딪치고는 그것을 그대로 입가에 가져다 댔다.

꿀꺽꿀꺽. 볼록하게 두드러진 남자의 목선이 눈앞에서 일렁이는 모습을 선우가 홀린 듯이 쳐다보았다.

"혼자 사는 사람들끼리 같이 장 보니까 좋은데요. 가끔 시간 맞춰서 나오는 것도 괜찮겠어요."

"자취한 지는 얼마나 됐어요?"

"서울에서 고등학교를 다녔으니까, 10년은 훌쩍 넘었죠."

젊은 여자 혼자 시골에 들어앉은 특별한 사정이라도 있는 건가.

가만히 응시해 오는 희준의 눈길 속에 입 밖에는 내지 않은 호기심이 엿보였다.

"부모님이 안 계시거든요. 어릴 때부터 할머니 손에 자랐는데, 할머니도 재작년에 돌아가셔서. 희준 씨 부모님은 서울에

계세요?"

"저도 두 분 다 돌아가셨습니다. 형제도 없고요."

담담하게 답하는 모습에서 희준 역시 이런 식의 질문에 이미 면역이 되어 있음을 알 수 있었다.

"그렇구나."

대대로 유서 있는 교육자 집안이라 불미스러운 일도 덮고 넘어갔다던 소문은 역시 헛소문에 불과했나 보다며, 속으로 납득했다.

"우리, 동병상련할 수 있겠는데요."

"동병상련이요?"

"여기 사는 것 말예요. 대가족 사는 집에서 문간방에 세 든 것 같은 느낌 들 때 있잖아요."

그제야 선우의 말뜻을 이해한 희준이 이내 입가에 작은 미소를 걸었다.

"떠들썩하게 주인집 아침 먹을 때 혼자 방 안에 틀어박혀 라면 끓여 먹는 게 서럽고, 나만 보면 쉬쉬하고 지나가니 소외감 생기고, 방귀 한 번 마음 편하게 뀌려고 해도 눈치 보이고. 나만 그런 거 아니죠?"

기가 막힌 비유에 희준이 무릎을 탁 쳤다.

"역시 동화 작가라, 어휘력이 탁월하네요."

"내가 동화 작가인 건 어떻게 알았어요?"

선우가 놀란 얼굴로 물었다. 희준이 들고 있던 맥주 캔을 내려놓으며 태연하게 대답했다.

"서린이가 매일 학교에 동화책 들고 오던데요. 지은이가 안 선우더라고요."

대한이 말로는, 요즘 한창 마녀 아이템에 꽂혀 있는 서린이의 보물 1호라고 했다. 오빠의 책상 옆에 붙어 앉아서 같은 동화책을 몇 번이나 넘겨 보았다.

가끔 책장의 방향이 반대일 때가 있는 것을 보면, 아마도 글씨를 읽을 줄 아는 건 아닐 것이다. 그보다는 교실의 언니 오빠들이 공부를 하는 동안 서린도 그 흉내를 내고 싶어 하는 것 같았다.

"린이가 마녀 시리즈 1호 팬이거든요. '마녀와 할머니의 야채', '마녀와 할머니의 벌레 친구들'은 특히 껴안고 잘 만큼 좋아한대요. 작년 크리스마스에는 마녀 드레스 세트를 사 줬는데, 얼마나 좋아했는지 몰라요. 뾰족한 모자랑 드레스, 빗자루, 가방이 한 세트거든요. 그걸 입고서 몇 날 며칠을 뽈뽈 돌아다녔다니까요."

선우가 불쑥 휴대폰을 내밀어 보였다. 서린이를 친조카처럼 예뻐하는 선우의 휴대폰 속에는 꼬마 마녀로 변장한 서린이가 수줍게 핑거 패밀리 송을 따라 부르는 영상이 저장되어 있었다.

비스듬하게 거리를 두고 앉아 있던 희준이 선우 쪽으로 상체를 기울였다.

대디 핑거, 대디 핑거, 웨얼 알 유. 히어 아이 엠, 히어 아이 엠, 하우 두 유 두.

아직 희준에게는 귀하기만 한 서린의 목소리가 휴대폰 밖으로 통통 튀어나왔다.

"글 쓰는 것 재밌습니까?"

"음, 혹시 '나 홀로 집에' 봤어요?"

"영화요? 크리스마스마다 틀어 주는데, 그거 한 번 안 본 사람 있겠어요. 원래 크리스마스는 맥컬린 컬킨과 함께 잖아요."

"나는 1편보다 2편이 더 좋아요. 가족들은 마이애미로 가 버리고, 케빈 혼자 뉴욕에 떨어지는 이야기요. 거기에 비둘기 아줌마가 나오잖아요."

1편에서 무찔렀던 강도 2인조를 뉴욕에서 우연히 마주치고, 쫓아오는 그들을 피해 케빈은 공원에 몸을 숨긴다. 겨우 도망쳤나 싶어 한숨 돌리던 순간, 케빈은 강도들에게 꼼짝없이 붙들리고 만다.

바로 그때, 어디선가 나타난 비둘기 아줌마가 아이를 놓아 주라며 호통을 치더니 이내 들고 있던 비둘기 밥을 강도들에게 냅다 들이붓는다. 그 틈을 틈타 케빈은 도망을 치고, 강도들은 몰려온 비둘기 떼에 휩싸여 한바탕 곤욕을 치른다.

케빈을 데리고 오페라 극장 뒤편, 자신의 비밀 공간으로 향한 비둘기 아줌마.

줄곧 사람이 그리웠던 그녀는 어린 케빈에게 조심스레 속마음을 털어놓는다. 그녀에게는 한 번 사랑에 실패했던 경험이 있어서, 이후에 다가오는 모든 사람들로부터 도피해 이곳에 숨어 있다고.

"그 이야기를 듣고 케빈은 이렇게 말하죠. 내가 정말 아끼던 롤러스케이트가 있었는데, 혹시나 상처가 날까 봐 타지도 못하고 박스 안에 고이 숨겨 뒀다고. 나중에 꺼내 보니 케빈의 발보다 작아져서 영영 신지 못하게 돼 버렸다고요. 그러니 상처받을 게 무서워서 마음을 닫으면, 결국 자신의 롤러스케이트와 같은 꼴이 될 거라고 충고해요."

아이의 시선으로 보면 세상 모든 일이 단순하고 명쾌했다. 어떤 복잡한 문제라도 간결한 해답을 제시하며, 멋 부리는 말로 잘난 척하지 않고, 어렵게 생각하지 않는다.

"동화를 쓴다는 건 결국 아이의 시선에서 세상을 보고, 아이들의 말로 세상을 알려 주는 일인 것 같아요. 그래서 정말 좋아해요, 이 일."

말하던 선우의 얼굴이 못내 불그스름하게 달아올랐다. 애써 술기운인 척 두 손으로 뺨을 두드리지만 피어난 홍조는 감추어지지 않았다.

"무슨 뜻인지 알 것 같은데요. 아이들 입에서 나오는 말은 가끔 깜짝 놀랄 만큼 촌철살인일 때가 있죠. 그럼 지금은 어떤 글 쓰고 있는지 물어도 돼요?"

혹시 실례가 안 된다면, 하고 희준이 덧붙였다.

"겁 많은 아기 고슴도치가 주인공이에요. 엄마 고슴도치 심부름으로 나왔다가 낡은 망원경을 줍게 되죠."

멀리 있는 게 가깝게 보여서 신기하고, 먼지만큼 작은 것들은 주먹만큼 크게 보이니 재미나서 시간 가는 줄 모르고 망원경으로 세상을 구경하는 아기 고슴도치의 이야기.

선우가 줄거리를 조곤조곤 설명하는 동안, 희준은 줄곧 그녀의 입술에 눈길을 사로잡혔다.

윗입술보다 아랫입술이 조금 더 도톰해서, 입술을 오므렸다가 떼어 낼 때마다 아랫입술에 옅게 주름이 졌다. 가만히 쳐다보고 있으면 저도 모르게 손을 뻗을 것만 같았다.

눈에 자석이 붙어 있는 것 같다는 실없는 생각을 했다. 시선이 자꾸만 선우를 따라붙었다.

우연이 겹쳐 몇 번 마주쳤을 뿐인 여자에게 마음이 끌리는 것은 자력, 중력 혹은 인력과 동일 선상에 있는 불가항력이었다.

처음에는 그런 스스로의 마음을 현경의 배신에 대한 오기쯤으로 오인했었다. 하지만 지금에 와서는 오히려 현경이 다른 사람과의 새로운 관계를 밀어내는 척력으로 작용하고 있었다.

한때 사랑은 희준으로 하여금 세상의 오명을 뒤집어쓰는 일까지 무릅쓰게 만들었다.

그렇지만 이제는 변질된 사랑의 결말이 희준을 주저하게 했다. 희준은 그런 자신의 꼴이 '나 홀로 집에'에 나오는 비둘기 아줌마와 닮아 있음을 인정했다.

"그러는 희준 씨는요. 지금 하는 일, 좋아합니까?"

아이들을 가르치다 보면 스스로 낯간지러운 말투를 사용해야 할 때가 많았다.

그에 대한 반작용처럼 평상시에 더 딱딱하게 말을 내뱉는 희준을 선우가 짓궂게 따라 했다.

"처음부터 교사라는 직업보다는 그 일을 하는 분을 존경해서 갖게 된 직업이라. 그래도 역시 아이들은 좋아합니다."

희준이 애써 쑥스러움을 감추며 고백했다.

"부싯돌 같지 않니."

언젠가 남 선생님은 나직한 목소리로 말하였다.

"부딪치는 대로 빛이 나니까. 아이들은 그렇게 부딪치면서 크지. 학교에서도 반짝반짝, 집에서도 반짝반짝, 학원에서도, 놀이터에서도 반짝반짝."

원래 부싯돌이란 게 단번에 불이 붙는 법이 없어서, 저마다 가슴에 커다란 불을 피웠을 땐 자그맣던 아이는 이미 어른으로 자라난 다음이라고.

그러나 어른들의 욕심으로 섣불리 불을 댕기면, 깎이고 소모된 동심은 아이들 가슴에 매캐한 연기밖에는 피워 낼 수 없다고 했다.

그 일례가 바로 희준이 전에 근무했던 사립학교의 학생들이었다.

돈 많은 부모에, 가정부, 운전기사, 콧대 높은 과외 선생들과 부딪치며 사는 아이들.

한창 뛰어놀아야 할 어린애들이 시설 좋은 운동장이 무색할 정도로 책상물림만 했다.

돈과 지위로 사람의 가치를 재는 어른의 영악한 사고방식을 여상스럽게 따라 했다.

그와 비교하면 이곳의 아이들은 어떤가. 일단 접하는 환경과 사람이 한정되어 있었다.

평생 농사를 지어왔거나 혹은 도시 생활에 염증을 느껴 귀촌을 택한 부모들은 자녀에게 쉬이 전자기기를 사 주지 않았다.

방과 후에 경쟁적으로 아이들을 실어 나르는 학원 버스도 없었다.

휴대폰 없이도 아이들의 등하교를 걱정하지 않는 것은 동네 어른들이 그 아이가 누구의 자식이고 어디에 사는지 전부 알기 때문이다.

아이를 키우는 데 있어 어느 쪽이 더 옳고 더 그른 방법이라고 단정할 수는 없을 것이다. 부모는 각자가 아는 최선의 방법을 택할 따름이니까.

"응. 그런 것 같아요. 아이들도 희준 씨를 무척 좋아하는 것 같고."

선우가 희준의 대답을 자연스럽게 긍정했다. 그런 선우를 물끄러미 쳐다보던 희준이 결국 참지 못하고 먼저 말을 꺼냈다.

"……왜 한 번도 안 묻습니까? 내 소문, 선우 씨도 잘 알 텐데."

희준이 매향 마을에 도착하기도 전에 한발 빠르게 와서 동네를 휩쓸고 간 소문이었다. 선우의 귀만 거치지 않았을 리 없다.

그럼에도 묻지 않는 건.

"관심이 없다는 뜻인가."

낮게 중얼거리는 희준의 말투 속에 섭섭해하는 마음이 조금 묻어 있었다.

"그런 거 아니에요. 그냥…… 믿어도 되느냐고, 단 한 사람이라도 물어 줬으면 싶었던 때가 나한테도 있었으니까."

그날, 비에 젖은 당신에게 우산을 건네주었던 건 나 역시 그렇게 젖어 엉망진창이었던 적이 있기 때문에.

담담히 털어놓는 선우의 표정만으로는 그녀가 무슨 생각을 하는지 읽을 수 없었다.

다만 꾹꾹 접어 속에 담아 두었던 기억의 한 조각까지 딸려 나온 모양이었다. 무언가를 누르듯 목을 매만지던 선우가 큼, 하고 헛기침을 했다.

"전에 사랑했던 남자가 사실은 유부남이었어요. 정말 모르고 만났는데, 정신 차려 보니 어느새 내연녀로 몰려 있더라고요."

어쭙잖게 대꾸하는 대신, 희준은 이어지는 선우의 말을 묵묵하게 들어 주었다.

"그런 게 아니라고 반박할 수가 없었어요. 누구도 묻지 않았으니까. 애초에 들을 생각도 없어 보였죠. 그 사람들한테 진실 같은 건 전혀 중요하지 않았고, 그건 결국 나란 존재를 무시하는 일이었어요. 나는 희준 씨를 무시하고 싶지 않아요."

마른 체구에 어깨까지 떨어지는 단발, 그 아래 가녀린 목선과는 상관없이 곧게 쏘아 내는 시선이 희준에게 닿았다.

그 순간, 희준은 가슴에서 무언가 묵직한 것이 쿵 하고 곤두박질치는 소리가 들린 것 같았다.

"직접 확인하면 되는 일인데, 멍청하게 소문에 휘둘리고 싶지는 않았어요. 그게 희준 씨한테 성의 없는 태도로 느껴질 줄은 몰랐네요."

"……그 이후에 사람 믿기 힘들었을 것 같은데. 특히 남자는."

"맞아요. 뭐랄까. 새로운 사람을 만날 기회가 생길 때마다 계속 핑계를 댔던 것 같아요. '그럼에도 불구하고'를 매번 찾아냈다고 해야 하나. 호감이 가도, 그 사람을 사랑하지 않을 갖가지 이유를 가져다 붙이는 거죠."

그렇다면 그에게서도 선우는 '그럼에도 불구하고' 안 될 이유를 찾아냈을까.

선우가 희준의 우묵한 시선을 맞받으며 말을 이었다.

"근데 '그럼에도 불구하고' 좋아지는 사람은 결국 좋아지고 말죠. 억지로 밀어낸다고 해서 밀어내지는 건 아닌 것 같아요. 사랑이라는 게."

정류장에서 꽤 오랜 시간을 기다려 마침내 도착한 버스에 올랐다. 양손 가득 무겁던 짐을 발치에 가지런히 내려놓고서, 버스 뒤편 좌석에 나란히 앉았다.

선우는 안쪽으로 최대한 들여 앉았음에도 어깨가 닿는 희준을 남몰래 관찰했다.

앞좌석을 붙들고 있는 손이 그녀보다 훨씬 크고 두꺼웠다. 손목에서 팔꿈치로 이어지는 핏줄은 불룩하게 돋아 있었다.

키가 큰 만큼 다리가 길어서, 한쪽 발은 뒷바퀴가 움푹 솟은 부분에 올려 두고 다른 쪽 다리는 좌석 바깥으로 뻗어야 했다.

대부분의 사람들이 무리 없이 이용하는 공간인데도 체격 좋은 희준에게는 어쩐지 구겨져 있는 듯한 느낌이 들어 저도 모르게 풋 웃음이 났다. 선우는 그녀를 의아하게 돌아보는 희준의 시선을 알면서도 모른 척 차창 밖으로 고개를 돌렸다.

버스는 곡선의 도로를 달리고 있었다. 지나간 자리에 남는 풍경들이 점차 쓸쓸해졌다. 어쩌면 밤이라서 더 그랬는지도 모르겠다.

화려한 불빛 가득하던 도시는 점차 멀어지고, 소박한 별빛만이 박힌 전원 속으로 파고들고 있었다. 지붕이 없다면 그보다 더한 장관이 없었겠으나, 안타깝게도 버스의 차창은 하늘을 담을 만큼 크질 못했다.

점차 조도가 낮아지는 창밖 경치에 무감한 시선을 던지던 선우의 눈이 언제 감겼는지 그녀 자신도 알지 못했다.

꾸벅꾸벅 졸다 툭 하고 머리를 기댄 곳이 희준의 어깨였다는 것도.

마치 제자리를 찾는 것처럼, 선우의 몸이 희준에게로 스르륵 기울었다.

무겁지도 않은 무게가 희준을 여지없이 흔들어 놓았다. 희준은 선우의 볼록한 이마와 벌어진 입술을 멍하니 내려다보았다. 갑자기 입술이 마르고 손바닥에 땀이 맺히는 것을 느끼며, 희준은 괜스레 주먹을 꽉 쥐었다가 폈다.

불이 꺼진 세상은 적막했고, 그 적막은 집중을 유도했다. 이 순간 희준이 오롯하게 집중하고 있는 것은 그의 목덜미로 쌕 쌕 내뿜어지는 선우의 숨소리였다.

콧바람이 센 것도 아닌데, 피부 속으로 스며들어와 심장까지 간질간질한 기분. 고작 머리를 기댔을 뿐인데, 그녀의 고단함을 지탱하고 있는 것 같은 느낌.

말랑한 감촉, 부드러운 향기, 누그러지는 호흡, 그런 것들.

살랑살랑한 기분이 뱃속에서 피어올라 희준의 양 가슴으로 가득 번졌다.

곤하게 잠들어 있는 얼굴도 대놓고 볼 수가 없어, 몇 번이고 눈길을 비스듬히 내려 그녀의 완만한 얼굴선을 훔쳐보았다.

이따금 반대편으로 스쳐 지나가는 차량의 헤드라이트가 차창 안으로 새어 들어오면, 빛줄기가 훑어 내린 선우의 얼굴이 반짝반짝했다.

피부에 발광 세포라도 들어 있나.

우습지도 않은 추측을 해 보며 희준은 허벅지 위에 올려 둔 두 손을 다시 한번 꽉 주먹 쥐었다. 그렇게 하지 않으면 무심코 그 얼굴에 손을 가져다 댈 것 같아서.

기실 안선우란 여자가 희준에게 주는 모든 인상이 그런 식이다. 형광, 발광. 인광. 흡광.

어둑한 방 안에 홀로 누워 있으면 물끄러미 올려다본 천장에 붙여둔 야광별처럼. 희미하지만 그래도 위안이 되는. 오직 선우를 볼 때에만 발생하는 이 간지러운 현상.

누군가는 사랑이라 단정할지도 모르겠으나, 또 다른 누군가는 그에 미치지 못한다고 부정할 이 감정을 희준은 아직 뭐라고 정의 내릴지 정하지 못한 채였다.

03. 냉정과 열정 사이

매향에 가까워졌을 때, 곤히 잠이 든 선우를 불러 깨웠다. 희준이 비몽사몽인 그녀와 바닥에 제멋대로 퍼져 있는 봉투들을 추슬러 하차 문으로 내려섰다.

버스 안에서 세상모르고 곯아떨어졌던 선우에게는 차라리 다행이었다. 정신없이 떠밀려 지상에 내려선 바람에 민망할 틈도 없었으니까.

노상에서 나눌 수 없는 것들이 많아 쇼핑한 물건들을 어떻게 가져가야 할까 고민하던 때였다.

"짐이 많으니 일단 선우 씨 집으로 가죠."

희준이 선뜻 선우를 배려해 주었다. 선우의 집에서 구입한 물건을 나누기로 하고, 두 사람은 걸음을 옮겼다.

밤을 품은 고샅길은 고적했고, 낮보다 서로를 대하는 것이
부쩍 편해진 두 사람 사이에 어색함이 끼어들 여지는 없었다.

깎인 손톱처럼 가느다란 달이 여름밤 공기에 웃음을 섞는
두 남녀를 조용히 따르고 있었다.

언덕까지 이어진 길을 평소의 반절로 썰어 낸 것처럼, 두
사람은 금세 선우의 집 앞에 도착했다.

대문을 지나 현관문 앞에서 문득 뒤를 돌아본 선우가 희준
을 빤히 올려다보았다.

"이 야심한 시각에, 그것도 여자 혼자 사는 집에 덜컥 들이
기에는 내가 희준 씨를 너무 모르는 게 아닌가 하는 생각이 들
었어요."

설마 집 앞에서 문전박대당할 줄은 꿈에도 예상 못 한 희준
이 황당한 얼굴로 되물었다.

"이제 와서?"

"이제라도 물어야겠어요. 혹시 유부남은 아니죠?"

"절대 아닙니다. 호적 등본 떼어다 줘요?"

불쾌해하지 않고 장난스럽게 받아치는 희준을 따라 선우도
킥킥 웃었다.

선우가 검지로 도어록을 건드렸다. 검게 가라앉은 화면 위
로 붉은색 숫자판이 떠올랐다. 희준이 점잖게 뒤로 물러나 시
선을 다른 곳에 두었다.

삐삐삐삐 삐삐삐. 띠리릭.

비밀번호를 누르고, 마침내 잠금 장치가 해제되는 소리가
났다.

문고리를 잡고 선 선우 반쯤 몸을 틀어 희준을 돌아봤다.
잠깐 사이 그녀의 두 눈에 어려 있던 장난기는 씻은 듯이 가셨
다.

"……들어올래요?"

열린 문밖으로 새어 나오던 현관의 자동 조명이 얼마 지나
지 않아 도로 점멸되었다.

선우가 먼저 안으로 걸어 들어가고, 그대로 소리 없이 닫히
던 문틈에 불쑥 손을 집어넣은 희준이 그녀의 뒤를 따라 들어
갔다.

어쩐지 대학 시절, 난생처음 여자 동기의 자취방에 서먹한
얼굴로 들어서던 때와 똑같이 생경한 기분이었다. 이유는 알
수 없었다. 그저 무언가 민망하고, 또 멋쩍은 느낌.

앞서 신발을 벗고 마루에 올라선 선우가 익숙한 위치를 더
듬어 조명을 밝혔다. 희준도 딱 한 번 안까지 들어와 본 적 있
는 집이었다.

버스에서, 어깨에 기대 잠든 여자에게서 맡았던 부드러운
체취가 집 안 곳곳에 옅게 스며 있었다.

"커피 마실래요?"

"좋습니다."

부엌 조리대 위에 마트 봉지들을 잔뜩 부려놓았다. 믹스 커

피 정도를 대접받을 줄 알았는데, 예상과는 다르게 핸드밀에 원두를 넣고 직접 갈아 드립 커피를 내릴 준비를 했다.

주전자의 얇고 길쭉한 주둥이를 따라 쪼로록 물이 떨어졌다. 봉오리를 틔우듯 한껏 부풀었던 커피 가루가 폭폭 숨구멍을 내며 가라앉는 동안 고소하고 진한 커피 향이 식탁 위로 피어올랐다.

동그라미를 그리며 캐러멜색으로 차오르는 커피를 가만히 지켜보고만 있어도 마음이 절로 느슨해졌다.

"구경 좀 해도 됩니까?"

"별것 없지만, 얼마든지."

선우의 허락을 받고 자리에서 일어난 희준이 느긋하게 내부를 둘러보기 시작했다.

한 손에 쥔 머그에서 희미한 김이 솟았다. 어질러진 곳은 없어도 생활의 흔적은 고스란히 남아 있는 집 안을 찬찬히 구경하고서는, 거실 벽에 등을 기대고 앉은 선우의 옆에 엉덩이를 붙이며 주저앉았다.

"왠지 모르게 지쳐 버렸네요. 종일 일이 많아서 그런가."

푸념처럼 중얼거리는 선우의 자그마한 목소리가 닿은 어깨를 통해 전해졌다.

고작 하루 만에 이 정도 거리를 두고 붙어 앉아도 어색하지 않은 사이가 되었다는 사실이 신기했다. 희준이 동조하는 의미로 고개를 끄덕거렸다.

"이러다 잠들겠는데, 음악 좀 틀까요?"

"그래요."

선우가 휴대폰에 저장된 음악을 무작위로 재생시켰다. 평소 즐겨 듣는 팝송이 연달아 흘러나왔다.

부엌의 조명이 어스름하게 꺼어든 어둑한 거실에서 잔잔한 멜로디가 낮게 깔렸다.

"팝송 좋아하나 봐요. 전에 벨 소리도 팝송이던데."

"따라 부르기 힘들잖아요. 난 이어폰을 끼고 노래를 들으면 꼭 따라 부르는 버릇이 있거든요. 근데 문제는 내가 음치라는 거죠."

"와. 한 번 들어보고 싶은데. 아니, 그냥 지금 불러 봐요."

"싫어요. 진짜 음치란 말예요. 옛날에 회식 때 노래방을 가도 다들 나한테는 절대 노래 부르란 소리 안 했어."

"그러니까 더 듣고 싶네."

키득거리던 희준이 몇 번인가를 더 짓궂게 청해 왔지만 선우는 입술을 꾹 다문 채 도리도리 고개를 저었다.

따뜻한 커피를 홀짝이는 사이, 화제는 자연스레 좋아하는 음악에서 음식, 취미, 영화로 징검다리 건너듯 넘어갔다.

"극장에는 1년에 한두 번 갈까 말까. 주로 제작비 억수로 든 헐리우드 영화나 사운드 빵빵한 영화를 보러 가죠. 근데 사실 그보다는 집에서 편하게 누워서 보는 걸 더 선호하긴 해요. 냄새가 나든 안 나든 상관없이 맛있는 것도 먹을 수 있고."

자연스럽게 선우의 집에서 함께 주전부리를 먹으며 영화를 보는 모습을 상상해 보던 희준은 뒤이은 그녀의 질문을 놓치고 말았다.

"예?"

"희준 씨는 제일 재밌게 본 영화가 뭐냐고요."

"아. 딱 떠오르는 건 없는데. 누아르나 다큐멘터리 같이 복잡하게 생각해야 되는 영화는 질색이고, 의외로 드라마나 코미디, 로맨틱 코미디 장르 좋아합니다."

선우는 희준이 로맨틱 코미디 영화를 좋아한다고 스스로 말할 수 있는 남자라는 점이 좋았다.

또 좋아요, 하고 말하는 낮은 목소리가 담담하면서도 깊어서 좋았다.

어느 책에선가 말했다.

상대방이 좋아하는 것을 묻는 건 사실 내가 너를 좋아한다는 고백의 변형이라고.

"나도 그래요. 우리 영화 취향이 잘 맞네요. 다음에 같이 영화나 볼까요?"

"좋죠. 언제가 편해요?"

"주말이 낫겠죠? 날짜가……."

선우가 바닥에 내려놓았던 휴대폰을 집어 들었다. 흘러나오는 음악의 볼륨을 낮추고, 캘린더 앱을 열었다.

날짜를 조율하며 토요일과 일요일 중 어느 요일이 더 나은지 물어보려고 희준을 향해 고개를 돌렸을 때다.

서로가 서로의 눈동자 속에 가득 채워지는 미묘한 순간에 사로잡혔다.

선우는 그녀의 얼굴이 엷은 선으로 비추어지는 희준의 눈에 홀린 듯 정신을 빼앗겼다. 흔들리는 눈동자 속에 찰나의 감정들이 스쳐 지나갔다.

충동, 머뭇거림, 그리고 욕망.

그의 눈길이 또로록 떨어져 그녀의 입술에 닿았을 때, 선우가 저도 모르게 움칠했다.

먼저 다가온 쪽은 희준이었다. 선우의 도톰한 아랫입술에 시선을 고정시킨 채, 그녀에게로 몸을 기울였다.

말랑하고 따뜻한 입술이 가볍게 맞닿았다 떨어졌다. 희준은 파르르 떨리는 선우의 속눈썹이 꼭 나비의 날갯짓과 닮았다고 생각했다.

조금 멍한 시선으로 저를 바라보고 있는 선우에게서 먼저 물러난 것도 희준이었다.

공기 속에 녹아 있는 농밀한 분위기에서 상대방의 무언의 동의를 읽어 낼 만큼은 성숙했다고 생각했지만, 그녀의 페이스를 무시하며 밀어붙일 생각은 없었다.

하여 선우를 향한 타는 듯한 갈망을 간신히 추슬러 그녀에게서 떨어졌을 때, 생각지도 못하게 선우에게 옷깃을 붙잡혔다.

"더요."

작지만 분명한 요구였다. 당당하지만 수줍음이 묻어나는 눈길이 여전히 그의 입술에 머물러있다는 사실을 알아챘을 때, 그는 더 망설이지 않고 그녀의 뒷목을 끌어당겨 입을 맞췄다.

종일 그의 주의를 앗아갔던 입술이었다. 아예 몰랐다면 모를까, 방금 전 그 감촉을 알아 버린 희준에게는 더 이상 그녀에게 닿고 싶다는 욕망을 자제할 인내심이 남아 있지 않았다.

선우의 아랫입술을 입술로 살며시 물었다가 놓았다. 그러고는 고개를 기울여 그녀의 입술과 제 것을 맞물렸다.

혀끝으로 윗입술을 훑으며 간질이자, 선우가 흠칫 어깨를 떨었다. 작게 벌어진 잇새로 파고들면서, 마침내 그렇게나 갈망하던 그녀의 혀와 그의 혀가 뒤엉켰다.

"으음……."

앞선 입맞춤과는 달리 깊고 진한 키스는 끝없이 이어졌다. 혀와 혀가 입속에서 뜨겁게 얽히며 더 강렬한 무언가를 갈구했다. 이어진 입술을 타고 달콤한 타액이 넘나들었다.

겨우 떨어진 입술에서 벅찬 호흡이 쏟아졌다. 선우의 불긋한 뺨과 들썩이는 어깨, 가슴을 타고 내려가는 남자의 눈길이 적나라했다.

그의 시선이 마치 질감이라도 가진 것처럼, 선우는 목덜미가 쭈뼛 곤두서는 것을 느꼈다.

오늘 이 남자와 입을 맞추게 될 거라는 어렴풋한 예감이 든 것은 맥주를 마시면서부터였다.

연애를 어느 정도 경험해 보면, 이전에는 미처 알아채지 못했던 야릇한 힌트들이 눈에 띄기 마련이니까.

대화 속에, 몸짓 속에, 시선 속에서 작게 튀는 불꽃들이 줄곧 내밀한 욕망을 드러내고 있었다. 때문에 문을 열어 희준과 함께 집 안에 들어섰을 때는 이미 이후에 일어날 일들을 어느 정도 예측하고, 받아들일 마음의 준비를 마친 뒤였다.

그렇다고는 해도 고작 키스만으로 달아오르기 시작한 몸에 선우는 당혹감을 느꼈다.

엄지로 볼을 쓸어내리는 감촉과 그에게서 느껴지는 열기와 더 짙은 욕망으로 물들어 가는 시선이 선우를 미치도록 자극하고 있었다.

그의 혀가 뇌까지 온통 헤집어 놓은 기분이었다. 이성이 잠식되고, 본능이 대신 정신을 주도하기 시작했다.

갈망하는 눈동자 속에 주저함이 깃든 건 찰나일 뿐이었다. 누가 먼저랄 것도 없이 다시 입을 맞춘 둘의 몸짓이 조금 전보다 과감해졌다.

선우가 희준의 목에 두 팔을 두른 것과 동시에 그가 그녀의 허리를 당겨 안았다. 어느새 희준의 허벅지를 타고 앉은 선우의 눈높이가 그보다 높아졌다.

굽어보듯이 머리를 껴안은 채, 머리칼 속을 헤집고 들어오는 그녀의 손가락에 희준이 작게 신음했다.

희준이 선우의 아랫입술을 잘근거렸다. 한 손으로 그녀의 목덜미를 받쳐 더 깊이 비집고 들어갔다. 그녀의 숨결을 탐하며 혀로 입속 곳곳을 핥아내는 강렬한 키스에 선우는 그만 정신이 혼미해지고 말았다.

희준의 다른 손이 그녀의 티셔츠 안을 조심스럽게 파고들었다. 매끈하고 군살이 없는 등을 거꾸로 쓸어 올렸다. 구부리고 있는 탓에 볼록하게 불거진 척추 뼈를 검지와 중지로 누르며 계단을 오르듯 거슬러 올랐다.

목으로 빠져나온 손이 다시 어깨를 둥글게 매만지다가 허리를 쓸어내렸다. 아찔한 손길에 흐느끼듯 전율한 선우가 희준에게 가슴을 부딪쳤다.

선우의 속살에 직접 닿는 느낌이 참을 수 없이 기분 좋았다. 말랑말랑하면서도 탄력적인 피부가 손바닥에 비단처럼 감겼다.

가느다란 허리를 지분거리던 손이 이내 갈비뼈를 문지르며 아주 조금씩 그 범위를 넓혀 갔다.

그러는 동안 선우는 한 팔로 희준의 목을 휘어 감고서, 다른 손으로는 그의 귓바퀴와 볼을 지분거렸다. 입술이 맞물렸다가 떨어지면, 후끈한 호흡이 둘 사이에 번졌다.

그의 가라앉은 시선이 정염을 가감 없이 드러내고 있어 더욱 아슬아슬했다. 희준의 손이 곧 선우의 브라 컵을 둥글게 감싸 쥐었다. 그에 선우는 희준의 커다란 손에 심장이 잡힌 것처럼 몸을 떨었다.

"부드러워."

나지막이 쏟아 내는 감상이 한숨에 섞였다. 브라 컵 위로
볼록하게 솟은 가슴을 손가락으로 꾹꾹 누르며 감탄하던 희준
이 선우의 허리를 더욱 바짝 끌어당겼다.

두 사람의 몸이 빈틈없이 밀착했다. 선우의 허벅지 아래에
서 그의 본능이 서서히 곤두서고 있었다.

그때였다. 희준의 바지 주머니 속에 들어 있던 휴대폰의 진
동이 그 위에 올라앉은 선우에게 고스란히 전해진 것은.

정작 희준은 선우를 제외한 그 어떤 것에도 일말의 관심을
두지 않고 재차 그녀의 볼과 코끝, 이마에 작은 입맞춤을 퍼부
어 대고 있었다.

우웅. 우웅.

"희준 씨, 전화가……."

계속해서 울리는 진동이 신경 쓰인 선우가 끝내 손바닥으로
그의 가슴을 살짝 밀어냈다.

넌지시 일러 주었음에도, 희준은 휴대폰을 꺼내 바닥에 아
무렇게나 던져둘 따름이었다. 마치 지금 이 순간을 어떤 것에
도 방해받지 않겠다는 듯이.

잠시 키스를 멈추고 물끄러미 그녀의 발간 얼굴을 쳐다보는
희준으로 인해 괜스레 입이 말랐다. 선우의 허리를 감아 안은
팔에 보다 단단하게 힘이 들어갔다.

선우가 두 손을 희준의 어깨 위에 올려놓았다.

허락을 구하는 눈으로 올려다보는 희준을 선우가 덥석 끌어 안았다. 희준이 드러난 선우의 목덜미에 얼굴을 묻었다. 목선을 타고 내려와 쇄골에 머무른 희준의 입술이 그대로 살갗을 빨아들였다.

어느새 돌돌 말아 올린 티셔츠 아래 가슴골을 따라 다시 한 번 쪽, 쪽, 쪽.

이윽고, 슬머시 밀려 올라간 브래지어 아래로 불거진 가슴에 뜨겁고 말랑한 혀가 닿았다.

"으읏."

흠뻑 입안에 머금어지는 느낌에 희준의 어깨를 쥔 두 손에 바짝 힘이 들어갔다.

그런 선우의 얼굴을 감상하듯 올려다보며 한 손으로는 가슴을 쥐어흔들고, 다른 쪽은 입으로 빨아들이는 희준의 모습은 그만 눈을 감고 싶어질 만큼 색정적이었다.

자극을 참지 못한 선우가 상체를 뒤틀었다. 말려 있던 그녀의 웃옷이 스르르 미끄러져 희준의 머리를 덮었다. 아랑곳하지 않고 희준이 보이지 않는 곳에서 젖은 소리를 내며 그녀의 젖가슴을 핥고, 깨물었다.

그러다 어느 순간 툭 풀리는 느낌이 났다. 두 손가락만으로 후크를 풀어낸 그가 본격적으로 양 가슴을 그러쥐었다. 스스로 생각하기에도 별로 크지 않은 가슴이 남자의 커다란 손안에서 마구 이지러졌다.

힘을 주는 대로 뭉개지는 감촉이며 손에 얹히는 무게감을 느끼며 희준이 마른 아랫입술을 혀끝으로 쓸었다.

"예뻐요, 선우 씨."

속삭이면서, 희준이 엄지로 곤두선 끝을 느슨하게 돌렸다. 두 손가락으로 꼬집어 당기다가 언제 그랬냐는 듯 억센 손아귀 힘으로 쥐어짜기도 했다.

"아, 아⋯⋯."

민감하게 반응하는 선우의 상아색 피부 위로 오소소 소름이 일었다.

그것을 희준이 커다란 덩치를 한껏 구부려 혀로 슥 핥아 냈다.

"읏!"

저 혼자만 이렇게 흥분에 겨워 떠는 것이 억울해도 선우는 그저 남자의 넓은 어깨에 매달려 흐느끼는 것밖에는 할 수 있는 게 없었다.

무의식적으로 선우가 무릎 사이에 놓인 희준의 하체를 느릿하게 비비며 자극했다. 바지 지퍼에 불룩하게 뭉치기 시작한 그의 욕망이 기꺼웠다.

선우가 제 것과는 사뭇 다른 남자의 딱딱한 등을 어루만지며 다시 한번 입 맞추기 위해 고개를 숙였을 때였다.

우웅.

바닥에서 홀로 진동하던 희준의 휴대폰이 하얗게 발광했다.

가느스름하게 눈을 뜨고 있던 선우는 자연스레 그쪽으로 시선을 빼앗겼다.

〈제발 부탁이야. 희준 오빠. 전화 한 번만 받아 줘.〉
〈나 지금 오빠 만나러 와 있어.〉
〈제발 나랑 얘기 좀 해. 부탁이야.〉

"……잠깐만요."

성급하게 피어올랐던 열기가 한 줄기 미풍에 훅 가라앉았다.

액정 위로 떠오른 메시지들의 어조가 지독하게 애처로웠다. 선우가 그녀를 끌어안으려는 희준의 가슴을 손바닥으로 짚어 막았다.

"왜요?"

잠시라도 선우를 놓치고 싶어 하지 않는 남자의 목소리는 투정처럼 들렸고, 그건 그것대로 달콤하기 그지없었으나, 이미 식어 버린 선우의 가슴을 다시 덥히기엔 역부족이었다.

선우의 시선이 어디를 향해 있는지 금세 눈치챈 남자가 그녀의 옷 속에 들어가 있던 손을 거두어 휴대폰을 집어 들었다.

현경에게서 온 부재중 전화가 4통. 그리고 연이은 문자 메시지까지.

며칠 전부터 걸려 오는 연락을 무시로 일관하던 차였다.

결혼을 앞둔 시기에 자꾸만 희준에게 집착하는 이유를 어렴풋하게나마 알 것 같아서. 변덕처럼 흔들리고 있는 현경의 마음에 응하지 않으려 했다.

후, 하고 한숨을 털어 내던 희준이 이내 그것만으로는 성에 차지 않는지 두 손으로 거칠게 머리를 훑어 냈다.

방금 전까지 한 몸처럼 붙어 있던 가슴이 벌어진 간격만큼, 아니 그보다 더 먼 거리감을 실감하며 선우는 그만 위축되고 말았다.

움츠러든 손이 희준의 어깨에서 조용히 거두어졌다.

아랫입술을 지그시 깨문 선우가 희준의 손에 풀어헤친 브래지어의 후크를 채우고 말려 올라간 웃옷을 끌어 내렸다.

한창 열이 올랐던 몸이 그새 싸늘하게 식어 있었다. 찬물을 뒤집어쓴 것처럼 얼얼한 기분을 간신히 추스르며 걸터앉아 있던 희준에게서 물러났다.

"선우 씨."

희준이 나직이 불러왔을 때에야 선우는 자신이 아릿할 정도로 아랫입술을 짓깨물고 있다는 사실을 자각했다. 안타까운 눈으로 잇자국이 남은 입술을 응시하던 희준이 선우를 향해 손을 뻗었으나 끝내 그녀에게 가닿지 못했다.

헐벗은 여자와 그런 여자를 한껏 어루만지던 남자에게서 열기처럼 내뿜어지던 흥분은 전부 증발해 버리고, 그 자리에 남

209

은 것은 오직 타인으로서의 낯섦뿐이었다.

한때 선우에게도 애정을 기반으로 쌓아 올린 관계에 확신까지 더해져야만 몸의 빗장이 열린다고 굳게 믿던 시절이 있었다.

서른이 된 지금은 머릿속으로 섹스를 상상할 수 없는 남자와는 어쭙잖은 연애도 시작할 수 없다고 믿는다. 기분이 동해서, 혹은 사람의 온기가 그립다는 핑계로도 얼마든지 남자와 잘 수 있다.

그러니 좀 전의 본능적인 행위의 이끌림에 큰 의미를 두지 말자고 생각하면서, 생각이 많아 무거워진 머리를 희준의 어깨 위에 아주 잠시 기대 놓았다.

"더 늦기 전에 물건들 정리해야겠어요."

"……그래요."

10분 전까지만 해도 연리지처럼 몸을 얽던 것이 거짓말인 것처럼, 선우는 미련 없이 희준에게서 떨어졌다. 자리에서 일어난 선우가 다 식은 커피가 담긴 머그를 들고 가 싱크대에 넣었다.

거실에서 새어 나오는 몇 년 전 유행했던 팝 여가수의 댄스곡은 분위기에 어울리지도 않았고 산란하기만 했으나, 그마저 없으면 희준과 앉아 있는 이 공간이 더욱 곤욕스러울 것 같아, 그대로 틀어놓았다.

피부를 맞대고 있을 때보다 서로에게서 두어 걸음 거리가 생겼을 때, 상대의 입술과 그로부터 파생되는 희열에 집중하기보다 선우는 설거지에, 희준은 물건을 나누는 일에 한눈을 팔 때, 그리고 정적보다 낯선 팝 음악이 전주로 깔렸을 때 공간에 고여 있던 시간은 자연스러움을 되찾았다.

머그를 건조대 가장 위 칸에 뒤집어 정렬해 놓고, 싱크대에 걸린 수건에 젖은 손을 닦아 낸 선우가 뒤를 돌아보았다. 언제부터 그러고 있었는지 희준이 팔짱을 낀 채 주방 벽에 비스듬히 기대서 있었다.

"가 봐요. 기다린다잖아."

어딘지 허탈하게 미소 짓는 선우가 입 밖에 꺼내지 않고 삼키며 그녀 스스로를 상처 낸 말까지 모두 희준의 몫이었다.

들뜬 호흡으로 어깨를 들썩이면서도 끝내 원망하는 모습을 희준에게 보여 주지 않았다. 그러나 듣지 않았어도 알 수 있었다. 보지 않았어도 볼 수 있었다.

괜찮으니까 가 보라고 먼저 말한 것은 선우였다.

가지 않겠다고, 그보다 당신 옆을 지키고 싶다고 말하고 싶었지만, 부질없는 일이었다. 괜찮다는 말이 명백하게 사람을 밀어내는 말이었다는 사실을 희준은 오늘 절감했다.

희준이 없어도 괜찮으니까. 혼자라도 괜찮으니까. 다른 여자를 만나도 괜찮으니까.

선우의 괜찮다는 말이 그중 어떤 의미인지 알 수 없었다. 어떤 의미더라도, 희준은 그것을 기꺼이 받아들이지 못할 것이다. 결국 그렇게 떠밀리듯이 선우의 집을 나왔다.

그러는 동안에도 전화는 계속해서 울렸다. 자리에 우두커니 서서 움직일 생각을 하지 못하는 희준을 재촉이라도 하는 것처럼, 계속.

별수 없이 마음은 등 뒤에 머리채를 붙잡힌 채로 걸음을 옮기기 시작했다.

올 때와는 달리 두 발은 절반으로 준 양손의 짐과 곱절이 된 마음의 짐을 제대로 가눌 수 없어 그림자가 연신 휘청거렸다.

아내가 있는 남자에게 속아 그 남자를 사랑했었다던 선우에게, 대체 무슨 짓을 저지른 건가.

뒤늦은 자괴감이 중력보다 큰 힘으로 그의 어깨를 짓눌렀다. 걸음이 더욱 무거워졌다. 이러다 몇 발을 채 떼기도 전에 땅 밑으로 가라앉아 버릴 것만 같았다.

걸음의 끝이 현경에게 닿아 있다는 사실이 그의 두 발을 더욱 묵직하게 만들었다.

운전석에 앉아 핸들 위에 얼굴을 묻고 있던 현경은 툭툭, 유리창을 두드리는 소리에 고개를 들었다. 희준이 차창 밖에 서 있었다.

반가움으로 미소 짓는 현경을 무감정한 눈으로 마주한 희준이 입 모양으로 기다리라 말하고는, 어딘가로 사라져 버렸다.

　"문 열어."

　잠시 뒤 나타난 희준이 조수석에 올라탔다.

　종일 비워 두었던 관사에 짐을 내려놓고, 땀에 젖은 셔츠를 갈아입었으나 여전히 몸의 열기가 가시지 않았다.

　시동이 걸린 차의 에어컨을 세게 틀면서, 희준이 손부채질을 했다.

　"그러지 말고 집에 들어가서 얘기하자. 오빠 어떻게 지내는지도 궁금하고⋯⋯."

　"그냥 여기서 얘기해. 할 말 있다며. 그것만 말하고 가."

　희준이 그녀의 말을 여지없이 잘라냈다. 현경은 상처받은 눈으로 뒷좌석을 힐끔거렸다.

　마트 이름이 인쇄된 하얀 비닐봉지들이 뒷좌석 시트 위에 어지럽게 널려 있었다.

　쌀이며 채소 같은 것들. 희준을 만나러 오면서 죄악감을 떨쳐 내기 위해 집어 들었을 핑계들.

　희준은 필요 없다고 말하는 대신 그것들로부터 무심히 눈길을 거두는 것으로 현경의 성의를 일축했다.

　"나 오빠랑 다시 시작하고 싶어."

　현경이 질끈 눈을 감으며 꺼내 놓은 말이 그의 예상을 한 치도 빗나가지 않아서, 희준은 턱 끝까지 차오른 한숨을 힘겹게 삼켜야 했다.

성대를 잔뜩 힘주어 누르고 있던 희준이 텁텁하게 갈라진 음성으로 물었다.

"넌 내가 우습냐?"

그런 게 아니라면, 어떻게 이렇듯 쉽게 이별을 말하고 또 쉽게 이별을 물리려 드나.

10년의 세월이 어떻게 그렇게 쉽게 뒤집힐 수 있었는지 배신감에 몸서리치고 기막혀하면서, 현경이 던지고 간 일방적인 이별을 삼켜 낸 것은 희준이었다. 현경이 아니라.

"남현경. 넌 참 뭐든 쉽다."

피곤이 짙게 밴 음성으로 희준이 읊조렸다.

"……쉽지 않았어. 그저 혼란스러웠던 것뿐이야. 내게는 오빠가 처음이었고, 처음부터 오빠만 바라봐왔으니까. 오빠 하나로 채운 내 세계가 너무 불안하고 서글펐어."

오빠도 알잖아, 하며 희준에게도 너무나 당연하게 이해를 요구했다. 현경이 아이처럼 그의 소맷부리를 붙들고 매달렸다.

"다른 정답이 있을지도 모른다고 생각했어. 내가 약게 굴었다는 거 인정해. 오빠 원하는 만큼, 화 풀릴 때까지 욕해도 좋아."

현경은 떨리는 입술을 사리물며 잠시 호흡이 진정되기를 기다렸다.

"그렇지만 나도 불안했어. 첫사랑밖에 몰랐던 걸 언젠가 후회하게 될까 봐. 오빠가 얼마나 좋은 사람인지 누구보다 내가 잘 아는데, 그런데도 오빠를 탓하고 원망하게 될까 봐 무서웠단 말이야……."

희준을 탐탁지 않아 하는 가족들. 되도록 많은 사람을 만나 보고 결혼을 결정하라 부추기는 친구들. 10년째 지지부진하며 미래조차 불확실한 관계.

그런 것들에 치이다가 어느 한순간 중심을 잃고 무너져 버렸노라고 고백했다.

그 고백이 희준의 귀에는 영락없이 그를 힐난하는 소리로만 들렸다.

대체 무엇을 말하고 싶은 거냐고 따져 묻고 싶었다. 내가 별 볼 것 없는 고아 새끼라 네 가족과 친구의 인정을 받지 못하고, 벌어 둔 돈도 재산도 없어 결혼하자는 말을 하지 못했던 걸 원망하느냐고. 몇 달 새 야윈 현경의 어깨를 붙들고서 소리치고 싶었다.

그러나 그 역시 의미 없는 짓이기는 마찬가지일 것이다.

묻거나 묻지 않거나, 답을 듣거나 듣지 않거나 상관없이 희준은 여전히 현경을 흔들리게 하던 그 모습 그대로였다.

그것이 희준이었다. 변한 것은 아무것도 없었다. 당장은 현경도 그저 곁에 두고 위안할 수 있는 익숙함을 찾는 것뿐일 테다.

앞머리를 쓸어 올리던 희준의 손이 결국은 제 머리를 거칠게 휘저었다. 그 안에 든 무언가를 끄집어 털어 내고 싶어 하는 사람처럼 벅벅 긁어 대다 이내 그만두었다.

불과 반 시간 전에 그의 머리칼을 헤집던 선우의 손길이 아직 여운처럼 남아 있었다. 공기마저 불쾌해진 순간에 그에게 새겨진 선우의 흔적만이 숨 쉴 구멍인 것처럼 간절했다.

"오빠! 내가 다 잘못했어. 오빠한테 모질게 군 것도……."

안선우, 당신을 아프게 한 벌을 이렇게 받고 있나 보다. 다른 여자 옆에서 당신을 떠올리면서. 지금 이 순간에도 조금씩 멀어져 가고 있을 당신 마음에 참을 수 없는 조바심을 치면서.

잃어버리기 전에는 소중한 것을 알지 못하는 걸 보면, 현경이나 희준 자신이나 어리석기는 매한가지다.

하나의 사랑이 끝났을 때, 새로운 사랑을 자각하게 되었다는 게 그저 얄궂다.

"네가 나 아닌 다른 사람을 만나 보겠다고 결심한 그 시점에서 우리 관계는 이미 끝났고, 되돌아갈 생각도 없다. 네가 일방적으로 떠날 때 아무 말 없이 보내 준 것처럼, 돌아온 너를 받아 줄 의무감도 없어."

희준이 덤덤하기만 한 제 가슴에 한 손을 가져다 댔다. 현경에게서 전화가 오고 메시지가 도착할 때마다 술렁이던 마음이 막상 이렇게 그녀를 눈앞에 둔 지금, 고요하기만 했다.

"저울질해 가며 너한테 어울리는 사람 만났으면, 그 사람이랑 행복하게 잘 살아. 구질구질하게 나 같은 놈 자꾸 찾지 말고."

헤어졌어도 재회하여, 현경이 떠났던 시간에 대해서는 마치 없었던 일인 것처럼 다시 사랑할 수 있을 거라는 실낱같았던 가능성은 현경을 보면서도 제 심장이 동요하지 않는 시점에 이미 무너졌다.

희준이 줄곧 그리워하고 애달파했던 것은 남현경이 아니라 남현경과 함께했던 사랑한 날들의 기억이었음을 너무 늦게야 깨달았다.

이제는 돌아오지 않을 과거에 대한 우매한 미련과 집착, 고작 그러한 감정의 부스러기 따위에 정신이 팔린 나머지, 끝내 선우를 상처 입히고 만 것이다.

이 순간, 희준은 오로지 그 사실만이 신경 쓰였다.

"결혼, 축하한다. 그만 가라."

빈정거리고 싶은 마음은 아니었는데, 현경의 귀에는 그렇게 들린 모양이다.

파드득 떨리는 어깨에 잠시 시선이 닿았다가, 이내 젖어 들기 시작한 현경의 눈을 외면했다. 현경이 고통스럽다는 표정으로 마른 입술을 달싹였다.

"아무리 내가 먼저 헤어지자고 했어도, 우리 함께한 시간이 자그마치 10년이야. 그보다 더 오래 오빠랑 한집에서 살았고. 오빠 정말 나 안 보고 싶었어?"

어떻게 이리도 냉정하게 그녀를 내칠 수 있는지 납득하지 못하겠단 표정이 그녀의 얼굴에 선연했다. 흔들리는 눈동자 가득 희준을 향한 원망을 담고 있어, 희준은 조금 헛웃음이 났다.

"그 10년 세월, 가뿐하게 떨치고 가 버린 건 너야."

붙잡는 손을 매정히 밀어내며 차에서 내렸다. 탁, 하고 조수석 문이 닫히자 현경의 처연한 울음은 그가 서 있는 공간으로부터 단절되었다.

현경이 뒤따라 내린 듯, 운전석의 문이 열리고 사부작거리며 운동장 모래를 밟는 소리가 났다.

오빠, 하고 불렀다가, 그런 제 목소리에 놀란 것처럼 얼른 부름을 거두어들였다.

차마 쫓아오지 못하고 그 자리에 서서 희준의 등만 쳐다보고 있을 현경을 쉽게 그려 낼 수 있었다. 그대로 돌아보지 않고 걸어 관사에 들어갔다.

다음 날 새벽, 텅 빈 운동장에는 잔뜩 흙을 짓이긴 바퀴 자국만 짙게 남아 있었다.

무작정 집으로 찾아온 희준을 선우는 제법 덤덤한 얼굴로 안에 들였다.

신을 벗고 마루에 올라선 그를 돌아보지 않은 채로 곧장 부억으로 걸어갔다.

"차 마실래요?"

어제와 똑같이 물었다. 가만히 고개를 젓다가 이내 물이면 돼요, 하고 대답했다.

선우가 건넨 차가운 보리차를 단숨에 들이켜도 입안이 금세 메말랐다.

〈얘기 나누고 지금 나도 들어왔어요. 오늘 일 미안합니다. 자세한 사정은 내일 직접 만나서 얘기할게요. 잘 자요, 선우 씨.〉

지난밤, 현경과 헤어진 직후 선우에게 보낸 문자에는 끝내 답장이 돌아오지 않았다. 어제 그런 일이 있었다는 게 거짓말인 것처럼 초연해 보이는 선우의 태도가 짐짓 서운하기까지 하던 참이다.

"말해요. 나한테 할 말 있어서 온 거잖아."

선우답지 않은 재촉에, 그녀를 한 번 흘깃거린 희준이 들고 있던 빈 잔을 식탁에 내려놓았다.

"잠은 좀 잤어요?"

"잘 잤어요."

정작 그녀가 듣고 싶어 하는 것과는 전혀 무관한 질문에 인상을 찡그리면서도, 오기로 답하는 선우를 보며 겨우 미소 지을 만한 여유가 생겼다.

그래. 차라리 화를 내는 것이 낫다. 아무 일 없었던 것처럼 태연한 모습보다는.

"다행이네."

희준이 주방에 등을 기대고 선 선우를 끌어 거실로 데려갔다. 서서 나누기에는 조금 긴 이야기가 될 것 같았다.

은사의 손을 잡고 서울로 상경한 보잘것없는 섬 소년의 꿈이 어떻게 꺾이고 말았는지, 남 선생님 일가가 희준에게 어떤 의미이며, 또 희준은 그들에게 어떤 존재인지를 간략하게 설명하는 것만으로 선우는 손에 든 머그의 커피를 반절이나 비웠다.

"촌지 사건이 터지고, 모든 책임을 지고서 매향에 내려오게 된 겁니다. 선우 씨도 알다시피."

"짐승도 거둬 주면 그 은혜를 알고 갚으려 하는 법이다. 너는 짐승도 아니고 사람이니, 내가 무슨 말을 하는지 알겠지."

희준을 앞에 앉혀 두고서 남 교장이 꺼낸 첫마디가 그것이었다. 그리고 그다음으로, 희준이 현경과 결혼하여 가족으로 받아들여질 수 있는 유일한 방법을 제안했다.

"화목한 가정에서 자란 친구라, 하루빨리 자기 가정 가지고 싶어 한다는 걸 알면서도 오래 기다리게 만들었어요. 기약도 없이 매향에 발령받은 나를 더는 신뢰할 수 없었을 겁니다."

희준의 이야기를 들으면서 어쩔 수 없이 선득해지는 마음을 애써 달래 보려 하지만, 이미 선우의 속은 한바탕 술렁이고 있었다.

싸한 것도 같고 간지러운 것도 같은 미묘한 감각이 손톱을 세워 내벽을 길게 할퀴고 지나갔다. 저도 모르게 질끈 감았다 뜬 선우의 속눈썹이 파르르 떨렸다.

희준의 가슴에 미처 털어 내지 못한 사랑의 잔재가 남아 있다는 것쯤은 선우도 이미 알고 있었다.

오늘 그의 이야기를 듣고서, 이따금씩 그가 저에게서 뒷걸음질 치고 있다고 느꼈던 이유가 바로 그 때문이었구나, 하고 납득했다.

그만큼 아프게 헤어졌으리라. 선우와의 만남이 거듭될수록 커져 가는 감정을 문득문득 버거워하는 것이 눈에 보일 정도로.

좋든 나쁘든, 직전의 이별은 이후의 만남에 영향을 미치게 되어 있었다. 지난 헤어짐을 답습하고 싶지 않은 까닭이다.

"그런 거, 일일이 나한테 설명할 필요 없어요. 희준 씨가 그렇게까지 해야 할 이유 없으니까. 솔직히 우리가 막 죽고 못 살 정도로……."

"그래야 할 이유 있습니다."

희준이 선우의 말을 단칼에 자르며 매서운 빛으로 선우를 보았다.

"그럴 이유, 있다고요."

그 시선에 말문이 막힌 사람처럼 아랫입술을 깨물었던 선우가 그 이유라는 것을 묻는 대신, 다 식은 커피를 한 모금 입에 머금었다. 차가운 커피의 쓰디쓴 맛이 혀끝에 맺혔다.

이윽고 희준이 옅은 한숨과 함께 양손으로 거칠게 머리를 쓸어 올렸다.

"그러지 말고 잠깐 나가서 걷죠. 오늘은 밖에 바람도 좀 부는 것 같은데."

어둑한 바깥으로 잠시 눈길을 주었던 선우가 고개를 끄덕였다. 빈 유리컵과 잔 바닥이 보이지 않을 정도의 커피가 남은 머그를 싱크대에 넣어 두고서, 거실의 조명을 껐다.

선우가 운동화를 구겨 신고 나왔을 땐, 희준이 마당에서 그녀를 기다리고 있었다. 앞코를 툭툭 두들겨 뒤축을 마저 꿰어 넣었다.

비틀거리는 선우의 팔을 희준이 붙들어 지탱했다. 언젠가 똑같이 상황이 있었던 것 같아, 무심코 웃음이 났다.

돌이켜 보면 겨우 한 계절을 쌓아 올린 관계일 뿐이었다. 지금에 와서는 희준과 선우의 관계를 뭐라고 정의해야 할지도 알 수 없었다.

사랑한다거나, 하다못해 좋아한다는 말 한마디 오간 적이 없으니, 지난밤의 설익었던 키스와 몸짓들은 한낱 실수였다고 인정하는 것이 옳지 않을까?

뾰족한 해답을 찾지 못한 채로 하얗게 밤을 새워 버린 선우를 짐작이라도 한 듯이, 다음 날 곧바로 선우를 만나러 온 희준이 고마우면서도 한편으론 하염없이 미웠다.

여름밤 볼을 스치는 바람은 미지근했다. 이따금 눈앞에서 날벌레가 윙윙대다 멀어져 갔다. 선우는 괜스레 팔을 감싸 문질러 보았다.

실개천 흐르는 소리가 오른편에서 졸졸 들렸다. 왼쪽으로는 우주의 별처럼 동동 떠 있는 집들의 소박한 지붕이 펼쳐졌다.

정물도 사람도 그 자리에 고여 있어 숨이 막혔던 실내에서 벗어나니, 무겁던 마음이 조금은 덜했다.

크게 숨을 들이마셨다 내뱉는 선우의 표정이 아까보다는 한결 누그러졌다. 개천의 민물 냄새가 비릿하게 올라왔어도 공기는 시골 특유의 청정함이 가득했다.

저편에 홀로 선 가로등 불 아래까지 걸어갔다가 반환점을 찍듯 되돌아가는 걸음이 차차 느려졌다. 매향교가 보이는 입구까지 와서는 굳이 말로 하지 않아도 마음이 통한 것처럼 자연스럽게 뒤돌아 왔던 길을 되짚었다.

다시 벽돌 담장 옆 가로등이 있는 곳까지 걸어왔다. 길을 따라 쭉 가면 오른편에는 제방이, 왼편에는 오래된 유리 공장이 나왔다.

약속이라도 한 것처럼, 두 사람은 가로등의 주홍빛이 그리는 반경 안에 멈춰 섰다. 문득 희준을 올려다본 선우는 새삼스레 이 남자가 참 크다는 생각을 했다.

할 말이 많았으나 차마 입이 떨어지지 않는 남자와 그런 그를 조용히 기다려 주는 여자의 발밑에 그림자만큼 진한 정적이 고여 들었다. 결국 먼저 입을 뗀 것은 선우였다.

"10년이라니. 우리가 보낸 한 계절은 댈 것도 아니네요."

그것이 아까처럼 감정을 이기지 못하고 뱉어 낸 말이 아님을 깨달은 희준은 못내 초조해졌다.

그와 함께 보낸 한 계절을 까마득한 과거의 일처럼 말하는 선우의 손을 저도 모르게 붙들어 꽉 움켜쥐었다. 그러자 선우가 당혹스러운 빛으로, 한편으로는 이해할 수 없다는 듯이 그를 돌아보았다.

"매향에 와서 한동안 힘들었던 건 사실입니다. 갑작스러운 이별에 머리라도 한 대 얻어맞은 놈처럼 해롱대면서 정신 못 차린 것도 맞고."

선우의 말마따나, 자그마치 10년이었다. 아무리 좋은 흙도 10년씩이나 농사를 지으면 밭은 황폐해지는 법이니, 지난 사랑의 죽은 뿌리를 뽑아내느라 한바탕 뒤집어진 채 제대로 갈무리되지 않은 희준의 마음도 그와 다르지 않았을 것이다.

"그랬던 내가, 언제부터인가 제대로 걷고 있더라고요. 똑바로 방향을 잡고서, 조급한 마음에 뜀박질까지 해 대면서."

"······희준 씨가 무슨 말을 하고 싶은 건지 잘 모르겠어요."

"내 눈이, 내 발이, 어느새 당신한테 가고 있었다고 말하는 겁니다."

희준이 답답하다는 듯, 격양된 목소리로 고백했다. 그러나 방금 자신의 귀로 들은 이야기조차 믿지 못하는 선우의 얼굴에는 혼란만이 가득했다.

"처음엔 단지 사람이 그리워서, 그것도 아니면 사랑이 그리워서 선우 씨한테 끌린다고 생각했어요. 갑자기 구멍 나 버린 마음을 허겁지겁 메꾸려는 것뿐이라고. 솔직히, 그게 나쁘다고도 생각 못 했습니다."

사랑은 새로운 사랑으로 잊는 거라고, 모두들 흔하게 말하니까.

안일했던 생각이 눈덩이처럼 굴러와 선우와의 관계에 산사태를 일으킬 줄은 정말 꿈에도 예상 못 했다.

다시 누군가를 품을 여력이 없는 가난한 가슴이었다. 제 안에서 풍선처럼 부풀어 가는 선우의 존재를 손끝으로 비틀어 더는 커지지 못하게 하는 것이 고작이었다.

희준은 선우를 사랑하지 않을 이유를 찾고 또 찾았다. 현경을 잊지 못해서. 그녀와 함께였던 기억을 다 지우지 못해서. 다시 누군가를 사랑할 자신이 없고, 자격도 없어서.

댈 수 있는 모든 핑계를 가져다 붙였음에도, 선우는 그의 안에서 점점 더 크고 무겁게 자리 잡아가고 있었다.

"그럼에도 불구하고, 매 순간 안선우라는 여자한테 끌렸어요."

선우보다 머리 하나가 큰 희준의 얼굴 뒤로 가로등 불빛이 번져 있어, 그가 무슨 표정을 지으며 이런 말을 하는지 알 수 없었다.

느껴지는 건, 희준의 눈동자가 밤바다처럼 고요하게 일렁인 다는 것뿐.

선우는 그 눈에서 좀처럼 시선을 떼지 못했다. 희준이 제 손을 당겨 그의 가슴 위에 올려놓는 것을 가만히 지켜보았다. 쿵쿵. 그녀의 손바닥 위로 희준의 심장이 잡힐 듯이 뛰고 있었 다.

"몰랐는데…… 뻔뻔하다, 정말."

예상치 못한 고백을 듣고, 아주 잠깐이나마 놀란 듯 입을 벌렸던 선우에게서 혼잣말처럼 흘러나온 소리에 희준이 작게 웃었다.

"맞아요. 나 선우 씨가 생각하는 것 이상으로 뻔뻔한 놈입 니다."

선우가 희준의 가슴에 대고 있던 손을 힘없이 그러쥐었다.

"솔직히 모르겠어요. 이제 와서 희준 씨 진심을 어떻게 믿 죠?"

따지듯 묻는 말에는 희준도 적잖이 아픈 얼굴을 해 보였다.

선우에게는 어쩐지 귀에 달기만 한 고백보다 그 아픈 얼굴 이 진솔하게 와 닿았다.

최일현과의 일이 있고 나서 뼈저리게 깨달은 것이 있다면,

사랑은 얼마든지 꾸며 낼 수 있는 감정이지만 상처받은 마음은 완벽하게 숨길 수 없다는 사실.

"그 사람은 아직 희준 씨한테 미련이 남은 거죠?"

"이제 연락하지 않을 거고, 선우 씨가 신경 쓰게 할 일도 만들지 않을 겁니다."

진작 이렇게 했어야 할 일이었다. 그럼에도 지금껏 현경에게서 계속 연락이 오게 둔 건, 이렇게 한 번씩 걸려 온 전화에 속으로 우쭐했던 마음도 없잖아 있었기 때문에.

좋은 사람 만나서 잘 살았으면 좋겠다고 바라면서도, 한편으로는 불행을 바라는 마음 역시 있었을 것이다.

"내가 당신을 불안하게 만들었다는 것 알아. 당신이 날 믿지 못해도 자업자득이고. 그래도 부탁할게요. 제발, 나한테서 멀어지지 마요."

"희준 씨."

"선우 씨는 그냥 이 자리에, 여기에 있어 주기만 해요. 내가 갈 테니까. 내 마음, 선우 씨한테 닿을 때까지 내가 갈 테니까."

쥐고 있는 선우의 손을 지그시 그의 가슴에 대고 누르며, 희준이 그녀의 이마에 입을 맞추었다. 기다려 달라고 속삭이는 목소리가 간절함으로 낮게 가라앉아 있었다.

번드르르한 몇 마디 말로 밤새 그를 원망했을 선우의 심장을 녹이기엔 역부족이란 것을 안다. 하지만 이렇듯 품속에 가

두고 있어도 금세 물거품처럼 녹아 사라질 것만 같은 선우 때문에 자꾸 조바심이 났다.

단순한 기우만은 아닐 것이다. 어쩌면 지난 밤, 희준은 그가 생각했던 것보다 더 많은 것을 잃었을지도 모른다.

희준에게는 선우의 침묵이 그녀가 멀어져 가는 소리처럼 들렸다. 때문에 선우를 바투 끌어안는 손길은 그러한 희준의 절실함을 미처 숨기지 못한 채였다.

04. 조짐

교문까지 이어진 어른 키만 한 높이의 담장에 아이들 손바닥 모양과 꼭 닮아 있는 이파리들이 무수히 번져 있다. 스무명에 지나지 않는 전교생들이 와다다 달려와 손도장을 찍어놓은 것처럼 번잡하고 질서가 없는 번짐이었다.

장식적인 효과보다는 생명이 가진 압도적인 번식력을 뽐내는 데 그 의의가 있다는 듯, 자주색 벽돌 무늬는 이미 갈색 넝쿨들에 잠식되었다. 꼬이고 엉킨 줄기는 미로처럼 어지러워서 그 시작을 되짚을 수가 없었다.

교육감기 초등학교 육상 대회 신청서에 6학년 여학생 이름과 함께 대한의 이름을 적어 넣었다. 그 자리에서 책임 교사서명을 하고, 클립보드에 끼워 파티션 안쪽의 방 교장에게로 가져갔다.

"올해에는 우리 학교도 참가하는군요. 정 선생님 오고 나서 아이들 기량을 펼칠 기회가 많아져 다행이에요."

"올해는 수상보다 참가에 의의를 두려고 합니다. 애들한테도 좋은 경험이 될 것 같고요."

"암요. 어린이들에게 실패는 성공보다 큰 교훈이 되지요."

방 교장이 사람 좋게 웃으며 최종 확인자 서명을 했다. 대회까지 앞으로 두어 달 남짓. 바로 그다음 주에 있을 가을 운동회까지 준비하려면 일정이 빠듯할 것이다.

첫술에 배부를 욕심으로 아이들을 혹사시킬 생각은 추호도 없었다. 대회는 스스로의 역량을 파악하고, 긴장감으로 고조된 공기를 마시며 달려 볼 좋은 기회일 뿐. 아이들이 그저 즐겁게 달리는 법을 배운다면 그걸로 충분하다.

"참, 지난주에 송추에 다녀왔답니다. 정 선생님도 종종 다녀오지요?"

"예. 두 주에 한 번 갑니다."

"남은형 그 친구, 많이 쇠약해져서. 정 선생님 바쁜 것 잘 알지만, 그래도 자주 찾아가 보도록 해요."

"그러겠습니다."

"어때요. 매향에서 지내는 건 좀 익숙해졌나요? 불편한 점이라든지, 고충이 있으면 언제든 얘기하고요."

처음 매향에 내려왔을 때부터 희준에게 줄곧 호의적이었던 방 교장이 남 선생님의 오랜 친우라는 사실은 나중에서야 듣게 되었다. 심지어는 희준을 따라다니는 추문의 진실까지도 모두 알고 있는 듯했다.

"잘 지내고 있습니다. 신경 써 주신 덕분에."

꾸벅 고개를 숙여 인사한 희준이 자리로 돌아가는 뒷모습을 방 교장은 여느 때처럼 온기 어린 시선으로 지켜보았다.

방 교장의 제안에 따라 방과 후 육상부가 만들어지고, 들어오기를 희망한 학생 수가 놀랍게도 다섯이나 되었다.

심지어는 여섯 살짜리 입부 희망자까지 대기 중이었다. 트랙 하나 제대로 갖추어지지 않은 운동장에서 희준이 매향 초교 전교생의 사 분의 일을 지도하게 된 셈이다.

본격적으로 아이들에게 육상을 가르쳐 보겠다는 거창한 포부 같은 건 없었다. 실제로 부원 다섯 중에서 셋은 달리기에 전혀 관심이 없거나, 혹은 연습 자체가 불가능한 아이들이었다.

"우리 집은 엄마 아빠가 맞벌이라 방과 후 수업을 꼭 들어야 하는데, 종이접기랑 서예는 이제 지겹단 말예요."

"저도요. 민지랑 저랑은 그냥 저기 구령대 앞에서 안무 연습하면 안 돼요? 교실에서는 음악 크게 틀면 안 된다고 교장 선생님이 운동장에서 연습하래요."

"여기서 춤을 추겠다고?"

"아이돌 커버 댄스예요. 연습해서 민지랑 저랑 서울에 있는 기획사에 오디션 보기로 약속했어요."

희준이 떨떠름한 표정으로 허락하자마자, 나무 그늘로 달려간 영서와 민지는 휴대폰으로 음악을 틀어놓고서 춤 연습에 매진했다.

"대한이, 팔꿈치 더 들고. 뒤로 쳐올리는 거 잊지 말고! 윤주야, 무릎 떨어진다!"

희준이 흰색 선을 통과하는 아이들의 발에 맞추어 시간을 재면, 옆에서 4학년 윤별이 그가 불러 주는 대로 기록을 받아 적었다.

6학년 윤주의 여동생인 윤별은 선천적으로 심장에 문제가 있어 달리기와 같은 무리가 되는 활동을 할 수 없었다.

그렇지만 구령대에서 스케치북에 열심히 그림을 그리고 있는 서린이만큼이나 제 언니를 좋아해서, 이렇게라도 육상부 활동에 참여하고 싶어 했다.

결국 부원 다섯 중에 진지하게 육상을 배우려는 아이는 둘뿐이었다. 그 두 아이 모두에게 재능이 있다는 사실이 희준에게는 큰 행운이었다.

6학년 윤주는 전교생 중에 키가 가장 크고 다리가 껑충하게 긴 여자아이였다. 타고난 체격이 육상에 적합했고, 희준의 지도에도 성실하게 따라 주었다.

"대한아, 자꾸 보폭이 준다. 발가락에 힘 꽉 주고!"

자그마한 몸집으로 힘 있게 땅을 박차며 몸을 띄우는 대한이는 가끔 뛰는 게 아니라 날아오르고 싶어 하는 것처럼 보였다. 어린 희준이 좁은 섬 안에서 답답함에 몸부림쳤듯이, 대한이 역시 갇혀 있는 마음을 달리기로 풀어내고 있었다.

부모님의 이혼이 결정된 이후 점점 어두워지기만 하는 대한의 얼굴에 옅은 미소나마 드리우는 순간은 저 아이가 있는 힘껏 달릴 때뿐이었다.

희준은 그런 대한이를 보면서, 기꺼이 자신의 손을 잡아 준 남 선생님의 심정이 바로 이랬겠구나, 하고 어렴풋이 짐작했다.

"자자, 운동 끝났다고 곧장 앉지 말고 근육 풀어 주고. 준비 운동, 마무리 운동 없이는 달리기도 없는 거야."

희준이 가르쳐 준 대로 스트레칭을 하고 있는 윤주와 대한이에게 애정 섞인 잔소리가 따라붙었다. 아직 성장기인 데다 근육이 없는 연약한 다리였다. 조금만 무리해도 자칫 부상으로 이어지기 쉽다.

돌이킬 수 없는 실수 하나로 재능을 잃은 경험이 있는 희준은 아이들이 그와 같은 실수를 저지르지 않도록 더욱 신경을 기울였다.

스트레칭이 마무리되어 갈 때쯤 서린이가 주섬주섬 가방을 챙겨 오빠에게로 뛰어왔다.

운동장 흙바닥에 철퍼덕 주저앉아 있다가 일어나 엉덩이를 툭툭 털어 내는 대한이를 고사리손으로 도왔다.

"오늘도 선우 이모네 집에 가는 거야?"

"네. 엄마랑 통화하고, 간식 먹고, 숙제도 할 거예요."

"린이도 이모랑 색칠 공부해요."

곁에서 돌봐줄 수 없는 엄마 대신 선우가 남매의 간식을 챙기고 공부를 봐주고 있는 것을 알고 묻는 말이었다.

무심코 부럽다고 생각한 희준이 이내 쓰게 웃으며 아이들의 머리를 커다란 손으로 마구 쓰다듬었다. 꺄꺄, 웃으며 소리를 지르는 서린이의 목소리가 담장을 타고 해맑게 울려 퍼졌다.

토요일 저녁 식사로 건새우와 멸치를 넣고 국물을 우려낸 잔치 국수를 말고 있었다. 선우가 국물의 간을 하고 소면을 삶는 동안, 수향이 지단을 부치고 김치를 볶고 김을 잘라 고명을 만들었다.

"지단인지, 달걀 프라이인지 애매한데."

"입에 들어가면 다 똑같으니까 괜찮아요."

옆에서 직접 기른 애호박을 잘라 볶던 선우가 힐끔 접시를 들여다보았다.

"언니 유독 요리에 약한 거 보면 신기해요. 도예며, 그림이며 취미도 다양한 사람이."

"나도 내 요리 똥손이 신기해. 수강료 기백 들였어도 소용 없더라. 연하의 요섹남한테 시집가는 것 말고는 가망이 없는 거지."

요섹남은 그렇다 쳐도 연하라는 단서는 왜 꼭 붙느냐고 물으니, 수향은 어깨를 으쓱이며 답했다.

"나보다 연상을 만나 봐야 내후년이면 환갑일 텐데. 병수발만 들다 장례식장 들어갈 일 있어?"

수향의 너스레에 선우가 쿡쿡 웃음을 터뜨렸다.

"아, 배부르고, 등 따시고. 이대로 죽어도 여한이 없다, 난."

식사를 마치고, 낮 동안 볕이 지글지글 데워 놓은 마루 위에 벌러덩 드러누우며 수향이 녹아 버릴 것 같은 얼굴로 중얼거렸다.

설거지를 끝내고 젖은 손을 치마 앞섶에 대충 문질러 닦는 바람에 종아리까지 걷어 올라간 리넨 스커트가 얼룩덜룩해져 있었다. 선우가 그녀의 머리맡에 수박화채 한 접시를 내려놓았다.

"아까 밥 먹다가 한 얘기 진심이었어요? 여기에 별장 짓고 싶다고."

"말이 좋아 별장이지, 그냥 주말에 와서 쉬어 갈 수 있는 작은 집이 있으면 사거나 빌릴까 생각 중이야. 자그마한 텃밭 있는 집으로."

큰 사건 수임이 있어 바쁜 시기를 제외하고, 이제는 거의 주말마다 내려와 선우의 집에서 하룻밤을 묵어가는 수향이 심중의 계획을 꺼내 놓았다.

"살면서 긴장하지 않은 순간이 없었는데 말이야. 직장에선 늘 경직된 자세로 일하지, 집은 또 집이 아닌 것처럼 쓸쓸하고. 근데 여기는 올 때마다 마음이 가벼워지더라. 이상하지?"

어디에도 내 자리는 없는 것처럼 불안한 기분으로 살다가 이곳이 자기도 모르는 새 안식처가 되어 버렸다고. 수향은 벌거벗는 여자처럼 속마음을 드러내 보였다.

"자주 내려오면 저야 좋죠. 흙 갈아엎어서 씨 뿌리고, 물도 주고. 철마다 밭에서 나는 과일 채소 나눠 먹으면서 지내면 얼마나 좋아요."

수향은 말만 들어도 기분 좋다는 듯 크게 입을 벌려 웃었다.

"농촌에 사람 떠난 빈집이 종종 있다고 들었는데, 혹시 자기가 좀 알아봐 줄 수 있어? 인터넷으로만 보니까 정보도 별로 없고, 뭔가 미덥지가 않네."

"제가 한 번 알아볼게요."

"부탁 좀 할게."

그날도 선우의 마루에서 하룻밤 신세를 진 수향은 아침 일찍 버스를 타고 서울로 돌아갔다.

선우는 토요일에 보자는 인사를 남기고 간 수향에게 돌아오는 주말 저녁 약속이 잡혀 있다는 말을 전하지 못했다는 걸 깨닫고는 뒤늦게 혀를 찼다. 여러모로 내키지 않는 자리라, 은연중에 기억의 한 구석으로 밀어 둔 탓이었다.

며칠 전, 겸연쩍은 얼굴로 대문간에 나타난 남구식을 떠올린 선우가 작게 한숨을 지었다.

"딴 건 아니구, 지난번 일루 고마웠다구 인사는 지대루 해야 헐 것 같아서……."

선우에게 있어 남구식은 짱돌같이 단단한 얼굴에 매섭게 치켜뜬 부리부리한 눈이 꼭 앵그리버드를 연상케 하는 이미지였다. 한데 평소와 달리 머리를 긁적이며 어눌하게 둘러대는 모습이 그 이미지를 물 먹은 종이처럼 흐물거리게 만들었다.

"그때도 몇 번이나 고맙다고 인사하셨잖아요. 정말 별일 아니었어요. 누구라도 그 상황에서는 그렇게 했을 거예요. 모르는 사이도 아니고, 한동네 사는데요."

무난한 대답이라고 생각했는데, 선우를 쳐다보는 남구식의 검은 눈이 소처럼 먹먹하다.

농사일에 이골이 나 두툼한 어깨를 잠시간 들썩이더니, 이내 훌쩍이는 코를 손등으로 훔치며 말했다.

"주말에 어머니가 집에서 같이 저녁 먹자고 하는디. 아, 혼자 오라는 게 아니고, 그 선생도 부를 거니께 부담은 갖지 말구. 이웃끼리 밥 한 끼 먹는 건디…… 아무래도 영 불편하려나?"

혹시 지난 앙금 때문에 가지 않겠다고 말할까 봐 조바심을 치는 얼굴이었다. 거절하기도, 받아들이기도 뭣한 초대였다. 선우가 쉬이 대답하지 못하고 입술을 오므렸다.

"그럼 오는 걸로 알고 있을게, 그때 보자고."

주저하는 틈을 봐서 냉큼 밀어붙여 버린 남구식은 붙잡을 새도 없이 도망치듯 손을 흔들며 가 버렸다.

보편적인 직장인의 삶을 영위하던 서울에서의 생활과는 달리, 매향에 정착한 이후 선우는 정해진 일정도, 약속이나 의무도 없는 일상을 보내고 있었다.

처음 몇 달은 게으름뱅이 고양이가 된 것처럼 알람을 맞추지 않고 잠드는 밤과, 마당에 나가 하염없이 햇볕을 쪼이는 낮이 계속되었다.

그러다 곧 게으름에도 이력이 난 사람처럼, 정해진 시간을 자고 나면 저절로 눈이 번쩍 뜨이고, 일과 집안일을 하다 보면 하루가 금세 저물어 버리는 나날들이 습관처럼 몸에 익었다.

오히려 로펌에서 근무할 때에는 저도 모르게 눈길이 시계를 좇는 일이 많았었다. 심정적으로나 실제적으로, 자각하지 못하고 흘려보내는 하루를 시계를 보는 순간으로 책갈피 해 두고는 했다.

요즘 들어서는 집에서 시계를 볼 일이 거의 없었다. 하루는 찰나 같았고, 일주일, 한 달이 금방 눈앞을 스쳐 가 그때그때의 계절감에 적응하는 것이 고작이었다. 그 한 주도 선우에게는 쏘아진 화살처럼 지나가고 있었다.

벌써 금요일이네, 하고 혼잣말을 해 보지만, 사실상 평일과 주말이 별다르지 않은 선우에게는 감흥조차 없다. 다만 그날 오후에는 예기치 못한 사고가 있었다.

날이 하도 더워 요 며칠 선우는 밤낮이 뒤바뀐 생활을 하고 있었다. 밤새 일을 하고, 동이 틀 무렵에 찌뿌둥하게 굳은 몸을 일으켜 세웠다. 실내 생활만 고집하며 사흘 넘게 집 밖에 나가지 않았다는 사실을 상기하고는, 새벽의 선선함을 틈타 밖으로 나섰다.

어슴푸레한 새벽 공기가 습기를 촘촘히 둘러업고 있었다. 번잡한 도시와는 달리 길은 좁았고, 시야는 멀었다.

이따금 개들이 낯선 발자국 소리를 알아채고 짖어대긴 했으나, 코로 들이마시는 호흡이 상쾌해서 뇌까지 맑아지는 기분이 들었다.

발길 닿는 대로 매향 마을을 크게 휘돌아 매향교 앞에 다다랐을 때는, 산책이 한 시간을 훌쩍 넘긴 뒤였다. 마침 동생과 함께 등교하던 대한이와 서린이를 만났다.

"이모오!"

서린이가 먼저 선우를 알아보고서 종종거리며 달려왔다. 준비할 시간이 없었던 건지, 아니면 준비해 줄 어른이 없었던 건지. 부스스하게 엉킨 머리카락을 손가락으로 휘저으며 울상을 지어 보였다.

"오빠가 머리 안 묶어 줘. 콩순이 머리 하고 싶은데……."

치푸가 있을 땐 숱 없고 가는 서린의 곱슬머리를 재주껏 빗질하여 여러 갈래로 땋아 주기도 하고, 달팽이처럼 꼬아 올려 주기도 하고, 별이며 장미며 미니 마우스 모양의 방울로 예쁘게 장식해 주기도 했었는데. 여자아이라서인지 엄마의 부재가 유독 도드라졌다.

학교에 늦겠다며 재촉하는 오빠에게 머리를 묶어 달라 조르며 아침부터 토닥거린 모양이었다.

서린이가 반쯤 건너갔던 다리를 되돌아와 선우에게 머리끈을 내밀어 보일 때까지 대한이는 이쪽을 돌아보지도 않고 있었다.

"대한아, 이모가 금방 묶을게. 서린이 조금만 기다려 줘!"

아예 등을 돌린 채로 그 자리에 쪼그리고 앉아 버리는 대한이 때문에 서린이는 금방이라도 울음을 터뜨릴 것처럼 씨근거렸다.

정말 단단히 토라졌네. 크게 싸우기라도 했나.

엄마가 집을 나간 이후 전보다 더 의젓하게 서린이를 챙기던 대한이라, 선우도 고개를 갸웃거릴 수밖에 없었다.

손에 채 잡히지도 않는 한 줌의 머리카락을 묶는 일이 생각처럼 쉽지 않았다. 거기다 서린이는 도통 얌전히 있는 법이 없어, 조그만 머리통을 쉴 새 없이 움직거렸다.

결국 5분도 더 걸려서 겨우 양 갈래로 묶는 데 성공했다. 그마저도 엉성해서, 아마 2교시도 버티지 못하고 금세 풀어져 버릴 성싶다.

"엄마 되는 게 정말 쉽지 않구나. 다 됐다. 가 봐."

"이모, 빠이빠이!"

다시 제 오빠에게로 도도도 뛰어가는 서린의 뒷모습에 대고 손을 흔들어 주었다.

그래도 오빠를 따라 학교에 다니면서 말이 많이 늘었다. 같은 반 언니들이 잘 놀아 주는 덕분에 서서히 입도 트여 가는 모양이었다.

"저런, 신호 잘 보고 건너야지. 위험하게……."

기다려 주지 않는 오빠를 쫓아 청신호가 깜빡이는 횡단보도를 가로지르는 서린이를 보고 아찔해졌다.

이따가 낮에 집에 놀러오면 단단히 주의를 줘야겠다고 생각하며, 아이들이 멀어져 가는 것을 한참 지켜보고 서 있었다.

전화가 걸려 온 건 오후 2시 무렵이었다. 다름 아닌 희준에게서 온 전화였다.

텃밭에 물을 주다가 다급히 뛰어왔지만, 전화가 끊긴 휴대
폰 위로 부재중 전화 1통이 표시되었다.

연이어 걸려 오는 전화는 벌써 벨 소리에서부터 위급한 분
위기를 풍기고 있었다. 망설이던 선우가 검지로 통화를 연결
했다.

—대한이가 배 아프다고 해서 지금 병원에 와 있습니다. 아
마도 맹장인 것 같은데…….

"네? 대한이가요?"

—일단 응급실에서 검사 결과 기다리는 중이에요. 혹시 대
한이 어머님하고 연락되나 해서요. 아무리 걸어도 안 받아서.

"전화해 볼게요. 어느 병원이에요?"

—유성병원이요. 전에 남구식 씨 어머님 실려 온 그 병원.

"알겠어요. 일단 치푸한테 연락해 보고 다시 전화할게요."

그렇게 희준과 통화를 마치자마자, 치푸의 번호를 눌렀다.
한창 일을 하는 중인지 소리샘으로 넘어간다는 안내 음성만
들려왔다.

급한 대로 항시 열려 있는 단체 대화창에 대한이의 소식을
전했다.

〈애는 괜찮대?〉

〈치푸 씨 연락 안 받네.〉

〈선우 씨가 가 보려고?〉

오래지 않아 메시지 옆 자그마한 숫자 2가 1로 바뀌고, 치푸 대신 수향이 먼저 응답해 왔다.

〈제가 먼저 병원 가서 상황 보고할게요.〉
〈치푸도 너무 걱정하지 말고. 이 메시지 확인하는 대로 연락 줘요.〉

나중에 소식을 듣고 놀랄 치푸에게 대강의 상황을 설명하고서, 곧장 지갑을 챙겨 나왔다. 매향교 건너 큰길에서 택시를 잡아타고, 병원으로 가 달라고 했다.

혹시 아침에 대한이와 마주쳤을 때, 불러도 대답하지 않고 웅크리며 앉아 있었던 것도 그 때문이었을까?

배가 아파서?

잘 보살펴 달라는 치푸의 부탁을 받아 놓고서, 제대로 아이를 챙기지 못했다는 죄책감에 선우의 낯빛이 비 내리는 오후처럼 흐려졌다.

평소 와 볼 일이 없던 응급실에 한 달 새 두 번이나 들락거리고 있었다.

선우가 병원에 도착했을 때는 이미 응급실에서 피 검사, 소변 검사에 이어 엑스레이, CT까지 찍은 뒤 충수염 진단을 내린 다음이었다.

입원 수속을 밟고 옮긴 병실에서 수술을 기다리는 중이라고 했다.

아직 도착하지 않은 이장 대신 보호자로 나서 검사와 입원 수속을 마친 희준이 대한이의 곁을 지키고 있었다.

"서린이는요?"

"대한이 데리고 급하게 오는 길이라, 일단 교장 선생님께 부탁드렸습니다. 잠깐 나 대신 대한이 옆에 있어 줄래요? 학교에 연락해야 해서."

병원에 도착한 이후 줄곧 경황이 없었던 희준이 잠시 자리를 비웠다.

선우가 침대에 누워 있는 대한이에게 다가가 아이의 차디찬 손을 두 손으로 감쌌다.

"대한아. 괜찮니? 언제부터 이렇게 아팠던 거야?"

이마에 송골송골하게 맺힌 식은땀을 티슈로 닦아내 주며 물었다.

새벽부터 배가 아팠는데도 꾹 참았던 모양이다. 강아지처럼 끙끙거리며 몸을 말고 있는 대한이를 심란한 눈으로 지켜보는 동안 희준이 병실로 돌아왔다.

"아까 아침에 마주쳤을 때 알아챘어야 했어요. 평소랑 분명히 달랐는데……. 조금만 더 신경 썼어도 알 수 있었을걸."

선우가 자책의 빛을 숨기지 못하고 털어놓자, 희준이 고개를 가로저었다.

"그렇게 따지면 담임인 내 잘못이 더 커요. 사내아이들은 원래 아픈 내색하기 싫어합니다. 오늘따라 대한이가 수업에 집중을 못해서 이상하다고는 생각했는데, 점심 먹고서는 식은땀을 줄줄 흘리더라고요. 설마 충수염일 줄은 꿈에도 생각 못 했습니다."

급하게 달려온 통에 엉켜 버린 선우의 머리카락을 희준이 쓸어 귀 뒤로 넘겨주었다. 그대로 내려온 손이 선우의 손을 한 번 꼭 쥐었다가 놓았다.

잠시 그것을 말없이 내려다본 선우의 입술이 굳게 닫혔다. 이내 희준을 비낀 시선이 침대에 누워 있는 대한이에게로 고정되었다.

잠시 후, 복도의 발소리가 수선스럽다 싶었는데, 이장과 그의 모친이 병실 문을 열고 들어왔다. 그리고 채 10분이 지나지 않아서, 수향이 치푸를 데리고 도착했다.

"평일인데 일은 어떻게 하고 온……."

선우가 예상치 못하게 등장한 수향을 반길 새도 없었다. 치푸를 향해 살쾡이처럼 달려든 이장의 모친이 그녀의 머리칼을 억세게 틀어쥐며 이쪽저쪽으로 흔들어 대기 시작했으니까.

"아악! 악! 어머니, 아, 아파요! 아파!"

성정 괄괄한 노인의 손은 자비가 없었고, 체구가 작은 치푸는 노인을 밀쳐 내지 못한 채로 머리채를 쥐어뜯기며 휘청거릴 따름이었다.

당황한 수향과 선우가 노인의 팔을 붙잡아 제지하지만, 당최 손아귀 힘을 풀 생각이 없어 보였다.

정작 아들인 이장은 모친의 행패가 자기와는 상관없는 일이라는 듯이 방관하고만 있었다.

"지 새끼가 아파서 뒹구는데 이제야 나타나? 네년이 그러고도 애미야!"

마구잡이로 내려치는 손바닥을 미련스럽게 죄다 맞아 주고 있는 건, 비단 겁을 먹어서만은 아닐 것이다. 줄줄 흘러내린 눈물로 치푸의 얼굴이 금세 엉망이 되고 말았다. 노인의 모진 욕설은 끝이 보이지 않았다.

"나쁜 년! 네깟 년은 부모 자격도 없어. 애는 나 몰라라 집 나갈 땐 언제고 뻔뻔하게 어딜 나타나, 이 화냥년!"

도가 지나친 언사에 간호사들이며 환자며 보호자들까지 무슨 일인가 하고 복도를 내다볼 정도였다.

정신없이 당하고 있던 치푸가 마침내 고개를 들고 노인을 떨쳐 낸 것은 병실에서 대한의 우렁찬 울음소리가 들렸을 때였다.

"어머니, 대한이 아파! 저 대한이한테 가 봐야 돼요!"

처음으로 시어머니에게 맞선 치푸의 표정은 결연했다. 며느리로서, 아내로서 10년간이나 약자로 살아온 사람이라고는 생각할 수 없을 정도로.

치푸에게 떠밀린 것에 크게 충격을 받은 노인이 파르르 볼을 떨었다.

"이 버르장머리 없는 년이!"

희준이 치푸를 향해 다가서는 이장의 살벌한 표정을 발견했을 때, 이미 선우가 무모하게 뛰어든 다음이었다.

찰싹!

그가 미처 막을 새도 없이 두툼한 손바닥이 선우의 하얀 뺨을 내리쳤다.

힘을 이기지 못하고 그 방향으로 비틀대는 선우의 어깨를 희준이 재빨리 붙들어 주었다.

"대체 이게 뭐 하는 짓입니까!"

"어머, 선우 씨!"

"썬!"

늘 그랬듯 치푸에게 가하려 했던 폭력이 엉뚱한 사람을 향한 것에 이장도 퍽 당혹한 눈치였다.

그러나 그것은 아주 잠시일 뿐, 이내 쳇, 하고 혀를 찼다. 그의 표정이나 언동 어디에서도 미안해하는 기색은 없었다. 오히려 네가 왜 끼어드느냐는 듯이 눈을 부라렸다.

"됐으니까. 치푸, 대한이한테 가 봐요."

욱해서 불끈 주먹을 쥔 희준의 옷깃을 뒤로 잡아당기며 선우가 치푸를 등 떠밀었다. 미안해서 어쩔 줄 모르던 치푸의 망설임은 길지 않았다. 이윽고 엄마의 품속에서 대한이의 울음이 잦아들었다.

"아……."

뒤늦게 찾아온 고통에 선우가 뺨을 감싸 쥐었다. 작게 신음을 흘리자 희준이 다가와 턱을 붙잡고서 맞은 부위를 확인했다.

"어디 봐요."

한쪽 뺨이 얼얼하고 화끈했다. 저도 모르게 눈가를 찡그린 선우가 희준의 손을 피하며 슬쩍 고개를 틀었다.

대신 차게 식은 손끝으로 볼을 꾹꾹 눌러 열기를 달랬다. 희준에게서 나직한 한숨이 흘러나와 선우의 앞 머리칼을 흔들었다.

오래지 않아 수술실에 들어간 대한이를 병실 복도에 앉아 기다렸다. 염증이 좀 새긴 했어도 요즘에는 복강경으로 한 시간 반이면 끝날 수술이라고 했다.

"간단한 수술이니까 걱정하지 않으셔도 됩니다. 다만 어젯밤부터 계속 토하고 아팠을 텐데, 어린아이가 참을성이 강한 모양이네요."

아이에 대한 칭찬인지, 부모를 향한 질책인지. 덧붙인 의사의 말에 치푸는 심장이 쥐어뜯긴 표정을 했다.

수술이 끝나길 기다리는 와중에도 이장 모친의 막말은 거듭되었다. 씨근거리며 앉아 있다가 분을 못 이긴 사람처럼 일어나 말과 폭력으로 치푸를 흠씬 두들겼다.

그때마다 말리는 것에 점차 힘에 부친 수향이 결국 어딘가로 연락을 취했다.

"선우 씨는 그만 집으로 돌아가요. 내가 남아서 대한이 상태 지켜보고, 바로 연락 줄 테니까."

희준은 아까 이장에게 손찌검을 당한 선우를 몹시도 염려했다. 넌지시 선우를 보내려고 했으나, 정작 선우는 치푸가 무슨 봉변을 또 당할까 싶어 쉽사리 자리를 뜨지 못했다.

"그래, 선우 씨. 우리까지 버티고 있기에는 너무 번잡하지."

수향까지 거들고 나섰다.

"치푸 걱정은 안 해도 돼. 내가 SOS 요청했거든. 금방 올 거야."

의미심장하게 말하는 수향의 웃음에 전염이라도 된 것처럼, 선우도 곧 열없는 미소를 지어 보였다.

"아이고, 남의 가정은 파탄을 내놓고서 저는 여기 와서 좋다고 웃어? 천벌 받지, 쯧쯧. 천벌 받아!"

돌연, 이장의 모친이 뾰족한 얼굴로 선우를 보며 혀를 찼다.

"제 어미도 마누라 있는 놈이랑 바람 나갖고 애비 없는 딸년 버리고 가더니. 못된 것만 쏙 빼쏘아가지고. 송 씨도 손녀라고 하나 있는 게 저 지경인 건 알고 눈 감았는지."

병원에서 소란 일으키기 싫어 그냥 못 들은 체 넘기려고 했다. 그러나 종내에는 할머니까지 언급하고 있었다.

욱하며 치받는 분노에 귀까지 홧홧하게 달아오르는데, 그런 선우를 대신하여 수향이 한 발 나섰다.

"여사님. 듣자 하니 말씀이 심하시네요. 지금까지만 해도 아드님은 폭행죄로, 그리고 여사님은 명예 훼손에 모욕죄 얹어서 충분히 고소당할 수 있는 사안입니다. 언행 조심하시죠. 모자가 나란히 콩밥 드시고 싶지 않으면."

"뭐, 뭐야?"

"어머니, 썬한테 그러지 마세요. 썬 아무 잘못 없어. 내가 이혼하고 싶어서 하는 거야. 나 저 사람이랑 더는 살기 싫어요."

이제는 거리낌 없이 제 할 말을 하는 치푸의 팔을 이장이 거칠게 잡아채며 끼어들었다.

"넌 입 다물고 있어! 이게 어디 어머니한테 대들어?"

그러자 방금 전까지만 해도 괄괄하던 노인이 앓는 소리를 내며 바닥에 주저앉았다.

"아이고! 내가 이 꼴을 보려고 오래 살았나 보다. 며느리한테 이렇게 괄시를 받으려고."

모르는 사람이 들었으면 영락없이 악독한 며느리한테 홀대 당하는 불쌍한 노인인 줄 알 것이다.

땅을 치며 억울해하는 노인의 모습에 혀를 내두르던 수향의 눈이 복도 끝에서 다가오는 누군가를 발견하고는 반짝 빛났다.

"수향 씨, 잘 지냈어? 치푸 씨도 오랜만이에요. 그간 통화는 자주 했는데. 별일 없었죠?"

말쑥한 양복 차림의 중년 남자였다.

곧장 수향과 치푸에게 다가와 인사를 하는데, 여태 가라앉아 있던 분위기에 어울리지 않는 명쾌한 목소리라 절로 시선을 잡아끌었다.

로펌에서 일할 때, 저런 타입의 남자들을 항상 봐왔기 때문에 선우는 남자의 정체를 쉬이 짐작할 수 있을 것 같았다.

"아, 변호사 함재중입니다."

남자가 물 흐르듯 자연스러운 손짓으로 양복 주머니에서 명함을 꺼내 이장과 선우, 희준에게 건넸다.

하얀 명함 위에 박힌 군더더기 없는 글자들을 가만히 들여다보는 이장의 얼굴이 붉으락푸르락해졌다. 그가 다름 아닌 치푸의 이혼 소송 전담 변호사라는 사실을 뒤늦게 알아챘기 때문이었다.

"마침 잘 오셨어요. 안 그래도 고소장 쓸 일이 줄줄이 있는데."

수향이 이장과 그의 모친을 흘기며 어깃장을 놓자, 모자의 낯빛이 슬몃 어두워졌다.

"그거야말로 제 전문 분야죠."

수향의 성격을 익히 아는 듯한 변호사가 씩 웃으며 장단을 맞춰 주었다.

종전보다 눈에 띄게 기세가 죽은 이장 모자를 변호사에게
맡겨 두고서, 수향은 치푸를 추슬러 조용한 곳으로 자리를 옮
겼다.

손에 쥐여 준 커피를 입에 대지도 못하고 들고만 있는 치푸
는 세상이 무너진 것 같은 얼굴을 하고 있었다. 수향이 그런
치푸의 곁에 다가앉았다.

"대한이 아픈 건 치푸 씨 잘못 아냐. 괜한 생각 하지 마."

위로의 말을 건네 보지만 별 소용은 없었다. 이미 엄마 자
격도 없다는 시어머니의 모진 말에 채찍질을 당해 너덜너덜해
진 상태였으니까.

이마에 미열만 올라도 그게 다 제대로 내복을 챙겨 입히지
않은 제 탓, 걷어찬 이불을 다시 덮어 주지 않은 제 탓을 하는
게 자식을 둔 엄마의 마음이었다.

아이가 밤새 혼자서 배를 끌어안고 끙끙 앓았을 것을 생각
하니, 억장이 미어지지 않을 수 없는 것이다.

"그, 그래도 내가 옆에 있었으면…… 나 때문에…… 불쌍한
우리 대한이."

아이들을 위해 참고 살았고, 또 아이들을 위해 더는 참지
않겠다고도 마음먹었다.

의지가지없는 타지에서 이혼 소송의 커다란 부담감을 등에
지고도, 아이들과 함께할 날만 기다리며 힘든 내색 없이 버텨
온 치푸다.

오늘의 일이 그런 치푸의 결심을 한껏 뒤흔들어 놓았을 게 틀림없었다.

"있지, 내가 치푸 씨 마음 알아. 당장 애들 옆에 못 있어 주는 게 미안하고 괴롭겠지. 치푸 씨가 원하면 지금이라도 소송 중단하고 집으로 돌아가면 돼. 만약 그게 치푸 씨 선택이라면."

"……"

"근데 말이야. 정말 저런 집구석에서 평생 불행한 엄마의 아이로 크는 게, 지금 당장 곁에 있어 주지 못하는 것보다 덜 미안한 일일까?"

날카로운 송곳으로 연약한 살을 찔린 사람처럼 치푸가 어깨를 옹송그렸다.

수향의 말은 언제나 이렇듯 가슴 안쪽의 가장 여린 부분을 가차 없이 파고들었다.

선우가 혼란스러운 낯을 하고 있는 치푸의 등을 옆에서 가만히 쓸어 주었다.

"썬. 미안해요. 괜히 나 때문에."

아직도 한쪽 볼이 빨갛게 부어오른 선우를 돌아보며 치푸가 연신 사과했다. 괜찮다며 웃어도, 손자국 난 볼을 더듬는 치푸의 눈길에 자책이 덕지덕지 묻어 있었다.

수술실로 들어간 지 한 시간 정도 지나, 창백한 얼굴로 실려 나오는 대한이를 볼 수 있었다.

"엄마, 너무 추워……. 아파……."

마취에서 깨어난 대한이는 아기처럼 한참을 칭얼거렸다. 치푸가 차게 식은 대한이의 손끝에 입김을 불어 주며 곁을 지켰다.

한차례 진통제를 맞고서도 힘겨워하는 아이 곁에서 같이 울고, 같이 앓았다. 꿰매 놓은 피부가 얼얼하여 눈물을 찔끔찔끔 흘리는 와중에도 대한이는 엄마의 보살핌을 받는 것이 퍽 기쁜 듯했다.

여러 사람에게 신세를 진 치푸가 감사 인사를 하려 엉거주춤 일어나자, 수향이 먼저 손을 휘저었다.

"여기는 한 번이 있겠다고 하니까 우리는 그만 가자. 모처럼 반차도 쓰고 왔고, 내일 주말인데 선우 씨 집에서 자고 가도 되지?"

"그럼요."

수향이 그녀들을 뒤따라 병원을 나서는 희준에게 물었다.

"대한이 선생님이시라고요?"

"네. 정희준입니다."

"조수향이에요. 선우랑은 언니 동생 하는 사이고."

그의 눈길이 잠시 선우에게 닿았다 떨어졌다. 희준이 수향과 가볍게 악수를 나눴다.

대로변으로 나와 택시를 잡은 수향이 문득 희준을 돌아보았다.

"같은 방향이시면 같이 타시죠."

"저야 불편하지 않으시면."

멈춰 선 택시의 조수석 문을 열고 수향이 들어가 앉았다. 자연스럽게 뒷좌석에 희준과 나란히 앉은 선우는 굳이 돌아보지 않아도 옆얼굴로 내리쬐는 그의 시선을 짐작할 수 있었다.

선우가 입안의 볼살을 잘근거리며 괜스레 어색해지려는 표정을 감췄다.

"그나저나 치푸 씨도 안 됐더라. 딱 봐도 보통 꼬장꼬장한 노인네가 아니던데. 어떻게 10년을 저런 시어머니를 모시고 살았을까."

치푸가 한바탕 시어머니에게 봉변 당하는 꼴을 본 수향이 혀를 내둘렀다. 맞장구칠 기운도 없어서, 선우는 쓴웃음으로 그녀의 심정을 대신했다.

"아까 함재중 변호사님? 그분 언니가 소개해 준 거죠?"

이 시골구석까지 뻗친 수향의 인맥이 새삼 놀라웠다. 수향이 대수롭지 않은 얼굴로 어깨를 한 번 들썩거렸다.

"함 변? 나하고는 사연이 좀 깊지. 안 그래도 이 근처 어디에 변호사 사무소 차렸다는 소식만 알고 지냈는데. 생각난 김에 전화했더니, 운 좋게 무료 변론해 준다더라고. 잘됐지, 뭐."

"그러게요. 치푸한테는 정말 언니가 귀인이네요."

"오늘 병원에서 소란 피운 일도 있고, 함 변이 알아서 그쪽에서 더는 치푸한테 함부로 못하도록 얘기할 거야. 앞으로는 좀 더 마음 편히 애들 만날 수 있게 조치도 취할 거고."

"그럼 정말 다행이고요. 뺨 맞은 보람이 있네요."

안타깝게도 엄한 농담에 웃음 짓는 것은 선우 혼자뿐이었다.

05. 사랑일까

"그렇게 돼서 지금 집에 손님이 와 있거든요. 죄송한데, 아무래도 오늘 저녁은 그냥 집에서 먹을……."

"아, 뭐가 문제랴, 데리구 오면 되지. 뭐 힘든 일이간디. 수저 하나만 더 놓으면 되니께. 걱정허지 말구 와."

대한이의 충수염 때문에 어제 하루를 정신없이 지나 보내고, 다음 날 아침 일찍 눈 뜨자마자 번뜩 떠오른 것이 남구식의 저녁 식사 초대였다.

이왕 이렇게 된 것, 수향을 핑계 삼아 약속을 다음번으로 미루거나 사양해야겠다고 생각했건만.

구식이 원치 않는 호의로 먼저 선우의 말문을 막았다. 약속했던 것보다 한참 이른 시간이었음에도, 벌써부터 음식 냄새가 문틈 사이로 솔솔 새어 나오고 있었다. 결국 곤혹스러운 얼굴로 터덜터덜 집에 돌아온 선우가 수향에게 자초지종을 설명했다.

"이따가 저녁에 가는 거라고? 나는 상관없은데? 그쪽이 선약이라며. 나까지 초대해 준다니 고맙지, 뭐."

의외로 수향은 갑작스러운 초대를 흔쾌히 받아들였다.

한낮의 볕이 정수리로 떠오르기 전에 수향과 함께 앞마당, 뒷마당에 쏙쏙 올라온 잡초를 잡아 뜯었다.

두 줄로 이랑을 내어 씨를 뿌렸던 상추에 무성하게 잎이 돋았다. 아침나절에는 상추를 한 소쿠리나 뜯어다가 참기름과 김치로 간을 해 매콤하게 비빔국수를 해 먹었다.

더위가 절정에 이른 오후에는 줄곧 서재에서 시간을 보냈다.

점심을 해치우고 나니 쏟아지기 시작한 졸음을 참지 못하고 선우의 침대를 빌렸던 수향이 한 시간 만에 잠에서 깨어났다.

부스스한 모습으로 주방에 나가더니 무언가 한참을 덜그럭거렸다.

"커피 마실래?"

수향이 아이스커피 두 잔을 쟁반에 받쳐 들고서 서재 안으로 걸어 들어왔다.

"핸드 드립도 괜찮네. 난 일일이 내려 마시는 게 귀찮아서 머신 쓰거든."

로펌에 있을 때 수향은 단 한 번도 선우에게 커피 심부름을 시킨 적 없었다.

　　담배를 피우러 나가는 남자 직원들이나 화장을 고치러 사라지는 여직원들이 그 짧은 외출을 갑갑한 회사 생활의 숨 쉴 구멍으로 삼는다면, 수향에게는 그날그날 기분에 맞춰 사는 커피 한 잔이 하루의 위안이 되는 식이었다.

　　손에 쥔 유리잔을 동그랗게 돌리자 안에 든 각 얼음이 짤랑거리며 커피를 희석시켰다. 책 냄새가 좋다며 코를 킁킁거리던 수향이 푹신한 쿠션을 깔고 앉았다.

　　"그건 그렇고, 대한이 선생님하고는 언제부터 만나는 사이야?"

　　미처 마음의 준비를 할 새도 없었다. 대번에 상황을 꿰뚫어 오는 질문에 선우는 애써 당혹스러움을 유리잔 뒤로 감추었다.

　　소용없는 일인 걸 알면서도 입안의 커피를 몇 번에 나누어 삼키며 시간을 벌었다. 혀 위에 감돌던 향긋함이 씁쓸한 여운을 남기며 넘어갔다.

　　"어떻게 알았어요?"

　　결국 멋쩍게 되물을 수밖에 없었다. 민망함을 감추려 평소보다 빠르게 눈을 깜빡이고 있는 선우를 보며 수향이 픽 코웃음을 쳤다.

　　"남녀 사이에 흐르는 그 오묘한 기류를 어떻게 몰라."

역시나 수향의 눈을 속이기는 역부족이었던 모양이다. 하지만 선우는 수향이 감지했다던 그 오묘한 분위기가 그녀가 생각하는 것만큼 마냥 달콤한 무언가는 아니었을 것이라고 확신했다.

"싸웠어?"

아니. 어쩌면 정확하게 간파하고 있는지도.

"싸운 건 아닌데……. 에이, 그냥 모른 척 넘어가 주시지."

"대한이 선생님, 겉은 멀쩡하다 못해 훈훈하던데. 그새 못난 짓이라도 했어?"

"글쎄요. 이쪽이 못된 년일 수도 있잖아요."

"그 남자, 선우 씨 보는 표정이 내내 안절부절못하던걸."

"그랬어요?"

택시 앞 좌석에 앉아서도 용케 그런 걸 눈치챈 걸 보면, 수향의 뒤통수에는 투시경이라도 달린 걸까.

선우가 쓰게 웃으며 고개를 저었다.

"무슨 일인데? 괜찮으니까 말해 봐. 혹시 알아. 법륜 스님 뺨치는 조언을 해 줄지."

수향은 원래 남의 연애사가 제일 재미있는 거라며 선우를 재촉했다. 선우가 두 무릎을 끌어안은 채 한참 말을 골랐다.

"어제 병원에서 들은 얘기요. 그게 사실 죄다 틀린 말은 아니라서요. 최일현이랑 헤어졌을 때 내 핏줄에 남의 남자를 탐내는 유전자라도 들어 있나, 그런 생각을 했거든요."

희준이 옛 여자를 완전히 지워 내지 못한 상태에서 선우를 안으려 했음을 알았을 때에도.

모르는 번호로 울리는 전화 한 통이 어째서 그렇게 불길했을까.

어쩌면 희준을 사랑하는 또 다른 여자의 존재가 벼락처럼 선우를 꿰뚫었는지도 모른다. 막연한 불안이 현실이 되었을 땐 온 살갗에 오톨도톨한 소름이 일었다.

"내 엄마라는 사람, 남자한테 미쳐서 자기 피붙이도 버렸어요. 왜, 사람들 이사 갈 때 더는 필요 없는 물건은 누구한테 주기도 하고, 폐기물 스티커 붙여서 내놓기도 하잖아요. 가져갈 수도 없고, 어디 내놓지도 못하니까 할머니한테 떠맡긴 거죠. 그러고선 단 한 번도 찾지 않았어요."

남자에 미쳐 선우를 낳았고, 또 다른 남자에 미쳐 선우를 버렸다.

그런 엄마를 죽도록 원망했으면서, 선우 역시도 하마터면 남자에 의지한 인생을 살 뻔했다. 무력하고 나약한 여자를 내세우며 남자를 붙들고자 했다. 마치 남자 없이는 아무것도 아닌 것처럼.

그래서 그런 남자들만 만나 왔던 거다. 절박하고 한심한 그녀를 동정하거나 이용하려는 남자들을.

불완전한 나를 다른 누군가가 채워 주길 바라는 것이 얼마나 어리석은 일인지 너무 늦게 깨달았다. 사랑에 앞서 그녀 자신만으로 이미 완전한 사람이었어야 했는데.

"생각해 보면 최일현 그 사람도 어딘가 결핍되어 있었어요. 자존감은 낮고, 자격지심 있고. 물론 그때는 그 사람 모든 게 다 좋아 보였지만."

은근하게 자기 과시를 하거나, 타인의 성과에 매번 트집을 잡고 넘어갔다.

장인의 회사에서 낙하산으로 얻은 직함을 누구보다 최일현 스스로가 수치스러워했다. 어떤 의미에서 선우의 숨 쉴 구멍 이 최일현이었듯이, 최일현의 숨 쉴 구멍 또한 선우였을 것이 다.

마음에 빈틈이 있는 사람끼리 만나면 애정으로 그 빈틈을 메꿔서 의지하며 살 수 있을 줄 알았다. 음수와 음수를 곱하면 양수가 되는 것처럼.

그러나 실제로는 제로에 제로를 곱해 제로가 되는 꼴밖에는 되지 않았다.

"한 번 크게 데였으니까. 이제는 누가 날 채워 주길 바란다 거나 내가 누굴 채워 주겠다는 생각은 안 해요. 더는 죽고 못 사는 사랑 같은 걸 하고 싶은 마음도 없고요."

상대의 말 한마디에 일희일비하고, 이별이 이 세상의 종말 이라도 되는 것처럼 나를 무너뜨리는 연애는 더는 사양이었 다.

누군가는 더 사랑하는 쪽이 이기는 거라고, 밑지는 게 남는 거라고들 했다.

하지만 따지고 보면 선우는 더 사랑해서 더 상처받은, 실패한 사랑의 경험자였다.

"그렇다고 최일현 같은 사람 때문에 다시는 연애하지 않겠다는 뜻은 아니에요. 내가 왜요. 보란 듯이 더 잘 살아야지. 그냥…… 그냥 다음 사랑은 보다 현명했으면 싶었어요. 상처받지 않을 만큼만. 손해 보지 않을 만큼만. 이번에는 정말 영리하게 재고 따져서 내가 감당할 수 있을 만큼만. 딱 그 정도만."

곰곰이 생각해 보면, 희준에 대한 감정은 꼭 물감 묻은 붓을 물통에 마구 휘저어 놓은 것처럼 막연하고 불투명했다.

그와 보낸 시간, 그와 나눈 대화, 접촉들이 어지럽게 뒤엉켜 이제는 본래 어떤 색으로 기억하고 있었는지조차 떠올리기 어려울 지경이었다.

희준이 왜 좋은지, 어떻게, 얼마만큼 마음이 가는지를 헤아려 볼 계기가 생기자, 그것을 희준의 마음의 깊이와 견주었다. 어느 한쪽이 조금이라도 더하거나 덜하지는 않은지.

처음으로 자신의 감정이 희준을 앞섰음을 자각했을 때, 선우는 문득 두려워졌다.

"저도 모르게 주저……하게 되더라고요. 그 사람한테 너무 깊이 빠질까 봐. 사랑이 또다시 나를 나약하게 만들까 봐."

한 번 크게 데인 가슴이 또 데일까 겁이 났다. 바보처럼 지난 실수를 답습하고 있는 것은 아닌지 불안해졌다.

"근데요, 언니. 이런 마음도 사랑이라고 할 수 있는 걸까요? 원래 사랑은 그런 게 아니잖아요."

감정을 나아가는 보폭에 발맞추고 싶다고 한다면, 더는 혼자서 일방적으로 감정에 취하는 우를 범하기 싫다고 한다면 그건 너무 안일한 마음가짐일까.

덜 아프고 덜 힘든 연애가 하고 싶다면, 그저 더 행복해질 수단으로 함께 있기를 바란다면 그 애정은 순수하지 않은 걸까. 안온을 추구하는 연애는 미완성의 관계일 뿐일까.

비단 그 밤의 일이 아니었더라도 마찬가지였을 것이다. 배신감이 드는 한편으로, 그녀의 안에서 희준의 존재가 더 커지기 전에 밀어낼 핑계가 생겨 다행이라고, 아주 잠깐이나마 생각했으니까.

어영부영하고 우유부단하기 짝이 없는 이 마음을, 정말 사랑이라고 할 수 있나?

"그럼 선우 씨가 생각하는 사랑의 정의는 뭔데? 매뉴얼이라도 있는 거야?"

사랑의 매뉴얼이라니, 이거 꼭 뽕짝 제목 같잖아.

선우는 혼잣말을 하는 수향 때문에 풋, 웃음이 터졌다.

"기준은 뭐고, 평균치는 얼만데? 영화, 드라마, 소설에 나오는 사랑만 진짜 사랑이면 선우 씨는 재벌 아들이랑 연애해야 되고, 나는 암 투병해야 돼."

배다른 남매와 부모의 원수가 가는 길마다 발에 차이는 세상이 될 거라면서 엉뚱한 상상력을 발휘하는 수향과 함께 한참을 낄낄거리고 웃었다.

누가 이기나 해 보자는 듯이 농담을 덧붙이고 또 덧붙이다가, 결국 배가 아플 정도로 웃고 난 다음에야 유쾌함의 기미가 조금 잦아들었다.

"어제 만난 함 변 말이야. 실은 소싯적 만났던 내 첫사랑."

"예? 정말요?"

"응. 근데 막 애틋하고 아련한 첫사랑은 아니었어."

수향이 얼음이 녹아 밍밍해진 커피를 단번에 꿀꺽꿀꺽 들이켜고는 잔을 저만치 치워 두었다.

아드득아드득 남은 얼음을 씹어 꿀꺽 삼키더니, 한결 속이 시원해진 얼굴을 했다.

"흔한 얘기지. 몸 주고 마음 주고, 헌신하다 헌신짝 돼서 차이고. 사시 붙자마자 검사장 딸내미랑 홀랑 결혼했거든."

그에 선우의 입이 절로 벌어졌다가, 수향이 볼까 얼른 표정을 수습했다.

"몇 년 전에 이혼했다고 먼저 연락이 오더라. 와이프가 젊고 능력 있는 검사랑 바람이 났대. 미국에 유학 보내 놓은 딸내미는 아빠 전화는 받지도 않는다고 하고. 자기 입으로 천벌 받았다면서 울더라. 처가 압력에 지방으로 좌천까지 받아서, 아예 법복 벗고 여기서 자그맣게 변호사 사무실 차린 모양이야."

"저라면 잘됐다고 욕을 한 바가지 퍼부어 줬을 텐데요."

"어디 욕뿐이게? 살쾡이처럼 물어뜯어 줄까, 차로 들이받아 버릴까 했던 적도 있는걸. 근데 시간이 저만치 흐르고 보니까, 그것조차 성가시고 부질없더라. 굳이 만나서 사과하고 싶다고 전화가 몇 번 오길래, 그럼 속죄하는 셈 치고 치푸 씨 이혼 소송 맡으라고 한 거야. 그걸로 우리 사이 계산 끝."

'끝'이라고 발음하는 소리가 그야말로 군더더기라고는 없는 그녀의 성정과 꼭 닮아 있었다.

"목숨 정도는 바쳐 가면서 해야 사랑인 것 같지만, 막상 해 보면 시시하고, 너절한 게 사랑이야."

선우도 빈 유리잔을 멀찌감치 밀어 두었다.

"내 둘째 조카, 그러니까 여동생 장남이 어려서부터 말은 별로 없는데 애가 고집이 세. 명절날 집에 놀러 오면 자꾸 비싸게 주고 산 자개 서랍장을 칸칸이 열어서 계단처럼 딛고 올라간단 말이야."

첫사랑에서 조카로, 갑작스럽게 대화의 소재가 전환되었어도 선우는 잠자코 듣고 있었다.

수향이 결코 요점을 벗어나지 않는 사람이라는 건 의심할 여지가 없는 일이었다.

"하지 말라고 타일러도 보고, 엉덩이를 때려도 소용이 없더라고. 그러다 결국 한 번은 서랍장이 엎어져서 밑에 깔려 버렸지. 머리를 잘못 찧어 가지고 피는 펑펑 나고."

업혀 간 응급실에서 정수리를 네 바늘이나 꿰매고서야 같은 장난을 그만뒀다며 수향이 쯧, 하고 혀를 찼다.

"걔가 지금은 시꺼멓게 자라서 벌써 고등학생이야. 매달 여동생이 학원비 좀 내달라고 징징거리는데, 돈을 물 쓰듯 보내줘도 반에서 10등도 못 해. 그렇게 멍청한 조카 새끼도 한 번 다치고 나면 그다음부터는 그런 짓 안 하더라. 아픈 줄 아니까 몸 사리는 게 당연하지."

수향이 빈 잔을 거두어 처음 들고 왔던 쟁반 위에 올리고, 그것을 그대로 발끝으로 쭉 밀었다. 쟁반 위에서 흔들리던 유리잔이 서로 부딪쳐 작게 챙챙, 소리가 났다.

잔 표면에 맺힌 물방울이 떨어져 고여 있는 마룻바닥을 손바닥으로 훔쳐 내더니, 그것을 다시 바지에 대충 문질러 닦았다.

"'사랑하라, 한 번도 상처받지 않은 것처럼.' 나는 이 말 좀 웃긴 것 같아."

서재 귀퉁이에 탑처럼 쌓여 있던 책 중에서 시집 한 권을 골라 적당히 뒤적이던 수향이 금세 흥미를 잃고 다시 그것을 원래의 자리에 올려 두었다.

"'아프니까 청춘이다' 랑 뭐가 달라? 그럴 거면 아예 '아프니까 사랑이다' 해 버리지, 왜."

한쪽 팔로 머리를 받치며 옆으로 길게 누워 그다지 크지 않은 방을 전부 차지해 버린 수향이 양장 두 권을 베개 삼아 머리에 괴고는 눈을 감았다.

선우가 무릎 담요를 펼쳐 수향에게 덮어 주었다.

본래 직장인의 휴일은 암만 자도 끝이 없이 피곤한 법이라, 안방에서 이미 한숨 눈 붙이고 나왔음에도 여전히 눈꺼풀에 잠기운이 먼지처럼 묻어 있었다.

오래지 않아 수향의 입에서 나직하면서도 다정한 충고가 잠꼬대처럼 흘러나왔다.

"선우 씨는 그런 사랑 하지 마. 기왕이면 좋고 따뜻한 사랑만 해. 그건 이기적인 게 아니라 현명한 거야."

크든 작든, 맹목적이든 계산적이든 이렇게 고민하는 순간이 있다는 것만으로, 지나고 보면 결국엔 다 사랑일 테니까.

잠시 뒤, 작게 코를 고는 소리, 살며시 책장을 넘기는 소리가 서재의 평화로운 공기를 간질였다.

눈을 떴을 땐 책장에 기대 잠이 들었던 어깨 위로 체크무늬 담요가 둘러져 있었다. 서재 문이 반쯤 닫혀 있고, 수향의 모습은 보이지 않았다. 문가에 두었던 쟁반도 어느새 치워진 채였다.

활짝 열어 놓은 창문으로 한여름 오후의 미지근한 바람이 새어 들어왔다. 선우는 바람에 노을의 주황이 묻어 있는 것 같다고 생각했다.

"깼어?"

"네. 깜빡 잠들었나 봐요."

"자세가 그래서 목 아플 것 같았는데, 깨우기가 미안할 정도로 곤하게 자더라."

회사에 다닐 때에는 불면증을 만성으로 끼고 살았다. 매향에 내려와서도 한동안은 수면 부족으로 고생하며 체중이 부쩍 줄었었고.

아무래도 요 며칠 생각이 많아지긴 한 모양이었다. 새벽에 이유 없이 눈이 뜨이는 일이 잦았던 것을 보면.

간단히 채비를 마치고 나왔을 때 여전히 하늘은 낮처럼 청청했다. 다만 서쪽 산마루에 걸려 있던 노을이 손 한 뼘만큼 확장되었다.

집에서 샤워를 하고 나온 수향에게서 선우가 즐겨 쓰는 바디 클렌저의 허브향이 났다. 깡충 올려 묶은 수향의 긴 머리가 걸음을 따라 이쪽저쪽으로 흔들거렸다.

선우는 이제 어깨선을 조금 넘기기 시작한 단발머리를 반묶음 하고, 회색 브이넥 티에 남색 슬랙스를 매치했다. 실내로 들어가면 맨발은 조금 그럴 것 같아, 양말에 단화를 신고 나왔다.

내키지 않는 걸음으로 도착한 남구식의 집에 희준이 먼저 와 기다리고 있었다.

명절날이나 제삿날 쓸 법한 직교자상 위에 수를 세기도 벅찰 만큼 다양한 음식들이 가득 올라왔다. 그러고도 아직 내올 것이 남았는지 집주인은 부엌에서 손님을 맞이했다.

"어머, 어머니. 상다리 부러지겠어요. 군손님으로 와서 입호강하고 가겠네."

상을 쭉 훑으며 감탄하는 수향의 목소리가 평소보다 한 옥타브는 높았다.

대각선 자리에 앉아 그녀를 힐끔거리던 남구식이 붉어진 얼굴로 갈비찜이 든 뚝배기를 슬쩍 앞으로 밀어 주었다.

"이것두 좀 잡숴 보세유."

줄곧 부엌에 있던 구식의 모친이 쟁반에 요리 접시를 내오며 차린 게 없다고 치레했다.

"근디 이짝 아가씨는 송 씨 할머니 손녀랑 어떻게 되는 거?"

"서울에서 직장 다닐 때 상사였고, 부하 직원이었는데 지금은 친하게 지내는 언니예요."

선우가 어색하게 웃으며 대답했다.

"송 씨 아주매가 손녀딸 무신 회사 다닌다구 알려 줬는디, 또 까묵었네. 늙으면 이랴. 갈켜 줘두 모르구."

"로펌, 그러니까 변호사 사무소에서 일하고 있어요."

"워매, 송 씨 아주매가 지나가는 사람마다 붙잡구 손주 자랑할 만혔구만. 그리고 이짝은 변호사 선생님이구?"

"변호사는 아니고요. 사무장이요."

"기여, 사무장 선생님. 변호사나 사무장이나 그짝이 그짝이지. 안 그랴?"

부담스러운 호칭에 슬쩍 곤란한 웃음을 짓던 수향은 특히 시간을 많이 들였을 갈비찜을 젓가락으로 집어 밥 위에 얹었다.

"한번 잡쉈 봐. 약두 안 치고 손수 기른 것들이라 질기지도 않어."

구식의 모친이 손님들 앞에 아낌없이 접시를 밀어 주었다. 비록 희준의 먹성을 따라잡지는 못해도, 선우는 차려 준 정성을 생각해서 골고루 반찬을 집어 맛보았다. 꾹꾹 눌러 담은 밥 한 공기를 한 숟가락씩 떠 부지런히 입에 넣었다.

"가만 보면 대한이, 고 어린 것이 독햐. 맹장이 우습게 볼 것이 아닌디. 워치케 참구서 핵교를 갔댜……."

안쓰러운 마음에 끌끌 혀를 차던 구식의 어머니가 슬쩍 선우의 눈치를 보았다.

자매처럼 가까웠던 이장의 모친과 근래 들어 크게 싸우고, 줄곧 데면데면하게 지낸다는 소식을 들었다. 둘의 사이가 틀어진 것이 전적으로 선우의 탓만은 아니겠으나, 그렇다고 전혀 관련이 없지도 않을 것이다.

"다행히 수술 경과가 좋아서 내일 퇴원한답니다. 대한이는 학교도 쉬고 엄마랑 있다고 오히려 좋아하는 것 같고요."

"갸 성격에 가만히 못 붙어 있지. 밥 먹고 맨 뛰어다니는 게 일인디."

"대한이가 맘먹고 뛰면 어른이라구 배기간디? 작년 운동회
에서 릴레이 할 때두 대한이가 저보다 한참 나이 많은 성들까
지 다 제쳤다니께. 그러고 보니 운동회가 이맘때쯤 아닌가?"

"아직 좀 남았습니다. 10월 초순이요. 아예 매향, 하우산으
로 팀 나눠서 한다던데. 꽤나 규모가 큰가 봐요?"

기껏해야 초등학교 운동회에 온 동네 사람이 동원된다니,
올 초에 부임한 희준으로서는 잘 상상이 가지 않는 일이다.

하지만 촌에서는 모내기 품앗이며, 계절마다 치르는 마을
회관 대청소며, 김장이며 합동으로 치르는 행사들이 즐비해
서, 남구식과 그의 모친은 설령 마을 아이가 한 명밖에 다니지
않는 초등학교 운동회라도 참여하는 것이 당연하다는 눈치였
다.

"그야 방 교장님이 부탁하시니께······. 핵교서 맨날 애들 데
리구 욕 보시는디, 어른들이 협조를 해야지. 그래도 작년까지
는 매향 마을에 6학년 꼬맹이들이 셋은 더 됐는디."

부모가 죄다 학군 좋은 곳으로 이사를 나가는 통에 매향 마
을의 평균 연령이 급격하게 치솟고 말았다.

대한민국 농촌 지역의 노인 인구가 40%에 육박한다는데,
어린애들이 없는 매향 마을의 미래는 아마 그보다 더 암울할
것이다.

"미리 말해 두는디, 매향 마을 사람이면 무조건 참가니께
빠질 생각 하들 말어."

구식이 선우를 건너다보며 못 박았다. 그새 식사를 마친 이
들이 하나둘 수저를 내려놓고서 본격적으로 대화를 나누기 시
작했다.

"매향에서는 오래 사셨어요?"

"우리는 토박이지. 매향 토박이. 이 집이 시할아버지 대부
터 살던 집이니께."

"그렇구나. 그럼 이 근방은 속속들이 잘 아시겠어요."

"지, 지가 이래 봬도 청년회 회장인디유!"

기회다 싶었는지 구식이 불쑥 어필을 해 보지만, 수향의 의
도야 빤했다.

"그럼 혹시 근처에 조금 고쳐서 살 만한 빈집이 있나 알아
볼 수 있을까요?"

"빈집……이유?"

"근방에 신접살림이라도 내려구?"

"에이, 신접살림은요. 그냥 저 혼자 주말이나 휴가 때 내려
와 지낼 집 알아보려고 그러죠. 서울에서 혼자 살다 보니까,
주말에 선우 만나러 여기 오면 그렇게 마음 편하고 좋더라고
요."

"아, 암유. 매향이 조용허구, 물도 좋구, 공기두 얼매나 좋
아유."

"기여. 나두 시집와 평생을 애 낳구 살았어두 매향만큼 살
기 좋은 데를 못 봤어."

시골에서는 마을 사람이 되려면 삼대가 걸린다는 말이 있다. 스스로 자부하는 것처럼 매향 토박이라는 사실을 부정할 수야 없겠으나, 누가 봐도 대한민국 평범한 시골 마을 그 이상도, 이하도 아닌 매향에 대해 있는 말 없는 말 지어 칭찬을 늘어놓는 모습이 옆에서 보기 민망할 정도였다.

결국 제일 나중까지 숟가락을 들고 있던 선우가 볼록하게 솟은 배를 버거워하며 상체를 뒤로 기울였다.

평소에 힘쓰는 일이 많은 시골에서 새참까지 얹어 하루 다섯 끼씩 너끈히 먹는 구식은 가장 먼저 밥그릇을 비웠고, 수향과 희준도 고봉밥을 군말 없이 해치웠다. 목구멍까지 음식이 차 허덕이는 것은 선우뿐인 듯했다.

그러는 사이, 구식의 어머니가 복숭아를 씻어 내왔다. 물 많은 과일을 좋아해서 좀처럼 복숭아를 사다 먹을 일이 없었는데.

"어머니, 어쩜 복숭아가 정말 달고 연해요!"

수향이 자르지도 않은 복숭아를 앞니로 와작 깨물어 먹었다. 선우에게도 하나 건네 오는 것을, 나중에 먹겠다며 사양했다.

손바닥 아랫부분으로 더부룩한 명치를 지그시 누르면서 보리차를 몇 모금 홀짝이고 있을 때였다.

톡톡. 밥그릇이 놓여 있던 옆 부분을 두드리며 주의를 끈 희준이 입 모양으로 말했다.

밖으로.

그러더니, 눈치껏 먼저 일어나 밖으로 나갔다.

무언가 통하는 화제가 있었는지 연신 깔깔거리며 이야기를 나누는 수향과 남구식, 그리고 그들 옆에서 틈틈이 귀동냥, 말 참견을 하는 노인을 힐끗거리다 선우도 조용히 자리에서 일어났다.

잠깐 바람 좀 쐬고 올게요, 하는 말을 저기 앉아 있는 이들이 들었는지 알 수 없었다.

신발을 신고 소리 없이 문을 닫고 나오자, 대문가에 기대 서 있던 희준이 그녀를 돌아보았다.

후덥지근한 바람이 미미한 세기로 불어와 피부를 끈적거리게 하는 여름밤이었다.

이 시기에 개구리들이 가장 시끄럽게 울어 젖히는 논밭길을 피해 호젓한 오솔길로 걸음을 틀었다.

좁은 흙길을 자박자박 밟으며 툭툭 부딪치는 어깨가 부싯돌이라도 되는 것처럼 뜨거웠다. 그러나 사이가 벌어지면 도로 차게 식는 것이, 어쩌면 평생 둘 사이에 불이 붙는 일은 없을 것처럼 느껴지기도 했다.

어느새 매향교를 지나, 개천을 따라 뻗은 산책로 데크 위에 올랐다.

주말 밤, 도로는 한산했다. 말없이 학교를 향해 가는 두 사람은 각자의 생각에 골몰하느라 주위를 살필 여유가 없었다.

횡단보도를 건너 매향 초등학교의 교문을 지날 즈음에야, 선우는 어둠에 가린 희준의 얼굴이 문득 궁금해졌다.

두어 걸음 앞서가는 희준의 등이 묵직한 침묵으로 그녀를 이끌었다. 느티나무를 줄지어 심어 놓은 가장자리 벤치에 다다라서야, 선우를 돌아본 희준이 그녀를 자리에 앉혔다.

"속은 좀 괜찮아요? 소화제 없어도 되겠어요?"

"여기까지 걸어오는 동안 좀 내려갔어요."

"다행이네요. 그래도 손 줘 봐요."

희준이 선우의 앞에 쪼그려 앉아 자연스레 손바닥을 내밀었다. 머뭇거리다 한 손을 그 위에 올려놓으니, 희준이 차게 식은 손끝을 꾹꾹 주물러 주었다.

"선우 씨가 요즘 나를 피하는 것 같은 건, 내 기분 탓입니까?"

요 며칠간, 희준은 시시때때로 메시지를 보내왔다.

대부분은 별 의미 없는 글줄이었다. 그날의 날씨나 뉴스에 대해서. 혹은 식사를 했는지, 무엇을 먹었는지에 대한 무용한 잡담들.

살아가는 데 꼭 필요하지는 않지만, 무료하고 빡빡한 일상에 기름칠을 해 주는 소소한 대화가 희준과 선우의 휴대폰 속에 차곡차곡 쌓이고 있었다.

때마다 답장하지 않고 손에 든 전화기를 조용히 내려놓는 선우의 한숨이 짙었다.

"아……."

흠칫 놀라 거두는 선우의 손을 희준은 순순히 놓아주었다. 곧게 올려다보는 그의 눈을 마주할 자신이 없어, 선우가 먼저 고개를 돌리려 했을 때였다.

다가온 희준의 손이 선우의 뺨에 살며시 닿았다.

"거절한다는 뜻입니까?"

반사적으로 고개를 저으려던 선우가 이내 멈칫하며 아랫입술을 잘근거렸다.

그를 똑바로 마주하지 못하고 침잠하는 시선이 희준을 반으로 가르며 모래 바닥으로 떨어졌다.

"그렇다면 그런 표정은 짓지 말아요. 괜히 기대하게 되니까."

희준의 엄지가 닿을 듯 닿지 않을 듯 선우의 볼을 문지르고는 멀어졌다.

선우를 향해 기울었던 상체를 똑바로 세우며, 그가 쓰게 웃었다.

"선우 씨도 나한테 마음이 있는 줄 알았습니다. 적어도 우리가 입을 맞춘 그날은 나와 같은 감정이었겠죠. 이후에 선우 씨 마음이 달라졌다고 해도, 그건 내 탓이고."

입을 맞추고, 시선을 맞추고, 서로의 가슴으로 더 깊이 파고들던 몸짓은 분명 불순물이 섞이지 않은 날것이었다. 속거나 속일 수 없이 명징한 애정이었다.

"선우 씨에게 기다려 달라고 했던 말, 부담을 주려고 한 말은 아니었습니다. 일방적으로 밀어붙이려던 것도 아니고. 이제 나 때문에 불편해할 일 없을 겁니다. 그러니까 괜히 어색해하지 말아요."

멋쩍은 듯이 웃는 희준을 보며, 선우는 하얗게 드러난 손등의 뼈마디를 반대편 손톱으로 애꿎게 찍어 눌렀다.

"도망치는 건가요?"

그러다 불쑥, 원망하는 말이 입술을 비집고 새어 나왔다.

"오고 있다면서요. 그냥 이 자리에, 여기에 있어 주기만 하라면서요. 그래 놓고는 이제 와서……."

"선우 씨. 나는……."

"나를 위해서라고 말하지 말아요. 그냥 희준 씨가 상처받고 싶지 않은 거잖아."

선우가 도리질 치며 희준의 변명을 거부했다. 무심코 뻗은 희준의 손은 차마 그녀의 팔에 닿지도 못했다.

"나는요. 솔직히 희준 씨가 언제라도 그 사람에게로 돌아갈 것 같아서 불안해요. 내 앞에서는 내가 좋다고 말하고, 기다리라고 하고. 그럼 나는 또 바보처럼 그 말을 믿고, 오지 않을 사람을 기다리고……. 내 인생에 그 미련한 짓을 또 반복하고 싶지 않아요."

내뱉을 수 있는 말보다 더 많은 말이 침에 녹아 삼켜졌다. 불명확한 감정이 말이 되기도 전에 속에서 누락되었다. 꾹꾹 눌러 납작해진 말들이 배꼽 아래 돌덩이처럼 굳어 있었다.

그것을 다시 목구멍으로 끌어올려 뱉어 내자니, 덩어리진 슬픔이 울컥울컥 튀어나왔다.

"거리를 두고 싶었어. 내가 당신에게서 멀어지는 시간 동안 당신이 조금이라도 아파했으면 했어. 아니, 차라리 당신과 함께했던 모든 시간이 없었던 일이 돼 버리면 좋겠다고도 생각했어요."

희준을 붙잡을 수도, 그렇다고 그냥 놓아 버릴 수도 없어 줄곧 괴로웠다. 그런 선우를 이해하지 못하고, 덜컥 단념하겠다 말하는 그가 원망스러웠다.

이럴 거였으면 애초에 그러지 말지. 내게 다가오지도, 말을 걸지도 말지.

"내가 힘든 만큼 당신은 더 아팠어야지. 나를 이렇게 혼란스럽게 했으면, 당신은 더 괴롭고 힘들었어야지! 왜 이런 순간까지 내가 당신보다 더……."

갑작스럽게 솟은 미움이 선우의 눈시울을 뜨겁게 만들었다. 움켜쥔 주먹으로 희준의 어깨를 재차 내리쳤다.

툭, 툭! 세게 때려 주고 싶은데, 묵묵히 맞아 주고만 있는 희준이 아파 보이지 않아서 또 미웠다.

감정이 실린 질타가 그의 몸이 아니라 마음에 파랗고 빨간 멍을 내는 줄도 모르고.

결국 울음에 겨워, 얼얼한 두 손 위에 젖은 얼굴을 묻어 버리는 선우를 희준이 품 안으로 힘껏 끌어당겼다. 그대로 흙바닥에 털썩 주저앉아 버린 그의 가슴에 선우의 눈물 자국이 뜨겁게 번져 나갔다.

"울지 마요. 내가 다 잘못했으니까 제발, 울지 마."

선우의 어깨를 감싸 안고서, 그녀의 울음이 간헐적인 헐떡임으로 잦아들 때까지 몇 번이고 등을 쓸어내렸다.

"나도 선우 씨랑 똑같아요. 사랑이고 연애고, 학을 뗄 만큼 힘들었으면서 이걸 당신한테 또 하자고 조르고 있으니, 나도 내가 미친놈 같아. 근데 어쩔 수 없잖아. 하필이면 안선우를 만나 버렸는데."

자연스레 눈이 가고, 걸음이 가고, 마음이 갔다.

선우와 마주할 때면, 한바탕 내달리고 난 것처럼 뛰는 심장을 경계하고 외면해도 소용없었다.

'그럼에도 불구하고' 선우라서 좋은, 선우여야만 하는 이유들이 머릿속의 빼곡한 핑계들을 몰아내며 가슴을 채우기 시작했다.

당신도, 나도 한 번씩 실패를 경험해 봤으니까.

눈멀고 귀 막는 그런 사랑 말고, 언제든 이 관계가 부서질 수 있음을, 당신의 존재가 하나도 당연하지 않음을 잊지 않는 그런 사랑을.

약속되지 않는 내일 이별이 올 것처럼, 오늘은 아낌없이 서로를 안아 주는 그런 연애를.

어쩌면…… 안선우와 함께라면 할 수 있지 않을까.

"그러니까 더는 겁먹지 말고, 도망치지도 말고. 나랑 해요, 그런 연애."

해요. 해 줘요. 응? 합시다, 나랑.

다리 사이에 아이처럼 안겨 있는 선우를 향해 희준이 고개를 기울여 낮게 속삭였다.

씨근거리던 숨이 마침내 잦아들었다. 속눈썹이 축축하게 젖어 올려다보자, 희준이 그런 선우의 눈가에 몇 번이나 입을 맞추었다.

흐릿하게 남은 울음의 흔적마저 입술로 지워 내면서, 그대로 선우를 영영 놓아주지 않을 것처럼 부둥켜안은 두 팔이 그녀를 재촉하고, 또 애원했다.

"……응."

희준의 어깨에 머리를 기대고 있던 선우가 마침내 고개를 끄덕이자, 비로소 안도하는 그의 숨이 선우의 정수리 위로 뜨겁게 쏟아졌다.

선우는 희준의 어깨에 입술을 대고, 눈꺼풀을 꽉 닫으며 눈꼬리에 매달린 마지막 눈물방울을 떨구어 냈다.

돌아가는 길에 수향에게서 문자 메시지가 왔다. 어디냐고, 누구와 무엇을 하느라 늦느냐고 묻는 대신, 수향은 술이 떨어졌으니 소주와 막걸리를 사 오라고 했다.

매향 하이퍼 마트에서 술과 마른안주를 사 들고서 나란히 걸어가는 길, 그림자가 발밑에 길게 늘어졌다.

유독 논두렁 청개구리가 목청 높여 우는 밤이었다.

깍지 낀 두 손안에 늦여름을 관통하는 뜨거운 열기가 고여
있었다.

Autumn

01. 개학

    마을에 또래 친구가 없는 대한과 서린에게는 여름 방학이 유배 기간처럼 길었던 모양이다.

    치푸 대신 종종 방학 숙제를 도와주었던 선우는 아이들이 개학날을 얼마나 손꼽아 기다렸는지 잘 알고 있다. 개천이며 뒷산이며 정신없이 쏘다니던 여름날보다 책가방을 메고 학교에 가는 얼굴들이 더 신이 나 있었다.

    여름의 끝물이 지나가는 동안 수향은 매향 마을에 네댓 번이나 다녀갔다. 선우가 알고 있는 것만 해도 그 정도였으니 실제로는 더 자주 들렀을 것이다.

    나름대로는 집을 보러 다닌다는 핑계였는데, 그게 다가 아니라는 것은 근래 들어 반질반질해진 구식의 얼굴만 봐도 알 수 있었다.

구식과 수향이라니. 언젠가 남구식이라는 이름이 클래식해서 좋다던 수향이 떠올라 선우는 픽, 웃고 말았다.

다른 사람이 보기에는 공통분모랄 게 전혀 없는 두 사람인데, 인연이라는 게 참 신기하다. 저마다 이유를 갖고 머무는 장소에서 새로운 사람을 만나고, 정이 들고, 서로 닮아서 혹은 달라서 끌리고…….

저녁 무렵이면 희준이 캔 맥주 두 개를 들고 그녀의 집을 찾았다.

선우와 툇마루에 나란히 걸터앉아서, 두런두런 이야기를 나누었다. 뒷마당의 풀벌레 우는 소리가 점차 가을을 닮아 가고 있었다.

"희준 씨는 말투가 참 예쁜 것 같아요. 함부로 '야, 너'라고 하지 않는 남자는 드물거든. 희준 씨가 하는 말속에서 당신이 어떤 사람인지 보여요."

말은 곧 글로써 연속된다. 글자의 바다에서 가장 순수한 낱말들을 길어 올려 이야기를 짓는 동화 작가가 된 후로, 선우는 무심히 내뱉어지는 말들의 결을 유심히 살펴보는 버릇이 생겼다.

교사로서 아이들을 가르치는 희준은 웬만해서는 뾰족하게 날이 선 말, 내뱉고 후회하게 되는 성급한 말은 하지 않는 사람이었다.

"처음에 내 어디가 좋았어요?"

적당히 나른한 기분에 휩싸인 선우의 머리가 스르륵 기울어 희준의 어깨에 툭, 얹어졌다. 그에 희준이 한쪽 어깨를 느슨하게 낮추었다.

"솔직히 말하면 목덜미."

"목덜미?"

선우가 기울였던 고개를 들자, 희준이 지그시 그녀의 머리를 눌러 도로 그의 어깨에 기대게 했다. 선우의 머리칼을 귀 뒤로 쓸어 넘긴 그의 손가락이 귓불을 지분대다 이내 목선을 따라 쭉 미끄러졌다.

"바람이 불어서 당신 목덜미가 하얗게 드러나는데, 눈을 못 떼겠더라고."

선우의 뒷목을 엄지로 가볍게 쓸었다. 야릇한 간지러움에 눈을 가늘게 뜬 선우가 희준의 어깨에 달뜬 숨을 내뱉었다.

"생각보다 음흉한 남자라서 실망했습니까?"

선우가 쿡쿡 웃으며 도리질했다.

"당신은 내가 얼마나 음흉한 여자인지 상상도 못 할걸요."

나는 당신이 입고 있던 젖은 셔츠에 두근거렸거든.

짓궂게 받아치는 선우의 볼을 희준이 아프지 않게 살짝 쥐어흔들었다. 흘끗 올려다본 그의 귓바퀴가 붉었다. 작게 웃어 보인 선우가 희준의 너른 가슴에 볼을 비볐다.

선우를 대하는 희준의 태도가 이전과 달라진 것은 진즉부터 느끼고 있었다. 희준은 일전에 성급하게 뛰어넘어 버린 징검다리를 차곡차곡 되짚어가는 사람처럼 그녀와의 관계에 신중하게 굴었다.

손을 잡지만 포옹은 하지 않고, 머리나 볼을 쓰다듬지만 키스는 하지 않는 담백한 스킨십.

가끔은 그것이 선우를 안달 나게 할 때도 있었지만, 선우역시 차근하게 좁혀 드는 거리감을 지켜보는 것이 좋았다.

"그거 알아요? 내가 제일 듣고 싶은 말이 아직 희준 씨 입에서 안 나왔다는 거."

조금은 얄궂은 심정으로, 선우가 체중을 실어 희준에게 어깨를 부딪쳤다.

사랑한다거나, 당신이 가장 예쁘다거나. 여자들이 흔히 듣고 싶어 하는 말들을 떠올리던 희준의 귀에 예상과는 전혀 다른 말이 들려왔다.

"보고 싶다는 말이 듣고 싶어요."

희준이 이유를 물었다.

"그냥. 꾸밈없고 솔직한 말이잖아요. 난 그렇더라고요. 다른 말은 모르겠는데, 보고 싶다는 말은 정말 그 사람이 보고 싶은 순간에만 튀어나왔어."

그래서 난 사랑한다는 말보다 보고 싶다는 말이 더 좋아요. 당신이 날 보고 싶어 했으면 좋겠어.

귓가에 속삭이는 말이 지나치리만큼 달았다. 희준이 쓰게 웃으며, 불룩하게 솟아오르는 아랫도리 위로 티셔츠를 끌어내렸다.

이처럼 별것 아닌 듯해도 충실하게 쌓여 가는 시간들. 희준과 같이 있으면, 그가 선우에게로 걸어오는 발소리가 들리는 듯했다.

그리고 고개를 돌리면 어느샌가 코앞에 다가와 있을 것만 같았다. 선우는 보고 싶다고 말하는 희준의 목소리를 줄곧 기다리고 있었다.

교실에 옹기종기 모여 칠판 앞에 선 희준을 올려다보는 아이들의 얼굴이 하나같이 한 달 전보다 검게 그을려 있었다.

새까만 피부에 또릿한 눈과 치아만 하얗게 도드라졌다. 여름 방학 내내 얼마나 뛰어놀았는지, 생기로 들썩이는 아이들의 표정이 밝았다.

"다들 건강하게 돌아와서 선생님이 아주 기쁘다. 모처럼 개학식인데, 짱구 슈퍼 가서 쭈쭈바 하나씩 사 먹자."

"와아아아!"

두 볼이 빨개질 만큼 소리를 질러 대는 아이들을 데리고서 교실을 우르르 빠져나왔다.

복도를 지나가다, 창문 사이로 옆 반의 방 교장과 눈이 마주쳤다. 교실 앞문을 열고 고개를 뺀 그가 아이들의 신이 난 뒷모습과 희준을 번갈아 보더니, 무슨 일인지 짐작했다는 듯이 빙긋 미소 지었다.

"잘 인솔해서 다녀오십시오. 참고로 우리 반에도 입이 열한 개, 아니 열두 개 있네요. 그리고 관리실이랑 행정실도 빼놓지 마시고."

네, 하고 대답하면서 교장 선생님의 눈치를 보는 아이들을 향해 한쪽 눈을 찡긋거렸다. 장난스럽게 킥킥 웃던 아이들이 현관에 쪼그려 앉아 실내화를 갈아 신었다.

올해 유난히 빠르게 찾아왔던 여름은 인과에 밀려나듯 이르게 찾아든 가을에 그 자리를 내주었다. 여름 내내 머리맡에 텁텁이 쌓여 있던 구름이 여름과 함께 물러가고, 훌쩍 높아진 하늘은 눈이 부실 만큼 파랬다.

그렇다고는 해도 더위가 일시에 수그러든 것은 아니었다. 아침저녁으로 기온이 제법 서늘하게 떨어졌어도, 여전히 한낮이면 섭씨 30도를 웃도는 늦더위가 기승이었다.

"자자, 다들 하나씩 골라라. 하나씩만이야. 찬 거 많이 먹으면 배탈 난다. 대한이가 옆 반 형 누나들이랑 선생님들 것까지 꺼내서 계산대로 가져오고."

"네!"

희준도 냉동고 안에서 초콜릿 맛 쭈쭈바 하나를 골라 계산대로 향했다.

슈퍼 주인이 거주하는 집과 장지문 하나로 연결되어 있는 방 안에서 아는 얼굴을 발견한 희준이 어색하게 인사했다.

"아, 여기 계셨습니까?"

관리인 최 씨와는 이종사촌 지간이라던 슈퍼 주인이 화투장을 돌리다 말고 나와 슬리퍼를 꿰어 신었다.

방 안에서 최 씨가 희준과 그가 들고 온 아이스크림, 그리고 바깥에서 시끄럽게 재잘거리는 아이들을 차례로 건너다보고는 이내 흥미를 잃은 듯 녹색 담요 위에 늘어진 화투장을 그러모았다.

"아, 퍼뜩 거슬러 주고 들어오지 뭐 햐! 화투 치던 놈 어디 갔간디?"

한 학교에서 근무하는 처지인데도 여전히 희준만 보면 못마땅해하는 기색이 그득 묻어나는 최 씨를 두고, 슈퍼 주인이 더 면구스러워했다.

냉장고에서 사이다 한 병을 집어 온 희준이 지갑에서 만 원짜리 두 장을 꺼내 주인에게 건넸다.

"목이라도 축이면서 하세요."

검은 봉투에 아이스크림을 담아 인사하고는 돌아섰다.

"공연히 승깔 부리지 말구 이거나 따라 잡숴! 젊은 사람이 경우도 바르구먼, 지랄이여 지랄이."

"내가 언제 꽁으루 얻어먹는 거 봤어? 어이, 이것 도로 가져가라니께!"

희준은 등 뒤에서 최 씨가 부리나케 소리치는 소리를 못 들은 체했다. 여닫이문을 열자, 그새를 못 참고 아이스크림을 입에 물고 있는 아이들이 보인다.

학교 앞인데도 화물차들이 쌩쌩 내달리는 대로였다. 아이들에게 차도 가까이 가지 말고 안쪽으로 걸으라며 손짓하는데, 어디선가 끼이익, 날카로운 소리가 날아들었다.

사고는 정말로 순식간에 일어났다. 좌회전하기 위해 대기하고 있던 레미콘 차량이 때마침 바뀐 좌회전 신호에 핸들을 틀었을 때였다.

횡단보도 저편에서부터 신호를 무시하고 달려온 자장면 배달 스쿠터가 레미콘 차량에 정면으로 맞닥뜨렸다.

운전하는 와중에 휴대폰까지 만지작거리던 배달원이 뒤늦게라도 기겁을 하며 핸들은 튼 것이 요행이었다.

또한 비스듬히 기울어지면서 배달원이 먼저 굴러떨어지고, 졸지에 완전히 통제를 잃어버린 스쿠터가 믿을 수 없이 빠른 속도로 쭈쭈바를 물고 있던 1학년 혜원이를 향해 달려든 것은 그 자리의 누구도 예상치 못한 불행이었다.

"위험해!"

"으악!"

여러 사람이 내지른 비명이 어지럽게 뒤섞였다. 아이의 작은 몸이 스쿠터에 무참히 부딪쳐 깔릴 것을 그 자리의 모두가 예상할 수 있었다. 차마 이어질 참상을 볼 수 없어 대다수가 두 손으로 눈을 가렸다.

쾅, 하고 미끄러진 스쿠터가 슈퍼 담벼락에 부딪쳤다.

"아이구, 선생님!"

"선생님!"

질끈 감았던 눈을 떴을 때, 담벼락 앞에 무참히 고꾸라진 것은 다행히 깨진 스쿠터뿐이었다.

아이를 재빨리 감싸 안고서 몸을 튼 희준은 스쿠터에서 몇 걸음이나 떨어진 곳에 쓰러져 있었다.

"이봐, 정 선생! 괜찮은겨?"

슈퍼에서 뛰어나온 관리인 최 씨가 제일 먼저 다가와 희준과 혜원을 살폈다.

희준의 품에 꼭 안겨 있는 혜원은 많이 놀라긴 했어도 긁힌 곳 하나 없이 무사했다. 엉겁결에 울음을 터뜨린 혜원을 최 씨에게서 받아 안은 슈퍼 주인이 등을 토닥여 달래며 사탕을 하나 쥐여 주었다.

"괜찮……습니다."

자리에서 일어나면서, 희준은 땅을 짚었던 오른손에서 위화감을 느꼈다. 손, 아니 팔이 불편했다. 아픈 것 같기도 하고.

왼손으로 오른쪽 어깨를 짚고 그대로 들어 올리다가 찌릿, 하며 전신을 관통하는 고통에 움찔했다.

최 씨가 가느스름하게 뜬 눈으로 그런 희준을 지켜보았다.

"선생님, 괜찮으세요?"

개중 가장 나이가 많은 대한이가 의젓하게 희준을 걱정해 주었다. 주위로 올망졸망하게 모인 아이들이 죄다 울상을 짓고 있었다.

그 와중에도 손에는 쭈쭈바를 놓지 않고 빨아먹는 것이 웃겼다. 희준이 왼손으로 대한이의 머리를 쓱쓱 쓰다듬었다.

"당연하지. 봐라, 이 알통! 슈퍼맨 같지 않냐?"

장난스럽게 왼팔을 구부려 볼록한 알통 자랑까지 하고 나서, 최 씨가 내민 손을 잡아 자리에서 일어났다.

"아이구, 원식이 너! 오도바이 타면서 맨 그놈의 휴대폰만 보더니 결국 사달을 내냐, 이 배락 맞을 놈아!"

"원식이 넌 괜찮은겨?"

"아, 예. 저는 괜찮은데……."

"오도바이는 다 뿌사졌구만. 그래두 사람 안 다친 게 천만다행이여."

"선생님 아니었음 큰일 치렀다니께."

다행히 스쿠터를 몰던 청년도 무릎이 까진 것 말고는 크게 다친 곳은 없어 보였다. 담벼락에 처박힌 스쿠터를 보고 울상을 짓던 그가 액정이 깨진 휴대폰을 발견하고서는 정말 울 것처럼 씨근덕댔다.

길가에 잠깐 정차했던 레미콘 차량이 모두가 무사한 걸 확인하고는 다시 제 갈 길로 가 버렸다.

애당초 신호를 위반한 배달 스쿠터의 과실이었으니, 붙잡을 이유도 없었다.

"애들이 많이 놀란 것 같은데, 최 선생님이 같이 가 주시면 안 될까요?"

희준이 간곡하게 부탁하는 것을 거절하지 못한 최 씨가 슈퍼 사장에게서 혜원이를 받아 안았다.

"……가유."

원래는 희준이 들고 있던 아이스크림 봉투까지 챙겨 들고서 먼저 앞장을 섰다.

가장 어린 서린이가 희준의 오른손을 붙잡았을 때, 희준은 저도 모르게 인상을 찡그리고 말았다. 아무래도 오른팔의 상태가 심상치가 않았다.

결국 희준이 병원으로 향한 건 그다음 날 저녁이었다.

전날보다 어깨가 뻐근하고 욱신거린다고 생각했는데, 막상 엑스레이까지 찍게 됐을 때에는 근육통 정도로 엄살을 부린 것은 아닌가 싶어 민망한 기분이 들었다.

"어깨 인대가 늘어났네요. 며칠 사이 무거운 물건을 옮겼다든가 무리해서 운동을 했다든가, 뭐 짚이는 것 있어요?"

의사의 질문에 희준이 아, 하고 고개를 끄덕였다.

다행히 수술이 아닌, 주기적으로 통원하여 물리 치료를 받기로 했다. 일단은 어깨가 움직이지 않도록 깁스를 채우고, 혹시나 통증이 있을 때를 대비해 진통제를 처방받았다.

육상 대회까지 앞으로 한 달 남짓.

깁스로 고정되어 있는 팔을 슬쩍 들어 올려 보다가, 뼈근하게 조여 오는 느낌에 절로 미간을 찡그린 희준의 입에서 끝내 착잡한 한숨이 새어 나왔다.

✤　　　✤　　　✤

"혹시 부동산에 집 내놓는다고 한 적 있어?"

드라이기로 혼자 요령 좋게 머리를 말던 수향이 거실에서 책을 읽고 있는 선우에게 목청을 높여 물었다. 위잉, 하는 소음이 가라앉기를 조금 기다렸다가 선우가 대답했다.

"아니요. 이 집 수리하느라 퇴직금 다 쏟아부은 거 알잖아요."

"그렇지?"

다시 위잉, 하며 한 움큼의 머리칼이 둥글게 말려 들어 갔다.

"근데 그건 왜요?"

"아니. 어제 갔던 부동산에서 누가 이 집 내놓는다고 했다는 소리를 들어서."

이 시골구석에도 허위 매물이 판을 치네. 드라이기를 내려 놓고 콘센트에서 플러그를 뽑으며 수향이 투덜거렸다.

"오늘도 집 보러 다니는 거예요? 남구식 씨랑 같이?"

로펌에서 가장 늦은 여름휴가를 맞은 수향은 어제저녁 선우의 집에 도착했다.

작년처럼 남국의 휴양지로 남부러울 것 없는 바캉스를 떠나는 대신, 제대로 된 관광지 하나 없는 이 시골 마을에서 연인과 느긋한 데이트를 즐길 요량이었다.

연분홍색 립스틱으로 화장을 마무리하며 입술을 오물거리는 수향의 얼굴이 어느 때보다 들떠 있었다.

"어. 오늘은 시간 되면 하우산에서 오산까지 가 보려고. 기왕이면 매향 마을에 매물이 있으면 좋을 텐데."

아쉬워하던 수향이 곧장 나갈 채비를 했다. 풀 메이크업에 평소 즐겨 입던 무채색 정장 대신 하늘거리는 시폰 스커트를 입은 수향을 보고서 선우가 몰래 웃음을 삼켰다.

수향이 떠나고, 정오를 기점으로 기온이 바짝 올랐다. 마당에 나가 숨이 죽은 고추와 상추 등 텃밭 식물들을 살피던 선우가 곧 기다란 호스를 끌어다 물을 뿌리기 시작했다.

볕이 겹겹이 내리쬐는 가운데, 촘촘한 물살이 지나간 자리에 작게 무지개가 떴다.

서린이나 대한이가 봤더라면 무척 좋아했을 텐데.

아쉬움까지 닦아 내며, 선우가 물기를 머금은 마당을 가로질러 수도꼭지를 잠갔다.

저녁 즈음에 달리기를 하면서 자연스럽게 선우의 집을 거쳐 가는 희준이 오늘따라 감감무소식이었다.

일주일에 두어 번쯤은 달리는 희준의 옆에서 자전거 페달을 밟는 선우가 대문가를 힐끔거릴 때였다. 희준에게서 뒤늦게 메시지가 왔다.

〈오늘은 못 갈 것 같아요. 미안해요.〉
〈괜찮아요. 무슨 일 있는 건 아니죠?〉

선우가 오늘은 일이 바쁜가, 하고 고개를 갸웃거릴 때였다.

〈조금 다쳤어요. 병원 들렀다가 오는 길입니다.〉

메시지를 확인한 선우가 곧장 전화를 걸었다. 짧은 연결음 끝에 전화를 받는 희준의 목소리에 옅은 웃음이 배어 있어 그 나마 조금 안심이 됐다.

―이럴 줄 알았어요. 나 괜찮으니까 걱정 안 해도 되는데.

그녀가 어떤 얼굴을 하고 있을지 훤히 짐작이 간다는 투였 다.

"어디를 다친 건데요?"

―어깨를 좀 삐끗했어요.

"대체 어쩌다가⋯⋯. 병원에서는 뭐래요?"

—몇 번 물리 치료 받으면 나을 거라던데. 정말 괜찮아요.

"조심 좀 하지……."

속상한 마음을 감추지 못하는 선우의 목소리에 희준이 낮게 웃었다.

어쨌거나 저리 웃는 것을 보면 희준의 말처럼 크게 일이 있었던 건 아닐 것이다.

—그보다 나 아직 저녁도 못 먹었는데. 어깨도 아프고. 오늘도 대충 컵라면으로 때울까.

조금이나마 선우의 걱정을 희석시키려는 남자의 엄살이 마냥 밉게 들리지만은 않았다. 작게 한숨을 내쉰 선우가 그에게 어디냐고 물었다.

—실은 지금 가고 있어요. 보고 싶어서.

수화기 너머로 그가 탄 버스의 정차 안내가 들린다. 학교를 지나 그녀의 집으로 향하고 있음을 알아챈 선우의 입술이 보기 좋게 호선을 그렸다. 애써 웃는 기색을 숨기며 답했다.

"그럼 같이 밥 먹어요. 기다리고 있을게."

곧장 달려오겠다는 희준에게 선우는 뛰지 말고 걸어서 조심히 오라며 전화를 끊었다.

희준과 함께하기로 한 저녁 상차림은 평소보다 약간 더 신경을 쓴 정도였다.

어제 미리 양념장에 버무려 둔 고추장 불고기와 불려 두었던 떡볶이 떡을 팬에 넣어 볶다가 자작자작하게 졸아들도록 불을 줄였다.

다시마로 미리 육수를 낸 뚝배기에 풀어 둔 달걀물을 부었다. 숟가락으로 몽글해질 때까지 저어 주다가 불을 줄이고 뚜껑을 덮었다.

냉장고에서 마른반찬을 꺼낼 즈음, 희준이 도착했다.

"음, 맛있는 냄새."

문을 열고 들어서자마자 눈을 감고서 킁킁 냄새를 맡던 희준이 중얼거렸다.

그와는 별개로 선우는 한쪽 팔에 아예 깁스를 차고 있는 희준의 모습을 보고 기가 막혔다.

"별것 아니라더니!"

"자자, 배고파요. 밥부터 먹어요, 우리."

뭐라 나무랄 새도 없이 선우를 돌려세운 그가 슬며시 그녀의 등을 밀어 주방으로 향했다.

깜빡 잊고 있다가 타는 냄새를 맡고서는 얼른 가스 불을 잠근 선우가 썰어 둔 대파를 달걀찜 위에 올렸다.

평소보다 조금 지체되긴 했어도 어차피 선우는 뚝배기 가장자리에 붙은 달걀찜의 탄 부분을 좋아했다. 포슬포슬하게 부푼 달걀찜을 보며 만족스러운 미소를 지은 선우가 희준을 돌아보았다.

"멀뚱히 서 있지 말고 앉아요."

"내가 뭐 도울 건 없어요?"

"그 팔로 돕긴 뭘 도와요. 그냥 앉아 있어요."

선우의 성화에 희준이 얌전히 의자를 빼 앉았다.

그러는 동안 선우는 밥을 푸고, 반찬을 덜어 접시에 담고, 냄비 받침을 놓고서 뚝배기를 올리고, 가운데 자리에 고추장 불고기 접시를 냈다.

"생각해 보니까 국이나 찌개를 안 했네요. 혼자 먹을 땐 그냥 이 정도로 먹는 편이라."

"컵라면에 비하면 진수성찬이지. 특히 고기 진짜 맛있네요. 밥 더 있어요?"

하필 다친 게 오른팔이라 걱정했는데. 다행히 희준은 숟가락 하나로 밥도 반찬도 곧잘 퍼 입에 넣는다. 금세 밥 한 공기를 뚝딱 비웠다.

"수향 씨 와 있어요?"

식사를 마친 후, 거실 한구석에 놓인 수향의 짐을 보고서 희준이 물었다.

"휴가 받았대요. 조금 늦게 들어온다고 연락 왔어요."

그 이상 묻지 않는다는 건, 그 역시 구식과 수향의 연애 소식을 들었다는 뜻. 온 동네가 구식의 느지막한 첫 연애를 응원하고 있었다.

"팔이 그래서 어떡해요. 통원 치료는 얼마나 받아야 한대요?"

"일단 두세 번 가 봐야 할 것 같은데. 집에서 냉찜질하면서 조금씩 재활하면 금방 괜찮아질 겁니다."

선우는 여전히 염려를 떨치지 못하는 얼굴이지만, 희준에게 있어 이 정도 부상은 다리가 망가졌을 때에 비한다면 대수롭지 않았다.

"그래도 오늘처럼 밥해 먹기 힘들면 와요. 그냥 나 먹는 반찬에 숟가락 하나 더 놓으면 되니까."

걱정이 가득 밴 눈으로 제 어깨를 살피는 선우를 보며 희준은 어쩐지 다치길 잘했다는 철없는 생각이 들었지만, 그것을 입 밖에 낼 정도로 눈치가 없지는 않았다.

대신 희준은 자유로운 왼손으로 선우의 뒷머리를 감싸 끌어당겼다. 선우가 기다렸다는 듯 두 눈을 감았다.

✣ ❋ ✣

수향은 밤늦게야 오늘도 마음에 드는 매물이 없었다며 아쉬운 걸음으로 돌아왔다.

"여태 집 보러 다닌 거예요?"

"응. 아이구, 다리야. 늙어서 그런가. 조금만 걸어도 힘드네."

퉁퉁 부은 종아리를 주먹으로 두드리며 마루에 주저앉는 얼굴은 말과는 달리 마냥 고단해 보이지는 않았다. 한눈에 보아도 들떠 있는 수향을 선우가 힐끔거렸다.

"정말 집만 보고 왔어요?"

"겸사겸사 영화도 보고……. 마침 보고 싶었던 영화 상영 시간이 맞아서."

선우가 건네는 아이스티를 받아 얼음까지 아삭아삭 깨물어 먹는 수향의 두 볼에 옅은 홍조가 피어났다.

"그러는 자기도 오늘 집에서 데이트한 거 아냐?"

"같이 저녁 먹었어요. 어디서 다쳤는지 팔에 깁스를 하고 와서."

"맞다. 이번에 희준 씨가 대단한 일 했다며?"

"대단한 일이요?"

선우가 영문 모르는 얼굴로 되묻자, 도리어 수향이 더 놀란 눈을 했다.

"몰라? 벌써 소문 쫙 퍼졌다던데."

"무슨 소문이 퍼졌는데요?"

"역시 의인은 말이 없는 법이구나. 희준 씨가 어제 오토바 이에 치일 뻔한 애를 구했대. 아무리 직업이 교사라도 쉬운 일 이 아니잖아. 난 진짜 다시 봤어, 희준 씨."

이미 온 동네가 다 아는 얘기라는데. 심지어 외지인인 수향 도 아는데, 어떻게 선우만 모르고 있었는지.

기가 차면서도 납득은 갔다. 어린아이를 구하기 위해 망설 임 없이 몸을 던지고. 그러다가 다쳐도 별것 아니라며 걱정 말 라고만 하는.

"그 남자답네요."

선우가 어쩔 수 없다는 듯이 웃어 버렸다.

"언니는 남구식 씨 어디가 그렇게 좋아요?"

문득, 누르지 못한 호기심이 불쑥 선우의 입술을 비집고 새어 나왔다. 잠시 생각해 보는 듯이 검지로 입술을 톡톡 두드리던 수향이 불현듯 미소 지었다.

"그 남자 말이야. 나랑 만날 때마다 어깨에 이만큼 뽕이 들어간 양복을 입고 와, 이 더운 날씨에. 아마 가지고 있는 옷 중에 그게 제일 비싼 옷이겠지."

선 자리마다 입고 나가는 양복이 이제는 수향과의 데이트 유니폼이 된 모양이다.

선우는 평소보다 어깨가 한 뼘 넓어진 구식과 그보다 머리가 한 뼘 더 큰 수향이 나란히 걷고 있는 모습을 상상하며 고개를 갸웃거렸다.

"선우 씨도 알다시피 우리는 칼같이 주름 잡힌 셔츠 입고 다니는 남자들 사이에서만 일해 왔잖아."

"그랬죠. 로펌에서야 다들 말끔하게 하고 다니니까."

"지금까지 나한테 어울리지 않는 옷을 입히려는 남자들은 수두룩했어도, 나를 위해 어울리지 않는 옷을 입어 준 남자는 구식 씨밖에 없었어."

그런 남자를 어떻게 사랑하지 않을 수가 있겠어.

탄식하듯 중얼거리는 수향의 말이 묘하게 납득이 갔다. 바닥에 배를 깔고 누워, 뺨을 붉힌 수향의 얼굴을 힐끔거렸다.

기분 탓인지 수향의 시폰 스커트 위로 흐드러지게 피어난 꽃들에서 달콤한 꽃향기가 나는 것 같았다. 선우가 괜스레 킁킁, 콧방울을 벌름거렸다.

수향이 서울로 돌아간 그 이튿날이었다. 전날 밤새도록 수향과 수다를 떨다 잠든 여파로 정오 가까울 즈음 느지막이 눈을 뜬 선우는 미뤄 두었던 집안일을 해야겠다고 마음먹었다.

"벌써 깜깜해졌네. 하루가 어떻게 지났는지도 모르겠다."

해도 해도 도통 티가 나지 않는 가사에 지쳐 버렸다. 진종일 땀을 흘려 끈적끈적해진 몸을 씻고 나왔다.

선우는 젖은 머리를 틀어 올려 연필을 꽂아 요령 좋게 고정시켰다. 부드러운 재질의 캐미솔에 짧은 반바지 차림으로 수증기가 뿌옇게 낀 욕실을 걸어 나왔다.

적당히 저녁을 때우고, 본격적으로 일을 하기 위해 노트북을 폈다.

전원이 켜지는 동안, 선우는 두 손을 깍지 껴 머리 위로 곧게 뻗어 올렸다. 왼쪽 오른쪽으로 허리를 펴 척추 운동을 하고 난 뒤에 목을 돌리고, 손가락을 풀었다.

전화가 걸려 온 것은 11시가 지났을 무렵이었다.

일을 할 때에는 주로 휴대폰을 무음으로 돌려놓기 때문에 뒤늦게 부재중 전화가 와 있다는 사실을 알았다. 등록되지 않은 번호였지만 스팸 전화 같지는 않았다.

"따로 전화 올 데가 없는데."

의아해할 즈음, 그 번호로 다시 전화가 들어왔다.

"여보세요."

―……안선우 씨?

잔뜩 쉬어 버린 여자의 목소리가 묘하게 익숙했다. 어디서 들었는지, 누구의 것이었는지를 깨달았을 땐 그녀를 마주했던 기억이 과거를 훌쩍 뛰어넘어 선우를 꿰뚫은 후였다.

―나 누군지 알죠? 최일현 와이프 되는 사람이에요.

"내가 최일현 씨 와이프 되는 사람이에요."

로펌 건물 1층 카페에서 작은 원형 테이블 하나를 사이에 두고 마주 앉았던 그날도, 여자는 같은 말로 자신을 소개했었다.

"……네."

갑작스럽게 찾아든 과거와 현재 사이의 시차를 견디지 못한 선우의 속이 한바탕 술렁거렸다.

―번호, 아직 안 바뀌었네요.

단조로우면서도 오랜 시간 슬픔에 절어 있었던 듯 눅눅한 목소리.

차가운 어조 속에 깃든 비난을 알아챈 선우가 아랫입술을 깨물었다.

"무슨 일로 연락하셨죠?"

이제 더는 꿈에서도 마주칠 일 없을 줄 알았는데.

적어도 이 늦은 시각, 아닌 밤중의 홍두깨처럼 여자에게서
이런 전화를 받을 이유가 없다고 생각했다.

—그걸 지금 나한테 묻는 거예요?

"네?"

—하……, 인면수심이라더니. 어쩜 이리 뻔뻔할 수가 있지?
당신이 최일현 그 자식이랑 계속 만나고 있는 걸 내가 모를 것
같아요?

"지금 대체 무슨 소리를……."

난데없는 추궁에 제대로 대꾸조차 하지 못한 건 말 그대로
기가 막혀서였다.

그것을 변명 내지는 회피로 받아들인 여자의 어조가 일순간
돌변했다.

—니들이 하고 있는 게 사랑인 것 같니? 천만에! 상간녀인
너나 최일현 그 개자식이나 하나같이 저질인 인간들이야. 남
의 눈에서 피눈물 나게 하고 니들은 잘 살 수 있을 것 같아?

방금 전까지 최소한의 예의나마 갖추고 있었다면, 이후에
쏟아진 악담들은 최소한의 이성조차 거치지 않은 것들이었다.
술에 취하기라도 한 것처럼, 혹은 오래 시달려 온 나머지 히스
테리를 부리기라도 하는 것처럼 급격한 변화였다.

—처가 없이는 개털인 그 자식이랑 너랑 싹 다 묶어서 고소할 거야. 어디서도 그 얼굴 못 들고 다니게 아주…….

　얼핏 듣기에 처절하기까지 해서, 선우는 잠시 말을 잊은 채 수화기를 들고 있었다.

　귀에서 한 뼘쯤 떨어뜨려도 가시처럼 튀어나오는 이 목소리가 오래전, 처음이자 마지막으로 만났던 그 여자와 동일인이라는 게 도저히 믿기지 않았다.

　"적당히 좀 하시죠!"

　끝내 참지 못하고 왈칵 소리를 내질렀다. 순간적으로 지끈거리는 통증이 몰려와 머리를 부여잡아야 했다.

　크게 심호흡을 하면서 마음을 가다듬지만, 선우의 두 손이 옅게 떨리고 있었다.

　"저는 지금 서울에 있지도 않고, 당신이 찾아왔던 날 이후로 최일현 씨와는 만난 적조차 없어요."

　—거짓말. 네가 아니면 대체 누구……!

　"그건 그쪽이 더 잘 아실 것 같은데요. 다시 한번 말하지만, 그 사람이랑 만난 적 없습니다."

　재차 단호하게 부정했지만 소용없었다. 남편에 대한 의심과 배신감으로 점철된 여자는 이미 스스로 귀를 막고 눈을 가린 채였으니까.

　선우가 사는 곳에 찾아와 불륜녀라는 사실을 밝히고, 동네방네 전단지를 뿌리겠다며 악을 지르는 소리가 날카롭게 귓전을 들쑤셨다.

쏟아지는 비난을 감당하지 못하고 먼저 지쳐 버린 선우가 손으로 이마를 짚으며 머리를 내저었다.

"마음대로 하세요. 근데 이번에는 저도 가만히 두고 보지는 않을 겁니다. 지금 통화도 다 녹음됐어요."

치푸의 이혼 소송에 조력하면서 이런 순간 대처하는 요령이 늘었다는 사실이 우습다. 수향에게 따로 감사 인사라도 해야 할까.

"앞으로도 최일현 씨 만날 생각, 추호도 없습니다. 그러니까 다시는 이런 식으로 저한테 연락하지 말아 주세요."

녹음 따위 하지 않았으나, 전처럼 고분고분 죄인을 자처하지 않는 선우의 태도로 이미 뜻을 전하기는 충분했을 것이다. 어느 순간, 여자 쪽에서 먼저 전화가 끊어졌다.

통화 시간을 알려 주고는 천천히 어둠으로 가라앉는 액정을 멀거니 응시하면서, 의자 등받이에 어깨를 늘어뜨리는 선우의 안색 역시 같은 색으로 침잠했다.

무지막지한 조류에 한바탕 휩쓸렸다 건져진 사람처럼 기운 없이 앉아 있던 선우가 양손에 얼굴을 묻었다.

이윽고, 벌어진 손가락 사이로 새어 나오는 한숨이 공기 속에 무겁게 스몄다.

〈자요?〉

　짧은 진동음이 메시지가 왔음을 알리자, 희준은 침대 위에 있던 휴대폰을 집어 들었다. 방금 머리를 감고 나와 뚝뚝 떨어지는 물방울이 액정 위에 볼록하게 고였다.
　입고 있던 셔츠에 휴대폰을 대충 문질러 닦으며 침대에 걸터앉았다.

〈씨ㅅ고 나왔어요.〉

　한 손으로 타자를 누르다 오타가 난 메시지를 전송했다. 휴대폰을 내려놓고 수건으로 젖은 머리를 털면서 곧 답장이 오지 않을까, 주의를 기울였다.
　10분, 20분, 30분. 시간이 흘러도 휴대폰은 검게 가라앉은 채 응답하지 않는다.
　희준이 젖은 머리를 한 채 침대에 벌러덩 드러누웠다.
　후우, 길게 뱉어 낸 호흡에서 하루치 고단함이 고스란히 묻어났다.
　"서울에 있을 때 비하면 천국이지, 뭐⋯⋯."
　혼잣말을 하다가 비식 웃음이 새어 나왔다.

"정 선생, 오늘 물리 치료 받는 날 아녀? 육상부는 내가 볼 테니께 얼른 가 봐."

오늘로 3회 차, 사흘에 한 번씩 통원해 주사와 물리 치료를 받는 희준의 사정을 관리인 최 씨가 훤히 꿰고 있었다. 어제는 저녁나절 문을 두드리기에 나가 봤더니, 최 씨가 관사 문 앞에 서성거리고 있었다.

밥은 먹은 겨? 하고 묻더니 다짜고짜 희준을 짱구 슈퍼 안채까지 끌고 들어갔다.

"제우 컵라면만 먹어서 되겠어? 뼈 붙을라면 괴기를 먹어야지. 냄기지 말구 쭉 들어, 쭉."

뽀얀 사골 국물에 총각김치, 나물 반찬이 놓인 단출한 상 앞에 희준을 끌어다 앉혀 놓았다. 그러고는 희준이 왼손으로 국에 밥을 말아 한 그릇을 뚝딱 해치우는 것을 유심히 지켜보았다.

그간 학교에서 부대끼며 쌓아 온 미운 정인지, 아이를 구하다가 다친 공인지, 그도 아니면 타지에서 당분간 몸 불편하게 지낼 희준의 처지가 딱하게 생각되었는지.

그중 어떤 것이 이유였는지는 모르나, 줄곧 희준에게 시골 텃세가 무엇인지를 보여 주던 그가 이제는 작정하고 넉넉한 시골 인심을 베풀기 시작했다.

근래 들어 희준은 시골 정이 무섭다는 말이 어떤 의미인지 조금 알 것도 같았다.

어쩌다 길에서 아는 사람을 마주치면, 처음엔 그렇게나 데면데면하던 이들이 여상스럽게 먼저 인사를 건네 왔다.

희준의 다친 팔을 걱정해 주고, 안부를 묻고, 학교와 아이들에 대해 이야기를 나누었다.

그런 매일이 이곳의 청량한 공기처럼 갑갑했던 마음을 씻어 주는 기분이 드는 것이다.

그중에서도 희준의 전원생활에 가장 큰 의미를 차지하는 것은 단연 선우였다.

책장을 들여놓지 않아 몇 권 안 되는 실용서와 함께 바닥에 가로로 눕혀 놓은 동화책 세 권은 키가 껑충 높고 두께가 얇아 도드라졌다.

신발장 위에 형광 우산, 벽에 기대 놓은 동화책 세 권, 모기장. 그리고 아직 입술에 남아 있는 그녀의 감촉.

이제는 곳곳에 눈을 돌리는 대로 선우를 떠올리게 하는 것들뿐이다.

자정에 가까운 시간. 그새 잠이 들었을까 싶어 전화도 걸어 보지 못하고 마냥 기다리고만 있었다.

무심결에 손으로 입술을 가만히 쓸어 보던 희준이 결국 겉옷을 챙겨 들었다.

제대로 말리지 않아 멋대로 눌린 머리를 대충 매만지면서 관사를 나섰다. 차가운 밤공기가 아직 다 마르지 않은 머리카락 곳곳에 스며들었다.

매향의 밤은 묵직한 고요에 짓눌려 있었다. 푸른색 염료가 섞여 있을 것 같은 공기를 헤치며 희준은 빠른 걸음으로 운동장을 가로질렀다.

몸을 씻느라 풀어 둔 보호대를 깜빡 잊었다는 것은 나중에서야 생각이 났다. 관사로 돌아가는 대신, 희준은 조금 더 빠른 속도로 지면을 박차기 시작했다.

훅, 훅. 점차 호흡이 빨라지며 전신에 피가 휘돌았다. 굳었던 뼈가 유연해지면서 자연히 두 발은 가벼워졌다.

운동장의 흙바닥은 경직되어 있던 근육을 무리가 가지 않도록 이완시켰다.

교문을 벗어나 아스팔트 길을 달릴 때에는 발끝에 탄력까지 붙었다.

희준은 무릎을 높게 끌어당겼다. 오른팔을 구부려 옆구리에 고정시킨 채로 뛰는 탓에 평소만큼의 속도가 나지는 않았어도, 오랜만에 느끼는 해방감이 폐부를 가득 채웠다.

마침내 선우의 집 앞에 도착했을 땐, 샤워했던 것도 소용없이 관자놀이를 타고 땀방울이 주룩 흘렀다.

상의를 끌어 올려 대충 얼굴을 닦아 낸 희준이 담장 안쪽을 넘겨보았다. 집은 산 그림자 속에 웅크리고 있는 것처럼 적막했다.

'자요?' 라는 두 글자에 여기까지 내달려 온 참이다. 그러면서도 벌써 잠들었을지 모를 선우의 곤한 잠을 깨울까 초인종 누르기를 주저했다.

결국 망설이다 선우에게 전화를 걸었다. 단조로운 신호음이 반복되다가 어느 순간 선우의 목소리가 들렸다. 희준은 달뜬 호흡을 내리누르며 그녀의 이름을 불렀다.

—나 때문에 깼어요?

"내가 깨운 건 아니고요?"

—난 줄곧 깨어 있었어요.

웃으며 대답하는 목소리는 그녀의 말처럼 잠기운이 느껴지지 않았다.

—미안해요. 내일도 일찍 나갈 텐데, 피곤하겠다. 더 자요.

"문 좀 열어 줄래요? 나 지금 집 앞인데."

—……네?

당혹스러워하는 것도 잠시. 오래지 않아 선우가 현관문을 열고 마당으로 나왔다.

한 손에 여전히 휴대폰을 쥐고서, 탁탁탁 뛰어오는 발소리가 귀여웠다.

철컹, 대문이 열렸다. 벌어지는 문틈으로 드러난 선우의 표정은 그녀의 앞에 서 있는 희준을 믿지 못하는 것 같기도 했다.

꿈일까, 현실일까.

빠르게 깜빡이는 눈꺼풀을 보며 희준이 푸스스 웃음을 터뜨렸다.

"어떻게 왔어요?"

"뛰어왔죠. 바람처럼."

웃는 얼굴이 보고 싶어 실없는 농담을 건네 봤으나, 역시 역부족이다. 희준을 한 번 훑어본 선우의 미간이 옅게 찌푸려졌다.

"팔은요. 그 팔을 하고서 왜 뛰어와요."

눈 밑이 검게 가라앉은 선우의 얼굴이 걱정으로 금세 얼룩져 버리는 것을 가만히 지켜보던 희준이 그녀의 팔을 잡아끌었다.

선우가 힘없이 대문 밖으로 딸려 와 그의 품에 안겼다.

"안아 주고 싶어서."

마른 등을 어루만지는 온기에 빳빳하게 굳어 서 있던 선우도 차츰 긴장을 풀며 머리를 기대어 왔다.

제 가슴에 나직하게 흘린 선우의 한숨에 이유 모를 슬픔이 알알이 배어 있었다.

그런 선우가 안쓰러워, 희준은 그녀를 더 단단한 힘으로 감싸 안았다.

내가 당신에게 보내는 짧은 문자 메시지들은 언제나 당신을 향한 고백이었다.

뭘 하고 있느냐고 묻는 건 안선우 당신이 내 생각을 해 주길 바라서. 밥은 먹었느냐고 묻는 건 만약 아직이라고 답장이 돌아오면 그 핑계로 당신 얼굴을 한 번이라도 더 볼 수 있으니까.

그러니 내가 보낸 짧은 글자들은 전부 당신에게로 향해 가는 발걸음이었다.

"갑자기?"

"갑자기."

희준이 필요하다고, 안아 달라고. 당신이 내게 이 밤에 보내온 메시지는 적어도 그렇게 말하는 것처럼 들렸다.

후후, 하고 웃는 소리가 어깨를 울렸다. 희준의 가슴에 간지러운 파문이 번졌다. 선우가 어리광을 부리듯 그의 품에 이마를 비볐다.

"들어가요."

잠시 뒤, 그에게서 한 걸음 물러선 선우가 희준의 웃옷을 슬쩍 잡아당겼다.

그녀의 눈동자 깊이 드리운 우울을 눈치챈 희준이 못 이기는 척 선우를 따라 대문 안으로 발을 들였다.

밥은 먹었느냐, 허기가 지진 않았느냐 물으며 주방으로 향하려는 선우의 팔을 붙들었다.

그가 오기 전에 얼마나 울었을지 모를 그녀의 눈시울이 벌겋게 부어 있었다. 닿으면 쓰라릴까 봐, 차마 손대지도 못하고 애꿎은 두 볼만 지분거렸다. 그러다 문득, 선우의 미간이 찡그려졌다.

"왜 그래요?"

"아. 머리가 아파요."

이마를 부여잡고서 얼굴을 찡그리는 안색이 심상치 않았다.

허리를 굽혀 걱정스럽게 선우를 살피던 희준이 어딘가로 성큼성큼 걸어갔다. 일전에 한 번 꺼낸 적이 있던 바구니 안에서 진통제를 찾았다.

물 한 잔과 함께 희준이 내미는 알약을 삼킨 선우가 식탁을 짚고 섰다.

"일단 앉죠."

당장은 서 있는 것조차도 힘겨워 보이는 선우를 희준이 마치 제집처럼 이끌어 거실에 앉게 했다.

무슨 일이 있었는지 말하고 싶어 하지 않는 선우에게서 강제로 이야기를 들을 생각은 없었다.

다만 그녀에게 필요한 것이 체온이라면, 아낌없이 주고 싶었다.

노트북이 놓여 있던 앉은뱅이책상을 한쪽으로 치우고, 벽에 등을 기대며 방석을 깔고 앉은 희준이 선우의 손목을 잡아끌었다.

힘없이 주저앉은 선우가 희준의 다리 사이에 쏙 갇혔다.

"아무 짓도 안 할 테니까. 그냥 이렇게 있어요."

"……나 좀 꽉 안아 줄래요?"

머리를 들어 그를 올려다보며 묻는 선우의 얼굴이 희준의 눈에 어린아이 같았다. 금방이라도 깨질 듯 연약하고 위태로운.

어깨와 허리에 두른 두 팔에 힘을 주어 몸을 당기자 선우가 얌전히 그의 어깨에 머리를 기댔다. 몸을 뒤척여 편한 자세를 취하더니, 그대로 희준에게 체중을 실었다.

"고마워요."

숨소리처럼 작은 음성으로 선우가 웅얼거렸다.

"꿈을 꿨어요. 무서운 꿈이요."

선우가 입을 떼기 시작한 건 그로부터 한참의 시간이 흐른 다음이었다.

TV 하나 들여놓지 않은 거실은 적막했고, 서로에게 몸을 기댄 채로 온기를 주고받던 두 사람은 얕게 오르내리는 가슴으로 서로의 존재감을 느끼고 있을 따름이었다.

희준은 대꾸하지 않았으나, 선우의 뒷머리를 쓸어내림으로써 이야기를 듣고 있음을 알렸다.

"돌고 돌아서, 겨우 찾은 내 자리를 또다시 빼앗기는 꿈이었어요."

나직하게 읊조리는 목소리는 미약했다. 정말 악몽을 꾸었던 건지, 파르르 떨리는 어깨는 평소보다 가냘파 보였다.

제게 등을 기대고 앉아 있는 선우의 몸을 희준이 두 팔을 교차해 품었다.

"자꾸만 나를 뒤쫓아 와서 계속해서 벼랑 끝으로……. 더는 갈 곳이 없는데. 여기가 내게는 마지막 있을 곳인데. 더는 도망칠 곳이 없는데……."

쉬이, 선우의 귓가에 입술을 대고 그녀를 달래었다. 떨림이 잦아들 때까지, 그렇게 선우를 꽉 끌어안고 있었다.

그리고 얼마나 지났을까.

희준의 팔에 올려 두었던 선우의 손이 어느 순간 힘없이 툭, 하고 떨어져 내렸다. 그녀의 머리가 제 가슴에서 미끄러져 불편한 각도로 기울어진 것을 발견한 희준은 조심스레 선우의 몸을 추슬렀다.

팔과 어깨 사이 오목한 부분에 선우의 머리를 기대어 놓았다. 손을 뻗어 바닥에 아무렇게나 구겨져 있던 담요를 끌어와서 그녀의 목 아래까지 덮어 주었다.

무엇이 그리 사무쳤는지, 이따금 웅얼거리는 잠꼬대 속에는 미처 지우지 못한 눈물기가 남아 있었다. 그때마다 희준은 선우가 편히 잠들길 바라는 마음으로 그녀의 머리와 귀 뒤에 입을 맞추며 마음을 위로했다.

희준이 깜빡 잠이 들었다가 새벽에 눈을 떴을 즈음에는 시야가 보다 밝아져 있었다.

도로 눈을 감는 대신 그는 가슴께에서 들리는 선우의 고른 숨소리를 음미했다.

그 평화스러운 고요에 정신없이 빠져들어 있는 동안 유리창 밖으로 보이는 뒷마당은 바지런하게 아침을 받아 내고 있었다.

잠시 뒤, 그다지 높지 않은 산마루에서부터 붉고 강렬한 빛의 끄트머리가 번지기 시작했다.

02. 운동회

가을은 소리 없이 깊었다. 올해 유독 많은 온열 질환 환자가 발생했던 만큼, 무더운 여름의 끝을 모두가 한마음으로 반겼다. 하늘이 높아 가는 만큼 기온도 서서히 내려갔다.

입추, 처서, 백로는 그 시기를 맞추지 못하였으나, 추분만큼은 적절하게 찾아들어 밤이면 귀뚜라미 우는 소리가 확연하게 줄었다. 제법 코를 스치는 바람이 선선하게 느껴질 즈음, 매향 초등학교의 가을 운동회가 열렸다.

"꼭두새벽부터 일어났다 했더니, 이 많은 김밥을 혼자 다 싼 거예요?"

늘어지게 기지개를 켜며 주방으로 나온 선우의 눈이 동그래졌다. 전날 저녁 선우의 집 거실에서 이불을 펴고 잠들었던 치푸가 부지런히 김밥을 말고 있었다. 고소한 냄새가 주방에서 부터 진동을 했다. 아직 눈곱도 떼지 못한 채로, 선우는 치푸가 불쑥 내민 김밥 꽁무니를 우물거렸다.

"맛있어요. 한이랑 린이 좋아하겠네."

"달리기 대회 못 갔으니까. 대한이랑 서린이, 김밥 많이 먹고 싶댔어요."

치푸는 대한이가 크게 활약했던 육상 대회를 직접 응원해 주지 못한 미안함을 이렇게라도 대신하고 싶은 듯했다.

지난주에 열린 지역 교육감배 초등학생 육상 대회에서 대한이는 100m, 200m 달리기 대표 선수로 나가 당당하게 1등을 거머쥐었다.

출전 번호가 적힌 빨간 조끼를 입고서, 호기심 가득 어린 커다란 눈망울로 요리조리 트랙 깔린 경기장을 구경하던 모습이 영락없는 개구쟁이 같았다.

그런데 막상 경기가 시작되자 대한이는 빠른 속도로 다른 아이들을 죄다 제치고 맨 앞으로 뛰어나갔다.

마치 바람이 아이의 등을 밀어 주는 것 같았다. 눈에 띄지 않았던 깡마른 아이가 쏜살같이 결승선을 통과했다. 잠시 뒤, 전광판 맨 윗줄에 대한이의 이름이 올라왔다.

이어진 200m 경기에서도 마찬가지였다. 맹장 수술을 받은 이후 회복 기간이 있어 윤주보다 연습량이 적었던 대한이는 우려가 무색할 정도로 두각을 나타내며 금메달을 두 개나 목에 걸었다.

6학년 윤주 역시 좋은 결과를 얻었다. 대한이와는 달리 장거리가 특기인 윤주는 나이에 비해 참을성이 강하고 지구력이 뛰어났다. 성실히 연습한 끝에 손에 쥔 은메달을 쓸어 보는 얼굴이 상기되어 있었다.

"썬이 찍어 준 사진이랑 동영상에서 우리 대한이가 제일 빨랐어."

"맞아요. 다른 아이들이랑은 비교가 안 되게 빠르더라."

치푸 대신 대한이의 보호자로 육상 대회에 다녀왔던 선우가 치푸의 자랑에 맞장구쳤다.

"대한이가 메달 하나는 엄마 주고, 하나는 린이 준다고 하던데. 받았어요?"

"응. 여기."

"오늘도 하고 왔어요? 그 기운 받아서 오늘 운동회에서도 힘내야겠네."

선우의 말에 치푸가 열심히 고개를 끄덕거렸다.

며칠 전 함재중 변호사를 통해 오늘 이장과 그의 모친은 학교에 오지 않기로 합의했다. 병원에서 한 번 마주친 이후, 이장 쪽에서도 급하게 이혼 변호사를 선임한 모양이지만 소송이 어느 쪽에 유리할지는 굳이 재보지 않아도 빤한 일이었다. 이혼에 대한 치푸의 의사가 확고한 만큼 최소한 합의를 볼 수 있게끔 저쪽에서도 눈치껏 행동하는 것일 테다.

또 먼 친척의 경조사를 챙기러 가는지 이장과 곱게 한복까지 차려입은 그의 모친을 하필이면 버스 정류장 앞에서 딱 마주쳤다. 반갑게 인사할 사이도 아니어서, 금세 각자 갈 길로 찢어지긴 했으나 곱지 않은 시선이 등 뒤로 따끔따끔하게 따라붙었다.

선우와 치푸가 '매향 초등학교 가을 운동회' 현수막이 걸린 교문을 지났다. 중앙 구령대를 기준으로 왼쪽은 매향 마을, 오른쪽은 하우산 마을로 나뉘어 시위하듯 자리를 잡고 있었다. 눈치껏 선우와 치푸도 매향 마을 구역 한구석에 가져온 돗자리를 펴 앉았다.

대한이를 제외한 열아홉 전교생은 전부 하우산 마을의 아이들이었다. 비교적 오산 시내와 가까운 데다, 하우산 마을을 비끼는 도로를 따라 안쪽으로 깊숙이 들어가면 대규모 시멘트 공장이 나왔다.

그곳에서 일하는 미혼 직원들은 기숙사에서 지내지만, 가족이 있는 이들은 하우산이나 오산 시내에 집을 얻어 통근했기 때문에 하우산 마을에는 두어 동짜리 쌍둥이 빌라가 여러 채 들어서 있었다. 주로 토박이들이 터를 잡은 매향 마을과는 달리 뜨내기의 비교적 젊은 연령층의 주민들이 거주하는 셈이다.

그래 봐야 버스로 두 정거장 정도 떨어져 있을 뿐인데도 두 마을은 주민의 평균 연령대부터 삶의 방식까지 판이하게 달랐다. 그러나 적어도 매향 초등학교 어린이들에게 오늘 하루가 소중한 추억으로 남기를 바란다는 점에서는 한마음이었다.

구령대에서 가까운 담장까지 이어진 만국기가 바람에 펄럭거렸다. 형식만 겨우 갖춘 것 같아도 눈에 보이지 않는 잔일이 태산 같았을 것이다. 겨우 넷뿐인 교직원들이 오늘 행사를 위해 얼마나 성심을 다했을지 능히 짐작할 수 있었다.

"부디 다치는 사람 없이, 아이들에게 협동의 가치를 가르칠 수 있는 소중한 하루가 되었으면 합니다."

다행히도 방 교장은 아이들을 땡볕 아래 오래 세워 두는 인사가 아니었다.

짧고 묵직한 개회식 이후에 온 동네 어른들까지 일으켜 유행하는 아이돌 음악에 맞춰 다 함께 스트레칭을 했다.

유연하게 몸을 구부리는가 하면, 또 도저히 나이 먹은 노인들은 흉내 내지 못할 동작을 구령대에서 선보이는 건 장래 희망이 아이돌이라는 5학년 여자애들이었다. 선우와 치푸도 열심히 아이들의 율동을 따라 했다.

막상 운동회가 시작되자, 애들보다 어른들이 더 신이 나서 소매를 걷어붙였다. 콩 주머니 던지기, 줄다리기, 100m 달리기에서는 매향 마을이 미세하게 앞섰다.

반면 장애물 뛰기, 이인삼각, 인간 징검다리 경주에서는 하우산 마을이 크게 점수를 땄다.

비등비등하게 겨루다 잠시 긴장을 누그러뜨리듯 점심시간

이 주어졌다. 운동회 내내 진행 요원, 안전 요원, 심판의 역할을 두루 맡았던 희준이 학부모들에게 인사를 돌다 마침내 치푸와 선우가 있는 곳으로 왔다.

"선생님. 여기 김밥 좀 먹어 봐요. 내가 쌌어요."

치푸가 희준을 위해 따로 준비한 도시락통을 건넸다. 이미 그의 양손은 투명한 플라스틱 박스 안에 담긴 샌드위치며 과일이 잔뜩이었지만, 희준은 사양하지 않고 그것을 받았다.

"저도 여기서 먹고 가도 될까요?"

희준이 넉살 좋게 선우의 옆에 걸터앉았다. 오전엔 내내 뙤약볕이 정수리를 쪼아 대던 자리였는데, 정오쯤 되자 기울어진 태양이 나무에 적절하게 가려졌다.

선우는 그늘 밑에 주저앉아 치푸가 싼 김밥을 나무젓가락으로 집어 먹고 있었다.

"우와, 선생님 되게 많이 먹는다!"

"요놈. 어른한테는 잡수신다고 해야지."

가끔가다 희준을 발견하고 다가온 아이들이 어려워하는 기색 없이 그에게 말을 붙이고 몸을 치댔다. 희준이 그것을 받아 주며 아이들이 집어먹기 좋게 과일을 잘라 찬합 뚜껑 위에 놔 주었다.

"대한이 너, 아주 날쌔더라. 6학년 형들보다도 빠르던데?"

"우리 한이, 전교에서 제일 빨라요!"

치푸가 한껏 뿌듯한 자랑스러운 얼굴로 대한이의 머리를 손으로 쓸어 넘겼다. 대한이는 출발선보다 훨씬 앞선 곳에서 달리기 시작한 사람처럼 쌩하니 치고 나갔다. 육상 대회에서도 그랬지만, 견줄 사람이 아무도 없는 운동회에서 보니 더욱 두드러졌다.

치푸와 함께 목청 높여 응원하던 선우도 바람처럼 달려 나가는 아이를 보고는 멍하니 입을 벌릴 수밖에 없었다. 바람이 아들을 낳으면 저렇게 빠르지 않을까 생각했다.

응원 시간에는 전교생 스무 명이 죄다 검은 스타킹을 머리에 모자처럼 뒤집어쓰고, 커다란 티셔츠에 알록달록한 동그라미 스티커를 붙이고 나와 동요에 맞춰 율동을 선보였다.

눈에 넣어도 안 아플 자식들이 일사분란하게 재롱을 부리는 모습을 카메라에 담겠다며 부모들이 휴대폰을 들고 담장처럼 둘러서서 사진을 찍었다.

이어 고학년 아이들의 장기 자랑이 있었다. 유명 아이돌의 커버 댄스를 추는 모습들이 제법 그럴듯했다.

마지막 점수 뒤집기 하이라이트 경기는 릴레이 계주였다. 각 마을에서 아이, 어른을 합해 여섯 명씩 대표 주자를 뽑았다. 고학년이 줄줄이 대기하고 있는 하우산 마을의 라인업은 짱짱했다. 반면 3학년 대한이와 미취학 아동인 서린이 외에 네 명의 어른 주자를 뽑아야 하는 매향 마을은 잠시 분분하게 의견을 나누었다.

"젊은 사람이 나가야지. 늙은이들은 안 되야."

선우는 매향 마을 성인들 중 최연소자라는 이유로 등 떠밀려 마지막 주자가 되었다. 그 외 치푸와 남구식, 그리고 미미 슈퍼 할머니네 며느리가 주자로 나섰다.

다행히 하우산 마을도 매향 마을의 선수진과 엇비슷하게 나이대를 맞춰 주었다. 어린아이가 넷, 그리고 어른 둘. 상대편 마지막 주자는 고학년 어린이를 자녀로 둔 어머니였다. 눈이 마주치자, 얼결에 끌려 나온 듯 보이는 그녀가 싱긋 웃었다.

"제가 이모한테 제일 먼저 바턴을 줄게요!"

운동장을 반으로 갈라놓고 반 바퀴씩 뛰도록 흰 선을 그려 놓았다. 다섯 번째 주자인 대한이가 호기롭게 외치며 반대편 출발선으로 향했다. 네 번째 주자인 치푸는 선우 앞에서 첫 번째 주자인 서린이를 향해 손을 흔들고 있었다.

제 오빠만큼은 아니어도 또래보다 팔다리가 긴 서린이는 제법 믿음직한 선수였다. 사실 서린이보다는 벌써부터 취기가 올라 얼굴이 불그스름한 두 번째 주자 남구식이 더 걱정이었다.

분명 운동회 시작할 때 교내에서 음주는 자제해 달라는 교장의 당부가 있었음에도 어느샌가 하나둘 눈치를 보며 꺼내 놓은 막걸리 통들이 곳곳에서 눈에 띄었다.

매향 초등학교만의 교내 행사라기보다 마을 잔치에 가까운 분위기였다. 승부야 어찌 되었든 간에 이미 분위기는 달아오를 대로 달아올랐다.

탕!

신호총 소리에 선우는 움찔 어깨를 떨었다. 서린이는 저보다 대여섯 살은 더 많은 언니를 상대로 달리고 있었고, 20m쯤 차이가 벌어지긴 했어도 대단한 선전이었다.

바턴을 이어받은 남구식은 예상외의 준족이었다. 키는 작아도 워낙 다부진 체격이라 땅을 박차는 힘이 대단했다. 서린이가 벌려 놓은 거리를 단숨에 따라잡고도 상대방에게서 그만큼의 거리를 벌었다.

그러나 세 번째 주자에게 바턴을 건네면서 구식은 두 다리가 꼬여 흙바닥을 크게 뒹굴었다. 하마터면 세 번째 주자들이 그에게 걸려 넘어져 대형 사고가 날 뻔했다.

세 번째 주자는 미미 슈퍼 할머니네 둘째 며느리였다. 서울에서 대학을 다니는 아들이 있는 그녀는 서린이보다도 느린 것 같았다. 어쩌면 기껏해야 5, 6학년 정도 되어 보이는 상대편 아이의 기를 죽이고 싶지 않았던 걸지도 모르고.

어쨌거나 조금 우세였던 것이 다시금 크게 차이를 벌리며 뒤쳐지고 말았다.

뒤이어 바턴을 넘겨받은 치푸가 애를 썼어도, 저쪽 팀 주자인 30대 학부형을 앞서기는 역부족이었다.

"대한이 파이팅!"

지켜보기 답답했는지, 출발선보다 한참을 먼저 나가 바턴을 받은 대한이는 다행히 이 운동장에서 손에 꼽힐 정도로 달리기가 빨랐다. 반 바퀴쯤 차이가 나던 것이 대한이가 선우의 시야에 들어올 적엔 비등비등해졌다.

선우가 조금씩 앞으로 달려 나가며 오른팔을 뒤로 쭉 뻗었다. 이내 손바닥에 길쭉한 바턴이 탁, 하고 들어왔다. 그 무게감이 등을 떠미는 것처럼 선우는 온 힘을 다해 뛰기 시작했다.

겨우 200m쯤 될까. 아무리 그동안 달릴 일이 없었다고는 하지만 몸이 마음을 따라 주지 않는다는 게 어떤 말인지 선우는 오늘만큼 실감한 적이 없다.

생각 같아선 무릎을 더 빨리 굽히고, 발도 더 빠르게 내밀 수 있을 것 같은데 몸은 계속 생각보다 딱 한 박자씩 느리게 반응했다.

탁탁탁. 뒤에서 부단히 쫓아오는 소리가 들린다. 그 소리 때문에 마음이 조급해지면서 절대 지면 안 되겠다는 오기가 생긴다. 학창 시절까지 통틀어 다신 없을 승부욕으로 어금니를 악물었다.

마침내 저 멀리, 결승선을 쥐고 있는 희준의 얼굴이 눈에 들어오기 시작했다.

와아아!

팽팽하던 흰 선을 허리에 두른 채로 한참을 더 가서야 겨우 멈춰 설 수 있었다. 후들거리는 무릎을 두 손으로 쥐고 거친 숨을 몰아쉬었다. 마음 같아서는 그 자리에 딱 주저앉았음 싶었는데, 서른 넘은 처녀가 마을 운동회에서 목숨 걸고 달렸다는 인상을 주고 싶지는 않아서 오기로 버텼다.

"괜찮아요? 여기, 물."

"고마……워요."

괜찮은 척해도 괜찮지 않다는 걸 이미 다 안다는 듯이, 희준의 손이 선우의 등을 찬찬히 토닥였다.

겨우 고개를 들어 올려다본 얼굴이 어느 때보다 부드러운 선을 그리며 미소 짓고 있었다. 왠지 모르게 목이 타서, 선우는 희준이 건넨 물병을 단숨에 반이나 비워 냈다.

모든 경기가 끝나고, 구령대에서 시상식이 있었다. 결국 이긴 팀은 매향 초등학교의 모든 어린이였다. 두 손 묵직하게 마을 어른들이 얼마씩 각출하여 마련한 학용품들이 들려 있었다. 자그마치 쇼핑백 두 개 분량이었다.

종일 뛰어다녔어도 기운 쌩쌩한 아이들과는 달리 녹초가 된 어른들은 저마다의 길로 흩어졌다. 아이들을 챙겨 집으로 돌아가는 이들도 있었고, 회포를 풀겠다며 몰려가는 이들도 있었다.

운동장 뒷정리로 정신이 없어 보이는 희준을 힐끗 돌아본 선우는 대한이, 서린이의 손을 잡은 치푸를 따라 교문을 빠져나왔다.

매향교 앞 버스 정류장에서 치푸는 아이들과 헤어졌다.

"엄마, 안 가면 안 돼?"

다시는 못 볼 것처럼 애원하는 아이들을 두고 돌아서기가 무척이나 힘들었을 것이다.

"우리 이제 언제든 다시 볼 수 있어. 엄마 전화번호 알려 줬잖아. 전화해."

그러나 치푸는 단호하게 손을 놓고 아이들을 달래었다.

치푸가 탄 버스를 손을 흔들며 끝까지 배웅해 주고 돌아섰다. 서린이는 엄마를 대신할 사람이라도 찾는 것처럼 선우의 손을 꼭 붙잡고 걸었다.

"이모."

"응?"

우두커니 걸음을 멈춘 대한이 선우의 소매를 흔들며 주의를 끌었다. 의아한 얼굴로 쪼그려 앉은 선우가 대한이와 눈높이를 맞추었다. 아이의 까무잡잡한 얼굴에는 울음이 지나간 자국이 남아 있었다. 한 번 눈물에 씻긴 까만 눈이 선우를 빤히 바라보았다.

"엄마랑 아빠, 이제 이혼하는 거야?"

조심스럽게 묻는 대한이에게 선우는 뭐라고 답을 주어야 할지 알 수 없었다. 아이에게 지금껏 함께 살아온 부모가 어째서 더는 함께일 수 없는지, 그 이유를 설명하기란 무척 어려운 일이었다.

그녀의 곤혹스러운 기색을 알아챈 대한이 주눅 든 얼굴로 작게 웅얼거렸다.

"아빠랑 할머니가 만날 엄마 못살게 굴었어요. 그래서 엄마가 집 나간 거야······."

아무리 어려도 가정에서 일어나는 일을 아이라고 모를 리 없다. 겨우 열 살 먹은 대한이도 엄마가 따로 지내야만 하는 사정을 이해하고 있었다.

"설령 엄마 아빠가 이혼하셔도 두 분이 대한이 어머니이고 아버지인 건 변함없어. 그건 알지?"

입술을 꾹 사리 물은 대한이가 작게 고개를 끄덕이는 것으로 대답을 대신했다.

아이에게 부모 중 한쪽이 존재하지 않는 미래는 그 아이의 세상 반쪽이 무너져 내리는 것만큼이나 큰 슬픔일 것이다. 그 슬픔을 엄마를 위해 꾹 참는 모습이 의젓하면서도 한편으론 무척 안쓰러웠다.

"이모오. 우리 엄마 이제 안 와?"

선우의 왼손을 잡아당기며 서린이 물었다. 대한이와 나눈 대화를 전부 이해하지는 못해도 어렴풋한 불안을 느낀 모양이었다. 덜컥 말문이 막혀 버린 선우 대신 대한이 장난스러운 투로 말했다.

"엄마가 왜 안 와, 바보야. 엄마 잠깐 일하러 서울 갔다니까."

"서울? 엄마 서울 갔어?"

"응. 할머니 병원비 벌어야 되니까. 베트남 할머니 많이 아파서 엄마가 걱정했잖아."

대한이는 능숙하게 서린이를 안심시켰다. 오늘따라 열 살짜리 꼬마보다 말주변이 없는 자신을 자책하며, 선우가 그런 아이들의 볼을 가만 쓰다듬어 주었다.

대한이와 서린이가 이장 집 대문 안으로 들어가 열쇠로 현관문을 열 때까지 지켜보다가 마침내 돌아서서 집으로 향하는 길이었다.

머리 위로 오후의 구름 그림자가 지나가면서 선우의 발밑이 잠시 어두웠다가 밝아졌다. 종일 뙤약볕 아래 앉아 있었더니 노출되었던 피부가 그늘 아래서도 후끈거렸다.

폭염이 기승을 부렸던 시기를 비켜 피어난 여름꽃들이 뒤늦게 만발이었다. 어느 집 담장의 기둥을 감아올린 보라색 나팔꽃이 서서히 잎을 오므릴 준비를 하고 있었다.

그 앞에 어린 선우와 나란히 쪼그려 앉은 할머니의 잔상이 그림처럼 떠올랐다.

"나팔꽃은 항시 오약쪽으로만 도는 꽃이다. 봐봐라. 이렇게 감아 봐도 내일 아침이면 다시 오약쪽으로 돌아 있지."

뜰 안에 꽃처럼 피어나는 배추 위로 흰 나비가 내려앉으면 할머니는 눈 깜짝할 새 엄지와 검지로 나비를 잡아채 선우의 손에 쥐여 주었다.

봄이면 까만 분꽃 씨앗을 모아 선우의 얼굴에 칠할 분가루를 만들어 주었고, 여름이면 봉숭아꽃과 백분을 섞어 빻아 선우의 손톱에 빨간 물을 들여 주었다. 할머니가 들여 주는 봉숭아 물은 첫눈이 내리고, 크리스마스가 지날 때까지 손톱 끄트머리에 남아 있었다.

늘 쉽게 부러지는 탓에 부러 바짝 깎아 놓는 짤막한 손톱을 가만 들여다보던 선우가 내년에는 봉숭아 물을 들여 볼까 잠시 고민했다.

첫눈이 내릴 때까지 남아 있으면 사랑이 이루어진다는데…….

So I'm gonna love you like I'm gonna loose you
and I'm gonna hold you like I'm saying goodbye

문득 전화벨이 울렸다. 희준에게서 온 전화였다. 마침 그를 떠올리고 있었다는 걸 안 것처럼.

선우가 미소 지으며 전화를 받았다.

—어디예요?

곧장 물어 오는 희준의 음성에 다급함이 묻어났다.

혹시 무슨 일이라도 있나.

"집에 가고 있어요."

—거기서 기다려요. 내가 지금 갈 테니까.

"나 지금 거의 다 왔는데요? 대문 앞이에요."

―그래도 기다려요. 금방 갈게요.

이유를 물을 새도 없이 전화가 끊어졌다. 선우는 영문도 모른 채 대문에 등을 기대며 쪼그리고 앉았다.

다행히 오래 기다릴 필요는 없었다. 껴안은 무릎 위에 볼을 대고서 딱 100까지 셌을 때, 언덕을 올라 나타나는 희준이 보였으니까. 매향 초등학교에서 이곳까지 한 번도 쉬지 않고 달려왔을 그의 모습이 눈에 선했다.

어깨 나았다고 또 무리하는 것 봐. 쯧, 혀를 찬 선우가 걱정 어린 눈길로 그가 오는 모습을 지켜보았다. 깁스는 진즉 풀었고, 물리 치료도 주에 한 번씩 받고 있었지만 육상 대회다 운동회다 좀처럼 쉴 틈이 없었다.

"인대라는 게 한 번 다치면 평생 고생인데……."

어느새 선우의 앞까선 그가 상체를 숙여 호흡을 정리할 때, 선우도 무릎을 세워 자리에서 일어났다.

"뭐 하러 뛰어왔어요. 뭐가 그렇게 급해서. 이 땀 좀 봐."

땀이 송골송골 맺힌 희준의 이마를 손등으로 닦아 내는데, 희준이 그 손을 붙들었다. 그대로 희준의 품에 갇힌 선우의 귀에 쿵쿵쿵, 열렬히 뛰는 심장 소리가 들렸다.

"안고 싶어서. 지금 당신을 안고 싶어요."

등 뒤에서 현관문이 닫혔다. 반투명 유리 사이로 투과되어 들어오던 빛이 희준에 가로막혀 선우의 머리 위로 진한 그림자를 만들어 냈다.

선우는 희준의 손을 잡아끌었다. 먼 거리를 달려온 탓인지 움켜잡은 그의 손가락이 놀랄 만큼 뜨거웠다. 선우가 먼저 신발을 벗어 마루로 올라섰고, 그녀가 이끄는 대로 희준도 잠자코 따라 들어왔다.

"우리 둘 다 땀에 푹 절었네요."

수줍은 얼굴로 희준을 돌아보며 선우가 말했다. 무언가에 이끌리기라도 하듯이, 희준이 손을 들어 그런 그녀의 볼을 살며시 쓰다듬었다. 선우가 고양이처럼 그의 커다란 손에 볼을 비볐다.

"같이 씻을까요?"

한시도 떨어져 있고 싶지 않은 마음에 희준이 조금은 충동적으로 물었다.

"좋아요."

잠시 멈칫했던 선우는 이내 부드럽게 미소 지었다.

먼저 보일러를 틀고 화장실로 들어간 선우가 샤워기로 물의 온도를 맞추었다. 밖에서 셔츠와 트레이닝 바지를 탈의한 채 속옷 차림으로 희준이 걸어 들어왔다.

그리고 선우가 들고 있던 샤워기를 받아 머리 위에 고정시켜 두고, 그녀의 어깨를 붙들어 샤워 부스 안으로 밀어 넣었다. 그 힘에 떠밀려 선우는 몇 보나 뒷걸음질을 쳤다.

"나도 옷 벗어야 되는데."

"내가 도와줄게요."

아니, 그런 말이 아니라……. 하려던 말은 입 밖에 나오지 못하고 고스란히 그에게 삼켜졌다. 고개를 숙여 선우의 아랫입술을 살짝 깨물고는 그대로 벌어진 입술 안쪽을 핥아내는 혀가 뭉근했다.

치열을 훑고 점막을 건드리며 짐승처럼 할짝할짝 그녀의 타액을 갈구하는 희준으로 인해 선우가 파르르 어깨를 떨었다. 엉겁결에 그의 허리를 붙든 채로 벽에 밀어 붙여진 선우의 호흡이 가빴다.

"하아……."

선우만큼이나 격정적인, 아니, 어쩌면 선우보다도 더 뜨겁게 끓어올랐을 남자의 숨결이 이마 위에 하얗게 부서졌다.

"아까부터 이러고 싶은 걸 참느라 미치는 줄 알았어요."

결승선 안으로 뛰어 들어오던 선우의 모습이 아직까지도 눈꺼풀 안쪽에 생생했다. 주위에 있던 그 많은 사람들의 존재가 거짓말처럼 지워지고, 오로지 선우만이 세상에서 유일하게 의미가 있는 것처럼 도드라졌다.

그 순간부터 참을 수 없이 선우가 보고 싶어졌다. 닿고 싶었다. 그녀의 안으로 깊숙이 파고들고 싶었다.

"이렇게 입 맞추고."

선우의 턱을 쥐어 살며시 들어 올린 희준이 그녀의 하얀 이마에 입술을 내렸다. 작지만 오뚝한 콧등을 타고 점점이 입 맞춰 내려왔다.

"물고, 핥고……, 안고 싶어서."

적당히 미지근한 물이 희준의 등 뒤로 쏟아져 내리고 있었다. 그의 맨살에 닿아 있는 선우의 두 손도 축축하게 젖어 갔다. 허락을 구하듯 희준의 손이 선우의 등줄기를 타고 내렸다. 떨림을 숨기지 못하는 선우의 눈동자가 희준을 곧이 올려다보았다.

희준이 선우의 셔츠를 잡아 아래에서 위로 천천히 끌어올렸다. 선우가 두 팔을 들어 소매를 빼고, 목에서 걸린 셔츠를 희준이 잡아당겼다. 그 힘에 저도 모르게 휘청거리다 희준의 단단한 가슴에 머리를 콩 부딪치고는, 둘이서 잠시 쿡쿡대며 웃었다.

물에 젖어 달라붙어 있는 스포츠 브라를 벗길 때엔 이전보다 조심스러운 손길이었다. 선우의 하얀 피부에 상처가 나지 않게 손가락을 오므린 상태로 살살 끌어올렸다.

등과 옆구리, 그리고 가슴의 가장자리를 스친 그의 손끝이 노골적인 접촉보다도 야릇한 감각을 선사했다. 그 감각이 지나간 자리에 오톨도톨한 소름이 올라 흔적을 남겼다.

드러난 가슴과 잘록한 허리의 곡선, 곧게 뻗은 등과 어깨에서 이어지는 쇄골의 직선을 찬찬히 더듬는 희준의 시선이 뜨거웠다. 갑자기 부끄러워지는 바람에 선우가 팔을 교차해 가슴을 가려 보지만, 희준은 아랑곳하지 않고 그녀의 바지와 팬티를 한꺼번에 끌어 내렸다. 그러고는 선우의 옷가지들을 한데 그러모아 욕실 밖으로 휙 던져 버렸다.

이제 가릴 것 하나 없는 나신이 된 선우와 딱 달라붙은 속옷 한 장으로는 불거진 욕망을 감출 수 없는 희준이 샤워기에서 쏟아지는 물을 맞으며 마주 보고 섰다.

"이쪽으로 좀 더 와요."

희준이 선우의 팔을 잡고 제 쪽으로 끌어당겼다. 선우의 시선이 그녀의 발 앞에 놓인 저보다 한참은 큰 두 발과 근육이 성긴 허벅지, 도드라진 성기를 지나 날렵한 허리, 가슴을 느릿하게 타고 올랐다.

마침내 고개를 든 선우가 그녀 자신의 것과는 사뭇 다른 각진 턱을 마주했을 때, 희준은 더 기다리지 못하고 선우의 입술을 덮치듯 빨아들였다. 입술을 핥고, 혀를 넣어 그 안쪽까지 질척하게 훑어 냈다. 점막이 부딪치며 내는 젖은 소리들이 수증기 가득 찬 공간에 야릇하게 울려 퍼졌다.

온몸이 녹아 버릴 것만 같은 농밀한 키스.

숨 쉴 틈 없이 몰아붙이는 희준이 선우의 허리를 더 바짝 감아 안았다. 선우의 곤두선 가슴의 끝이 희준의 몸을 스쳤다. 무엇에도 비할 바 없는 부드러움이 그의 품에서 이리저리 이지러졌다.

"흐읏!"

선우의 다리 사이를 비집고 들어온 희준의 허벅지가 그녀의 아래를 뭉근하게 압박하기 시작했다. 귓바퀴와 목을 매만지며 내려간 그의 손이 아담한 가슴을 덥석 움켜쥐었다. 손안에 들어온 그 감촉과 무게감이 벅차다는 듯이 나지막한 한숨을 흘린 희준이 선우의 목덜미에 뜨거운 입술을 가져다 댔다.

엄지와 검지로 딱딱하게 뭉친 끝을 꼬집고, 손바닥으로 둥글게 뭉개며 비볐다. 움켜쥐고 있던 한쪽 가슴을 뜨거운 입안에 머금고서 강하게 빨아들였다. 혀로 정점을 핥아 올렸다가 아프지 않게 이로 잘근거리며 괴롭혔다.

다른 한쪽 역시 가만 놔두지 않고 손끝으로 꾹꾹 누르다 할퀴듯 쓰러뜨리자, 선우가 그 자극을 참지 못하고 흐느꼈다.

"희준 씨, 아아!"

둥글게 부풀거나 옴폭 패인 여체를 희준의 두 손이 제 것인 양 쓸고 매만지며 음미했다. 그러면서도 입술은 그녀의 귀 뒤쪽과 목선, 어깨를 끊임없이 지분거렸다.

절로 구부러지는 등을 지탱하며 내려간 희준의 두 손이 선우의 엉덩이를 바짝 감싸 쥐었다. 빨갛게 손자국이 났다가 다시 본래의 색으로 돌아오는 것을 홀린 듯이 내려다보았다. 툭, 하고 튕기자 맞부딪친 하체에서 불꽃이 피어나는 것만 같았다.

이보다 더한 쾌감은 없을 거라고 속으로 중얼거리는데, 그 생각은 우습게도 오래지 않아 산산이 부수어졌다. 뒤늦게 속에 남아 있던 망설임과 부끄러움을 떨쳐 낸 선우가 그의 열렬한 몸짓에 동조한 까닭이다.

가는 손끝으로 희준의 탄탄한 가슴을 쓸어내리고, 윤곽이 뚜렷한 복근을 매만졌다. 빨간 혀를 내밀어 희준의 가슴을 할짝거리니, 이를 꽉 악문 희준의 턱에 선이 붉거졌다.

꼿꼿하게 선 남성이 선우의 아랫배를 지그시 눌러 오자, 자연스레 미끄러진 손이 그것을 살며시 감아쥐었다. 속옷을 파고들어 엄지로 작은 틈을 훑으며 다른 손으로는 그의 엉덩이를 꽉 틀어쥐었다. 그러자 희준에게서 신음인지 으르렁거림인지 구분할 수 없는 소리가 새어 나왔다.

"……그만. 더는 안 돼."

이를 악물며 짓씹듯이 읊조린 희준이 입고 있던 드로어즈를 내려 벗었다. 잔뜩 짓눌려 있던 압박감에서 벗어나 불쑥 솟아오른 그것은 이미 터질 것처럼 팽창한 모양새였다.

한 번 더 진하게 입을 맞춘 희준이 선우의 어깨를 붙들고 단번에 그녀를 돌려세웠다. 그의 커다란 손이 오목한 배를 지나 가장 은밀한 장소에 닿았다.

갈라진 틈새 곳곳을 파고들어 매만지는 손가락이 선우를 보다 매끄럽게 준비시켰다. 볼록하게 부푼 부분을 손끝으로 눌러 둥글게 자극하기 시작했을 땐, 더는 버티지 못하고 선우의 두 손이 욕실 벽을 짚었다.

한 손은 그녀의 왼쪽 가슴을, 다른 손은 다리 사이를, 그리고 입술은 불거진 뒷목과 등을 동시에 지분거렸다. 회피할 수 없는 쾌락의 향연이 머리끝에서 발끝까지 이어진 신경을 훑어내렸다. 습한 공기 중에 흥분제라도 섞인 듯이 점차 눈앞이 흐려졌다.

"읏, 잠깐……."

기분 이상해. 잠깐만. 아아, 희준 씨 그만!

흐느끼는 말들은 이성의 검열을 받지 못한 날것들이었다. 손으로 밀어내 봐도 꿈쩍하지 않고 계속해서 정점을 문지르는 희준의 팔을 선우가 다급히 붙잡았다. 희준은 그녀를 괴롭히는 데 흥분을 느끼는 것처럼 그녀의 귓바퀴를 잘근거리며 깨물었다.

"왜. 기분 좋아요?"

"희, 희준 씨, 그만……."

가슴을 짓뭉개던 손이 예민한 끄트머리를 꼬집어 잡아당겼다. 그러면서도 다리 사이에 들어와 있는 손은 일정한 압박감으로 같은 손동작을 반복하고 있었다.

찌릿한 전율이 정수리까지 차오르기 시작했을 때, 선우는 본능적으로 다리를 오므리며 고개를 가로저었다. 깊은 곳이 뜨겁게 조여들고 있었다.

발끝을 세운 채 간헐적으로 몸을 떠는 모양새가 무엇을 의미하는지 모르지 않았으나, 희준은 고집스럽게 선우를 붙들고 놓아주지 않았다.

"으응, 안 돼……!"

마침내 벌어져 있던 허벅지를 구부리며 선우는 경련하듯 몸을 떨어야 했다. 양껏 그녀를 괴롭힌 희준이 신음하는 선우를 두 팔 안에 꽉 그러안았다.

그녀가 저항하지 못할 때, 오른손을 더 아래로 내려 중지로 단번에 젖은 안쪽을 침범해 들어왔다. 그러고는 그것을 뭉근하게 휘저으며 선우의 반응을 살폈다.

"아파요? 아니면 좋아요?"

선우가 대답 대신 아랫입술을 잘근거리며 그의 팔을 부여잡았다. 어느새 푹 젖어 몸에 감겨 있는 그녀의 머리카락에 입을 맞추면서 희준이 들끓는 듯한 목소리로 경고했다.

"미안한데, 조금 거칠지도 몰라요."

경고가 무색할 만큼 거침없는 진입이었다.

"……흡!"

순식간에 그녀의 안을 가득 채운 희준에게서도 숨을 들이켜는 소리가 났다. 선우 역시 간신히 신음을 삼키며, 왼팔을 뒤로 뻗어 탄탄한 희준의 엉덩이를 그러쥐었다. 손안에서 순간적으로 그의 근육이 꽉 조여들었다.

"하아, 정말 미치게 좋네요. 당신 여기."

희준이 젖은 목소리로 중얼거렸다. 그러더니 이내 선우의 골반을 양손으로 붙잡고 허리를 거칠게 튕겨 댔다.

퍽퍽. 살과 살이 부딪치는 소리는 언뜻 듣기에 경쾌했으나,

희준의 몸짓에 속절없이 흔들리는 선우의 실루엣은 위태롭기 그지없었다. 희준은 지금껏 참아 왔던 만큼 거센 욕망을 숨기지 않고 선우를 파고들기 시작했다. 거친 호흡과 간헐적인 신음만이 욕실 안을 가득 채워 나갔다.

실 끊어진 인형처럼 맥을 못 추는 선우의 몸을 희준이 샤워볼에 거품을 내 문질러 주었다. 제 몸을 닦아낼 때는 그보다 대충일 수가 없었는데, 꼭 맞은편에 가만히 서 있는 선우가 그새 도망이라도 갈까 봐 서두르는 것처럼 보일 지경이었다.

거품을 말끔히 헹구고 나서 긴 팔을 뻗어 걸려 있던 수건을 낚아챈 희준이 먼저 선우의 몸에 묻어 있는 물기를 닦아 냈다. 마치 아기를 대하듯 조심스러운 손길이라 선우는 나른한 와중에도 실없이 웃음이 났다.

"콘돔은 언제 준비한 거예요?"

기다려도 대답이 돌아오지 않았다. 선우가 의아한 눈으로 희준을 돌아보았다.

"그때, 우리 편의점에서 맥주 마셨던 날."

괜히 젖은 머리를 거친 손으로 털어 내던 희준이 선우의 눈치를 보며 물었다.

"……생각보다 밝히는 남자라서 실망했어요?"

그 말에 선우가 빙그레 웃으며 어깨를 으쓱거렸다.

"생각보다 준비성 있는 남자라서 놀랐는데요."

그 밤, 선우가 그랬듯이 희준 역시 그들이 사랑을 나누게될 것을 예감했을 것이다.

"책임감 있는 사람인 것도 확인했고."

대꾸하는 투가 듣기 좋으라고 하는 말 같지는 않아서, 희준은 그런 선우의 입술에 다시금 가볍게 입을 맞췄다.

선우가 욕실 밖으로 나와 옷을 꺼내 입는 동안 희준은 문밖에 아무렇게나 벗어 놓았던 트레이닝 바지를 주워 걸쳤다. 땀에 절다시피 한 티셔츠와 젖은 드로어즈는 도저히 다시 입기 찝찝했던 모양이다.

헐렁한 하의와는 달리 드러난 상체의 근육이 꽉 잡혀 있어서 선우가 가늘게 뜬 눈매로 그런 희준을 훑어보았다.

운동회에서 치푸가 싼 김밥을 배가 터지도록 주워 먹었던 것 같은데, 격하게 몸을 쓴 다음이라 그런지 금세 허기가 졌다. 마찬가지로 홀쭉한 복부를 문지르던 희준이 선우와 눈이 마주치자 머쓱하게 웃어 보였다.

"라면 있어요?"

"있어요."

"쉬어요. 내가 끓일 테니까."

자리에서 일어나려는 선우를 만류하고, 자기가 하겠다며 직접 부엌에 섰다. 선우가 가리킨 상부장을 열어 라면 두 봉지를 꺼낸 그가 익숙하게 냄비에 물을 받아 가스레인지 위에 올렸다. 따로 달걀을 풀고, 파까지 잘라 넣었다. 치푸가 도시락을 싸고 남겨 둔 김밥과 함께 둘이서 냄비를 뚝딱 비워 냈다.

"거실에서 영화 볼래요?"

"좋죠."

"그럼 희준 씨가 보고 싶은 영화로 봐요."

노트북을 거실 앉은뱅이책상에 가져다 두고서 희준에게 영화를 고르게 했다. 디저트 대신 모카포트에 내린 에스프레소를 바닐라 아이스크림 위에 부어 아포가토를 만들어 내온 선우는 그가 고른 영화를 보고는 의외라는 듯 눈을 깜빡였다.

"500일의 썸머?"

선우가 희준의 옆을 파고들며 앉자, 희준이 기다렸다는 듯이 화면을 재생시켰다.

This is a story of boy meets girl.

영화의 시작을 알리는 내레이션과 함께 화면은 벤치에 나란히 앉은 두 남녀를 비추었다. 멀찍이 떨어져 주인공을 관조하는 내레이션은 관계에 대한 두 남녀의 극명한 시각 차이를 드러내고 있었다.

사랑을, 운명을 믿었던 톰과 그 모든 것을 냉소적으로 부정하던 썸머. 자신이 그녀의 특별한 한 사람이길 바란 톰과 사랑한다는 말 대신 늘 좋아한다고 말했던 썸머. 달랐기 때문에 끌렸고, 달랐기 때문에 결국 끝이 보였던 두 사람.

다른 온도로 시작된 관계의 끓는점은 다를 수밖에 없었고, 일방적으로 사랑에 도취되었던 톰은 썸머와의 이별에서 쉽게 벗어나지 못해 괴로워했다.

몇 년 뒤, 우연히 재회한 두 사람이 벤치에 앉아 함께였던 시간을 이야기하며 웃는 장면이 특히 인상 깊었다.

"그거 알아, 썸머? 네가 늘 헛소리라고 말하던 것들이 정말 헛소리였다는 걸 깨달을 때마다 기분이 정말 엿같았어."

"무슨 소리야?"

"운명이니, 영혼의 반려니, 진정한 사랑이니 하는 것들 말이야. 어릴 적 읽던 동화에서나 나오는 얘기들. 네가 옳았어. 네 말을 들었어야 했는데."

"오, 그건 사실이 아니야, 톰. 나 말이야. 언젠가 식당에 혼자 앉아서 도리안 그레이의 소설을 읽고 있었거든. 근데 어떤 남자가 나한테로 걸어오더니 그 책에 관해서 물어보는 거야. 그 남자가 바로 지금 내 남편이야."

"……그래서?"

"만약 내가 그날 영화를 보러 갔었다면 어땠을까? 점심을 먹으러 다른 식당에 갔거나, 10분 늦게 도착했었다면? 결국 그 사람과 난 부부가 될 운명이었던 거야."

I just woke up one day and I knew.
그냥, 어느 날 아침 일어나 보니까 알게 됐어.

Knew what?

무엇을?

What I was never sure of with you.

너와 있을 때는 확신하지 못했던 것.

톰이 아닌 다른 남자에게서 자신의 운명을 발견한 썸머. 그런 썸머의 모습을 보며 비로소 톰은 500일의 이별에 종지부를 찍는다.

그렇게 썸머를 보내고 어텀을 맞이하는 톰의 모습을 마지막으로, 선우는 엔딩 크레딧이 오를 즈음에 이미 희준의 팔을 베고서 러그 위에 비스듬히 누워 있었다.

같은 노래라도 사랑을 하기 전과 하고 난 다음이 다르게 들리기 마련이고, 이별 가사는 경험에 따라 음미할 수 있는 깊이가 다른 법이다. '500일의 썸머'도 마찬가지였다.

내 옆에서, 나를 끌어안은 채 그는 과연 어떤 마음으로 영화를 보았을까?

선우는 문득 묻고 싶어졌다.

"내가 희준 씨의 어텀인가요?"

잠시 대답이 없던 희준이 선우의 머리 밑에 괴어 주고 있던 팔을 구부려 그녀의 어깨를 감쌌다. 다른 한 손이 그녀의 허리를 감아 그에게로 바짝 끌어당겼다. 그녀의 다리를 가둔 그의 다리 역시 마찬가지였다. 그녀를 한 줌이라도 놓칠까 조바심을 치는 것처럼, 아니, 겁을 내는 것처럼 꽁꽁.

희준이 선우의 귓가에 나직하게 속삭였다.

"사랑해요."

선우가 건넨 모든 질문에 대한 답이었다.

"사랑해요, 선우 씨."

말이 끝남과 동시에 선우의 세상이 반전되었다. 아니, 온통 희준의 색으로 물들고 있었다. 뒤집어진 시야 안으로 그의 얼굴이 가득 찼다. 천천히 내려앉은 입술이 입술을 머금고 빨아들였다. 벌어진 입술 사이로 물컹한 혀가 끝을 세운 채 파고들어 왔다.

입맞춤은 자국을 새기듯 떨어졌다. 이마, 코끝, 두 볼과 턱을 지나 목선을 입술로 간지럽혔다. 선우가 참지 못하고 키득키득 어깨를 떨며 웃었다. 움푹 불거진 쇄골을 아프지 않게 깨물자 선우는 놀라 움찔거렸다. 잇자국이 기찻길처럼 남았다. 희준이 혀를 내밀어 그 자국을 쓱 핥아 올렸다.

어느새 그녀의 얼굴 옆으로 두 팔을 짚고 있는 희준이 선우를 지그시 내려다본다. 자상한 입맞춤과는 달리 검은 눈동자 속에는 당장이라도 선우를 한입에 삼켜 버리고 싶어 하는 욕망이 늪처럼 도사리고 있었다.

"안아 줘요. 더 세게."

그런 희준에게 겁을 먹기는커녕 배 속이 짜르르 끓어오르는 선우는 칭얼대듯 그의 목을 감아 안았다. 묵직하게 내려앉는 남자의 무게감이 일말의 불안감마저 쫓으며 선우를 안정시켰다.

유사 이래 모든 연애에서 여자는 남자 육체의 하중을 갈망했노라.

밀란 쿤데라의 말을 이제야 이해할 수 있을 것 같았다. 늘 제대로 발붙이지 못하고 지상을 부유하던 선우의 존재를 희준이 꽉 눌러 붙들어 주는 느낌이 들었다. 선우가 두 다리로 희준의 허리를 감아 힘껏 끌어안았다.

걸쳐 입고 있던 품이 큰 티셔츠가 도르르 말려 올라가고, 팬티 속으로 희준의 손이 밀려 들어왔다. 퍼진 가슴을 두 손으로 움켜쥐며 입술로 끝을 오물거렸다. 아이처럼 빨고 핥는 자리가 타액으로 번들거렸다.

희준이 그대로 허리를 붙잡고 내려갔다. 옴폭 들어간 배꼽과 볼록하게 도드라진 골반에 차례로 입술이 닿았다. 허벅지 사이에서 젖은 입구를 아슬아슬하게 매만지던 손이 부드럽게 빠져나왔다. 엉덩이에 걸쳐 있던 선우의 팬티가 곧장 끌어 내려졌다.

그녀의 두 다리 사이에 갇혀 있던 희준의 몸이 날렵하게 빠지며 그의 두 팔이 허벅지를 휘감았을 땐, 제아무리 선우라도 당황스러울 수밖에 없었다. 그대로 음부에 파묻히는 얼굴을 어떻게든 저지하려고 얼결에 붙든 그의 머리카락이 불현듯 꽉 붙들렸다.

그의 우뚝한 코가 닿아 있는 곳이, 그의 혀가 이루 말할 수 없을 정도로 음란한 소리를 내며 파고드는 곳이 어디인 줄 눈으로 빤히 보면서도 믿기지 않았다.

"괜찮으니까 눈 감고, 다리 더 벌려요."

어느새 허벅지를 혀로 길게 핥아 내리는 그를 망연하게 바라보던 선우가 이내 질끈 눈을 감으며 신음했다.

희준은 끈질기게 선우를 탐했다. 목젖을 꿀렁이며 선우를 들이마시고, 또 들이마셨다. 혀로 입구를 들쑤시면서 엄지로는 붉은 돌기를 꾹 눌러 자극하는 손길에 의해 선우는 금세 무력해지고 말았다.

"으⋯⋯, 아아!"

위아래로 연신 찌르고 문지르자, 오싹 소름이 돋은 선우의 몸이 경련하듯 허리를 튕겼다. 아무리 밀어내도 꿈쩍하지 않는 희준 대신 선우의 두 손이 앙칼지게 움켜쥔 러그가 엉망으로 구겨졌다. 젖은 소리로 가득하던 공간에 선우의 비명 같은 신음이 울려 퍼진 것은 금방이었다.

잠깐 포장을 벗기는 소리가 나고, 움찔움찔 엉덩이를 떨며 누워 있던 선우의 몸이 홱 뒤집혔다. 선우의 골반을 붙들어 세운 희준이 그녀의 하얀 엉덩이를 둥글게 쓸어내리더니, 양쪽으로 벌려 적나라한 시야를 확보했다.

"흑!"

곧이어 단번에 몸을 관통한 희준을 선우는 잘근잘근 수축하며 받아들였다. 그녀의 등 위로 겹쳐지는 희준에게서 억눌린 신음이 새어 나왔다. 이어 파도처럼 밀어닥치는 희준에 의해 선우는 엉망으로 이지러졌다.

찍어 누르는 간격이 점차 좁혀지다가 이내 희준이 쓰윽 빠져나갔다. 러그 위에서 간신히 버티고 있던 선우를 바로 눕힌 그가 그녀의 엉덩이를 제 허벅다리까지 번쩍 들어 올렸다.

"아, 선우 씨……. 기분 좋아요."

한 치의 틈도 없이 파고드는 느낌에 선우의 입이 벌어졌다. 그런 그녀의 입안에 혀를 밀어 넣으며 희준이 한숨처럼 중얼거렸다. 무성하게 털이 성긴 위로 단단하게 짜인 복근이 자그마한 움직임에 자극받아 뒤틀리는 것이 보였다.

그는 선우의 종아리를 잡아 올리며 더 세게, 그리고 빠르게 맞부딪쳤다. 희준의 하관이 꽉 악물렸다. 마침내 푹, 고개를 꺾으며 그녀의 위로 쏟아지는 그를 선우가 한껏 끌어안았다.

땀에 흠뻑 젖은 희준의 등을 손가락으로 쓸어내면서 그녀는 제 안에 들어와 있는 희준을 느꼈다. 뜨거운 땀방울이 맞붙은 피부를 타고 주르륵 흘러내렸다.

선우가 그의 허리에 감긴 두 다리에 힘을 주고 당기자, 그가 작은 신음을 흘렸다.

그리고 다시 쿵쿵. 선우의 등 뒤에 비스듬히 누운 희준이 그녀의 한쪽 다리를 팔에 걸어 들어 올렸다. 어설프게 닿아 있던 몸이 제자리를 찾아가듯 아귀를 맞췄다. 느릿하게 밀려드는 몸짓은 심장의 박동과 닮아 있었다.

쿵쿵. 맞부딪친 곳에서 진동이 일 때마다 선우는 위아래로 흔들렸다. 끝이 보이지 않는 바다 한가운데 떠 있는 기분이었다.

그렇게 한없이 물결치다, 어느 순간 눈앞이 까맣게 점멸했다.

희준은 그녀를 더 멀고 깊은 바다로 이끌어 가기 시작했다. 선우는 지그시 눈을 감고서 휘몰아치는 조류에 가만히 마음을 맡겼다.

03. 천생 선생님

　매향의 가을은 금빛으로 유유하게 깊어 갔다. 마을 뒷산이 부지런하게 가장 먼저 옷을 갈아입었다. 앞뜰에 줄지어 심어 놓은 국화는 산들바람을 타고 흔들렸다.

　가을걷이가 한창인 논에서 콤바인이 지나갈 때마다 벼 이삭이 우수수 쓰러져 누웠다. 넘실거리던 금빛 물결이 사라지고, **빡빡** 깎아 놓은 이등병 머리처럼 허전함만 남았다.

　농촌의 가을은 그 어떤 계절보다도 충실한 시간이지만, 선우와 희준에게는 유난히 짧게 지나 버린 것처럼 느껴졌다. 시끌벅적했던 운동회가 끝나니 금세 이른 추위가 찾아들었고, 낮이 짧아졌다. 밤의 꼬리가 새벽까지 길게 드리우고 나면 추수가 끝난 갈빛 논에 하얗게 서리가 맺혔다.

아쉬운 속도로 지나가는 가을밤들을 선우는 자주 희준과 함께 보냈다. 주로 선우의 방 안에서, 그에게 등을 기대어 책을 읽거나 잠드는 날이 많았다. 때로 오산이나 더 먼 시내로 나가 영화를 보고, 식당에 가고, 산책을 하며 소란하지 않은 데이트를 즐겼다.

버스 안에서 희준과 나란히 앉아 있노라면, 이상하게 참을 수 없이 잠이 쏟아졌다. 희준의 체온이라든지 닿아 있는 몸의 단단함이 자꾸만 긴장을 누그러뜨리는 탓이다. 새로 길이 든 습관처럼 그의 어깨에 머리를 기댄 채 정신없이 곯아떨어지곤 했다.

"서울 버스 타다가 시골 버스 타면 완전 경운기 탄 것 같잖아. 시끄럽고 계속 덜덜덜. 탈 때마다 머리 아프고 그랬는데 이상해. 왜 당신이랑 버스만 타면 이렇게 졸리지."

"매번 병든 닭처럼 조는 게 내 탓이라고?"

"그렇다니까. 혼자 탈 때는 안 그런단 말이야. 오늘도 되게 개운하게 잤어. 희준 씨한테 뭔가 묘한 기운 같은 게 있나 봐. 사람 마음을 말랑말랑하게 만들어."

투정처럼 중얼거리는 선우에게 불평 없이 어깨를 내어 준 희준은 깍지 낀 그녀의 손을 끌어다 버릇처럼 입을 맞추었다. 무방비하게 잠든 선우의 얼굴을 가만히 구경하다가 속눈썹으로 진 그림자를 살며시 쓰다듬었다.

"어, 조심."

버스에서 내리면서 다리가 풀려 비틀거리는 선우를 희준이 잡아 주었다. 지면에 두 발이 닿자 양팔을 하늘 높이 뻗으며 기지개를 켜는 선우를 곁눈으로 살폈다.

언젠가 한 번 마루에 앉아 있다가 일어나면서 빈혈로 픽 주저앉아 버린 이후론 절로 눈길이 갔다. 시선이 마주친 선우가 눈꼬리를 구부리며 웃었다.

"그거 알아? 이럴 때 당신한테 찐하게 키스해 주고 싶어."

"병 주고 약 주는 거야? 걱정시키는 게 좋다니까 괘씸한데."

"그렇게 길들이는 거지. 평생토록 관심받고 싶으니까."

선우가 먼저 희준의 손을 붙들고서 입가에 가져가 뜨겁게 입김을 불었다. 희준이 손잡는 방향을 바꾸며 선우의 손까지 제 외투 주머니 속에 집어넣었다.

"정 힘들면 업어 줄까?"

걸어가면서도 선우는 연신 터지는 하품에 맥을 못 추었다. 오른편으로 기울어지는 선우를 길 가운데로 이끌면서 희준이 선우의 손을 힘주어 쥐었다.

"밤낮 바뀌었지?"

"응. 요샌 새벽에 더 집중이 잘 돼서."

동이 틀 무렵까지 깨어 있다가 나중에서야 먼저 잠이 든 희준의 품으로 파고들었다. 그러면 잠결에 선우의 머리칼을 쓸어 넘기고, 드러난 이마에 입을 맞추며 꼭 안아 주는 희준이 못 견디게 좋았다. 어쩌면 그런 그를 보려고 부러 밤을 새우게 되는 건가 싶을 만큼.

"주말인데 일찍 쉬는 게 어때."

"나도 그러고 싶긴 한데, 버릇이 돼서."

"내가 재워 줄게."

희준이 허리를 조금 구부려 선우의 귓가에 입을 가져다 댔다. 소곤거리는 목소리가 나직해서 목 뒤로 쭈뼛 소름이 돋았다.

야한 농담이라는 걸 금세 알아채고는 붉게 달아오른 선우의 귓바퀴를 희준이 살짝 깨물었다 놓았다. 선우가 얼른 그에게서 떨어져 주위를 살폈다. 다행히 밤이슬 젖은 고샅길은 좀처럼 지나는 인적이 없었다. 선우가 머리로 희준의 어깨를 쿵 박으며 눈을 흘겼다. 희준이 아이처럼 웃었다.

"오늘도 달리고 올 거면 아예 지금 갔다 와. 당신 힘 좀 빼 놓게."

매일 한두 시간씩 달리기를 하는 희준의 곁에서 선우도 자전거를 타고 함께할 때가 있지만, 내키지 않을 때는 집에서 자기 일을 하며 기다렸다.

희준 역시 선우가 무리해서 자신에게 맞추기를 원하지 않았다. 개인의 시간을 충실하게 보내는 만큼 함께하는 시간의 만족감도 컸다.

매일 비슷하지만 다른 하루하루를 보내면서 희준과 선우는 정성 들여 일기를 쓰듯 함께 보내는 시간 위에 추억을 새겨 나가는 중이었다.

"집에 밥 있어?"

"출출해? 칼국수 면 있는데, 김치 칼국수 해 먹을까?"

"좋지. 그럼 한 바퀴 뛰고 올 테니까 먼저 들어가 쉬고 있어."

그 자리에서 한쪽 무릎을 굽혀 스트레칭을 하던 희준이 뒤돌아 선우의 볼에 가볍게 입을 맞추고는 달려 나간다. 금세 저만치 멀어져 버린 등을 지켜보고 있다가 이내 선우도 집을 향해서 걸음을 서둘렀다.

김치를 송송 썰어 넣고 얼큰하게 고춧가루를 풀어 넣어야겠다. 국간장으로 간을 맞추고, 마지막에 대파를 썰어 넣으면 감칠맛도 생길 것이다. 면은 한 번 끓는 물에 데쳐 두어야지. 희준은 걸쭉한 것보다 말간 국물을 더 좋아하니까.

부쩍 서늘해진 초저녁 공기가 벌어진 외투 사이로 파고들었다. 파르르 몸서리친 선우가 목깃을 바짝 여미며 종종걸음을 쳤다.

"아, 국물 시원하다."

호박, 버섯, 양파, 대파, 고추를 썰어 넣고, 미리 사다 둔 칼국수 면을 세 덩이나 말아 한 솥 끓인 칼국수를 희준은 더할 나위 없이 맛있게 먹었다.

식사를 마친 뒤에는 희준이 고무장갑을 끼고 싱크대 앞에 섰다. 그가 설거지를 마치는 동안 선우는 먼저 욕실에 들어가 씻고 나왔다.

선우가 노트북을 펴고 침대 헤드에 기대어 앉아 무언가를 적어 내려가기 시작했을 때, 희준도 상의와 바지를 문밖에 벗어 두고 샤워를 했다.

"자?"

수건으로 젖은 머리의 물기를 털며 밖으로 나왔을 땐 선우의 방은 불이 꺼져 어둠 속에 침잠해 있었다.

희준은 혹시 깨울까 싶어 나직한 목소리로 물으며 다가섰다. 볼록하게 솟은 이불을 머리끝까지 뒤집어쓰고 있던 선우가 빼꼼 얼굴을 내밀었다.

"선우야. 어디 아파? 나 좀 봐봐."

어쩐지 안색이 좋지 않아 선우의 이마를 손으로 짚어 보니, 분명 미열이 있었다.

"갑자기 왜…… 체했어?"

도리도리 고개를 젓는 선우를 걱정스레 내려다보던 희준이 그녀의 상체를 조금 일으켜 앉혔다.

"그냥 생리 전 증후군인가 봐. 이렇게 한 번씩 몸살 기운 있고 아프고 그래."

불규칙적인 월경 때문인지 가끔가다 한 번씩 이렇게 증상이 몰려오는 날이 있었다. 낮보다는 밤에 더 그랬다. 갑작스레 열이 오르고, 손발이 빨랫방망이에 두들겨 맞은 것처럼 저리고, 어떻게 누워도 몸이 찌뿌듯해서 밤에 잠도 잘 이룰 수가 없었다.

선우가 오한이 나는 몸을 움츠리자, 희준이 그녀의 어깨를 감싸며 이불 속으로 들어왔다.

"약 있어? 사 올까?"

"진통제 한 알 먹었어. 그보다 오늘 그냥 집에 가서 잘래? 옆에서 밤새워 뒤척이면 희준 씨 피곤하잖아."

"바보 같은 소리 하지 마. 당신이 아픈데 어떻게 혼자 두고 가?"

정색하며 눈썹을 모으는 희준을 가만 올려다보다가 이내 선우가 그의 허리에 팔을 감으며 안겨 들었다.

"언제는 나 걱정시키는 게 좋다면서."

희준이 꼬집듯 코끝을 살짝 잡아당기자, 선우가 아이처럼 눈을 찌푸리며 코를 훌쩍거렸다.

"그렇다고 힘들게 하고 싶은 건 아니니까."

사랑을 담보로 무작정 기대어 오거나 의지하지 않는 선우의 자존감은 사랑스럽다. 그러나 이런 때에도 그의 당연한 걱정을 고단함으로 치환하는 건 서운한 일이었다.

선우의 동그란 정수리 위로 한숨을 흘려낸 희준이 그녀의 여린 어깨를 그러안았다.

"당신이 생각하는 것보다 더 많이, 내가 안선우란 여자를 좋아해."

"알아."

"아니. 몰라. 좋아하는 정도가 아니라……."

"사랑해?"

되묻는 선우에게 희준이 고개를 내저었다. 짐짓 서운해지려는 그녀의 기색을 알아채고는 슬쩍 그녀의 귓바퀴에 입을 가져다 댔다.

"남들 다 하는 그런 말로는 표현할 수가 없어."

"……그럼?"

"안선우랑 평생 이렇게 살고 싶다고 매 순간 바라."

귓가에 속삭인 고백은 선우가 생각했던 것보다, 어쩌면 희준이 생각하는 것보다 더 크고 묵직했다. 선우는 조심스레 숨을 골랐다.

"적어도 당신이 아프면, 나는 병치레가 고생스러운 것보다 당신이 안 아플 때까지 옆에 있고 싶다고 생각한다는 거야. 그리고 당신도 나한테 그랬으면 좋겠고. 그게 부담스러워?"

묻는 말에는 아니라며 고개를 저었다. 의식하지 못한 새 눈시울이 먹먹해진 것을 느끼고서야 선우는 그것이 희준에게 정말로 듣고 싶었던 말이라는 걸 깨달았다.

농번기가 지나고, 수확이 끝난 밭 위에 둥글게 말린 곤포들이 정해진 순서나 간격 없이 덩그맣게 놓여 있었다. 마을 입구 정자에서 화투를 치던 노인들은 날씨가 추워짐에 따라 따뜻한 회관으로 자리를 옮겼다.

매일 새벽같이 일어나 허리가 휘도록 밭일을 하며 사는 농부들에게는 이맘때가 연중 가장 한가한 시절이었다.

모처럼 청년회 회원들 전부가 한자리에 모여들었다. 초저녁부터 벌겋게 술기운이 오른 사내들 틈에 낀 희준은 마을 돌아가는 사정에 대해 귀동냥을 하고 있었다.

"선생님도 쭉 들어유. 맨날 애들 갈치느라 대근할 것인디."

"아, 예. 감사합니다."

연신 권하는 술을 거절할 수가 없어 희준의 얼굴에도 금세 취기가 어렸다.

"그래두 구식이가 장가를 가긴 가네. 평생 노총각으로 늙어 죽을 줄 알았더니."

"얘기 들어 보니께 색시 될 사람이 서울서 돈도 잘 벌구 잘 나간다드만."

"워치케. 색시 얼굴 보고 싶어서라도 결혼식 귀경 가야겠네."

예쁘고 능력 있는 도시 여자를 낚아챈 노총각에게 쉼 없이 벌주가 쏟아졌다. 비슷한 빈도로 곧 있을 경사를 축하하면서 건배를 외치는 누군가의 목소리에 희준도 덩달아 잔을 치켜들었다.

자주 농이 오가고 웃음이 터졌다. 언젠가부터 매향 마을의 구성원인 것처럼 대우받고 있는 희준은 어색함 없이 그들과 어울렸다.

빈 술병이 늘어갈수록 대화를 나누는 목청 역시 커져 갔다. 그러다 어느 순간, 모여 있던 사내들 중 하나가 은근한 목소리로 새 화두를 던졌다.

"그건 그렇고, 부녀회장이 내년에 다시 이장 선거하자고 하던디. 얘기 들었어?"

"새로 뽑은 지 아직 두 해밖에 안 됐잖어."

"말두 말어. 부녀회장이 그러는디, 전번에 논에 쓸 기계 공동 구매할 때에두 이장이 뒷돈을 슬쩍 받아 먹었댜."

그러자 누군가 손사래를 치며 부정했다.

"에이, 부녀회장 여편네가 가을걷이 때 이장헌티 빈정이 상해서 그랴. 트랙터 빌려주는 것도 맨 난중으로 미뤄 놓고, 창식이네 먼저 해 줬다고. 또 원체 그 집 아주매하고도 사이가 안 좋잖어."

"그야 그 아주매 성질이 워낙 지랄 맞아서 그렇지. 넘헌테 함부로 하니께. 솔직헌 말루다가, 그 집 며느리가 일도 없이 도망 갔간디? 시집살이 아주 징글맞게 굴었지."

바로 그때, 사내들 중 하나가 넌지시 끼어들어 말을 흘렸다.

"있잖여. 내 시조카가 쩌기 파출소에서 순경으로 지내잖여."

364

"알지. 근디."

"봤댜. 여름에 여관방에서 노름하다가 잡혀 온 놈들 있잖여. 거기 이장도 있었댜."

"어이구, 염병! 그걸 왜 이제 말혀?"

어디선가 날아온 타박에, 조심스럽게 이야기를 털어놓던 사내도 무안한 듯 얼굴을 붉혔다.

"그럼 어쩌. 조사해 보니께 서울서 순진한 촌놈들 털어 먹을라고 작정을 하고 온 놈들이었다는디. 이장도 어쩌다 휘말렸다고 그러니께, 나는 마누라 일도 있고 혀서 이장, 그 양반이 수월찮이 심란했나 부다 했지."

"배락맞을 놈들. 요 촌구석에 뭐 얻어먹을 게 있다고 왔댜. 쯧쯧."

시골에 판을 벌린 전문 도박단에 대한 욕이 한 바가지로 쏟아졌다.

희준의 고향에 비한다면 사투리의 억양이 매섭게 들리지 않아 순한 인상만 받았던 사람들의 입에서 난생처음 듣는 희귀한 욕설들이 난무했다.

듣는 귀까지 아린 푸닥거리를 한참이나 한 다음에는 씁쓸한 소주를 단숨에 들이켜며 입가심을 마쳤다.

얼결에 입 한 번 떼지 않은 희준도 덩달아 잔을 비우고 있었다.

"아무튼 간에 부녀회장 여편네가 이번 참에는 아주 단단히

벼르고 있다니께. 공금이랑 나라에서 나오는 지원금이랑 또 뭐시여, 농기계 업체 보조금이랑 허튼 데 안 썼는지 따져 본다구."

"그 여편네 한 번 달려들면 앵간히 하는 걸 모르는 여편넨디. 또 싸움 나는 거 아닌가 모르겠네."

"뭐, 켕기는 것 없으면 되는 거 아녀유."

"자자, 그러지 말고 우리 구식이 장가가는디 덕담 한마디씩 혀, 언능!"

마을 청년회 회원 중 가장 나이가 지긋한 노인이 술자리의 분위기를 환기시키며 바로 옆에 앉아 있던 구식의 등을 토닥였다.

"쉴찮히 늦긴 혔어도 임자 만나서 가는 거니께, 결혼하면 색시한티 잘하고. 아들딸 골고루 낳아서 건강하게 기르면, 그게 효도여. 딴 게 없어."

"기여. 매향도 애들 뛰노는 소리 좀 듣고 살아야지. 안 그랴?"

슬쩍 옆구리를 찌르며 하는 말에 희준이 맞는 소리라며 고개를 끄덕거렸다.

"그러지 말구 선생님도 언능 결혼해서 애 낳을 생각을 해야쥬. 넘의 아들만 가르치며 평생 살 것두 아니구."

그러다 뜬금없이 화살표가 희준에게로 돌아왔다. 구식도 노인의 말에 맞장구를 치며 거들었다.

"송 씨 할매 손녀하구 연애하잖아유. 이짝도 멀지 않았지, 뭘."

"기여? 그럼 정 선생도 머지않아서 매향 사람 되겠구만."

마을에 두 사람이 만나고 있다는 사실을 모르는 이가 없었다. 딱히 숨기지도 않았고, 이목에 신경 쓰지도 않았다. 타인의 시선이라는 것이 반응하면 뾰족한 가시가 되어 찔러 오고, 무감하면 그냥 잔바람처럼 스쳐 지나간다는 걸 알기 때문이다.

매향 사람들이 얼마나 가십을 좋아하는지는 익히 아는 바였다. 그럼에도 감 놔라 배 놔라 참견하지 않는 것은 당장 내일도 어찌 될지 모를 젊은 사람들의 연애이기 때문일 것이다.

✤　　　✦　　　✤

구식과 수향의 결혼식은 오산 시내 유일한 예식장에서 조촐하게 치러졌다. 식이 시작되기 한 시간 전에 예식장에 도착한 선우와 희준은 축의금을 내고, 입구에서 하객을 맞이하는 구식에게 다가가 인사를 건넸다.

"결혼 축하드려요. 오늘 정말 멋지네요. 새신랑다워요."

"와 줘서 고마워. 결혼식 보고 맛있는 밥 먹구들 가."

"네. 이따가 또 봬요."

손님맞이로 정신없어 보이는 구식을 오래 붙들지는 않았다.

돌아서 신부 대기실로 향하면서, 선우가 희준에게 살짝 귓속말을 했다.

"남구식 씨, 마음고생 좀 한 것 같지? 볼이 핼쑥해졌더라. 어머니랑 수향 언니, 마지막까지 기 싸움하는 것 같던데."

처음에는 누구보다 먼저 수향을 며느리로 눈독을 들이던 노인이 결혼 얘기가 오가면서 마음이 돌아선 것은 다름 아닌 분가 문제 때문이었다.

그에 더해, 조용히 스몰 웨딩을 하고 싶은 수향과 평생 일가붙이에게 축의금을 뿌리며 살아온 노인이 의견 차이를 보이면서 결혼 자체가 뒤집힐 뻔한 위기를 맞기도 했다.

결국 어머니 앞에 무릎을 꿇고 사흘 밤낮을 울어 젖힌 남구식을 보고, 두 사람이 한 발씩 양보하면서 사태가 일단락되었다. 결혼 전부터 녹록지 않은 고부 관계의 전초전을 겪고서도 오늘 구식은 마침내 수향과 부부의 연을 맺는다는 사실에 마냥 행복해하는 것 같았다.

선우는 먼저 와서 신부 대기실을 지키고 있던 치푸와 수향의 뒤편에 나란히 서서 사진을 찍었다.

"언니, 너무 예쁘다."

"응! 진짜 예뻐요!"

수용 인원이 적은 2층짜리 건물이었음에도 그다지 붐비는 느낌은 들지 않아 의아했는데. 알고 보니 신랑 측에 비해 신부 측 하객의 수가 확연히 적었다. 수향의 가족 중에서도 연로한 부모님 두 분만 와 계신다는 이야기를 들었다.

"지들도 이제 자식까지 둔 어른이잖아. 언제까지 내가 돌봐줄 수도 없는 노릇이고, 지들 살길 알아서 찾아야지."

결혼을 앞두고, 수향은 그동안 그녀의 형제자매와 조카들에게 베풀던 경제적인 지원을 모조리 중단하기로 결심했다.

"근데 그것들, 하나같이 철이 안 들었어. 나더러 너무하대. 어떻게 가족끼리 그럴 수가 있냐고……. 평생을 뒷바라지하고서 듣는 소리가 겨우 그거다."

아직 도배가 마르지 않은 신혼집 대신 선우의 집에서 혼전 마지막 밤을 보내면서 수향은 씁쓸한 얼굴로 그간의 사연을 털어놓았다. 어제 밤새 전화 통화로 티격태격하는 것 같더니, 결국 수향이 먼저 결혼식에 오지 말라는 말로 단호하게 형제들을 쳐냈다.

청춘을 바쳐 돌본 동생들에게 축복의 말 한마디 듣지 못한 결혼식이었으니 그 속이 오죽할까 싶지만, 웨딩드레스를 입고 신부 화장을 한 수향은 내색하지 않고 꽃처럼 웃고 있었다.

"신부님. 이제 나가서 대기할게요."

예식이 시작되고, 예식장 직원이 신부를 데리러 왔다. 샛문으로 나가는 수향을 지켜보다가 선우도 식장에 먼저 들어간 희준을 찾아 자리에 앉았다.

버진 로드의 양편으로 흰색 테이블보가 깔린 원형 테이블이 약 스무 개쯤 놓여 있었다. 주위에 아는 얼굴과 모르는 얼굴을 가늠하며 힐끔거리는 사이, 신랑 신부의 입장이 시작되었다.

"물?"

"응. 땡큐."

안 그래도 목이 마르던 차에, 선우가 희준이 뚜껑을 열어 건넨 생수로 입술을 축였다.

주례로 단상에 선 남자는 선우도 익히 아는 사람이었다. 로 펌에서 청첩장을 받고 온 이는 주례를 맡은 대표밖에 없는 모 양이었다.

간단히 자기소개를 하고, 처음 만났을 당시 여고를 막 졸업한 스무 살 수향의 첫인상에 대하여, 또 사업 파트너로 지금까지 함께 해 온 모습들에 대하여 이야기하는 로펌 대표는 선우가 기억하는 것보다 퍽 부드럽고 인자해 보이는 인상을 하고 있었다.

만약 조수향 사무장 눈에서 눈물 빼는 날이 오면, 신랑은 로펌에 이혼 전문 변호사가 몇이나 되는지 직접 확인할 수 있게 될 거라는 달콤 살벌한 농담과 함께, 두 사람의 앞날을 축복하며 주례사를 끝맺었다.

마침내 식을 마치고 기념 사진 촬영이 시작되었다. 희준과 선우 그리고 치푸와 아이들은 상대적으로 하객의 수가 적은 수향의 뒤편으로 가서 사진을 찍었다.

미리 받아 두었던 식권을 들고 1층 뷔페에 들어갔을 땐, 식이 끝나기도 전에 내려와 먼저 자리를 잡고 식사하던 이들이 꽤 보였다. 빈 테이블을 찾아 외투와 백을 내려놓고서 줄의 끄트머리에 서서 음식을 담기 시작했다.

"의외로 식사가 되게 맛있다. 가짓수도 많고."

"그러게. 음식 잘하네."

평소 뷔페 음식이 입에 잘 맞지 않던 선우도 몇 번이나 접시를 채워 올 정도였다. 나중에 편한 원피스로 옷을 갈아입고서 하객들에게 인사하러 온 수향에게 말을 전하자, 수향이 살포시 웃으며 대꾸했다.

"신랑 신부한테 남는 건 사진이지만, 하객들한테 남는 건 음식인데 당연히 맛있어야지. 오늘 이것저것 도와주느라 고생했어. 많이 먹고 가."

서울에서 하는 결혼식이 아닌 만큼 친한 지인들에게만 청첩장을 보낸 수향과는 달리, 온 매향 주민과 동기 동창생들, 일가친척들까지 싹 다 불러 모은 구식의 하객들로 뷔페는 시장통처럼 북적였다. 서로 얼굴을 아는 매향 사람들과 마주칠 때마다 가벼운 눈인사를 주고받았다.

아이들을 데리고 화장실에 들렀다가 늦게 내려온 치푸가 같은 테이블의 빈 의자를 빼 앉았다.

"치푸. 이삿짐 정리는 잘 되어 가요?"

"짐도 별로 없어요. 선생님, 저번에 도와줘서 고마워요."

"힘든 일도 아니었는데요. 도울 일 있으면 언제든 말씀하세요."

최근 오산에 있는 박스 공장으로 일자리를 옮기면서, 치푸는 하우산에 월세로 작은 원룸을 얻었다. 공장이 하는 일은 고되어도 식당보다 월급이 후해서 조만간 모국의 어머니를 모셔 올 수 있을 거라며 좋아했다.

작은 부엌과 화장실이 딸린 원룸은 협소하기는 해도 누구의 도움 없이 치푸가 한국에서 처음으로 얻은 그녀만의 보금자리였다.

"저도 여기서 식사해도 됩니까?"

갑자기 등 뒤에서 나타난 함재중 변호사가 반갑게 인사를 하며 물었다. 이쪽에 앉으시라며, 치푸가 테이블 위에 놓여 있던 서린이의 접시를 안쪽으로 끌어당겼다.

"아는 사람이 좀 있을 줄 알았는데, 의외로 업계 사람은 전혀 안 온 모양이네요."

낡고 초라한 예식장, 수향과는 공감대가 전혀 없을 것 같은 까무잡잡한 얼굴의 신랑, 진한 신부 화장과 틀어 올린 머리를 하고 있는 수향을 번갈아 보던 함재중 변호사가 혼잣말처럼 중얼거렸다.

누가 봐도 오늘 새 신부의 얼굴을 하고 있는 수향을 향해 잠시 착잡한 눈빛을 보이기도 했는데, 그것이 수향에 대한 미련 때문인지 아니면 그녀와 함께였던 젊은 시절에 대한 회한 때문인지는 알 수 없는 일이었다.

오래지 않아 다시 능숙한 변호사의 본업으로 돌아간 그가 문득 소식을 전해 왔다.

"그나저나, 남편분 변호사 쪽에서 어제 연락이 왔습니다만. 위자료 부분에서 조정을 좀 했으면 하던데요."

"위자료 필요 없어요. 대한이, 서린이만 있으면 돼."

그렇게 말하는 치푸에게 함재중 변호사가 검지를 들어 좌우로 내저었다.

"어머님. 누차 말씀드리지만, 소송은 일종의 협상입니다. 처음부터 양육권이 가장 절실하다는 뉘앙스를 보이면, 저쪽에서는 아무것도 양보 안 하고 소송을 휘두르려고 할 겁니다."

아무리 전담 변호사가 대부분의 진행을 맡고 있다고는 하지만 몇 달간이나 소송을 이어 가고 있는 치푸는 이미 지칠 대로 지친 상태였다. 그녀는 그저, 아이들과 함께 지낼 수 있는 평온한 삶을 하루빨리 바랄 뿐이었다.

"아이를 키우기 위해서는 어느 정도 경제적인 기반이 있어야 하기 때문에 더더욱 위자료 문제가 중요합니다. 저도 아이가 있는 부모의 입장에서 드리는 말씀이에요."

선우가 걱정스러운 눈으로 치푸와 아이들을 돌아보았다. 손가락만 한 디저트 케이크를 맛있게 먹고 있던 아이들이 어느

새 풀이 죽은 얼굴로 어른들 눈치를 보았다.

"그리고 이건 아직 조심스러운 이야기인 한데……."

함재중 변호사가 입가에 손을 가져다 대며 목소리를 낮추었다.

"저쪽 변호사가 슬쩍 흘리는 말로, 양육비를 조금 양보해 주면 아이들 양육권 문제를 어떻게든 설득해 보겠다고 타진해 왔습니다."

예상치 못한 소식을 기뻐하기에 앞서, 선우가 먼저 의심스럽다는 듯이 물었다.

"귀한 삼대독자 소리를 입에 달고 살던 노인인데. 갑자기 마음을 바꾼 이유가 뭘까요?"

"자세한 건 모르겠지만, 이장직 행정에 문제가 있었다던데. 사실 그런 건 마을 사람이 더 잘 알지 않아요?"

무심코 돌아본 희준의 얼굴에 선우와 같은 생각이 스쳐 지나갔다.

아닌 게 아니라, 요 며칠 사이 마을 분위기가 영 심상치 않았다. 얼마 전 이장과 크게 한 판 붙었다는 부녀회장이 어디서 알아냈는지 이장의 치부를 속속들이 터뜨린 까닭이다.

작년 가을까지 가동했던 버섯 공장 앞에 끝끝내 가로등이 들어서지 않은 것도 다 이장의 소행이라고 했다.

그 공장에 취업한 방글라데시인 세 명이 공장 뒤 빈집을 빌려서 사는 동안 입회비 명목으로 요구하던 돈을 내지 않았기 때문이라고 했다.

또 올여름에는 도박판까지 기웃거리다가 마을 공금을 2백만 원이나 가져다 썼다는 이야기를 들었다. 정부에서 나오는 지원비도 소액 빼돌린 모양인데 전부 다 합해 봐야 그리 큰돈은 아니겠으나, 문제는 이번 일로 마을 주민들의 신뢰를 몽땅 잃었다는 점에 있었다.

그게 치푸한테 전화위복이 될 줄이야.

"제 생각에는 올해 안에 반드시 좋은 소식 있을 것 같습니다. 그러니 우리 조금만 더 힘내 보자고요, 대한이 어머니."

함재중 변호사가 자신 있다는 듯 미소를 지어 보였다. 그것이 부디 근거 있는 자신감이길 바라며, 선우가 덜어 온 케이크와 쿠키를 아이들의 접시에 옮겨 주었다.

오늘 결혼식에 초대받지 못한 이장은 모친과 함께 며칠 친척 집에 다녀올 예정이란다. 덕분에 치푸는 처음으로 대한이, 서린이와 오붓한 주말을 보낼 수 있게 되었다.

모처럼 엄마를 만나 신이 난 아이들을 데리고 카페에 들렀다 오는 길이다. 다 함께 오산에서 버스를 타서 치푸와 아이들은 하우산에서 먼저 내렸다.

"서린이가 엄마랑 살게 되면 말은 안 해도 대한이가 많이 부러워하겠다."

정류장에 서서 멀어지는 버스를 향해 손을 흔드는 아이들을 보던 선우가 문득 안타까워했다.

아직 이혼 절차가 마무리되지 않은 상황에서 이장과 그의 모친이 서린이를 선뜻 치푸에게 보내겠다고 말한 것은 그리 놀랄 만한 일도 아니었다. 다만 대한이의 양육권에 대해서만큼은 한 치의 양보 없이 첨예하게 대치하는 중이었다.

"일단 지금은 엄마가 가까운 데 산다는 게 조금 위안이 되었으면 좋겠네."

선우의 중얼거림에 희준이 그녀의 뒷목에 입술을 묻었다.

"걱정 마. 대한이한테는 당신도 있고, 나도 있어."

귓가에 소곤거리는 희준의 말이 선우의 묵직한 걱정을 한결 덜어내 주었다.

"어, 낮달이 희다. 그치?"

선우가 길고 가는 검지로 산마루에 걸린 달을 가리켰다. 한쪽 면만 지우개로 문질러 지운 것처럼 찌그러진 낮달이 하얀 구름을 허리에 걸친 채 떠 있었다. 선우와 희준은 잠깐 길 위에 멈추어 서서 낮달을 구경했다.

두 사람은 다시 선우의 집을 향해 걷기 시작했다. 나뭇가지처럼 가는 그녀의 손가락에 추위가 알알이 걸려 있었다. 희준이 선우의 손을 장갑처럼 감싸 쥐며 웃옷 주머니 안에 집어넣었다.

"꺅!"

갑자기 선우가 질겁하여 비명을 질렀다. 그 자리에서 폴짝 뛰며 희준을 길가로 떠밀었다. 희준이 놀라 무슨 일인가 하고 돌아보니, 방금 전 낮달을 가리켰던 그녀의 검지가 이번엔 땅을 가리키고 있었다.

"저 뱀은 날도 추운데 늦장을 부리네."

애써 태연한 척 똬리를 튼 뱀에게서 선우를 멀찌감치 떼어 놓지만, 사실 유년기 이후 줄곧 서울에서만 살았던 희준도 시골 뱀이 질색이긴 마찬가지다.

"매향 살이 중에 제일 힘든 게 이거야. 뱀 나오지, 모기 나오지, 도마뱀에 귀뚜라미에 개구리……."

눈에 띄기만 해도 팔뚝에 오톨도톨한 소름이 돋는 생물들을 선우가 손가락까지 접으며 읊었다.

"몸 말리나 보다. 가을 뱀은 독이 세다니까 항상 조심해. 아니다, 그냥 뱀 나오면 나한테 전화해."

"그렇지만 희준 씨도 뱀 무서워하잖아."

"누가 그래? 무서운 게 아니라 그냥 싫은 거야."

곧 죽어도 우기며 허세를 부리던 희준이 문득 무언가 떠오른 듯이 피식 실소했다.

"왜?"

"아니. 이 동네 어르신들은 거의 다 사투리 쓰셔도, 애들은 서울말 쓰잖아."

"애들이야 다들 TV보고 자라니까. 이쪽 지방은 그다지 억양이 센 것도 아니고."

"근데 무의식중에 툭툭 튀어나올 때가 있어. 진짜 귀엽더라고."

학교 뒤쪽 야트막한 산 아래, 담벼락에 걸린 뱀을 보고 소리쳤을 때도 그랬다.

"뱀 나왔다, 하던데."

"진짜?"

가위는 가새, 주머니는 봉창이, 나중은 난중, 게는 그이. 처음 들었을 땐 의미를 몰라 어리둥절했으나, 이제는 희준도 제법 알아듣는다. 별사탕처럼 툭툭 튀어나오는 아이들의 사투리에서 단맛이 나더라는 얘기에 선우도 무슨 소린지 알겠다며 함께 웃었다.

"희준 씨는 역시 애들 얘기할 때 제일 신나는구나. 천생 선생님 아니랄까 봐."

그 말에 희준이 내가? 하며 휘둥그레진 눈으로 돌아본다.

"응. 아까 보니까 다들 희준 씨를 참 좋아하더라."

"처음 내려왔을 때보다야 다들 잘해 주시지."

부임 당시 오해가 가득했던 마을 사람들과의 관계가 지금은 거짓말처럼 좋아졌다.

서울에서 듣는 선생님 소리에는 그냥 내 직업이 교사구나, 하는 생각밖에 들지 않았었다.

하지만 매향에서 누가 희준더러 선생님, 하고 부르면 괜히 멋쩍은 기분이 들곤 했다. 이곳에서는 그 말이 꼭 칭찬처럼 들리는 까닭이다.

"어라? 희준 씨, 얼굴 빨개졌어. 쑥스러워서 그래?"

귓가가 화끈해지는 기분에 얼른 고개를 틀어 보지만, 선우는 그런 희준을 따라다니며 놀렸다. 도망가고 쫓아가다가 돌연 전세가 역전되었다. 희준이 냅다 도망치는 선우를 잡아 덜렁 어깨에 둘러멨다.

"누가 본다니까! 얼른 내려 줘, 응?"

"싫어. 아주 신났던데. 우리 선우 창피하게 이대로 집까지 가자."

"정희준!"

허공에 뜬 두 다리를 버둥거려 봐도 소용없었다. 오히려 희준이 뒤로 떨어뜨리는 시늉까지 하는 바람에, 얼굴에 피가 쏠리지 않게 상체를 곧추세우고 있는 것이 고작이었다.

이러다 아는 사람이라도 마주칠까 봐 고개를 푹 수그린 선우의 얼굴이 아까 희준과 비교할 수 없이 벌겋게 달아올랐다. 희준은 끝내 대문 앞에 다다라서야 선우를 바닥에 내려 주었다.

희준은 성이 나서 눈꼬리가 사뭇 사나워진 선우가 내지르는 주먹을 최대한 아픈 얼굴로 맞아 주었다. 명치를 붙들고 콜록콜록 기침하는 시늉을 하니, 금세 다가와 안절부절못하는 선우가 사랑스럽다. 그마저도 장난인 것을 알아채고는 팽하니 돌아서는 걸 얼른 붙잡고 입을 맞췄다.

쪽.

"선우야."

"왜."

"네가 나한테 무슨 짓을 했는지, 아마 너는 꿈에도 모를 거다."

"치. 당신이 내 약 올리는 데 선수라는 건 잘 알지."

슬쩍 손바닥으로 가슴을 밀어내는 것을 모른 척하며 희준이 다시 쪽, 입을 맞췄다.

"방금 내 꿈이 조금 이뤄진 것 같아."

"무슨 꿈?"

남 선생님을 닮고 싶었던, 그래서 정말 좋은 선생님이 되고 싶었던 내 꿈.

영문 모르는 얼굴로 되묻는 선우에게 희준은 그녀의 눈이 휘둥그레질 만한 진한 키스로 대답을 대신했다.

잠시 뒤, 현관문이 열렸다. 키득키득 머리를 모으고 웃던 연인이 다급하게 신발을 벗어 던지며 안방으로 들어갔다.

길 위에 덜렁 남겨진 낮달이 겸연쩍어하며 구름 뒤로 얼굴을 숨겼다.

Winter never comes

01. 조우

　사방에서 불어닥치는 찬 바람을 피해 종종걸음을 치고 있었다.

　양손에 들고 있던 가방 무게에 선우의 어깨가 축 늘어졌다. 집에서 매듭을 묶은 목도리는 느슨하게 풀려 그 틈새로 자꾸만 찬 기운이 새어 들어왔다. 부르르 몸서리를 치다가, 때마침 울린 휴대폰을 꺼내려 잠시 들고 있던 가방을 바닥에 내려놓았다.

　"여보세요."

　—어, 나 지금 출발하려고.

　"학교는 어때? 시설은 괜찮아?"

　—확실히 지원이 잘 돼 있어. 트랙도 깔끔하고, 코치도 아

는 분이고.

"그래? 윤주도 마음에 들어 했으면 좋겠네."

─나보다 더 신났던데. 밖이야?

내려놓았던 짐을 추슬러 두 팔로 끌어안았다.

"응. 나 지금 관사 가고 있어."

귀와 어깨 사이에 아슬아슬하게 끼워 놓았던 휴대폰을 다시 잡으며 대답했다.

"전에 말했던 책들 챙겨서 미리 갖다 놓으려고. 겨울인데 애들 추워서 밖에 나가 놀지도 못하잖아."

─내가 가지러 간다니까, 무겁게 왜.

"그 김에 당신도 기다리고, 겸사겸사. 올 때 맛있는 거 사 와."

애교 섞인 말투에 희준이 수화기 건너편에서 기분 좋게 웃었다.

─뭐 먹고 싶은데?

"오랜만에 햄버거 먹고 싶어. 감자튀김 큰 거랑 텐더도 좀 사 오고."

─알겠어. 금방 가. 들어가서 쉬고 있어.

"응. 조심해서 와. 이따 봐."

통화가 끝난 휴대폰을 주머니에 집어넣느라 다시 걸음을 멈춰서야 했다.

그새 빨갛게 언 손등에 후후, 입김을 불어 추위를 녹이고는 선우가 내려놓았던 짐을 들어 올렸다. 살이 엘 것 같은 강풍이 묶어 놓은 머리칼까지 잔뜩 흐트러뜨렸다.

"……저기요!"

교문을 지나 관사 앞에 다다랐을 때였다. 누군가 부르는 소리에 뒤를 돌아보았다.

"거기 정희준 씨 집 아닌가요?"

허리까지 내려오는 여자의 긴 생머리가 바람에 마구 나부꼈지만, 걸음을 빨리하며 다가오는 얼굴은 분명 선우가 아는 얼굴은 아니었다.

"이 집, 정희준 씨 사는 집으로 알고 왔는데."

쌍꺼풀이 진 커다란 눈에 도톰한 입술. 서울보다 겨울이 더 빨리, 더 깊이 찾아드는 매향에서는 좀처럼 입지 않을 법한 캐시미어 코트가 그녀의 날씬한 체구를 맵시 있게 감싸고 있었다.

"희준 씨 집 맞아요."

"그런데 왜 그쪽이……."

그녀를 마주한 순간, 선우는 초면임에도 불구하고 그녀가 누구인지 알 것 같았다. 불길한 예감으로 두근거리는 가슴을 겨우 진정시켰을 때, 여자는 선우의 발 앞까지 다가와 있었다.

"희준 오빠랑 무슨 관계시죠?"

선우가 관사의 현관문 앞에 에코백을 잠시 내려 두었다. 무거운 걸 집에서 여기까지 들고 오느라 어깨가 뻐근한 것이, 손이 떨리는 것은 아마도 그 때문일 거라고 생각했다.

"사랑하는 사이예요."

"뭐……라고요?"

"희준 씨 돌아오려면 조금 있어야 되는데. 누가 다녀갔다고 전해 줄까요?"

날은 얼어붙었고, 여자는 먼 길을 달려왔을 것이다. 그럼에도 얼음장처럼 하얗게 얼어붙은 그녀를 희준의 집에 들일 생각은 조금도 들지 않았다.

"저, 저기요. 잠깐만요."

넌지시 돌아가라고 이야기하는 선우를 여자가 붙들었다.

"희준 오빠 일로 얘기를 좀 나누었으면 하는데요."

순간적으로 가슴 철렁한 기시감이 전신을 휘돌았다.

아아, 또……. 무심코 터져 나오는 한숨을 속으로 힘겹게 삼켜 냈다.

다가선 여자에게서 달콤한 향수 냄새가 물씬 났다. 선우가 소매를 붙들고 있는 여자의 손을 가만히 내려다보았다. 느릿한 동작으로 여자의 손을 떼어 냈다.

"그럼 잠시 기다리세요. 짐이 있어서 안에 두고 나올 테니까."

선우가 희준과의 관계를 밝힌 이후부터 아니, 그녀가 관사 앞에 서 있는 것을 본 순간부터 초조한 기색을 감추지 못하는 여자가 작게 고개를 끄덕였다.

주머니에서 열쇠를 꺼내 문을 열었다. 책이 가득 든 에코백과 집에서 소분해 온 반찬 가방을 들고 안으로 들어섰다. 싱크대에 짐을 내려놓으며, 반찬 통들을 꺼내 냉장고에 넣어 놔야 할지 잠시 고민했다. 겨울이니까 괜찮겠지 싶어 그대로 돌아나오다가 관사 안이 썰렁한 것을 느끼고는 보일러를 켜 두었다.

그가 집에 돌아왔을 즈음엔 따뜻했으면 좋겠다.

희준이 알려 준 요령대로 무릎으로 살짝 민 상태에서 열쇠를 넣어 문을 잠그는 모습을 여자는 착잡한 눈으로 지켜보았다.

"근처에 카페가 하나도 없던데. 일단 제 차에 타시죠."

여자가 가방에서 차 키를 꺼냈다. 관사 옆에 세워 둔 외제 차의 헤드라이트가 깜빡였다. 선우가 여자의 차 조수석에 올랐다.

가장 가까운 카페가 있는 오산 시내에서, 가장 먼저 눈에 띄는 카페를 찾아 들어갔다. 수향의 결혼식이 끝난 뒤, 치푸와 아이들을 데리고 왔던 곳이라는 건 나중에서야 떠올랐다.

서린이가 코코아를 무척 좋아했는데.

"뭐 드시겠어요?"

물어 오는 여자에게 대답하는 대신 지갑을 들고 일어섰다. 그럴 만한 사이가 아니었는데도, 어쩌다 보니 나란히 카운터 앞에 서 있는 꼴이 우스웠다.

따뜻한 아메리카노를 시켜 자리로 돌아왔다. 지나치게 뜨거워서 아직 입도 대지 못한 종이컵을 테이블 위에 올려 두고 가만히 노려보고 있을 때였다. 여자가 먼저 자신을 소개해 왔다.

"남현경이라고 합니다."

"안선우예요."

이름을 되돌려 주며, 선우가 싸늘하게 식은 손끝으로 커피가 든 종이컵을 감싸 쥐었다. 컵 속의 커피가 미지근해질 때까지 테이블 위에는 어색한 정적이 내려앉았다.

"실은 오빠랑 할 얘기가 있어서 왔어요. 근데 오빠 집에서 다른 사람을 마주칠 줄은 몰랐네요. 오빠랑은…… 희준 오빠랑은 언제부터 만나셨어요?"

"봄에 처음 만났어요."

"아……. 그럼 사귄 건 얼마나……."

"남현경 씨. 이런 질문을 내가 계속 듣고 있어야 되나요?"

선우가 여지없이 현경의 말을 잘랐다. 희준에 대해 할 이야기가 있다고 해서 따라온 것뿐. 그와 제 일을 아무 상관도 없는 사람에게 미주알고주알 쏟아낼 마음은 추호도 없었다.

"남현경 씨가 희준 씨와 전에 만나던 사이라는 거 알아요. 하고 싶은 얘기 있으면 그것만 하고 가요. 괜히 이리저리 떠보려고 하지 말고. 현경 씨하고 나, 피차 오래 얼굴 맞대고 있을 이유·없으니까."

쌀쌀하게 몰아치는 선우에게 놀란 듯하던 현경이 이내 아랫입술을 지그시 사리물었다.

"저는 희준 오빠랑 10년을 넘게 만났어요. 그보다 더 오랜 시간을 가족처럼 함께 지냈고."

"들었어요."

"아뇨! 제 말은…… 그러니까 제 말은, 제게 있어 모든 처음이 희준 오빠였다는 뜻이에요. 그건 희준 오빠도 마찬가지고요."

"……"

"우린…… 그만큼 서로가 서로에게 특별할 수밖에 없다고요."

표정 관리가 되지 않는 얼굴을 가리려고, 선우가 테이블 위의 커피를 집어 입가에 가져다 댔다. 현경의 말을 잠자코 듣고만 있는 가슴이 커피만큼이나 차게 식어 가고 있었다.

"안선우 씨는 봄에 처음 만났다고요. 길어 봐야 반년이네요."

"반년 조금 넘죠."

"우리는, 저랑 희준 오빠는 평생을 함께했어요. 그리고 앞으로도 좋든 싫든 계속 부딪칠 거예요."

"그것도 들었어요. 두 사람, 가족이나 다름없다고요. 그러고 보니 결혼한다는 소식도 들은 것 같은데, 축하해요."

선우가 건네는 인사에 순간적으로 멈칫하던 현경이 이내 무릎 위에 올려놓은 양손을 맞쥐었다.

"……결혼은 하지 않을 거예요. 오빠랑 헤어진 건 실수였어요. 다시 되돌리고 싶어요."

결국 이 말을 하려고 찾아온 거구나.

예상은 하고 있었지만, 실제로 닥치니 속이 어지러웠다.

"안선우 씨한테는 미안한 말이지만 오빠, 절대 나 못 잊어요. 지금까지도, 그리고 앞으로도 안선우 씨랑 함께하는 순간 순간마다 날 떠올릴 거예요. 왜냐하면, 앞으로 안선우 씨랑 하게 될 모든 것을 이미 나랑 해 봤으니까."

당신이 만나고 있는 남자가 유부남이니 헤어져 달라고, 절벽처럼 가파르고 어딘가 절박한 인상을 지니고 있던 여자의 모습이 어렴풋하게 덧씌워졌을 때 선우는 저도 모르게 질끈 눈을 감고 말았다.

"안선우 씨도 그런 건 괴롭잖아요. 그러니까 제발 오빠를 제게 돌려주세요."

삐이. 뾰족한 이명이 가슴을 관통했다. 소리가 지나간 자리에 검은 구덩이가 파였다.

마치 데자뷔처럼 스치는 기억 때문에 저도 모르게 부르르 몸을 떤 선우가 양팔을 감쌌다. 한기가 타고 오르는 등을 의자 등받이에 깊숙이 기대며, 태연해 보이기 위해 교차된 두 팔을 팔짱 꼈다.

"현경 씨가 본인 감정에 얼마나 취해 있는지 알겠는데, 그렇다고 그게 나한테 찾아와서 이런 얘기를 할 자격을 주는 건 아니에요. 실례고, 무례라고요."

차갑게 내치는 목소리의 끝이 떨렸다. 추워서 그런 거라고 생각하고 싶지만 그게 아니라는 걸 선우도, 현경도 알고 있었다.

"애초에 오빠가 이런 데까지 내려온 것도 날 위해서였어요. 우리 가족한테 인정받으려고. 희준 오빠 원래 이런 데 있을 사람이 아니에요."

'이런 데'라고 강조하는 말이 '당신 같은 사람'이라는 말과 동의어라는 것을 모르지 않았다.

"그걸 알면서도 이별을 고한 건 남현경 씨, 아닌가요?"

"저는 몰랐어요! 저는, 저는 정말로 오빠가 그렇게까지……!"

당황한 나머지 현경은 손을 휘젓다 본인의 커피를 엎지르기까지 했다. 달달한 모카가 테이블을 타고 미끄러져 그녀의 베이지색 캐시미어 코트에 자국을 남겼다.

선우는 울상이 된 그녀에게 냅킨을 건넸다. 한참을 문질러도 이미 옷감에 스며들어 지워지지 않는 얼룩을 내려다보며 현경이 한숨을 쉬듯 말했다.

"우리 가족하고 오빠 사이에 있었던 일이라 자세히 말씀드릴 수는 없지만, 희준 오빠랑 저 사이에 오해가 좀 있었어요. 저희 집에서 계속 결혼을 반대해서, 저도 오빠도 꽤 지쳐 있었던 게 사실이에요. 10년이나 만났으니까, 잠깐 흔들린 거죠.

하지만 이제 집에서 오빠를 반대할 일은 없을 거예요. 나 때문에 오빠가 한 희생, 내가 평생 함께하면서 갚을 생각이에요."

결국 현경의 손에 들려 있던 냅킨이 와작 구겨졌다. 체념하며 손안에서 뭉뚱그린 냅킨을 테이블 위에 모아 두었다. 더럽혀진 캐시미어 코트 벗어 의자에 걸쳐 놓는 것을 보며 선우는 현경이 흠이 난 물건을 남에게 보이고 싶어 하지 않는 사람이라는 인상을 받았다.

"선우 씨는 희준 오빠랑 이제 겨우 반년 만났다면서요. 아직 결혼할 확신은 없는 거잖아요?"

선우는 아무런 대답도 하지 않았다. 그 침묵 자체가 대답이라는 듯이 현경이 고개를 주억거렸다.

"희준 오빠, 평생 외롭게 컸어요. 우리 집에서 자라는 내내 오빠도 진짜 우리 가족 되기를 바랐고요. 이제는 자기 가정 만들어서 다복하게 살 자격 있어요. 선우 씨가 그렇게 해 줄 수 있나요?"

"결혼은 생각 없어요. 아이도 낳지 않을 거고."

현경은 선우가 결코 주지 못할 행복과 안정을 줄 수 있다고 자신했다.

"이해해요. 두 사람, 만난 지 얼마 되지도 않았으니까. 상대를 믿고 평생을 맡기기엔 모자란 시간이었죠. 근데 난 아니에요. 내일 당장 결혼하자고 해도 할 수 있을 만큼, 오빠 사랑해요."

392

"결혼이 무슨 사랑의 결착이나 증명쯤 된다고 여기는 것 같은데, 그러는 현경 씨야말로 10년 만난 희준 씨 말고 다른 남자와 결혼하려고 했던 사람 아닌가요?"

"그건 실수였어요. 말했잖아요! 나는 단지……."

차마 희준에게 확신이 없었다는 그 말을 현경이 제 입으로 뱉을 수 있을 리 없었다. 방금 전까지 선우에게 결혼을 약속할 정도로 사랑하지 않는 거냐고 다그친 게 다름 아닌 그녀 자신이었으니까.

"오빠는 미안해서라도 먼저 헤어지자는 소리 못할 거예요. 안선우 씨가 놔주지 않으면, 나한테 오고 싶어도 올 수 없어요."

대신 현경은 직접 묻지도 않은 희준의 마음을 대변해 선우에게 이별을 호소하기 시작했다.

"그만해요. 현경 씨가 나한테 찾아와서 하고 있는 짓, 그냥 떼쓰고 우기는 걸로 밖에는 안 보이니까."

선우는 사랑에 눈이 멀어 분별없이 행동하는 현경을 질책 어린 시선으로 쏘아보았다.

"무엇보다 난 남현경 씨가 희준 씨 의사를 전혀 고려하지 않고 있는 게 화가 나요."

그래 봐야 희준보다 가족이, 애정보다 오해가 더 큰 의미를 가졌을 관계였다.

그녀가 원하면 응당 희준도 받아들일 것처럼 여기는 현경의 모습을 보고 있자니, 나오는 건 한숨뿐이었다.

현경과 보냈다던 10년의 시간 동안 당신은 이렇게 불리한 연애를 계속해 온 걸까. 바보같이 사랑했을 희준 때문에 선우는 참을 수 없이 속이 상했다.

"희준 씨는 물건이 아니에요. 누가 누구에게 양보하거나 달라고 조를 수 없어요."

"오빠를 물건 취급한 적 없어요!"

발끈하여 소리친 현경은 선우의 말에 적잖이 상처를 받은 듯 입술을 파르르 떨었다.

"오빠는 언제나 내 꿈이고, 세계고, 우주였어요. 늘 곁에 있었기 때문에 소중함을 미처 몰랐을 뿐이에요. 그래서 바보같이 손에서 놓아 버렸고…… 오빠가 없는 시간들이 너무 불행했어요. 후회하고 또 후회하면서, 헤어진 반년을 이별에 몸져 누울 만큼."

볼록하게 맺히던 눈물이 끝내 현경의 눈에서 또르르 굴러 떨어졌다. 그녀는 미처 그것을 닦을 생각조차 하지 못한 채 손마디가 하얗게 불거지도록 양손을 모아 잡았다.

"오빠 없이는 나도 살 수 없어요. 그래서 찾아온 거예요. 당신을 상처 주고서라도…… 어떻게든 돌이키고 싶어서."

그러더니 고개를 숙이며 미안하다고, 미안하다고 몇 번이나 사과했다. 가녀린 어깨가 울음을 덧입고 간헐적으로 들썩거렸다.

"남자 하나에 현경 씨 행복이 좌지우지될 거라고 믿는 건 큰 착각이에요. 스스로 행복하지 못한 사람 옆에서는 누구도 행복할 수 없어요."

현경의 울음이 그칠 때까지, 감정을 추스르고 다시 저를 마주할 때까지 선우는 묵묵히 빈 종이컵을 만지작거리며 기다렸다.

"만약 희준 오빠도 저와 다시 시작하고 싶다고 한다면, 그 땐 조용히 물러나 줄 건가요?"

현경은 마지막까지 선우에게 확답을 받고자 했다. 사랑받고 자라 온 사람 특유의 자신감일까? 아니면 현경이 그토록 강조하던 10년의 시간이 희준이 그녀에게 필히 돌아오리란 확신을 주었을지도 모르겠다.

솟구치는 불안을 애써 누르며 선우가 작은 목소리로 대답했다.

"그래요."

만약 현경의 말대로 희준 역시 그녀에게 아직 미련이 남아 있다면 선우는 그를 붙잡지 않을 것이다.

"그런 남자라면, 나보다 남현경 씨한테 잘 어울릴 테니까."

마음이 다른 곳에 있는 남자를 붙잡아 두는 건 사랑하는 사람에게 버림받는 것보다 슬프고 괴로운 일이기에.

학교까지 태워 주겠다는 현경의 말을 부득불 물리치고, 돌아가는 길은 버스를 탔다. 정류장에서 찬 바람을 맞으며 30분 쯤 서서 버스를 기다렸다.

평소와 다르게 조금 붐비는 버스의 허리에서 손잡이를 부여 잡은 채 덜컹거리는 운전을 버텼다. 겨우 두 정거장을 왔을 뿐 인데, 땅에 내려섰을 때는 심신이 지쳐 비틀거려야 했다.

가는 도중에, 희준에게서 전화가 걸려 왔다. 아마도 선우가 집에 없는 것을 확인하고 거는 전화일 것이다.

—어디야?

받자마자 물어 오는 희준의 목소리에 작게나마 웃음이 났 다.

"머리가 아파서. 약 좀 사려고 나왔지."

—약국 도착했어? 가는 길이면 그냥 다시 와.

둘러댈 말이 달리 생각나지 않았다. 이 추운 날씨에 산책을 나왔다고 할 수도 없는 노릇이니까. 막상 뱉어 놓고서는 정말 약국까지 다녀와야 하나 걱정하던 찰나였다.

—너 먹는 진통제 내가 집에 사다 놨어. 그거 말고는 잘 안 듣는다며.

울컥하고 멍울처럼 올라오는 감정을 애써 꾹 내리누르며, 선우가 대답했다.

"응. 바로 갈게. 조금만 기다려."

—머리 아프다면서. 뛰지 말고.

조급해지는 선우의 숨소리를 알아챈 희준이 걱정 어린 잔소리를 건넸지만 듣지 않았다. 도리어 마음이 조급해져서, 어느 순간부터 선우는 희준을 향해 달려가고 있었다.

—응. 보고 싶어서 그래. 빨리 보고 싶어서.

수화기 너머에서 탁탁탁, 들려오는 그녀의 발소리를 좇아 희준의 가슴도 뛰었다.

결국 벽에 걸어 두었던 점퍼 소매에 팔을 끼워 넣으며 밖으로 나왔다. 교문까지 가벼운 뜀걸음으로 향하니, 신호등 건너편에서 선우가 손을 흔들고 있다.

파란불로 바뀌자마자 전력으로 뛰어와 안기는 선우의 무게감이 그의 마음을 벅차게 했다. 선우가 그를 끌어안는 것보다 더 강한 힘으로 그녀를 안으며, 바람 냄새가 묻은 정수리에 코를 묻었다. 쿡쿡, 소리 내는 선우의 웃음이 가슴에서 부서져 그 안쪽을 간질였다.

묵직한 희준의 한 팔을 어깨에 걸치고, 그 손에 깍지를 껴 잡은 채 관사에 다다랐다. 미리 보일러를 올려 둔 실내 공기가 뜨끈하게 덥혀져 있어 꽁꽁 얼어붙었던 손마디가 금세 녹았다.

꾀병이었어도, 선우는 희준이 물과 함께 건네준 알약을 달게 삼켰다. 관자놀이와 뒷머리를 두 손으로 감싸 주물러 주는 희준의 손길 또한 기껍게 받아들였다.

"우와, 맛있는 냄새. 진짜 가끔가다 한 번씩 격하게 먹고 싶을 때가 있어."

희준이 사 온 햄버거로 마주 앉아 저녁을 때웠다. 감자튀김을 수북하게 쏟아 놓고서 하나씩 집어먹으며, 오늘 윤주와 함께 중학교 견학을 하고 온 이야기를 들었다.

"윤주 어머님이 참 대단하신 것 같아. 요새 자녀들 운동 지원해 주는 학부모 드물잖아."

"나도 처음 윤주가 중학교 가서 본격적으로 육상을 해 보고 싶다고 했을 때는 걱정했는데, 오히려 어머님이 더 좋아하시더라고. 아무래도 윤별이가 몸이 약하니까, 윤주는 건강하게 운동할 수 있어 감사하다고."

방과 후 육상부 활동을 계기로 윤주는 트랙과 사랑에 빠져 버렸다. 희준은 학생이 달리기를 사랑하게 된 것이 기쁘기도 하고, 염려스럽기도 한 모양이었다.

오늘도 윤주 어머님의 부탁을 받아 윤주가 마음 놓고 재능을 키울 수 있는 학교를 알아보기 위해 견학을 다녀온 참이다.

"윤주라면 워낙 속이 깊어서 괜찮을 거야."

여러모로 걱정이 많은 희준을 달래며 선우가 감자튀김 하나를 케첩에 찍어 그의 입에 쏙 넣어 주었다.

"윤주를 시작으로 희준 씨 제자 중에 미래의 올림픽 금메달리스트가 나올지도 모르잖아."

농담 같은 선우의 말이 희준에게는 제법 찡하게 박혀 들었다. 만약 정말로 그가 가르친 제자 중 하나가 어린 시절의 꿈을 대신 이루어 준다면, 희준에게 그보다 더한 보람은 없을 것이다.

8시가 되어 갈 무렵, 선우가 시계를 흘끔거렸다. 늦지 않게 돌아가야겠다 싶으면서도 칼바람 부는 밖으로 나가려니 엉덩이가 무거워졌다.

아니, 거짓말이다. 실은 오늘 현경과 만났던 일에 대해 희준에게 말해야 하는지 내내 망설이고 있는 까닭에 좀처럼 발이 떨어지지 않는 것이다.

"전화 오는 거 아냐?"

충전기를 꽂아 협탁 위에 올려 두었던 희준의 휴대폰이 드르륵 진동했다. 흘끔, 확인한 희준이 070으로 시작되는 스팸 전화라며 통화를 거절했다.

"현경 씨지?"

연달아 울리는 휴대폰을 말없이 노려보고 있는 희준을 보고 직감했다. 그가 언뜻 이해할 수 없다는 표정으로 선우를 돌아보았다.

"받아."

받아도 괜찮다고 말해도 희준은 묵묵부답이다. 그사이 진동이 맥없이 끊겼다.

"어떻게 알아?"

"만났어. 오늘."

"왜?"

또다시 전화가 울리기 시작하고, 선우는 그의 손에 든 휴대폰을 향해 눈짓했다.

"그냥 지금 받았으면 좋겠어. 내가 옆에 있을 때."

웃고 있어도 웃는 것 같지 않은 선우를 보며 희준이 마지못해 세 번째 울리는 전화를 받았다.

"여보세요."

—…….

"말해. 전화 걸었으면."

—……오빠. 나야. 현경이.

응답을 기대하지 않았던 건지, 잠시 말을 잊었던 현경이 희준의 재촉에 더듬더듬 목소리를 냈다.

"알아. 얘기해."

—혹시 오늘 중에 서울 올라올 수 있어? 할아버지가 많이 위중하셔.

청천벽력 같은 소식에 희준의 안색이 급변했다.

"대체 언제부터? 상태가 어떠신데?"

—마음의 준비를 하는 게 좋을 것 같다고 해서, 요양원에서 모시고 온 지 며칠 됐어.

"그걸 왜 이제 말해!"

끝내 참지 못하고 버럭 소리를 지른 희준 때문에 옆에 있던 선우까지 덩달아 놀라고 말았다.

—오빠가 내 전화 안 받은 거야. 나는 계속 연락하려고 했어.

지난번 현경이 찾아왔던 이후로 그녀의 전화를 쭉 거부해오고 있었다. 희준이 현경에게 남 선생님의 상태를 재차 물었다.

—궁금하면 오빠가 직접 와서 봐. 할아버지 일 아니면 서울에 올라오지도 않잖아.

"남현경."

—알아. 나 지금 되게 못된 거. 근데 나 이렇게 해서라도 오빠 보고 싶어. 아픈 할아버지 핑계 대면서라도.

고집을 부리는 현경의 목소리가 수화기 너머에서 옅게 흔들렸다. 보지 않아도 지금쯤 울고 있을 모습을 떠올리는 건 어렵지 않은 일이다.

희준이 무거운 한숨을 내쉬며 전화를 끊었다.

까맣게 액정이 가라앉은 휴대폰을 손에 쥐고서, 희준은 한동안 움직이지 않았다. 복잡한 속이 그대로 드러난 그의 표정 위로 선우는 혼란스러움을 읽었다.

"전에 말했던 은사님, 그분 일이야?"

선우가 그의 앞으로 다가서며 물었다. 희준이 숙이고 있던 고개를 들어 선우를 바라봤다. 그리고 작게 긍정했다.

"많이 안 좋으시다고……. 근데 잘 모르겠어. 그냥 하는 말인지."

그저 연말이 가까워 잠시 댁으로 모신 걸지도 모른다. 매년 명절이나 연휴에는 그래 왔으니까.

"지지난 주에 찾아뵀을 때만 해도 나쁘지 않았는데, 이렇게 갑자기……."

그러면서도 생각은 '그래도 만에 하나' 쪽으로 자꾸만 기운다. 결국 길 잃은 어린애처럼 이러지도, 저러지도 못하고 서 있는 그에게 선우는 한 가지 말밖에는 할 수 없었다.

"얼른 준비해서 가 봐야지."

선우가 희준의 등을 떠밀었다. 여전히 자리에서 움직일 줄 모르는 그를 보며 급한 대로 벽걸이에 걸려 있던 점퍼를 가지고 왔다.

점퍼 주머니에 지갑이 들었는지 확인하며 손을 넣어 뒤적거리던 그녀가 이내 지갑을 찾아 주위를 두리번거리기 시작했다.

"선우야."

"바보같이 서 있지 말고. 양말부터 신어. 응?"

마침 식탁 위에 올려 둔 지갑을 발견하고 그쪽으로 향하던 선우의 팔을 희준이 붙들었다.

"현경이 만나서 무슨 얘기 했어?"

선우가 비스듬했던 몸을 돌려 추궁하는 희준을 마주 보고 섰다. 평소보다 가라앉은 눈을 가만히 들여다보던 그녀가 하얀 손을 들어 희준의 한쪽 뺨에 가져다 댔다.

"나 다른 사람 말에 안 흔들려. 당신 말만 듣고, 당신 말만 믿을게."

그 여자가 무슨 말을 했든지 간에 전부 잊고, 희준의 입에서 나온 말만 믿겠다고 약속했다.

"그러니까 돌아오면, 희준 씨가 다 말해 줘."

그런 선우를 한참이나 내려다보던 희준이 이내 그녀의 손바닥에 얼굴을 비비며 답했다.

"알겠어. 선생님 괜찮으신지 상태만 보고 곧장 올게."

"응."

"늦어도 집으로 갈 테니까, 자지 말고 있어."

"기다릴게."

선우가 건네는 지갑과 열쇠를 받아 주머니에 대충 쑤셔 넣고는 허리를 숙여 짧게 입맞춤한 희준이 다급히 관사 문을 나섰다.

희준을 보내고 집으로 돌아가면서 선우는 두터운 외투 속으로 파고드는 한기에 재차 몸을 움츠려야 했다.

집에 도착해서야 그의 집에 목도리를 풀어 두고 왔다는 걸 깨달았다.

"어쩐지. 자꾸 오한이 들더라."

그러나 뼈 사이사이에 성에가 낀 것처럼 싸늘하고, 악문 턱관절이 아릴 만큼 몸을 떨어댄 것은 비단 겨울이 뱉어 낸 한기 탓만은 아니었을 것이다.

집에 도착해서도 한참이나 추위가 가시지 않아 곤욕이었다. 얼음으로 지은 옷을 입고 있는 것 같았다. 외투를 입은 채 무작정 이불 속으로 파고들었다.

문득 시간이 지나도 온기가 오르지 않는 것이 이상하다는 생각이 들었다. 집 속에 틀어박힌 거북이처럼 웅크리고 있다가 이불 밖으로 빼꼼 고개를 내밀었다. 손바닥으로 침대를 짚어 보다가 이내 쯧, 하고 혀를 찼다.

전기 장판도, 보일러도 안 틀고 이러고 있었구나. 아, 그러고 보니 관사 보일러는 제대로 끄고 나왔던가?

곰곰이 떠올려 보지만 기억이 흐릿했다. 늘 걷는 길, 가는 장소라서 그런 건지도 몰랐다. 매일매일 중첩된 기억 속에 오늘 하루는 흔적도 찾기 힘들게 녹아 있었다. 끝끝내 자신이 보일러 스위치를 눌렀는지 아닌지 기억하지 못하는 채, 선우는 이불에 코를 박았다.

잠시 뒤, 비척거리며 침대를 빠져나온 선우는 부피가 큰 겨울옷에서 탈피했다. 오리털 잠바, 스웨터, 티를 벗고 민소매만 남겼다. 면이 부슬부슬한 수면 바지를 두 다리에 꿰어 입고, 품이 큰 후드 티를 머리부터 뒤집어썼다. 푸하, 하고 얼굴을 내밀자 그새 정전기가 난 머리가 잔뜩 곤두섰다.

거실에 깔아 둔 푹신한 방석 위에 주저앉았다. 구부린 무릎을 가슴팍에 끌어안으면서 간접 조명만 들어온 어두침침한 거실을 가만히 응시했다. 유리문 밖에서 비탈을 타고 내려온 찬 바람이 감사납게 몰아치는 소리가 났다. 뒷산에 묶어 놓고 키우는 개 몇 마리가 그 소리에 놀라 왈왈 짖어 댔다.

"이런 식으로 하는 건 반칙이지……."

끝내 우물거리던 불평을 들어 주는 이 없는 거실에 흘려 냈다.

하얀 얼굴에 강아지처럼 큰 눈을 빛내던 여자. 처음 보는 사람 앞에서도 자기감정을 솔직하게 드러내고, 울고, 웃던 여자.

"만약 희준 오빠도 저와 다시 시작하고 싶다고 한다면, 그땐 조용히 물러나 줄 건가요?"

당돌하게 물어 오던 그 여자, 남현경. 희준이 그녀 인생의 모든 첫 경험이라고 했다. 첫사랑, 첫 키스, 첫 섹스. 그리고 첫 이별.

지금으로부터 한 10년 전쯤엔 선우도 현경처럼 처음이라는 단어에 많은 의미를 부여했었던 것 같다. 첫 남자가 내 인생 마지막 남자가 되리라고 믿어 의심치 않았으니까.

현경처럼 꽤 오랫동안 이별을 받아들이지 못했고, 재회를 위해서라면 자존심도 예의도 전부 버리고 매달릴 수 있다고 생각했었다. 그러니 오늘 현경의 행동도 아주 이해되지 않는 바는 아니다.

실제로 첫사랑과의 이별을 실감한 것은 두 번째 연인의 품에 안기던 순간이었다. 처녀를 상실했던 밤보다 더 큰 탈력감이 덮쳐 왔고, 가슴에는 이유 모를 슬픔이 번져 나갔다.

끝내 마지막 사랑이 되지 못했던 첫사랑과, 첫사랑만큼 사랑하지는 않는 이 남자. 그리고 앞으로 만날지 모를 남자들.

그들 중 진정으로 안주할 수 있는 사랑을 찾을 수 있을까, 하는 의문이 감당할 수 없는 크기로 자라 그녀를 짓눌렀다.

갑작스레 몸을 떠는 그녀를 내려다보며 아파? 살살 할까? 하고 묻던 연인의 아래에서 한껏 흐느꼈다. 모든 기력을 쏟아 낸 채 정신없이 곯아떨어진 남자의 품을 아무리 파고들어도, 마음의 떨림은 밤새 진정되질 않았다.

"희준 오빠, 평생 외롭게 컸어요. 우리 집에서 자라는 내내 오빠도 진짜 우리 가족 되기를 바랐고요. 이제는 자기 가정 만들어서 다복하게 살 자격 있어요. 선우 씨가 그렇게 해 줄 수 있나요?"

언젠가 딱 한 번, 희준의 입에서 먼저 결혼 이야기를 꺼낸 적이 있다. 아마도 구식과 수향의 결혼식이 얼마 남지 않은 날이었을 것이다.

마을 청년회 회식 자리에 준회원 자격으로 불려 갔던 희준
이 모임이 끝난 뒤에 선우의 집을 찾았다.

"술 많이 마셨어?"
"아니. 취할 만큼은 안 마셨어."
"얼마나 마셨는데?"
"그냥 소주 몇 잔."
"으이구. 주는 대로 다 받아 마시지 말라니까. 얼굴 좀 빨개, 당
신."

선우가 붉게 상기된 그의 뺨에 손을 가져가 댔다.

"술 마시고 보니까 더 예쁘네."
"어휴, 엉큼해."

은근하게 허리를 감아 오는 팔을 찰싹 내리치며, 선우가 가
늘게 뜬 눈으로 희준을 흘겨보았다.
대충 주방 정리를 마치고는 그를 위해 따뜻한 꿀물을 타주
었다. 마침 목이 말랐던 희준이 머그를 받아 단숨에 비웠다.
선우가 욕실에서 씻고 나오는 동안, 희준은 식탁 앞에 우두
커니 앉아 있었다.
달칵, 하고 문이 열리는 소리를 듣자마자 자리에서 일어났

다. 수건으로 젖은 머리를 감싸고 나온 선우를 자신이 앉아 있던 의자에 앉히고, 방에 들어가 드라이기를 들고나왔다.

"머리 말려 주려고?"
"응."

선우의 등 뒤에 서서 드라이기의 전원을 켠 그가 커다란 손으로 젖은 머리카락 사이사이를 헤집었다.

조금은 어설프고 거칠어도 애정이 느껴지는 손길이었다. 희준에게 몸을 맡긴 선우는 조금 나른한 기분이 들었다.

"술은 좀 깼어?"

대충 물기가 걷힌 것을 확인하고 나서, 플러그를 뽑아 전선을 둘둘 감는 희준을 올려다보며 물었다.

희준이 드라이기를 식탁 위에 내려놓으며 고개를 끄덕였다.

"별로 많이 마시지는 않았는데. 취한 것처럼 보여?"
"응. 당신 취하면 평소보다 순해지잖아. 눈이 이렇게 쳐져서."

놀리는 말에 희준이 한쪽 눈썹을 찡그렸다. 그걸 보고 배시시 웃으며 선우가 부연했다.

"평소에는 잘 훈련된 까만 눈 진돗개 같은데. 술 마시면 레트리버 같아. 그래서 난 희준 씨 취한 모습도 좋아해."

결국 어느 쪽도 개를 닮았다는 소린데.

선우에게는 그런 말조차 듣기 좋게 하는 재주가 있는 모양이다. 아니면 선우가 하는 말이라 무조건 듣기 좋은 건가.

입가에 머금고 있던 웃음기가 자연스레 누그러진 선우의 앞에 희준이 무릎을 굽혀 앉았다. 찬 기운이 어린 머리칼을 손가락으로 쓸어 귀 뒤로 넘겨주었다.

"……왜 그래?"

빤히 올려다보는 희준의 눈에서 머뭇거림을 읽어 내고는, 선우가 물었다. 잠시 입술을 달싹이던 희준이 어렵게 말을 꺼냈다.

"내 쪽에서 먼저 결혼을 언급하지 않는 게, 당신한테 이기적인 짓인지 묻고 싶어서."

"갑자기 왜? 결혼하고 싶어졌어?"

"아직…… 잘 모르겠어."

"솔직히 말해도 돼?"

희준이 긴장한 얼굴로 고개를 끄덕였다. 신중하게 말을 고른 선우가 작은 한숨을 앞세워 입을 열었다.

"희준 씨가 결혼을 책임이란 말과 동일시한다는 걸 알아. 그래서 내심 부담스러워하는 것도. 그런 희준 씨라서 다행이라 생각하고 있다면, 내가 희준 씨보다 더 이기적인 사람이겠지."

별것 아닌 얘기를 하는 듯이 어깨를 으쓱거리던 것도 잠시. 결국엔 두 손에 얼굴을 묻은 채 길게 마른세수를 했다.

한참 뒤, 손바닥 아래 드러난 표정에는 예상치 못한 슬픔이 묻어 있었다.

"희준 씨. 난 말이야. 내 아버지가 누군지 이름조차 몰라. 엄마가 불륜을 해서 낳은 애라고, 어른들이 수군대는 소리를 듣고 자랐어. 엄마는 부정한 관계로 날 낳고, 또 다른 남자한테 정신이 팔려서 자식을 버렸지. 그래서 난 사실 부부가 될 자신도, 부모가 될 자신도 없어."

"……."

"그러니까 만약 희준 씨가 바라는 게 아내와 자식이 있는 가정을 만드는 거라면, 나는 그걸 줄 수 없을 거야."

미안. 선우가 속삭이듯 작은 목소리로 사과했다. 애써 미소 띤 얼굴이 희준의 눈엔 우는 것보다 아파 보였다.

　선우의 슬픔을 정면에서 마주한 희준이 위태롭게 미소 짓고 있는 선우의 두 손을 꽉 움켜쥐었다.

　"내가 괜한 말 꺼냈나 보다. 이 얘기, 더는 신경 쓰지 마."

　결혼이란 주제가 여자에게 더 예민하게 받아들여진다는 걸 알기에, 먼저 선우의 생각을 묻고자 했다. 그녀가 결혼을 원치 않는 것이 희준에게 사과할 이유가 되지는 않았다.

　"솔직히 나는 너 하나만 있으면 돼. 형식 같은 건 상관없어. 그러니까 너도 나 하나로 충분하면 그걸로 됐어. 서로 미안해할 필요 없는 일이야."

　그렇게 일축해 버린 희준은 그날 이후 결혼에 대해 다시 언급하는 일이 없었다. 하지만 그 말이 정말 진심이었을까?

　현경을 만나고 나니, 어쩌면 희준도 현경의 옆에서 결혼을 하고, 가정을 꾸리고, 자식을 키우며 사는 꿈을 꾸었을지도 모르겠다는 생각이 들었다.

　그 여자와 함께라면 희준 씨도 그런 미래를 가질 수 있겠지. 희준 씨가 바라는 게 그런 거라면 나는……

곧 상념을 털어 내듯 고개를 내저은 선우가 제 볼을 찰싹찰싹 두드렸다. 희준은 돌아오겠다고 약속했다. 늦어도 올 테니까 기다리고 있으라고.

희준이 아닌 다른 사람의 말은 듣지 않겠다고 제 입으로 말하고서도 그가 없는 곳에서 금세 마음 약해지는 게 싫었다.

고작 몇 시간 떨어져 있는 것뿐이다. 희준은 위독하신 은사님의 상태를 확인하러 갔고, 이곳으로 돌아올 것이다.

현경의 곁이 아니라 바로 여기, 안선우의 곁으로.

볼록하게 솟은 무릎 위에 볼을 기댄 선우는 그렇게 거실에 앉아 끝나지 않을 것처럼 기나긴 겨울밤이 지나가는 것을 지켜보았다.

자정이 지나고, 새벽을 넘어 하늘은 검푸르게 밝아 왔다. 그러다 마침내 커튼을 걷어 놓은 유리문으로 직선으로 뻗친 햇발 몇 줄기가 거실 바닥에 부려질 때까지, 희준은 돌아오지 않았다.

〈남 선생님께서 돌아가셨어.〉

그날 오후에 희준이 보내온 메시지였다.

02. 집으로, 너에게로

　희준이 도착했을 때, 병실에는 현경이 혼자 남아 남 선생님의 곁을 지키고 있었다.

　"다른 사람은?"

　"아빠랑 엄마는 부부 동반 모임. 오빠는…… 몰라. 또 어디서 사고를 치고 있을지."

　현경이 힘없이 웃으며 희준에게 의자를 내어 주었다.

　"괜찮으신 거야?"

　희준이 겨울 공기가 묻어 있는 겉옷 채로 남 선생님에게 다가섰다. 조용히 잠들어 있는 안색부터 확인하자, 현경이 나무라는 듯 그의 옷자락을 당겼다.

　"일단 옷 벗고 손부터 소독해."

희준이 겉옷을 벗어 의자에 걸쳐 놓으며 병실 한쪽에 놓인 세면대에서 손을 씻었다.

"할아버지, 어제부터 의식 없으셔."

"근데 왜 이제 연락해!"

버럭 소리치는 희준을 현경이 놀란 눈으로 올려다보았다. 현경의 잘못이 아니라는 건 현경도, 그리고 희준도 아는 일이다.

그러나 남 선생님이 희준에게 어떤 의미인지를 알기에, 현경은 주눅 든 목소리로 털어놓았다.

"일주일 전부터 계속 상태가 나빠지셨어. 의식도 띄엄띄엄했고. 임종은 지키고 싶어서 앰뷸런스 불러서 서울로 모시고 온 거야."

희준이 남 선생님의 손을 조심스레 잡아 감쌌다. 앙상한 뼈에 가죽이 힘없이 눌어붙어 있는 노인의 팔은 군데군데 주사 자국으로 까맣게 멍이 들어 있었다.

가만히 들여다보면 비단 팔뿐만이 아니다. 인자한 웃음이 주름으로 남아 있었던 얼굴엔 그가 모르는 검버섯이 몇 송이나 피어났다.

푹 팬 눈가와 맥이 뛰는 모습이 육안으로 보이는 관자놀이의 시퍼런 핏줄, 하얗게 말라붙은 입술은 삶과 죽음의 경계에 놓인 그의 상태를 고스란히 드러내고 있었다.

희준이 이를 악물며 그 모습을 전부 눈에 담았다.

"……남현민은 아직도 정신 못 차렸냐?"

희준의 낮은 음성이 문득 병실의 무거운 정적을 헤쳤다. 현경이 착잡한 표정으로 고개를 끄덕였다.

"심각한 건 아버지가 그걸 묵과한다는 거야. 오빠랑 어울려 다니는 사람들, 다 알아주는 집안 자제들이거든. 근데 내가 봤을 땐 그 사람들도 질이 안 좋아. 요즘 오빠……. 뭔가 이상한 짓 하고 다니는 것 같아."

남 교장은 여전히 정치판에 뛰어들 기회만 호시탐탐 노리는 모양이었다. 병원에 모셔 둔 노쇠한 부친의 곁을 지키는 대신, 아내와 아들까지 동원해 연줄을 찾아다니는 것을 보면.

"나야 뭐, 이미 눈 밖에 났지만. 청첩장 찍어 놓고 결혼 뒤엎어서 집안 망신을 톡톡히 시켰으니까."

돌아보는 희준의 시선이 어떤 의미인지 금세 알아챈 현경이 옅게 웃음 지었다.

말하지 않아도 눈빛 하나, 침묵 하나, 손짓 하나에 상대의 뜻을 이해할 수 있을 만큼은 두 사람이 함께 보낸 세월이 길었다.

그래서 희준 역시 그의 얼굴을 바라보는 현경의 눈빛이 무엇을 의미하는지 모를 수가 없었다.

"오빠. 우리 다시 시작하면 안 돼?"

"여기서 할 얘기 아니니까 목소리 낮춰."

그제야 현경이 누워 있는 조부를 힐끔거렸다. 희준은 잡고 있던 남 선생님의 손을 다시 이불 아래 두며 자리에서 일어났다.

"나와."

희준을 따라서 현경도 조용히 병실을 나섰다.

병원 복도를 따라 걷다가 희준이 보호자용 휴게실을 찾아 꺾어 들어갔다.

늦은 시각이라 그런지 휴게실에는 아무도 없었다. 줄지어 놓인 전자레인지와 전기 포트를 눈으로 훑던 희준이 안쪽 모퉁이에 있던 음료 자판기를 발견했다.

"뭐 마실래?"

희준이 물었다.

"커피."

천 원짜리 지폐 두 장을 집어넣고 버튼을 눌렀다. 덜컹, 하고 캔 커피가 연달아 입구로 떨어졌다.

희준이 그중 하나를 현경에게 건넸다. 자판기에 등을 기댄 채 소파에 앉은 현경을 마주했다.

"들었어. 선우 만났다고. 네가 왜 그 사람을 만나?"

"……."

"남현경. 내가 묻잖아. 그 사람 만나서 뭐라고 했냐고."

거듭된 희준의 질책에 현경의 두 눈에 금세 눈물이 고여 들었다.

"……헤어져 달라고 했어."

416

"뭐?"

"헤어져 달라고 했다고. 오빠하고 헤어져 달라고."

조금 넓은 이마에 모양 좋게 휘어지는 저 눈썹이 사랑스러워 매번 입을 맞추던 때가 있었다.

희준은 그렇게 현경을 사랑했다. 하필 아빠를 닮았다며 질색하던 이마도, 눈썹도, 자그마한 콧방울과 도톰한 입술까지 빼놓지 않고 사랑했었다.

자주 힐을 신는 탓에 뾰족하게 변형되어 버린 엄지발가락의 마디와 첼로를 켜느라 굳은살이 잡힌 끝이 동그란 손가락. 현경 자신은 싫어하는 곳일지라도 희준은 그녀의 머리카락 한 올까지 사랑했었다.

"내가 잘할게. 진짜야. 평생 잘할게. 나한테 한 번만, 제발 한 번만 기회를 줘."

그녀의 눈에서 흐르는 눈물이 심장을 적시던 시절. 그땐 정말 네 울음 한 줄기에 내 자신을 바칠 수도 있었는데.

"우리 좋았잖아. 오빠도 나 사랑했잖아. 아직 조금이라도 마음이 남아 있을 거잖아. 응?"

애정이 남았느냐고 물으면 희준은 순순히 긍정할 것이다. 그러나 사랑이 남았느냐고 물으면 지금처럼 담담히 고개를 저어 보일 것이다.

"지난 10년 동안 나한테는 널 사랑하기 위한 자격이 필요했어. 너희 부모님도, 그리고 너도 내가 어느 정도 네 수준에 맞는 남자가 되길 원했으니까."

현경의 옆에서 희준은 한 번도 떳떳한 남자인 적 없었다. 현경에 비해 그가 얼마나 미치지 못하는지 한시도 잊지 말라는 듯 남 교장과 사모가, 현민과 현경마저 희준에게 자격을 요구했었다.

"네가 사랑한 나는 사실 내 마음에 드는 정희준은 아니었더라."

늘 그들의 눈에 차는 누군가가 되는 데 급급해서 정작 자기 자신이 무엇을 원하는지는 알지 못한 머저리. 돌이켜 보면 그렇게밖에는 달리 평가할 길이 없었다.

"안선우 씨는…… 그 사람은 달라?"

"선우는 있는 그대로 나를 봐줘. 자기를 위해서 변하길 바라지 않아."

"그 여자, 오빠랑은 결혼 생각도 없대. 단순히 연애만 하려고 하니까 관계가 무거워지는 것도, 부담스러운 것도 싫은 거라고!"

"알아. 어쩌면 그런 여자라서 반했는지도 모르지."

언젠가 희준을 쏙 홀려 버린 목덜미, 그 목덜미를 스치던 바람을 닮은 여자라서.

자유분방하지만, 따뜻하고 또 부드러운 사람이라서.

"만에 하나 안선우랑 헤어져도, 너한테 다시 돌아갈 일은 없어."

희준은 마지막 남은 미련마저 냉정하게 잘라냈다. 현경이 걷잡을 수 없이 쏟아지는 눈물길을 따라 고개를 푹 수그렸다.

"그러니까 앞으로 그런 얘기 할 거면 찾아오지도 말고, 전화도 하지 마."

그때까지 현경이 손에 쥐고만 있던 캔 커피를 가져가 뚜껑을 딴 희준이 소파 테이블에 그것을 내려놓고는 그녀를 남겨둔 채로 먼저 자리를 떠났다.

잠시 뒤, 병원의 인적 없는 휴게실에서 참았던 울음을 토해내며, 현경은 찬란했던 첫사랑의 종말을 받아들였다.

자정을 기점으로 남 선생님의 병세가 위중해졌다.

오전 1시 무렵, 남 교장 일가가 현경의 급한 호출을 받고 병원으로 달려왔다. 날이 샐 즈음에는 남은형 재단 관계자들과 방한수 교장을 포함한 지인들까지 소식을 듣고 몰려들었다.

북적북적하게 사람이 들어찬 복도 한구석에서, 희준은 초조함을 감추지 못한 채 상황을 지켜보고 있었다.

병실에 들어가 환자에게 짤막한 인사를 전하고 나온 방 교장이 복도 벽에 기대선 희준을 발견하고 다가왔다.

"피곤해 보이는데, 언제 왔어요?"

"어제저녁에 도착했습니다."

"그래요. 계속 병원에 있을 건가요?"

지친 기색이 역력한 희준을 안쓰러운 눈으로 보던 방 교장이 물었다. 희준은 대답을 주저했다.

매향에 내려가 씻고, 옷을 갈아입고, 다시 서울에 돌아오면 몇 시쯤 될까 가늠해 보던 희준이 퍼뜩 머리를 들었다.

아차. 선우가 기다리겠다고 했는데.

조마조마한 심정으로 병실을 지키고 있느라 까맣게 잊어버린 약속을 떠올리고는 막 휴대폰을 꺼내 들었을 때였다.

악, 하고 병실에서부터 침울한 울음소리가 번지기 시작했다.

남은형 선생님께서 돌아가셨다고.

금방이라도 무너져 내릴 것 같은 희준을 추슬러 남 선생님과 마지막 작별을 나눌 수 있게 한 것은 방한수 교장이었다.

남 교장 내외가 장례 준비를 위해 자리를 비우고, 병실에는 남 선생님뿐이었다. 크지 않은 침대 위에 하얀 시트로 덮인 노인의 왜소한 체구가 도드라졌다.

희준 평생에 몇 걸음을 나아가는 두 발이 그렇게 무거웠던 적이 없었다. 지구의 온 중력이 발바닥에 집중되어 있는 것처럼 땅이 몸을 잡아끌었다.

결국 우두커니 서서 바닥만 내려다보는 희준을 방 교장이 이끌었다. 어린애처럼 손을 잡힌 채 터덜터덜 걸어가면서, 희준은 얼굴을 적시고 있는 눈물조차 의식하지 못했다.

"다, 답답하시겠……."

가는 백발의 끄트머리만 내보이고 있어, 저도 모르게 시트를 당기던 손이 우뚝 멈췄다.

머리를 덮고 있던 시트가 내려가고 드러나는 것은 밀랍처럼 굳어 버린 남 선생님의 낯선 얼굴.

희준이 떨리는 손으로 남 선생님의 볼을 감싸고, 다시 내려와 마지막으로 손을 한 번 꼭 쥐었다 놓았다.

어린 나를 빛으로 이끌어 주신 당신. 편히 가십시오.

부디, 평온히 떠나십시오.

뜨거운 눈물이 턱에서 뚝뚝 떨어져 차게 식은 남 선생님의 손가락 위로 스며들었다.

고인의 생전에 은혜를 입은 제자들이 너도나도 거들어 빈소는 빠른 시간에 호화롭게 꾸려졌다.

희준은 방한수 교장이 서울에 산다는 아들을 시켜 가져온 검은 상복으로 갈아입고, 병원 1층 ATM기에서 조의금을 찾아 봉투에 집어넣었다. 그러고는 잠시 숨을 돌리기 위해 병원 밖으로 나왔다.

꼬박 밤을 지새운 탓에 흐리던 정신이 번쩍 들 만큼 찬 바람이 불고 있었다.

거칠어진 얼굴에 마른세수를 하며 가장 먼저 선우를 떠올린 것은, 아마도 지금 가장 위로를 받고 싶은 사람이 바로 그녀이기 때문일 것이다.

전화를 걸까 하다 그만두었다. 가뜩이나 걱정하고 있을 그녀에게 밤을 꼬박 새우며 갈라진 목소리로 남 선생님의 부고를 전할 자신이 없었으니까.

대신 한 줄의 메시지로 약속을 지키지 못한 이유를 알렸다.

그리 오래 기다리지 않아 답장이 돌아왔다.

〈잘 보내 드리고 와. 기다릴게.〉

이상했다. 그녀가 전해 온 문자 안에는 위로는 한 조각도 담겨 있지 않은데, 왜 이 짧은 글줄에서 이다지도 큰 위로를 받는지.

한 방울, 두 방울 흘러내리던 눈물이 이윽고 주체할 수 없이 쏟아지기 시작했다. 기다리겠다는 글자 위로 희준의 뜨거운 울음이 볼록하게 고여 들었다.

뒤늦게 빈소에 돌아갔을 때에는, 벌써부터 많은 조문객이 몰려 발 디딜 틈이 없었다. 마침 입구에서 희준을 기다리고 있던 방 교장과 함께 안으로 들어섰다.

조의금을 내고, 안쪽에 놓인 영정을 생경한 눈으로 들여다보며 신발을 벗고 마루 위에 올랐다. 하얀 국화꽃을 들어 영정

앞에 내려놓고는 방 교장과 함께 두 번 절했다.

돌아서서 빈소를 지키고 있는 남 교장 내외와 현민, 현경을 보았다. 독실한 천주교 신자인 사모는 현경과 함께 한쪽으로 물러나 있고, 남 교장과 현민이 조문객들과 맞절을 했다.

방한수 교장이 다가가 유족들에게 위로의 말을 전했다. 지친 얼굴로 남 교장이 와 주셔서 고맙다고 인사를 했다.

늘 희준만 보면 개처럼 물어뜯을 준비를 하던 현민도 오늘만큼은 조용했다. 잠깐 마주친 현경의 눈이 빨갛게 부어 있었다. 가족을 잃고 상실감에 젖은 그들의 모습을 눈에 담으며, 조문객들에게 식사를 대접하고 있는 옆방으로 이동했다.

"정 선생님. 인사드려요. 이쪽은 은형이랑 내 대학 동기. 그리고 여기 이 훤칠한 젊은이는 은형이 애제자."

유년 시절을 남 선생님 밑에서 자랐지만, 남 교장 일가 외엔 딱히 아는 사람이 없는 희준을 방한수 교장이 데리고 다니며 여러 지인들에게 소개시켰다.

그날 하루 악수를 하고 인사 나눈 사람이 하도 많아 누가 누구였는지 이름조차 제대로 기억할 수 없었다. 그렇지만 덕분에 침울해할 겨를이 없었던 것도 사실이었다.

방 교장의 곁에 앉아 술을 몇 잔 받아먹을 때, 여기저기서 떠들어 대는 말들이 들렸다.

희준의 뒤쪽에서 사내들이 재단과 초등학교 사이에 비리가 있다는 소문이 돈다며 넌지시 우려를 표하고 있었다.

구체적으로 현민과 남 교장의 이름이 거론되고 있었다. 희준의 촌지 사건까지 언급되는 것을 보니 사안이 제법 심각했으나, 이제와서는 전부 부질없게 느껴지는 일이었다.

희준은 술이 지나간 화끈한 속을 달래기 위해 편육을 몇 점을 집어먹고는 젓가락을 내려놓았다.

남 선생님의 병세가 워낙 깊었고, 요양원에 장기간 입원해 있었기 때문에 빈소는 마냥 어둡고 침울한 분위기는 아니었다.

생전에 고인이 얼마나 훌륭한 분이었는지, 어떤 일을 했고, 어떤 은혜를 입었는지 이야기를 나누며 저마다 가슴으로 고인의 명복을 빌었다.

서울 올라온 김에 아들 부부 집에서 하룻밤 신세를 진다는 방한수 교장이 먼저 자리에서 일어났다. 희준이 병원 입구까지 그를 배웅했다.

"은형이가 예전부터 정 선생님 얘기를 참 많이 했어요. 말년에 복덩이가 들어왔다고. 착한 아들이 생겨서 감사하다고, 그런 얘기를 자주 했지요."

방한수 교장이 희준의 어깨를 다독였다.

"어깨 펴고. 은형이 아들로 부끄럽지 않게. 응? 기운 내요."

"감사합니다. 교장 선생님."

희준이 꾸벅 허리 숙여 인사했다. 방한수 교장이 인자한 얼굴로 웃으며 돌아섰다. 개학식 날 보자면서 손을 흔들며 멀어지는 모습을 희준이 자리에 남아 오래 지켜보았다.

희준은 그날 저녁까지 빈소를 지키며 앉아 있었다. 오후 즈음에 인터넷 기사로 부고가 올라간 덕분에 조문객들의 발길도 끊이지 않고 이어졌다.

장지로 옮겨 가는 내일모레 다시 오기로 하고, 희준도 자리에서 일어났다. 따라 나오려는 현경에게 가만히 고개를 저어 보였다.

장례식장이 있는 지하에서 1층으로 난 계단을 오르는데, 위쪽에서 누군가 발을 헛디디며 휘청거렸다. 희준이 얼른 팔을 뻗어 부축하고 보니, 다름 아닌 현경의 어머니였다.

"괜찮으세요?"

"……그래."

상복 대신 목 끝까지 단추를 채운 검은 블라우스 위로, 희준이 기억하는 것보다 야윈 얼굴이 보였다. 어색하게 붙들고 있던 손을 놓자, 그녀가 구겨진 옷깃을 펼쳤다.

"지금 가니?"

"예. 모레 다시 오겠습니다."

인사하고 그녀를 지나쳐 가려는데, 그녀가 희준을 멈춰 세웠다.

"잠깐 시간되면 얘기를 좀 하고 싶은데."

결국 희준은 현경의 어머니와 병원 1층 카페로 장소를 옮겼다. 카운터를 둘러싼 기역자 형태로 놓인 여섯 개 테이블 중에 가장 구석진 곳에 자리를 잡았다.

다른 자리를 차지하고 있는 대다수의 손님들이 환자 혹은 의사들이어서, 흰옷을 입은 사람들 속에 검은 상복을 입은 둘의 모습이 도드라졌다.

작은 사각 테이블 하나를 사이에 둔 채로 마주 보는 사모의 얼굴이 희준은 왠지 낯설었다.

남 교장 일가에서 지내는 동안, 그녀는 남 교장과는 사뭇 다른 방식으로 희준을 회피하고는 했다.

지금 생각해 보면 현경의 결벽적인 성격은 모친을 그대로 빼닮아 있었다. 아마 당시 희준의 존재가 그녀에게 있어서는 내도록 지울 수 없는 티끌과 같았을 것이다.

"그쪽에서는 어떻게, 잘 지내고 있니?"

언제나 그 자리에 있어서는 안 될 이물질처럼 그를 보던 눈빛이 세월에 바라기라도 한 듯 무뎌져 있었다.

"잘 지냅니다."

"그래. 너는 어디서든 잘 적응하던 애니까. 예민하고 까다로운 현민이랑은 다르게."

여상한 대꾸는 비교보다는 차라리 안도에 가까웠을 것이다. 현민이 치러야 했을 대가를 희준이 대신 치른 것이 지금 생각해도 다행이라는 듯한 어조였다.

"현경이가."

딸의 이름을 내뱉고는 잠시 목이 멘 듯 눈앞의 커피를 들어

마셨다.

"처음 그 애가 너랑 헤어지고 맞선을 본다고 했을 때, 솔직히 다행이라고 안심했다. 어려서부터 네 뒤만 졸졸 쫓아다니면서 속을 썩이더니, 이제야 정신을 차렸구나 싶어서."

단란했어야 할 그녀의 집에 군식구로 들어가면서, 또 현경과 만나면서 희준은 줄곧 그녀에게 죄인일 수밖에 없었다. 때문에 당연한 듯이 받아들이던 이런 말들이 실은 그의 속에 날카로운 생채기를 남기고 있었음을 새삼스레 깨달았다.

"그런 애가 얼마 전에 갑자기 예식장을 취소했어. 청첩장까지 돌렸는데. 정말 애들 아빠 볼 면목도 없어서."

그녀가 골치 아프다는 듯이 손으로 이마를 짚었다. 예전보다 많이 수척해졌다는 느낌이 아까부터 들었었는데, 어쩌면 그건 현경의 일로 마음고생을 한 탓이었을지도 모르겠다.

"자식 이기는 부모는 없다고 하더니. 현경이가 너 아니면 죽겠다고 하는데 어쩌겠니."

그것은 나지막한 체념이 담긴 허락이었다. 한때 지금의 순간을 꿈에서도 바랐던 희준이었는데.

"사모님."

희준이 단조로운 어조로 그녀를 불렀다.

"처음 그 집에 들어간 날, 멋모르고 어머니라고 한 저한테 그러셨죠. 어머니라는 말, 하지 말라고. 차라리 사모님이라고 부르라고. 넌 그냥 이 집에 얹혀사는 혹이니까, 행여나 가족이 되기를 넘보지 말라고."

대문 앞에서 어색해하는 희준을 몇 번이나 연습시킨 남 선생님까지 당혹스러워했을 만큼 희준을 단호하게 내쳤다.

"현경이랑은 이미 헤어졌고, 다시 만날 생각은 없습니다. 사랑하는 여자가 있다고 현경이한테도 분명하게 말해 뒀고요."

"사랑하는…… 여자?"

"예."

희준을 보는 시선에 비난이 담겼든, 그 무엇이 담겼든 이제 더는 신경 쓰이지 않는다.

그들은 지금까지도 결코 희준의 가족이 아니었고, 앞으로도 아닐 것이다.

그 간단한 사실을 인정하는 데 얼마나 오랜 시간이 걸려야 했는지. 희준이 놓지 못했던 헛된 기대와 지난 노력들이 지금에 와서는 그저 우스울 따름이었다.

"마지막까지 남 선생님을 배웅해 드리고 나면, 저는 제가 있을 곳으로 돌아가겠습니다."

내가 있을 곳.

나를 기다리는 선우의 곁으로.

빈 잔을 내려놓으며 먼저 자리에서 일어났다. 머리 숙여 인사하고는 돌아 나오는 걸음이 선우를 향한 그리움을 닮아 조급해졌다.

밤늦게 들려온 벨 소리에 선우가 저도 모르게 벌떡 일어나 문밖으로 뛰어나갔다.

희준이란 확신도 없이 벌컥 대문부터 열어젖혔을 때, 해일처럼 덮쳐 오는 희준을 느낄 수 있었다.

그녀를 있는 힘껏 부둥켜안고서, 그녀의 어깨에 머리를 기대어 오는 희준의 슬픔이 빈틈없이 맞닿은 몸을 통해 전해져 왔다.

희준이 선우의 귓바퀴에 입술을 가져다 대고, 젖은 목소리로 속삭였다.

"다녀왔어."

선우가 그의 허리를 더욱 세게 끌어안으며 고개를 끄덕였다. 종일 불안한 리듬으로 뛰던 심장이 그제야 정박을 찾은 것처럼 희준의 것과 속도를 맞추었다.

현관문이 열리자마자 두 사람이 쏟아지듯 밀려들어 왔다.

"하아……."

내내 선우의 가슴을 맴돌고 있던 한숨이 안도를 덧입고 희준의 가슴에 뜨겁게 흩뿌려졌다.

현관 왼편에 놓인 신발장으로 선우를 몰아붙인 희준은 숨 쉴 틈조차 주지 않고 허겁지겁 그녀의 호흡을 삼켰다. 허리를 강하게 휘어 감은 희준의 팔에 선우의 몸이 반쯤 들려 있었다. 신발장에 등을 부딪친 채로 밀려 올라가던 선우가 희준의 목을 붙잡으며 매달렸다.

"하아."

잠깐 떨어진 사이 급하게 호흡을 들이켜는 소리가 밤의 정적 위로 번졌다. 하얀 입김이 어둠에 뿌옇게 분사했다.

추운 겨울을 가로지르고 도착한 희준의 몸은 만지는 대로 차가워서, 선우는 그런 희준을 조금이라도 녹여 주고 싶어 손바닥으로 얼굴과 목, 가슴과 등을 비비고 쓰다듬었다.

꽁꽁 얼어 버린 귓바퀴를 두 손으로 감쌌을 때, 그가 선우의 아랫입술을 잘근 물어 잡아당겼다. 동시에 선우가 짧은 신음을 흘렸다.

뒤꿈치가 들려 있던 그녀의 발이 조심스럽게 지면에 내려앉았다. 뱀처럼 선우를 휘감고 있던 팔을 풀어 준 대신 그의 두 손이 바쁘게 옷 속으로 파고들었다.

바지 안에 넣어 입은 캐미솔 위로 브래지어를 하지 않은 가슴을 마구 주무르다가 힘껏 움켜쥐자, 다시 선우의 입술 사이로 끙, 하는 신음이 새어 나왔다.

오늘따라 선우를 탐하는 희준의 몸짓이 거칠고도 사나웠다. 입술은 화끈하게 부어오르고, 가슴에도 벌겋게 손자국이 남았을 테지만, 선우는 내색하지 않았다.

아마 평소처럼 선우를 배려해야 한다는 생각도 하지 못할 만큼 그에게 마음의 여유가 없는 까닭이리라.

끝내 캐미솔을 손으로 끌어 올리며 희준은 조급함을 이기지 못하고 선우를 현관 마루에 밀어 눕혔다.

그녀의 목덜미로 파고들면서 두 발을 비벼 제 구두를 벗고, 선우가 대충 꿰어 신고 있던 슬리퍼도 발바닥으로 밀어냈다.

선우의 겨드랑이 사이에 두 팔을 끼워 넣은 상태로 기듯이 앞으로 나가자, 그녀의 몸이 함께 쑥 딸려 올라갔다.

"희준 씨, 잠깐만······."

입술과 귓불, 목덜미를 따라 입맞춤을 퍼부어 대는 희준의 어깨를 슬쩍 밀어내도 소용없었다. 모정을 갈구하는 어린아이라도 돼 버린 것처럼, 그는 희고 매끄러운 피부에 집착하고 있었다.

"웃, 잠깐······."

어느새 끌려 올라간 상의가 어깨에 걸쳐지고, 드러난 살결을 쪽쪽 빠는 젖은 소리가 음란하게 들려왔다.

평소와는 다르게 자꾸만 붉게 자국을 만들어 내는 희준을 당혹스러운 눈으로 쳐다보던 선우가 결국 체념하며 그의 머리칼 속에 손가락을 집어넣었다.

많이 힘들었구나, 당신. 안쓰러운 마음에 그의 결이 굵은 머리카락을 계속 쓸어내렸다. 희준이 상체를 일으켜 벗은 검은 양복 재킷에 향냄새가 묻어 있었다.

줄곧 목에 감고 있던 타이를 잡아당겨 풀고는, 선우의 양쪽으로 손바닥을 짚어 그녀를 내려다보았다.

그가 이끄는 대로 마룻바닥에 무방비하게 누워 잘록한 허리
와 동그란 모양으로 퍼진 가슴, 그리고 곤두선 끝을 드러낸 모
습이 자극적이다.

선우의 옆구리로 두 팔을 넣어 어깨를 감싸 안은 희준이 하
체를 그녀의 다리 사이에 딱 갖다 붙였다.

"당장 네 안에 넣고 싶어."

귓가에 흘러들어온 뜨거운 숨에 선우는 그만 부르르 몸을
떨었다. 낮게 쉬어 버린 목소리는 짐승의 울음소리처럼 사나
운 기운을 품고 있었다.

그대로 선우를 내려다보는 눈이 정염에 들끓었다. 당장이
라도 잡아먹을 것처럼 굴면서도 아직 아무런 움직임도 취하지
않는 건, 희준에게 남은 마지막 자제심이었다.

선우는 붉게 충혈된 그의 눈가를 손끝으로 슬며시 매만지
며, 그대로 턱선을 따라 쓸어내렸다.

하룻밤 새 거칠어진 얼굴이 그저 안쓰러웠다. 잔뜩 힘을 준
하관을 애정 어린 손길로 어루만지던 그녀가 머리를 들어 먼
저 희준에게 입을 맞추었다.

아까와는 달리 적극적으로 반응하지 않는 희준의 입술을 혀
로 핥아 올렸다. 밤새 수염이 돋아난 턱과 결후가 도드라진 목
을 할짝거리자, 희준이 무언가를 버티는 표정으로 질끈 눈을
감았다.

선우가 희준의 가슴을 손바닥으로 밀어냈다. 못 이기는 척 넘어가는 그와 단숨에 위치가 반전되었다. 희준의 허리를 타고 앉아서 그의 허리와 배, 옆구리와 가슴을 두 손으로 문질렀다.

"안선우."

아랫입술을 지그시 물며 미간을 찌푸리는 표정이 그렇게 관능적일 수가 없다.

선우가 얄망궂게 미소 지으며 그의 입술에 쪽, 하고 입을 맞췄다. 그러더니 엉덩이를 씰룩이며 조금 더 아래로 내려갔다.

"뭐 하는…… 윽!"

검은 양복바지의 버클을 침착하게 풀어냈다. 흰 와이셔츠도 가슴까지 밀어 올렸다. 바짝 곤두선 희준의 가슴 끝을 입에 물고서 혀로 빙글빙글 돌렸다. 그러는 사이, 브리프 안쪽으로 선우의 한 손이 스윽 들어왔다.

손을 내려 딱딱한 기둥을 쥐었다가, 선단을 타고 올라 불거진 끝을 살살 엄지로 어루만졌다.

그것만으로도 절로 하체가 들썩일 만큼의 자극인데, 다음 순간 희준은 믿지 못할 광경을 보기라도 한 듯이 입이 벌어졌다.

"안선우!"

상체를 숙인 그녀의 얇은 입술이 아래에 닿더니, 큰 고민도 없이 집어삼켰다. 뜨겁고 부드러우면서도 촉촉한 입안에서 용트림을 하듯 몸집을 더욱 키우는 감각은 희준의 상상을 초월하는 것이었다. 점점 더 단단하게 굳는 그의 아래와는 달리 희준의 이성은 그야말로 흐물흐물하게 녹아 버리고 있었다.

선우가 혀로 감싸며 더 깊이 그를 받아들였다. 아찔함을 이기지 못하고 어느 순간 희준이 저도 모르게 허리를 튕겼다.

그렇게 정신없이 빠져들다 어느 순간 정색하며 몸을 일으킨 희준이 양손으로 우악스레 그녀의 바지와 속옷을 끌어 내렸다.

그녀를 허벅지 위에 앉혀 놓고서, 허리를 잡아 내리누르는 힘이 억셌다. 한쪽 발목에 그대로 걸려 있는 바지가 희준의 조급한 마음을 고스란히 드러냈다.

곧바로 그녀의 안으로 찔러 들어오는 희준의 몸짓에 두 사람이 동시에 신음을 뱉어 냈다.

"윽……!"

아직 젖지 않은 선우의 그곳에 희준이 빡빡하게 들어찼다.

"미안. 아파?"

미간을 옅게 찌푸린 선우를 보고서야 뒤늦게 이성이 돌아온 희준의 눈이 걱정으로 흐려졌다. 허리를 세우느라 스르르 밀려 내려온 옷 속에 얼마나 작은 몸이 감추어져 있는지를 깜빡 잊고 있었다.

그저 사막에서 물을 찾는 나그네처럼, 안선우란 여자가 희준에게 주는 안정감을 느끼려 앞뒤 재지 않고 그녀를 갈급했을 뿐.

선우는 처음부터 그런 희준을 모두 이해한다는 듯이 그를 받아들여 주었다. 거친 키스에 응하고, 사나운 애무를 감내했다.

서울에 있는 동안 내내 외줄 위에 서 있는 것처럼 불안했던 희준의 마음을 다 안다는 듯이. 그러니 이제 그녀의 품에서 쉬어도 좋다는 듯이.

"사랑해."

말을 내뱉고서도 희준은 그 말이 마음에 차지 않았다. 이미 너무 진부하고 흔해져 버린 말로는 그의 마음을 다 표현할 수 없는 탓이다.

그러나 사랑한다는 말을 달리 어떻게 대체해야 할지 단순한 그로선 그 방법을 알지 못했다. 때문에 절로 찌푸려지는 얼굴을 선우가 가느다란 손가락으로 매만지며 그러지 못하게 했다.

"사랑해, 선우야……."

그가 선우의 후드 티를 들쳐 올리고, 새하얀 살결 위에 자잘하게 입을 맞췄다. 중력을 이기지 못하고 다시금 흘러내리는 티가 희준의 머리를 집어삼켰다.

보이지 않는 곳에서 자극해 오는 말랑한 혀와 뜨거운 숨결이 서서히 선우를 흥분시켰다.

빽빽하기만 하던 안이 조금씩 젖어 들기 시작했다. 깜깜한 후드 티 안에서 머리를 꺼낸 희준이 그녀의 웃옷을 벗겨 냈다.

선우 역시 맞물린 틈 속으로 자락이 끼어드는 희준의 셔츠를 단추를 모두 풀러 어깨 뒤로 밀어냈다.

허벅지 위에 얹힌 그녀의 동그란 엉덩이를 두 손으로 잡아 제 쪽으로 끌어당기자, 선우가 고개를 틀며 그의 목덜미에 코를 비볐다.

거칠어진 숨소리가 얼마나 그를 자극하는지 모를 것이다. 그의 어깨를 움켜쥔 선우의 손가락에 힘이 들어갔다. 아랫배에 힘을 주며 움직이자, 선우가 움찔 몸을 떨었다.

"다 괜찮아."

그의 목을 양팔로 힘껏 끌어안은 선우가 작게 속삭였다.

"나 여기 있어. 그러니까 괜찮아, 희준 씨."

슬픔에 지친 마음을 위로하는 다정한 목소리에 괜스레 눈물이 날 것 같아 이를 악물었다.

희준이 그녀의 꽉 어깨를 끌어안은 채로 엉덩이를 위로 쳐 올렸다.

"아……!"

그의 위에 앉아 있는 선우의 몸이 롤러코스터를 탄 것처럼 들썩이는 동안, 희준은 한 손을 결합되어 있는 아래쪽으로 내려 선우의 젖은 몸을 쓰다듬었다.

흠칫 놀라는 선우를 달래며, 벌어진 사이에 볼록하게 솟은 정점을 엄지의 지문과 마찰시켰다. 열띤 신음이 두 사람 사이를 가득 채웠다.

"흐, 그만……!"

손가락으로 꾹 눌러 동그랗게 굴리면서도 허리를 한시도 쉬지 않고 짓쳐 올렸다. 온몸을 덮치는 쾌감에 먼저 부르르 몸을 떨며 쓰러지는 것은 선우였다.

아아아, 쉴 새 없이 비명을 지르고 있다는 걸 그녀 자신은 의식하지 못하는 채였다.

옴찔옴찔 수축하는 그녀의 안에서 희준 역시 전율에 사로잡혀 마지막 몇 번은 퍽퍽, 소리가 날 만큼 거칠게 선우를 파고들었다.

젖은 마찰음과 앙다문 잇새로 새어 나오는 신음, 그리고 숨소리가 하얀 입김과 어우러져 야릇한 공기로 피어났다.

마침내 가쁜 호흡을 내쉬며 서로의 어깨에 고개를 떨군 두 사람은 그대로 마주 앉아 미친 듯이 뛰는 심장이 잦아들기를 기다렸다.

"아."

"왜?"

"……콘돔 잊어버렸다. 미안."

그럴 상황도 아니었고, 그럴 정신머리도 없었다. 그럼에도 그녀를 안으며 최소한의 배려마저 신경 쓰지 못했다는 사실에 자책하는 그를 선우가 쿡쿡 웃으며 달랬다.

"괜찮아. 지난달 생리 끝나고부터 약 먹고 있으니까."

싸늘한 실내 공기에도 축축하게 땀이 밴 그녀의 어깨를 쓰다듬고 있던 희준이 멈칫했다.

"원래 생리가 불규칙해서 병원에서 약으로 주기 잡아 주라고 했었어. 근데 난 띄엄띄엄 하는 게 편해서 그냥 둔 거고. 오히려 생리 전 증후군 같은 건 약으로 좀 가라앉을지도 몰라."

"그럼 다행이고."

희준이 다시금 선우를 꼭 끌어안았다. 밑에서 주르륵 흐르는 느낌이 나 멈칫거리는 선우와는 달리 희준은 조금도 개의치 않았다.

"그래도 다음엔 콘돔 써. 혼자만 피임하는 거 불공평해."

투정 부리듯 투덜대는 선우에게 희준이 고개를 끄덕거리며 약속했다.

"그럴게. 미안해."

그리고 그 상태로 엉덩이에 어설프게 걸쳐 입고 있던 바지를 벗으며 선우를 들고 일어났다.

졸지에 선우는 수면 양말을, 희준은 검은 양말만 신고 있는 우스꽝스러운 모양새였다. 그 상태로 선우와 함께 욕실로 들어갔다.

잠시 뒤, 하얀 수증기가 가득한 욕실 안에서 또 한 번 열락의 열기가 피어났다.

선우의 침대 위에 몸을 겹치고 있던 희준이 어느 순간 빙글 몸을 돌리며 제 밑에 있던 선우를 제 위에 올려놓았다.

가뜩이나 마르고 얇은 그녀라, 자칫 잘못하면 부수어질 것 같아 늘 겁이 난다. 하다못해 정사가 끝난 뒤 잠시 그녀에게 몸을 기대고 있는 것조차 조심스러운 기분이 드는 것이다.

"안 무거워?"

그의 위에서 그가 호흡하는 대로 작게 일렁이던 선우가 조심스레 물어 왔을 땐, 웃지 않을 수 없었다.

"너랑 평생 이러고 있어도 끄떡없어."

머리를 손가락으로 쓸어내리며 대꾸하는 말에 선우가 키득거렸다. 진동하는 그녀의 작은 몸이 사랑스러웠다.

잠시 뒤, 그녀가 꾸물거리며 내려와 그의 팔을 베고 누웠다. 그녀의 맨 등이 그의 옆구리에 찰싹 붙었다.

몇 번이나 안으로 파고들며 그녀를 지치게 만든 탓인지, 나른하게 휘어진 등 위로 뼈가 불거졌다. 그것을 엄지로 꾹꾹 눌러 내려가던 그가 곧 선우의 둥근 어깨를 따라 하얀 손을 감싸며 물었다.

"나한테 할 말 없어?"

은근하게 재촉하며 그녀의 옴폭 솟은 뒷목에 입술을 맞대었다. 그가 무엇을 조르는지 모를 리 없는 선우가 장난스러운 미소를 그렸다.

벌써 몇 차례나 사랑한다고 말해 준 희준에게 한 번도 사랑한다는 말을 되돌려 준 적이 없다. 그것이 희준을 사랑하지 않아서가 아니라는 것쯤은 희준도, 선우도 아는 일이다.

그러나 때로는 말로 확인받지 않으면 불안하고, 또 섭섭한 것이 사람 마음이다.

"언젠가 희준 씨가 그랬지. 남들 다 하는 그런 말로는 표현할 수가 없다고."

희준으로 인해 벅찬 마음을, 행복이 머리끝부터 발끝까지 빼곡하게 차오르는 감각을, 그래서 온몸의 세포 하나하나가 설렘을 덧입고서 그에게 닿으라고, 안기라고, 사랑하라고 외치는 이 감정을 세 글자로 표현할 자신이 선우에게는 도저히 없었다.

대신 그녀는 그녀의 어깨 위로 팔을 두르고 있는 희준의 손에 깍지를 껴 넣고, 그의 몸을 이불처럼 덮으며 나른한 목소리로 웅얼거렸다.

"그러니까 난 앞으로 희준 씨랑 함께하는 모든 날로 그 말을 대신할래."

희준의 손을 입가에 가져다 대며 몸을 웅크리자, 조곤조곤한 선우의 말소리가 손등 위에 간지럽게 부서졌다.

"내일은 점심에 따뜻한 칼국수 끓여 먹자. 식사 후에는 이렇게 손잡고 산책하면서 부른 배를 꺼지게 하는 거야. 눈이 오면 이불 속에서 뒹굴거리면서 하루를 보내고, 비가 오는 날엔 적당히 배달 음식을 시켜 먹고."

아니면 가끔 당신이 해 줘도 좋고.

키득거리는 선우의 콧등을 희준이 살며시 물었다가 놓았다.

"심심한 날엔 여행을 가고, 여행에 지치면 집에서 영화나 드라마를 보고. 그 영화가 둘 중 한 사람 취향에만 맞아서 결국 다른 한 사람이 잠이 들어 버려도 삐치거나 화내지 말기. 음, 별로 궁금하지 않은 영화의 결말을 물으면, 눈을 반짝이면서 그걸 설명하는 희준 씨 얼굴을 보는 것도 즐거울 것 같아."

선우가 꿈지럭거리며 그의 품으로 더 깊숙이 파고들었다. 아랫배에 그녀의 오동통한 엉덩이가 닿았다.

뜨겁게 열이 올랐다가 서서히 식어 가는 선우의 다리를 덥혀 주며 희준이 허벅지 밑으로 다리를 끼워 넣었다.

그야말로 희준의 안에 꽉 갇혀 버린 모양새로 안정감을 찾은 선우의 말투가 점차 나른해졌다.

"하루는 당신이 하고 싶은 걸 같이하고, 그다음 날은 내가 하고 싶은 걸 같이하고. 또 그다음 날은 서로가 좋아하는 걸 하면서. 좋아하는 게 달라도 같은 이불 속에서 시간을 공유하는 일……. 희준 씨와 함께라서 감사한 그런 순간들로…… 평생……."

띄엄띄엄 들리던 목소리가 마침내 잦아들었다. 희준이 살며시 고개를 들어 잠이 들어 버린 그녀의 옆얼굴을 살피다 이내 웃어 버렸다.

희준 역시 현관에서 욕실, 그리고 다시 선우의 침대로 이어진 관계의 여운이 길었다.

베개처럼 말랑말랑하고 따끈한 선우의 몸을 꼭 끌어안으면서 희준은 만족스러운 얼굴로 쏟아지는 피로에 순응했다.

Epilogue. 위대한 유산

"저기 좀 봐, 오빠! 여기도 다 아파트 단지로 변해 버렸어. 와아."

창문에 답삭 달라붙어 있던 서린이 옆에 앉은 대한의 팔을 탁탁 내리치며 감탄했다.

가는 내내 시큰둥한 얼굴로 앉아 휴대폰만 들여다보던 대한은 그제야 고개를 들었다. 빠른 속도로 지나는 차창 밖으로 성냥갑을 줄지어 세워 놓은 듯한 대단지 아파트의 모습이 드러났다.

"옛날엔 저기가 다 산이었는데. 그치? 저걸 다 깎았나 봐. 초등학교도 있고, 도서관도 생겼어. 하긴 오산만 해도 장난 아니게 발전했더라. 나 거기 스타벅스 있는 거 보고 웃었잖아."

혼자 말하고 킥킥거리다 옆구리를 팔꿈치로 꾹 찌르기까지 하는 서린을 대한이 짜증스러운 눈으로 보다 이내 고개를 내저었다.

"우리 이제 내려야 돼, 오빠."

하차 벨을 누른 서린이 통통 튀어 나가는 걸음으로 뒷문 앞에 섰다.

대한도 서린의 뒤를 따라 멈춰 선 버스에서 내렸다.

매향 초등학교.

버스 표지판 하나만 덜렁 서 있던 예전과 다르게 가림막도, 버스 알림도 제대로 설치되어 있는 정류장이 낯설다.

그뿐 아니었다. 겨우 단층 건물에 전교생 스무 명이 전부였던 학교는 이제 4층 건물에 백 명 남짓한 어린이들이 다니는 어엿한 초등학교가 되어 있었다.

생경한 걸로 치자면 서린도 마찬가지였는지, 외벽이 알록달록하게 칠해진 교사를 쳐다보고 있는 서린의 입이 절로 벌어졌다.

"진짜 몇 년 만에 많이 변했다. 이런 게 격세지감인가 봐, 오빠."

이제 겨우 열여덟 살짜리가 할 말은 아니었어도, 대한 역시 그 말에 어느 정도 동의를 표할 수밖에 없었다.

"운동장은 그대로네. 저기 철봉 밑에서 흙장난 많이 했는데."

요즘 한창 일러스트를 그리는 것에 빠진 서린이 학교 건물이며 운동장의 정경들을 빠짐없이 휴대폰 카메라에 저장했다.

찰칵찰칵, 쉴 새 없이 사진을 찍어대는 서린의 옆에서 대한은 제법 그럴듯한 트랙이 깔린 운동장을 돌아보았다.

"처음 엄마 집 나갔을 때, 너랑 나랑 가출해서 여기 왔었던 것 기억나냐?"

어린 날, 어린 동생의 손을 붙잡고 학교로 도망쳐 왔던 기억을 떠올렸다.

수업도 빠진 녀석이 당당히 학교에 숨어들어 와 동생과 흙장난을 하고 있는 것을 찾아내고는 선생님도 퍽 황당해했었다.

"오빠랑 나랑? 진짜? 몇 살 땐데?"

"그때가…… 너 여섯 살 때였나."

그땐 정말 부모님이 이혼한다는 사실이 마치 세상이 무너진다는 소리처럼 들렸었는데.

매일같이 윽박지르던 할머니와 손찌검을 하는 아버지가 있는 집에서 늘 울며 잠들던 엄마의 얼굴은 아직도 대한의 뇌리에 선명하게 남아 있었다.

가정 불화로 인해 암울했던 어린 시절이 지금까지도 대한에게 알게 모르게 영향을 미치고 있었다.

"그걸 내가 어떻게 기억해? 그러는 오빠, 오빠 여섯 살 때 일 기억 나?"

따져 묻는 서린이 그 시절을 알지 못한다는 게 어쩌면 큰 행운이라고 생각한다. 그러면서도 할머니에게 이유 없이 구박받았던 설움은 몸이 기억하고 있는 모양이었다.

지금은 울진 친척 집에서 과수원 농사를 도우며 지내는 할머니나 아버지가 이따금 서린이를 보고 싶어 하거나 통화를 하고 싶다고 하면 서린은 기겁을 하며 도망쳐 버리고는 했다.

대한 역시 굳이 싫다는 서린이를 할머니와 다시 만나게 할 생각은 없었다.

부모님의 이혼 과정에서 대한이와의 면접 교섭을 강력하게 요구하던 할머니가 서린이를 손주 취급도 하지 않았던 걸 어린 그의 두 눈으로 보고, 두 귀로 들었으니까.

"그래도 썬 이모네서 엄마랑 한글 공부하던 건 지금도 가끔 생각날 때 있어. 뭔가 되게 따뜻하면서 몽글몽글한 느낌으로."

서린이는 아마도 그게 자신이 떠올릴 수 있는 가장 최초의 기억일 거라고 했다.

때아닌 추억 찾기에 빠져 학교를 한 바퀴 빙 둘러보았다. 희준이 지내던 낡은 관사는 흔적 없이 허물어지고, 대신 그 자리에 체육 창고가 생겼다.

가을에 떨어진 밤송이를 줍곤 했던 뒤뜰은 철책을 둘러 막아 놓았다. 조회 시간에 교장 선생님이 훈화 말씀을 하던 중앙 구령대가 사라지고, 낡은 기구들도 새것으로 대체되었다.

남매에게 친숙한 건 결국 담쟁이덩굴에 뒤덮인 자주색 담장과 줄지어 선 느티나무뿐인 듯했다.

이유 모를 실망을 감추며 돌아 나오다가, 교문 앞 수위실에서 최 씨 아저씨를 마주쳤다.

"뭐시여. 니들 대한이랑 서린이 아니냐? 워찌 여기까지 왔댜. 아이구, 다 커서 아주 처녀총각이 다 됐네."

기억 속 얼굴보다 흰 머리가 부쩍 늘어나 있는 모습이었다. 버선발로 달려 나온 최 씨 아저씨가 수위실 간이 냉장고에서 꺼내 온 음료수를 하나씩 손에 쥐여 주었다.

그동안 잘 지내셨는지, 교장 선생님은 건강하신지, 짱구 슈퍼 사장님도 여전하신지 물으며 수위실 그늘에 서서 한참을 떠들었다.

"안직도 너랑 윤주랑 테레비 나오면, 전화기에 시간까정 맞춰놓고 본다니께. 아, 정 선생이 꼬박꼬박 챙겨서 알려 주니께는. 근디 대한이 너는 요새 어째 뜸하드라. 어디 아픈 건 아니지?……."

졸업생들이 잊지 않고 학교를 찾아오면, 그처럼 반가운 일이 없다며 남매를 맞아준 최 씨 아저씨에게 허리 숙여 인사를 하고 다시 교문을 나섰다.

매향 마을을 향해 가던 도중, 서린이 문득 물었다.

"오빠. 오빠는 엄마랑 딩 아저씨 만나는 게 그렇게 싫어?"

대학교 기숙사 생활을 하는 대한이보다 치푸와 함께 살고 있는 서린이가 딩과 마주치는 시간도, 빈도도 클 것이다.

그래서인지 뒤늦게 시작한 엄마의 연애를 서린은 누구보다 기뻐하며 응원하고 있었다.

"너는 그 아저씨가 어디가 그렇게 마음에 드냐?"

어릴 때와는 달리 낯가림이 없고, 누구와도 쉽게 친해지는 서린이였다.

그렇다고는 해도 딩에게 유독 후한 것이, 대한이 몰래 용돈이라도 두둑이 받아 챙겼나 싶은 것이다.

"엄마한테 잘하잖아. 그거면 됐지, 뭘 더 바래? 저번에 엄마 계단에서 넘어져서 다리 다쳤을 때, 그때도 딩 아저씨가 거의 둘러업고서 병원 다녀왔는걸."

하필이면 대한이 훈련 때문에 태릉에 있을 때 일어난 사고였다. 아는 사람 하나 없는 타국에서 결혼과 이혼을 두루 겪어낸 엄마는 혼자 힘으로 두 아이를 키우기 위해 녹록지 않은 젊은 시절을 보내야 했다. 그 때문인지 비 오는 날엔 특히 관절에 통증을 느끼는 일이 잦았다.

지금 살고 있는 연립 주택의 계단을 오르다가 그만 굴러떨어졌다는 연락을 받았을 땐 정말 눈앞이 다 깜깜했다. 다행히 크게 다치진 않았어도, 발목을 삐끗하여 한동안 고생을 해야 했다.

"뭐가 그렇게 싫어? 돈이 없어서? 외국인 노동자라서? 키 작고 못생겨서? 엄마보다 어려서?"

딩이 가진 단점을 하나하나 꼽으며 손가락을 접고 있는 모양을 보니, 이건 편을 들어 주는 건지 아니면 흉을 보는 건지 알 수 없는 노릇이다.

"그거 전부 다."

맞은편에서 오는 자전거를 피해 서린을 인도 안쪽으로 끌어당긴 대한이 대답했다.

"그렇게 따지면 사실 엄마도 그렇게 내세울 조건은 아니잖아. 애가 둘이나 딸린 이혼녀에 모아 둔 돈도 별로 없고. 나이도 연상이고."

"그러니까. 기왕이면 엄마가 기댈 수 있는 남자를 만나야하는 거야. 너랑 나만 해도 당한 게 있는데, 두 사람 같이 다니면 사람들이 얼마나 수군대겠냐."

대한은 태어나 지금까지 한 번도 대한민국 국적이 아니었던 적이 없는데, 남들과 조금 다른 외모로 차별을 받는 일이 빈번하게 일어났다.

그것은 아마 서린도 마찬가지일 것이다. 그러니 외국인 노동자에게 유독 시선이 박한 한국에서 엄마가 딩과 만나는 일이 달갑지 않은 것은 어쩌면 당연했다.

"남들이 그럴수록 가족인 우리는 따뜻한 시선으로 지켜봐야지."

"공익 광고 찍냐? 가족이니까 더 현실을 봐야지."

"……그래도 난 딩 아저씨가 엄마한테 무슨 일 있으면 바로 달려와 주는 사람이라서 다행이라고 생각해. 할머니 장례식

때처럼 엄마 혼자서 우는 건 이제 싫단 말이야."

금세 침울한 얼굴이 되어 옹얼거리는 서린을 보며, 대한도 절로 그날의 기억을 떠올리곤 눈살을 찌푸렸다.

엄마가 베트남에 있던 할머니를 한국으로 모셔 온 지 1년도 채 되지 않았을 즈음이었다. 베트남에서도 한국에서도, 고생만 하는 딸에게 그저 미안하고, 안쓰러워하다 그렇게 돌아가셨다.

10년 넘게 떨어져 지내다가 겨우 모셔 오게 된 할머니를 허망하게 잃음으로써 엄마는 한순간 크게 무너져 버리는 듯했다.

겨우 1년.

엄마가 아픈 할머니를 돌볼 수 있었던 기간이 고작해야 1년이었다.

넋이 나가 말조차 잃은 엄마 대신 할머니의 빈소를 차리고 장례를 치르는 일을 수향과 구식 부부, 그리고 선우와 희준이 도맡아 주었다.

엄마가 일하는 공장 동료들이 한 사람도 빠지지 않고 조문을 왔다. 고만고만하게 어려운 형편들일 텐데도, 십시일반으로 걷은 조위금이 제법 되었다.

선우와 수향이 한시도 떨어지지 않고 곁에서 엄마를 위로해 주었다. 그저 멋모르고 옆에서 어른들 눈치를 살피던 아이들은 희준이 대신 챙겨 주었다.

장례를 치르는 동안 아버지가 한 번 다녀갔으나, 눈을 붉히며 달려드는 엄마로 인해 두 번 다시 찾아오지 못했다.

"너 때문에 우리 엄마 돌아가셨어! 너랑 네 엄마도 똑같이 아파 봐야 해! 나쁜 새끼, 나쁜 새끼……."

짐승처럼 우짖던 엄마의 모습이 어린 마음에 몹시도 충격이었다. 그 당시엔 엄마의 가슴에 차곡차곡 쌓여 만리장성보다 길게 드리운 한을 미처 이해하지 못했으니까.

그날만큼은 아버지도 엄마 앞에서 고개를 들지 못하고 쫓기듯 돌아갔었다.

"오빠, 개천 옆에 산책로 생긴 것 봐봐! 우리 저기서 발 담그고 많이 놀았잖아. 그치?"

매향교에서 상체를 불쑥 내밀어 아래를 내려다보던 서린이 소리쳤다.

대한이 저도 모르게 손을 뻗어 그녀의 목덜미를 움켜쥐었다. 꽥 소리를 내며 도로 딸려 온 서린이 커다란 눈으로 매섭게 오빠를 쏘아보았다.

그녀의 말마따나 어린 시절 저 밑에 내려가 송사리도 잡고, 고구마도 구워 먹었었다.

겨울이면 선우의 집 뒷산 비탈에서 장판 썰매를 타고 놀고, 봄이면 지천에 널린 진달래를 따다가 화전을 부쳐 먹었었다.

개성 없이 늘어선 아파트가 그들이 아는 세상의 전부인 도시 애들에게, 어린 시절 뱀 허물 주우러 다닌 얘기를 들려주면 아마 믿지 않을 것이다.

졸졸 흐르는 실개천 소리, 나뭇잎을 들쑤성거리는 바람의 감촉이 어린 날의 잊지 못할 추억으로 남은 대한에게는 그것이 성장의 큰 자양분이 되어 주었다.

"저 빌라는 새로 지어진 건가 보다. 우리 살던 집은 이제 없네. 저쪽 공장 근처였나?"

이혼 후 대한과 서린은 엄마와 함께 하우산에서 살게 되었고, 대한이 체고에 진학하면서부터는 어쩔 수 없이 소도시로 이사를 가야 했다.

아버지와 할머니마저 떠난 집이 그대로 남아 있을 거라고 기대하지는 않았지만, 설마 흔적도 없이 사라졌을 줄이야.

"그래도 매향 마을은 다른 데 비하면 별로 안 변한 편이다. 그치? 나 어쩐지 조금 안심돼."

중학교를 다닐 때까지만 해도 눈에 띄는 외모 때문에 곧잘 따돌림을 당하던 서린은 사춘기를 독하게 앓아냈다.

고등학교에 진학한 뒤로는 일러스트 작가로 장래 희망을 정하며, 여린 속도 차츰 여물어 가기 시작했다.

어릴 때에도 색칠 공부 좋아하더니, 딱 저한테 어울리는 일을 찾은 셈이다.

진로에 대한 조언을 핑계로 먼저 선우를 만나러 매향 마을에 가자고 조른 것도, 도착하기도 전부터 쉴 새 없이 떠드는 것도 대한의 기분을 풀어 주려는 노력이라는 걸 모르지 않았다.

최근 1년간이나 원하는 기록이 나오지 않아 초조해하는 것을 옆에서 쭉 지켜봐 왔으니까.

대한이 아는 서린은 여전히 감수성이 풍부하고, 사람의 감정에 예민하게 반응하는 아이였다.

"확실히 매향에 오니까 공기부터 다르다. 숨이 단 것 같아."

서린의 말대로 도시와는 다른 시골 공기가 폐부를 상쾌하게 환기시켰다.

아기자기한 옛 추억이 곳곳에 스며 있어, 그것을 찾아내는 재미도 쏠쏠하였다.

종달새처럼 재잘거리는 서린의 수다를 들으며 고샅길을 거슬러 오르니, 눈앞에 낯익은 집이 보였다.

벨을 누르자마자 반가운 얼굴로 달려 나온 선우가 두 사람을 두 팔로 끌어안으며 맞이했다. 대한이가 쑥스러운 얼굴로 그런 선우를 마주 안았다.

"오는 데 힘들지는 않았어? 잘들 지냈고? 치푸는 요즘 어떻게 지내?"

꽃처럼 말갛게 웃으며 선우가 두 사람의 손을 잡아끌었다. 크지 않은 안뜰을 가로지르면서 물어 오는 질문들에 들뜬 기색이 역력히 묻어났다.

"생각보다 금방 왔어요. 이제 오산까지 전철도 다니잖아요."

"하긴. 몇 년만 있으면 그게 강남까지 갈 거라더라."

여상하게 대꾸하면서 현관문을 활짝 열어젖혔다. 그와 동시에 뒷마당 쪽 유리문에 달아 놓은 풍경이 딸랑, 울려 퍼졌다.

"아, 그리운 이모 냄새! 어? 김치 부침개 하셨어요? 맛있겠다!"

신발을 벗고 안으로 뛰어 들어가는 서린을 대한이 짐짓 의젓하게 나무랐다.

"저녁은 이따가 밖에서 고기 구워 먹자. 선생님이 너희 온다고 어제 나가서 고기 떼어 왔어. 최 씨 아저씨 친척이 하는 정육점인데, 거기 고기가 정말 맛있더라고. 배고프면 그거 먼저 먹고 있어. 마실 것 줄까?"

"오렌지 주스요!"

"대한이는?"

"저도요."

선우가 냉장고에서 주스 병을 꺼내 유리잔에 따랐다. 졸졸 차오르는 맛깔스러운 주스 역시 어릴 때 이곳에 놀러 오면 곧잘 내어 주던 간식이었다.

"선생님은 어디 나가셨어요?"

대한의 물음에 선우가 벽에 걸린 시계로 힐끗 시선을 주었다.

"아침저녁으로 한 바퀴씩 돌고 오거든. 곧 들어올 때 됐어."

"그럼 그때까지 이모는 내 차지! 안 그래도 이것저것 물어 볼 것 많았는데. 지금까지 그린 것 가져왔으니까 한 번 봐줘 요, 이모."

"그래."

"그럼 전 잠깐 서재에 들어가 있을게요."

선우의 허락을 받고서 대한이는 일찌감치 서재로 향했다. 선우의 팔에 찰싹 달라붙은 서린이 성화로, 두 사람은 툇마루 로 자리를 옮겼다.

메고 온 가방에서 스케치북을 꺼내 내보이는 모습은 아직 영락없는 꼬맹이인데.

언젠가 멋대로 대한의 휴대폰을 보던 친구 놈이 서린의 사 진을 발견하고는 소개시켜 달라며 달려들던 꼴이 생각나 눈썹 을 찡그렸다.

그 새끼, 예쁘장한 여자애만 보면 눈 돌아가는 걸 내가 다 아는데.

가끔 눈치 없이 대한이를 매형이라고 불러 매를 버는 친구 놈을 생각하며 대한이 아득 이를 갈았다.

선우의 서재는 여전히 책 냄새에 포근하게 감싸여 있었다. 높다랗게 쌓인 책의 탑들이 자리를 차지한 탓일까. 대한이가 기억하는 것보다 방은 더 좁고 아늑하게 느껴졌다.

평소에는 별로 친하지도 않은 책들을 괜스레 들춰 보다가,

455

이내 두 팔을 베며 뒤로 벌러덩 드러누웠다.

바닥이 좁아 벽에 두 다리를 비스듬히 올린 채로 편한 자세를 잡았다.

높이 나 있는 유리창으로부터 오후의 볕이 사르르 내리쬐었다. 멀미와 피로감이 뒤늦게 엄습하여 대한의 눈앞을 가물거리게 만들었다.

"그런데 왜 이모는 정 쌤이랑 결혼 안 해요?"

툇마루에 걸터앉아서 나누는 대화가 열린 방문을 통해 흘러들어왔다. 자칫 실례될 수도 있는 질문을 아무렇지도 않게 묻고 있는 서린의 철없음에 대한이 속으로 혀를 찼다.

"글쎄. 결혼 꼭 해야 하나?"

선우가 웃음기 띤 목소리로 되물었다.

"정 쌤이랑 연애한 지 오래됐잖아요. 내가 볼 때 두 분은 평생 헤어지는 일 없을 것 같은데. 그럼 결혼을 하는 게 맞지 않나?"

"모든 연애가 결혼을 거쳐야 하는 건 아니니까. 지금이 무엇 하나 아쉽지 않다면 굳이 할 필요 없지 않을까."

"그런가아."

말끝을 길게 늘이는 버릇에서 사실은 서린이 선우의 말뜻을 전혀 이해하지 못했다는 걸 알아챘다.

반쯤 잠에 취해 있던 대한은 무심결에 픽 웃음 지었다.

"그래도 우리 엄마는 썬 이모 말이라면 다 따라 하는데. 이러다가 우리 엄마도 딩 아저씨랑 평생 연애만 하면 어떡해?"

"치푸가 나 때문에 평생 연애만 할 거래?"

"엄마도 다시 결혼할 생각은 없는 것 같아요. 근데 딩 아저씨는 엄마한테 흠뻑 빠져 있는 상태라서. 조만간 청혼하지 않을까요?"

서린이 섣부르게 추측했다. 어려서부터 아버지 없이 자라, 부정이 그리운 걸까.

엄마가 딩과 재혼하기를 내심 바라고 있는 것처럼 보인다.

"그건 잘 모르겠지만, 만약 딩이 청혼을 한다고 해도 그걸 받아들일지 말지는 치푸가 결정할 일이지. 아무리 너희가 찬성하거나 반대해도 말이야."

선우가 짐짓 엄한 투로 일렀다.

"내가 아는 사람 중에 치푸만큼 마음이 강한 사람은 없었어. 어린 나이에 한국에 오고, 시집살이를 견디고, 너희를 건사하고 이제는 자기 인생까지 즐기고 있잖아. 그런 엄마니까 너무 걱정하지 말고 그냥 조용히 지켜봐 줘."

언뜻 듣기에 엄마가 딸의 연애를 간섭하듯 엄마의 연애를 간섭하고 있던 서린을 향한 일침이었다.

그제야 서린은 제 걱정과 기우가 지나쳤음을 깨닫고는, 머쓱한 듯 두 무릎을 끌어안으며 몸을 웅크렸다. 선우의 손이 그런 서린의 어깨를 다정하게 보듬었다.

대한이 결국 오후의 나른함을 이기지 못하고 잠깐 곯아떨어진 사이, 희준이 집에 돌아왔다. 서재 안에서 자고 있는 대한을 확인하고는 조용히 문을 닫아 주었다.

욕실에서 샤워를 마친 희준은 마당 한쪽에 바비큐 그릴과 간이 식탁, 의자를 세팅하고 불을 피우기 시작했다.

선우가 주방에서 고기와 함께 먹을 반찬을 덜고, 서린이 쌈 채소를 씻었다.

저녁 준비가 거의 다 되었을 무렵, 서린이 서재 방에 들어가 대한을 깨웠다. 잠깐의 오수가 달았는지 부스스 일어나는 대한의 안색이 한결 나아 보였다.

요 며칠 대한이 신경성 불면증 때문에 잠조차 제대로 이루지 못하고 있다는 걸 아는 서린이 뒤에서 안도하는 얼굴로 가슴을 쓸어내렸다.

전원에서 구워 먹는 고기는 평소에 알던 맛과는 차원이 달랐다. 희준이 집게와 가위를 들고 노릇노릇한 고기를 접시에 담아 주면, 서린과 대한은 게 눈 감추듯 그것을 해치웠다.

대학생이 된 대한과 선우, 희준은 맥주를 마시고, 유일한 미성년자인 서린은 오렌지 주스로 아쉬움을 대신했다.

넷이 먹기엔 과하게 사 온 고기가 눈 깜짝할 새 동이 났다. 네 사람 다 볼록하게 부른 배를 안고서 개구리 가족처럼 앉아 있었다.

금세 어두워진 하늘을 올려다보며 아쉬워하는 서린을 대한이 다독여 일으켰다.

대학생인 자신은 내일 오후 수업만 있어 괜찮지만, 서린이는 아침 일찍 등교라 이만 돌아갈 채비를 해야 했다.

"수향 이모를 못 보고 가서 아쉬워요. 재민이도 많이 컸을 텐데."

"내년에 초등학교 들어가. 아버지랑 쏙 빼닮았어."

"서너 살 때 보고 못 봤네. 할머니는 여전하시죠?"

웃음기 띤 질문이 무슨 의미인지 모르지 않았다. 결혼 전부터 지금까지 현재 진행형으로 이어지고 있는 수향의 고부 신경전이 아침 드라마 뺨치게 재미있었으니까.

현재까지의 스코어는 수향이 압도적으로 우세한 상태였다. 선취점은 수향이 혼수로 들여놔 준 김치 냉장고였다.

이후 분기마다 시어머니의 품에 최신 전자 제품과 여행 상품권을 안기며, 며느리로서 살림의 주도권을 완벽하게 틀어쥐었다.

"역시 수향 이모 최고. 나중에 나도 꼭 그런 며느리가 될 거야."

다부진 결심을 하며 서린이 주먹을 그러쥐었다.

"다음에 올 땐 주말에 와서 자고 가도 돼요?"

"그럼. 당연하지. 아예 방학 때 치푸랑 다 같이 내려와. 내가 보고 싶어 한다는 말도 꼭 전해 주고."

"그럴게요. 그럼 쉬세요."

처음 맞아주었을 때와 똑같이, 남매를 품에 꼭 껴안아 주며 선우가 대문 앞까지 배웅했다.

이번에는 대한이도 어색해하지 않고 선우를 마주 안으며 건강히 지내시라고 인사했다.

뒷정리가 남은 선우는 그즈음에서 남매와 헤어지고, 희준이 따라 나와 남매를 버스 정류장까지 데려다주기로 했다.

대한이는 이제 희준보다 손가락 한 마디가 더 큰 장정이 되었고, 서린이도 말쑥한 처녀애 티가 났지만 희준의 눈에는 여전히 어린아이처럼 보이는 모양이었다.

"달리는 건 여전히 재미있냐?"

예고 없이 물어 오는 말에 대한은 곧바로 대답하지 못하고 우물거렸다.

최근 대한이 어떤 상황인지 아는 것처럼 희준도 답을 재촉하지는 않았다.

올림픽 때마다 그럴듯한 성적 한 번 내지 못하는 육상이 한국에서 괄시받는 건 어쩔 수 없는 일이다.

누구나가 전례를 깨고 한국 육상계의 신성이 되고자 하지만 현실의 벽은 높고도 멀었다.

"재미없어?"

다시금 물어 오는 말에 대한은 괴로운 듯 얼굴을 찡그렸다.

달리기를 하면서 즐거웠던 건 희준에게 처음 육상을 배웠던 그 시절뿐인 듯했다.

적어도 내 안에 재능이 있다고 믿었으니까.

한국에 살고 있으나 한국인이 아닌 엄마와 한국인이었으나 한국인으로 인정받지 못하는 자신과 서린이를 위해 반드시 메달을 따겠다고 마음먹었었다.

그럼 그때는 아무도 함부로 그의 가족에게 손가락질하지 못하겠지, 순진하게 생각하면서.

그랬던 놈이 여전히 지지부진하고 있으니, 한심한 놈이라고 욕하실까.

아니면 다른 사람들처럼 무작정 괜찮아질 거라며 근거 없는 위로를 건네실까.

굳은 표정으로 기다리고 있는 대한에게 희준은 여상하게 말했다.

"달리기가 괴롭기만 하면 그만둬도 돼."

10년 넘게 가져온 꿈을 저버려도 된다고.

그 말을 줄곧 바라왔던 것도 같은데, 막상 귀로 들으니 가슴이 철렁 내려앉았다.

대한이 놀란 눈으로 희준을 돌아보았다.

"달리기가 아니어도 다른 꿈을 꾸면 되니까."

다른 사람도 아니고 희준의 입에서 그런 이야기가 나온다는 것에 대한은 조금씩 화가 나기 시작했다. 주먹을 움켜쥔 두 손이 바르르 떨렸다.

내게 꿈을 꾸게 한 사람이 바로 선생님 아닙니까!

따지고 싶었다.

희준이 발견하고, 키워 준 재능이었다.

오직 한 길만 보고 달려온 대한이에게 이제 와서 그만둬도 좋다니.

"달리는 너를 보면 항상 내 어릴 적 모습이 떠올랐어. 좁은 섬에서, 오직 힘껏 달리는 것만이 갑갑한 마음의 탈출구처럼 느껴졌었지. 그래서 네가 달리는 모습이 좋았다. 대한이, 네가 그 어느 때보다 자유로워 보였으니까."

나이에 비해 의젓했던 사내아이.

엄마와 동생을 지키기 위해서라면 발이 부르트도록 연습해도 우는소리 한 번 하지 않던 의지가 강했던 아이.

자유로웠던 아이의 두 발이 지금에 와서 천근만근 묵직해진 까닭을 희준이 모를 리 없었다.

슬럼프에서 헤어 나오지 못하는 제자의 모습이 안타까운 것도 사실이고.

"차라리 꿈을 버리는 편이 낫다. 네가 유일하게 자유를 느끼는 순간을 포기하는 것보다는. 꿈은 대신 이뤄 줄 제자를 찾을 수도 있으니까. 바로 내가 그랬던 것처럼."

오래전, 희준에게서 대한에게로 넘어갔던 꿈의 바턴.

원한다면 그것을 이제는 다른 이에게 넘겨도 좋다는 허락이었다.

"……아직은, 아직은 더 달릴 수 있습니다."

존경하는 희준의 꿈이 바로 대한 자신이라는데, 창피하게 그 앞에서 그만두고 싶다는 말은 차마 할 수가 없었다.

깊은 시선으로 묵직하게 응시해 오는 희준의 눈을 보면서, 대한은 무심결에 그렇게 대답하고 말았다.

"그래. 그럼 더 달려 봐."

뜻 모를 표정으로 제자의 얼굴을 빤히 들여다보던 희준이 조금은 거친 손길로 대한의 머리칼을 흩트려 놓았다.

어린애처럼 스승의 손길 아래에서 대한의 귓가가 벌겋게 달아올랐다.

지금까지 희준은 단 한 번도 대한에게 잘 달리라는 말은 하지 않았다.

그 대신 재밌게, 달리고 싶은 만큼 달리라고 했을 뿐이다.

그런 스승의 뜻을 이제야 겨우 알 것 같았다.

대한은 울컥 차오르는 감정을 목구멍 아래에 억지로 밀어 넣으며 고개를 끄덕였다.

"네. 선생님."

이래서 사람의 마음이 오묘하다고 하는 건가 보다.

해 보라고, 해야 한다고 다그칠 땐 발이 떨어지지 않더니, 희준의 그만두라는 한마디에 다시 미칠 듯이 뛰고 싶은 것을 보면.

그러는 사이, 정류장에 도착한 버스가 서린과 대한 앞에서 앞문을 활짝 열어젖혔다.

서린이를 먼저 태우고, 그 뒤를 따라 계단을 오르던 대한이 문득 희준을 돌아보며 소리쳤다.

"다음에 올 때는 금메달 가지고 올게요!"

스르륵 닫히는 앞문 유리창 밖에서 희준이 환하게 웃으며 손을 흔들고 있었다.

— *end*